2010·41

（总第470–473期）

合订本

STORIES

上海故事会文化传媒有限公司　出品

(00370)

图书在版编目(CIP)数据

2010《故事会》合订本.41／《故事会》编辑部编.
上海：上海锦绣文章出版社，2010.11
ISBN 978-7-5452-0781-1

Ⅰ.①2… Ⅱ.①故… Ⅲ.①故事－作品集－中国－当代 Ⅳ.Ⅰ①1247.8

中国版本图书馆 CIP 数据核字（2010）第 201166 号

责任编辑：刘迎曦
封面设计：李宝强
责任督印：张　凯

2010 故事会合订本 41
（总第 470-473 期）
《故事会》编辑部　编
上海锦绣文章出版社 · 上海故事会文化传媒有限公司出版
地址：上海绍兴路 74 号
电子信箱：gushihui@263.net
网址：www.slcm.com
中国图书进出口上海公司发行
地址：上海市广中路88号
电话：36357888

ISBN 978-7-5452-0781-1/I · 275

470 2010 SEMIMONTHLY 上半月刊 9月

欢迎登录本刊主办的"故事中国网"（www.storychina.cn）

笑话 14 则 …… 执 著等 4
我的故事
两只贝壳 …… 佘远香 8
手机版故事 …… 欧湘林等 11
中国新传说
此伞彼伞 …… 于 强 13
不一样的旅游 …… 郭 选 17
狗为啥不叫 …… 一飞冲天 21
捐款背后的故事 …… 陈 琪 25
高原神鸟 …… 蔡美美 28
外国文学故事鉴赏
如果这人死了 …… 33
新新聊斋
天价托梦 …… 王彦民 37
传闻逸事
中国汉子 …… 彭晓风 39
百步之谜 …… 姜红梅 44
阿 P 系列幽默故事
阿 P 支教 …… 郭振宇 48
银手指·金点子
要求特别多的餐厅 …… 53
民间故事金库
烟袋传奇 …… 王乃飞 57
东方夜谈
无处安身 …… 大刀红 61
法律知识故事
软件失误谁负责 …… 张晓凌 65
中篇故事
百变机关术 …… 於全军 68
3 分钟典藏故事 …… 81
情节聚焦
死亡时间 …… 冷 空 82
故事中国网文精粹
忧郁的玉米 …… 张东兴 84
幽默世界
《神秘武器》等 4 则 …… 亮 坡等 87
本刊信息传真
…… 47、56

2010 年 9 月
上半月·红版

社 长、主 编：何承伟
常务副主编：吴 伦
副主编：姚自豪（上半月·红版）
副主编：夏一鸣（下半月·绿版）
本期责任编辑：吕 佳
电子邮箱：lujia411@yahoo.com.cn
红版发稿编辑：
姚自豪 郑继文 叶小萌 李天然(见习)
美术编辑：李宝强
电脑制作：郭瑾玮
通 联：归依玲
本社办公室电话：021-64375030
上半月刊编辑部电话：021-64332325
下半月刊编辑部电话：021-64336469
（上海市绍兴路 74 号 邮编：200020）
主管、主办：上海文艺出版（集团）有限公司
出版单位：《故事会》编辑部
发行范围：公开

制作、发行总监：张 凯
电话：021-64313938
广告业务：上海故事会文化传媒有限公司
广告总监：张 淮
广告业务：021-34010383
广告投诉：021-64333738
广告经营许可证
沪工商广字 310032008016 号
发行：中国图书进出口上海公司

如此假条

老师一上班就收到一张请假条，上面写着：老师，我们班某某同学因在校医院医治无效……

老师看到这里，脑子里“轰”的一声：前几天还活生生的人，怎么突然就……老师忍不住，眼泪“哗”的一下流了下来，哭了好一会儿，她又拿起那张请假条，只见后面还有半句：所以今天转到城里继续治疗，望准假！

老师差点吐血：这是什么语言水平啊……

（执　著）

（本栏插图：包丰一）

还　价

小李在网上看中了一件夹克，标价200元，他就在QQ上与店主讨价还价，店主做了让步，说一口价180元，小李还是觉得贵，可店主似乎不肯再让步了，没办法，小李只好与店主说“拜拜”了。他习惯性地打出了“88”二字，正要下线，这时，奇迹出现了——店主发来一个“哭”的表情，然后说：“成交！”

（耿　磊）

懒鬼

夜里，一个蒙面歹徒拿着刀闯进了迈克的家，他对迈克叫道：“把你所有的钱都交出来，不然我就杀了你！”

迈克看着歹徒，无奈地说：“对不起，我已经失业半年了，没有钱给你。”

歹徒听了大怒：“你这个懒鬼！我上个月才失业，这个月就已经出来抢劫了！”

（它山石）

动机不纯

有个叫丁一的人过生日，他买了个大蛋糕回来招待朋友，朋友们看到蛋糕上用奶油写着“诸葛藏藏，生日快乐”，都觉得很纳闷：诸葛藏藏是谁呀？写错了吧！

丁一笑道：“没有写错，我编这个名字，就是为了多骗点奶油。”（汪 杰）

尽职尽责的经理

亨利将军走进一家银行的经理办公室，对经理说：“根据调查，有几个军官把贪污来的钱存在你们银行，请你把他们的名字告诉我。”

经理不卑不亢地回答：“我不能把顾客的资料告诉任何人！”

将军冷冷一笑，说：“在我数到三之前，希望你能给我一个满意的答复，否则……”说着，他掏出手枪指向了经理。“一！”将军开始数数了。

经理小心翼翼地说：“实在对不起，我们有保密的义务！”

“二！”“请你放过我吧。”

“三！”经理咬紧牙关，闭上眼睛，等待着将军的惩罚。

没想到将军盯着经理看了好一会儿，收起了枪，说：“好小子，有种！”接着，他走近经理，轻声地说：“是这样的，我有一笔巨款，准备存在你这里……”（李亮云）

教宠物说话

小胖爱养宠物，他养了一只狗、一只猫和一只青蛙，爸爸怕耽误学习不让他养，小胖说：“如果我教会它们说话，你就让我养，好不好？”爸爸想了想，答应了。

几天后，小胖告诉爸爸：“我已经教会它们说话了。”爸爸不信，让小胖表演一下。小胖拿着小棍，敲敲小狗的头，问：“我最爱吃哪个牌子的零食？”小狗回答：“旺旺！”

小胖又敲敲小猫的头，问：“人们常去什么地方拜神？”小猫回答：“庙，庙！”

小胖最后问青蛙：“爸爸胡子长了怎么办？”青蛙答道：“刮！”

（董 筠）

课桌文化

快要期末考试了，有个学生想作弊，就提前来到考场，想在课桌上写点小抄，谁知那张课桌上已密密麻麻写满了歌词，这学生大怒，于是在桌上写道："哥们儿，给我留点儿地方做小抄好吗？"

第二天，有人在课桌上回复："哥们儿，不好意思，这是我创作并能发表作品的最后一块园地了……"

第三天，这张课桌上又添了一句话："最烦你们这些人了，搞得我每次上完课睡觉起来，脸上不是考试答案就是歌词！"

（圣水泉）

好大一束花

情人节那天，阿琳接到公司前台的电话，说有人送花给她。阿琳兴奋地跑下楼，哇！她远远就看到，前台那儿放着好大一束美丽的鲜花，足有一人多高！

阿琳大喜过望，弯下腰就开始使劲搬花，前台小姐疑惑地看了半天，终于反应过来阿琳要干啥，赶紧说："对不起小姐，您的花在这儿，那是我们公司的盆栽……"

（写字猫）

太含蓄

十岁的妹妹拿了一包锅巴在院子里吃得津津有味，邻居家五岁的弟弟在旁边眼巴巴地看着，想吃又不好意思说，憋了老半天，终于开口问："这个……脆不脆啊？"

妹妹拿起一片锅巴放进嘴里，嚼了一口，说："你听听……"

（张有军）

挂　号

有人在医院门口叫道："挂号！"护士马上很有效率地问："叫什么名字，以前有没有来过？"

没想到，那个人一句话都不回答，护士抬头一看，原来那个人是邮递员……

（陈玉昆）

敲 门

一个女生晚自习后回到寝室，发现自己没带钥匙，就一边敲门一边喊:“姐妹们，我回来了！”可屋里没有动静。

女生改口道:“心肝宝贝们，都睡了吗？”可还是没人来开门。

女生灵机一动，说:“再不开门，我给大家买的雪糕都化成水了！”话音刚落，门立即开了。（小　雅）

校 花

一个新生去学校报到，她看见校门口贴了个木牌，上面写着:我校校花——桂花。新生就找同学打听:“我校的校花是谁啊，怎么叫那么俗气的名字，还贴在校门口？”

同学一听乐了，他把新生带到学校花园，指着一棵桂花树，说:“看，这就是我校的校花。”（刘艳梅）

谁的粉丝

电影《黑猫警长》上映了，妻子对丈夫说“咱俩去看看吧，也找找儿时的记忆。”丈夫笑道:“行，真没看出来，你还是黑猫警长的粉丝呢。”

夫妻俩走进电影院，妻子显得十分兴奋。熄灯后电影开始了，就听妻子迫切地嘟囔道:“一只耳，好久不见了！赶紧给我出来。”（它山石）

只能穿一次

有个男人想向女友求婚，他悄悄买了一套婚纱，装在礼盒里。和女友约会时，男人温柔地暗示:“亲爱的，我给你买了一样礼物，一辈子只能穿一次，但一次就代表永恒，你猜是什么？”

女友想了想，惊讶地说:“天哪，你竟然买了这个……”

男人笑问:“你猜到了？”

女友怒道:“你不就是买了寿衣吗？”（姜宝龙）

本栏欢迎来稿，读者、作者可将有新鲜感、有精彩细节的笑话佳作投寄给我们。来稿一经采用，最高稿费为一则100元。本期责任编辑电子信箱：lujia411@yahoo.com.cn。

比贝壳更美丽的，是人的心灵……

两只贝壳

□佘远香

我从医学院毕业后，来到一个临海的村庄开了家诊所。

转眼间，诊所开张快半年了，这天下午，我正在埋头看病历单，只见门口人影一闪，走进来两个人，是一个女人带着一个十来岁的女孩。我看到女孩一直在抓挠手背，面露痛苦的神情，便猜她是患了某种皮肤病。果然，女人拿起孩子的手臂，忧心忡忡地对我说："医生，您看看我女儿得的是什么病？每隔一段时间就发作，怎么都好不了。"

我仔细地看了看，只见女孩的手臂上通红一片，上面还有几十个米粒大小的水疱，这很像一种遗传性疾病，为了确诊，我问女人："孩子一生下来就是这样吗？"

女人却茫然地摇摇头："我不知道，医生，这孩子不是我亲生的，她父母三年前出海时遇难了，我就收养了她。"女人想了想，又说："我想起来了，这病确实是遗传的，她妈妈在世的时候也有这种病。"

听了这番话，我很同情女孩，也对眼前的女人生出几分敬意。我一边观察患处，一边问道："以前看过医生吗，都用什么方法治疗过？"

女人摇摇头道："没看过医生，家里穷，看不起，听说您这儿收费便宜，医术又好，就赶来试试。"

我深感女人对我的信任，就安慰她道："你别急，我开服中药，孩子服

用一个疗程就会好了。”

女人眼里燃起了希望，她小心翼翼地问：“那这药……要多少钱？”

我望着女人身上朴素的穿着，决定只收她成本，不要诊费，我算了一下，说：“不多，一百块就够了。”

没想到就是这个价格，女人仍显得很为难，她低声说道：“我、我只出得起五十块。”

我有些迟疑，我可以贴一半钱为女孩治病，可是价格已经说出了口，如果这次减免了一半费用，传出去后再收费就难了。这时，我突然看到女孩的脖子上挂着一只黄色的贝壳，上面的花纹很少见，我顿时有了主意，于是走过去拿起贝壳，故作欣喜地说：“好漂亮的贝壳！这可是稀有品种，城里要卖几十块钱一只呢。”然后我转身对女人说：“这样吧，孩子这只贝壳给我，就算是一半的医药费吧。”

女人似乎有些不相信，问道：“这种贝壳真能卖几十块一只？”

我点点头：“是啊，我有个朋友开了家饰品店，需要这种贝壳呢。”

女人沉吟了一下，却突然说道：“医生，那我们改天再来吧。”说完就拉起女孩，头也不回地走出门去了。

我被这突如其来的变故弄糊涂了，好半天才明白过来：这女人一定是听说贝壳值几个钱，便想拿到外面卖更高的价，唉！到底不是亲生的，为了多赚几个钱，竟忍心让孩子遭罪，我原先对女人的好感顿时一扫而光。

傍晚，诊所里没人，我来到不远处的沙滩上散步，忽然看到海边有个人在捡贝壳，仔细一看，竟是下午那女人。只见她弯腰捡起一只贝壳，与手里的另一只贝壳对比一下，可能感觉不像，又扔了，继续向前走去。

我不禁暗暗冷笑，想：看来这女人不但要卖掉先前的那只贝壳，还想捡更多的贝壳，卖更多的钱。其实，这种贝壳只是很普通的品种，我看女人不停地擦着汗，看样子已经找了好久，本想上前告诉她真相，刚走几步，我又停住了，心想，既然她这么贪财，

就让她白忙活一场吧。

我躺在沙滩上，小憩了一会儿，天渐渐暗了下来，我知道涨潮的时候又到了，就向岸上走去。走了两步，回头一看，我突然发现，那女人竟然还在沙滩上，而且已经走出很远了。糟糕！这女人一定是捡贝壳太投入，忘了涨潮的时间了！我赶紧冲着她大声呼喊：“喂，快上来，涨潮了！”

可是由于距离太远，女人浑然不觉，仍低着头一步步向前走。我慌了神，一边向她跑去，一边声嘶力竭地喊：“快上来，潮来了！潮来了！”

就在这时，女人紧走几步，捡起一只贝壳，看来终于找到与手中贝壳一样的了，她兴奋地抬起头来，突然发觉了眼前的危险，于是转身惊慌失措地跑起来，可惜一切都迟了，只见一个巨浪把她推倒，后面的潮水迅速涌上来，瞬间就把她吞没了……

我不知自己是怎么回到诊所的，也不知那个晚上是怎么过的。第二天，我听到患者说，昨天村里有个女人在捡贝壳时被潮水冲走了……

这天下午，一个男人走进了诊所，他的样子非常憔悴，眼里布满血丝。男人把两只一模一样的黄色贝壳放到我面前，我顿时明白了男人的身份，怔怔地望着他。男人用沙哑的声音对我说：“找到我爱人遗体的时候，她手里还紧紧攥着这两只贝壳。”

我一阵难过，说：“唉，我已经跟她说了，我收下一只贝壳就可以给孩子治病，她为什么还要去捡啊？”

男人的脸上露出一抹苦笑，说：“其实不怪她，我们收养的是一对双胞胎，两个孩子都有这种病，可家里只有一百块钱。”

听了男人的话，我惊诧地抬起头来，只见门口站着两个一样身高一样长相的女孩。我握着那两只贝壳，眼泪如潮水般涌了出来……

（**题图、插图：** 安玉民　梁　丽）

局长做事很有章法，给人印象最深的，是他接见客人的规矩。

一般客人来访，局长端坐椅上，颇有风度地看一眼客人，问：“有事吗？”

下属单位的头头来了，局长会在椅上侧过身子，然后指一下沙发，说：“坐！”

兄弟市里的局长们来访时，局长会到办公室门口迎接，热情地同客人握手；省里的领导下来检查工作时，局长会赶到大门口迎接，并亲自为上级领导拉开车门。

这一天，中央的领导要下来视察，局长却突然失踪了。大家都很奇怪，正要派人去找，这时，有消息灵通人士透露说：“别找啦，局长早已去省城恭候领导了。”

（**作者**：欧湘林）

都是鲤鱼惹的祸

某局办公大院里有一个鱼池，里面养着许多锦鲤。有一天，门卫见水脏了，就给鱼池换水，这一下，引来了许多看热闹的职工。

有人问：“一共有几条大鱼呀？”

“五条大的。”有个姓张的小伙子抢着回答。小张性格开朗，经常在这里看鱼。

那人数了数，说：“不对呀，只有四条大的。”

小张肯定地说：“一定是五条。”但他在池子里找了半天，也只看见四条大的。小张就问门卫，门卫指着一旁的水桶说：“水放完后，那条最大的锦鲤喜欢到处蹦跳，我怕它受伤，就把它捞起来放在桶里。”

小张跑过去一看，最大的锦鲤真的在桶里，这下小张得意了，说：“我说有五条大的吧，这条最大的因为不听话，被‘双规’了，哈哈！”

没想到，没过几天，小张就被调到乡下去了，据说是局长决定的。

局里有一正四副五个局长，当然，最大的就是局长了。

（**作者**：大刀红）

· 手机版故事 ·

借　钱

在城里打工的二愣一个电话打给媳妇水月:“水月,我被砸了头,医生说要不少医药费呢!”

水月急了,大哭:“那可怎么办啊?”

二愣粗着嗓子吼了一声:“哭有啥用?还不赶紧借钱去!”说完,二愣把手机挂了。

水月开始四处借钱。二愣家里本来就穷,这回听说他被砸了头,村里人更是避之不及。水月跑了两天,亲戚朋友都转了个遍,一分钱也没借到。

水月愁得满嘴起泡,没想到这天晚上,二愣竟好好地回来了。水月上前就看他的头,左看右看也没看出什么异样,水月就问:“你不是被砸了头吗?”

二愣呵呵一笑,说:“我是被大奖砸了头,我只花了两元买了张彩票,就中了二十万!”说着掏出一张崭新的存折来,“你看,交了税,余下的钱都存在这里呢!”

水月抢过存折看了又看,终于相信二愣没说假话,她又哭又笑地捶打二愣:“那你发哪门子神经,还让我四处借钱?”

二愣问:“借到没有?”

水月说:“别说乡亲,连几个亲戚都说没钱。”

二愣一拍大腿,咧开嘴大笑道:“好!这回脸面都撕破了,看他们以后谁好意思找我借钱!”

(**作者**:陈连华)

高产羊

何书记的二妹全家搬到了县城,临走时,把家里养的一只羊送给了他。何书记懒得养,就把羊交给了食堂的厨师大李帮忙饲养。

第二天,何书记刚刚起床,大李就端着一大碗羊奶送来,说:“何书记,这是您的羊产的,以后您就不用再买奶了,我每天给您送来。”等大李走后,书记夫人说:“大李这人不错,实在。”

大约给书记送了半年的羊奶后,大李被任命为乡食堂的司务长。厨师小王接替了大李的工作,负责给书记送奶。这天何书记还没起床,小王就用自行车推来了整整一锅羊奶,何书记很诧异,小王解释说:“不知道什么原因,这羊特能产奶,而且越产越多。”

何书记很高兴,他想,把这种羊在全乡推广,农民一定能发家致富。于是,他就给二妹打电话,问她送的是什么品种的羊。二妹听后非常吃惊,她说:“大哥,那可是只公羊啊!”

(**作者**:卜　伟;**推荐者**:涂　涛)

(**本栏插图**:谢　颖)

此伞彼伞

□于　强

有个姓孙的房地产老板买了一块地皮，准备囤上几年，等升值后再开发，但要囤地，就得面临一个难题：那块地皮上原先有个村子，村民们当初不肯搬迁，是孙老板亲口答应等房子盖起来后，每户分一套，他们才扒了自家房子搬迁的。如果要囤地，全村老小几年之内将无家可归……

孙老板想了想，找来了他的“智囊团”，说谁能想出高招，公司重重有赏。

智囊们一听，立即动起了心思。有个智囊说，可以弄一帮小混混，吓唬闹事的村民。孙老板一挥手：“我们又不是地痞流氓，我可不想让人家骂我的祖宗十八代。”说得这智囊满脸通红，悻悻而去。

接着，智囊团里有个外号“赵师爷”的说，他想到了个好主意：如果孙老板不想来硬的，那就来软的，一个字：拖。

孙老板一听，来了兴致“怎么个拖法？”

赵师爷微笑道：“您答应村里的人给他们盖房子，可没说啥时候盖啊，这样一来，我们就有了主动权。”赵师爷说，现在不是时行吉祥物吗？在盖房之前，公司可以先在地皮上建一座吉祥物雕塑，这座雕塑要建得越慢越好，最好弄个三五年，如果村民抗议不动工，孙老板就可以说：谁说没动工，现在不是在建吉祥物吗？等建完吉祥物，马上就建房。

孙老板一想，这个主意不错，既

能搪塞老百姓，又维护了自己的形象。

可这个吉祥物该选什么呢？有人提议说奔牛，有人提议说雄鸡，孙老板都嫌太俗气了，他背着手转了几圈，目光突然落在墙角的几把雨伞上，顿觉眼前一亮：“有了！”原来，当地盛产一种手工竹伞，既结实又轻巧，是远近有名的竹伞之乡。孙老板提出，何不弄一个“吉祥伞”雕塑呢？众人一听，不禁拍案叫绝。

吉祥物有了，就该设计图样了。这时有个智囊提议，说本地有个制伞名人，人称“伞王”，在十里八乡很有威望，这吉祥伞的造型何不请他来设计，也好借借他的名气。孙老板一听，正合心意。

不久，伞王请到，孙老板见对方是个干瘦老头，虽然貌不惊人，但精神矍铄，双目如炬，一看就是深藏不露的高人，于是赶紧让座。

伞王开门见山，问孙老板有何事。孙老板就把请求说了，伞王询问了吉祥伞雕塑的规模、大小、建造期限后，思忖良久，突然笑了，说：“先建吉祥物再建房，好，孙老板真是别出心裁！既然你看得起我，那我却之不恭了。”

孙老板见伞王答应了，十分高兴。伞王笑了笑，接着说：“孙老板选择伞作为吉祥物的造型，可谓慧眼独具，本地是竹伞之乡，有不少伞的传说，不知道孙老板听过没有。”

孙老板本来就爱听段子，见伞王有意开金口，便问是什么传说。伞王想了一下，便开口讲了起来——

话说早年间，一个村里有个姓朱的老财主，是个吝啬鬼，虽有家财万贯，可吃穿还不如叫花子。这年，朱财主在外地做生意的儿子回乡探亲，见全家老少还是吃窝头、喝面汤，穿的衣服摞补丁，不禁埋怨朱财主：“爹啊，人要面子树要皮，咱家那么多钱，不用来装门面，那不是白活一场吗？”

朱财主问该怎么装门面，儿子就

说，村里人住的都是平屋土坯房，他们就盖一栋三层木楼，让村里那些穷鬼好好羡慕羡慕。

说干就干，朱财主的儿子买木料、雇瓦匠、拉石灰、挖地基，不出半年，三层小楼拔地而起。

那天，朱财主登上楼顶，举目四望，村里鸡飞狗跳娃上树，全看得一清二楚，不禁乐得手舞足蹈，再也不肯下楼，此后吃饭睡觉，连内急都在楼上解决。

这天晚上，朱财主刚要休息，就见村口杂货铺的小三提着两盒点心，前来登门道谢。朱财主很奇怪，自己平时和这小三并无来往，他来道什么谢啊？小三笑着说，他的杂货铺几年前进了一大批雨伞，可一直卖不出去，眼见都快让虫子磨牙了，谁知，最近那些伞被村里的大姑娘小媳妇哄抢一空，价钱抬到了平时的三倍！这一切，都亏了朱财主的帮忙啊！

朱财主奇怪了，心里嘀咕，人家买你的伞，关我屁事。小三笑了："这还真是您的功劳呢！如果您不盖这三层木楼，我这伞还卖不出去呢。"

说完，小三就告辞走了。朱财主还是一头雾水，不明所以，盖木楼跟小三卖伞有啥关系呢？思来想去了大半夜，天明时分，朱财主突然灵光一闪，大叫起来："我知道了！"听见叫声，朱财主的儿子进来问："爹，您知道啥了？"朱财主说，他知道盖木楼跟卖雨伞的关系了……

伞王说到这里，众人都聚精会神，等着下文，孙老板也眨巴着眼睛等着听，可伞王却突然卖了个关子，他问孙老板"你知道为什么朱财主盖了木楼，小三的雨伞就卖光了吗？"

孙老板摇摇头，伞王站起身，笑道"这样吧，如果你能猜到这个故事的结局，吉祥伞的图样我免费为贵公司设计。如果猜不到，那抱歉，贵公司还是另请高明吧。"说完，竟然扬长而去。

众人都愣了，一起将疑惑的目光投向孙老板。孙老板也不明白伞王为什么先答应，后又反悔，他这葫芦里到底卖的什么药呢？

晚上，孙老板细细回味起伞王讲的半截段子，可想破了脑袋，也猜不到段子的结尾。就在他昏昏沉沉快要睡去时，大脑里猛然灵光一闪，想起了什么，他立即蹦起来大叫："我想到了！"

第二天，孙老板驱车来到了伞王家，见孙老板这么快就来了，伞王有些意外。不等伞王开口，孙老板先发话了："伞王啊伞王，你有话就直说，为啥要拐弯抹角编段子骂我呢？"

伞王笑了："孙老板这话从何说起，我怎么就骂了你呢？"

孙老板说，他已经知道了那个段子的结尾。伞王问"哦？那说来听听

吧，为什么朱财主一盖木楼，小三就卖光了雨伞呢？”

孙老板说：“朱财主住在乡下，我小时候也住在乡下，我们那里的老百姓有个习惯，就是家家户户盖茅厕时，茅厕都没有屋顶，是露天的。朱财主整天在楼顶上，村里那些大姑娘小媳妇上茅厕时，如果不打着雨伞遮着，一切西洋景不都被朱财主看到了吗？”

伞王呵呵笑起来：“的确如此，但你是从哪里听出我在骂你呢？”

孙老板的脸一下子红了：“我咋听不出来呢！你不就是想说，我用吉祥伞拖延时间，搪塞村民，许诺过的话不算数，就像段子里的那些娘们，她们拿伞遮屁股，我是拿伞遮……遮自己的嘴啊……”

伞王听罢，连连点头，原来伞王当时就猜到了孙老板建造吉祥伞的目的，这才有意讲了那个故事。

“孙老板，你能想到这点，说明你还是个有良心的人。”伞王说着，从一个箱子里拿出了一纸发黄的信封。他告诉孙老板，二十年前，他曾经匿名资助过许多贫困孩子，其中有个孩子给他回过一封信。在信里，那个孩子说，他的家在遥远的山里，那里的房子都是茅草盖的，下雨漏水，刮风揭顶，他希望自己长大后能盖好多好多新房子，让世上的人都能住不漏雨的房子。

“当时那个孩子的话让我很感动，他还在信封背面写了两句诗，我常常想，几十年后的今天，当年那个孩子还能读出这两句诗吗？”伞王说着，把信递给孙老板。孙老板看到信封后面是用圆珠笔歪歪扭扭写的两行字：安得广厦千万间，大庇天下寒士俱欢颜。

看到这似曾相识的字迹，孙老板突然觉得自己全身都在发烧，他想起来了，当年郑重其事在信封后写下这句话的人，就是他自己。

（**题图、插图**：安玉民　梁　丽）

不一样的旅游

□郭　选

秦老大今年六十八了，这天，他和往常一样，在自家地里干活，一队骑自行车旅游的退休老人路过，向他讨水喝。

这些退休老人骑着改装的电动自行车，戴着清一色的船型头盔，个个脸色红润，有说有笑。他们见这么热的天，秦老大还顶着日头在地里干活，便同情地说：“看你这岁数，要是在城里，早该退休享清福了。唉，真是怪可怜的！”

秦老大一听，像受到了侮辱，脖子一梗，道：“我在地里干活怎么了？我们农民一辈子就是这么过来的。”

一个骑游队的老人说：“这也难怪，没吃过海蜇，当然觉得黄瓜最脆，你要是过几天我们这样的生活，恐怕就不会这样说了。”

秦老大仍然不服气，骑游队的队长姓方，他提议说：“我们马上要去下一个景点，离这儿不远，要不你跟我们一起去玩一天，也好体会体会什么叫休闲旅游。”

秦老大也真有点好奇，就说：“走就走，我倒要看看，你们这日子过得到底有啥不一样。”

老方的车后座正好空着，秦老大就坐了上去。车子骑出没多远，秦老

大就叫起来："你这是什么车啊？晃得像筛糠，我这几根老骨头都快给晃散架了。"

老方哈哈大笑，说："老哥，你这就不懂了，这改装的电动自行车，俗名蹦蹦车，车子骑起来一颠簸，全身抖动，比按摩还舒服呢。实话给你说，我们旅行团里不少人都有小车，可大家宁愿骑蹦蹦车，这里面的好处可多着呢，不但健身，还可以零距离亲近大自然……"

老方话没说完，旁边有人大声接着说："还可以防止第三者插足呢！"

秦老大一愣，没明白是什么意思，再一看，接话的这个老头车后座上坐着老伴，蹦蹦车较小，两人坐上就满满的，容不下第三个人，可不是防止第三者插足吗？弄清缘由，秦老大不由也笑了："你们这些城里人，还真能想花样！"

走了没多远，就该吃午饭了，骑游队在路边一个农家乐停下了。秦老大一看他们点的菜，直摇头，筷子都下不去，这都是些什么菜呀：炒槐花，炸蚂蚱，凉拌苦瓜丝，清蒸大南瓜。秦老大不屑一顾的东西，他们却吃得津津有味，还不时啧啧称赞。

秦老大忍不住道："你们真是找罪受，要是在我们村子里，谁拿这些菜来待客，还不被人笑话死！"

"大肉吃多了没好处。"老方说道，接着给秦老大上了一堂简单生动的养生课。秦老大洗耳恭听，心里却有点不以为然。

饭没吃饱，坐得又难受，秦老大还真没觉出这休闲旅游有啥好来，好在新景点马上要到了，他这才打起了精神。

这个景点建在城郊，名叫"世界奇观"，景区里按比例微缩仿建了世界各地的著名景观：巴黎凯旋门、悉尼歌剧院、埃及金字塔、比萨斜塔……应有尽有。秦老大这辈子别说出国，连省城也没去过，他从景点大门往里瞅，里面都是些没见过的新鲜玩意。他的好奇心顿时被勾起来了，歪着头直往里看。

这时老方走过来，推推秦老大：“别在门外看了，咱进去吧，这里门票价180元，但老年人是免费的，不用买票。”秦老大没想到还有这样的好事，非常高兴，挺起胸脯来到进口。

骑游队的退休老人们掏出证件，轻松地进了景区。轮到秦老大时，检票员向他伸出手：“老年证！”

秦老大只办过身份证，老年证他连听都没有听说过。他再一看老方他们，手里都拿着一个小本本，上面写着“老年证”三个字。

“我没有老年证。”秦老大实话实说。

检票员伸手拦住他，说：“没有老年证不能进。”

秦老大不懂了，问：“不是说老年人免费吗？”检票员点点头，秦老大接着问道：“你看我不老吗？我都快七十了，要是我这样的都不算老人，那多大岁数才算老人？”

检票员回答：“要看面相吧，这些人里还真数你最老，可是凭老年证参观，是我们这里的规定。”

其他队友纷纷替秦老大说情，有的说他的证件忘在家里了，有的说我们一起来的，这么多人，不差他一个，就让他进去吧。

检票员没有说话，显得挺为难。秦老大挠挠头，说：“这么说来，你们是认证不认人了？”

检票员尴尬地笑笑，道：“也不能这么说，不过，只要是退休的人，谁没有老年证呀？你自己忘带了，可怨不得别人。”

秦老大叹了口气，说：“实话告诉你吧，我不是忘带了，是压根没有那玩意儿！我们成年在地里干活，谁让我们退休，谁给我们发老年证呀？”

事情到了这一步，大家都有点尴尬了，骑游队的老方对秦老大说：“咱们是一起来的，也得一起进去。”边上几个老人也说，愿意出钱帮秦老大买票。

没想到秦老大的倔脾气也上来了，说什么也不肯进这个景点了，最后，他看老方他们实在过意不去，就问老方借了相机，说：“你给我在这门口拍张照吧，也算出来旅游了一回。”拍完照，秦老大让大家先进去，自己在外边等着。

等老方他们出来的时候，太阳都快下山了。回去的路上，秦老大看着大家数码相机里拍的照片，心里突然有点酸酸的。这种心情，可是他出来之前没想到的。

快到家的时候，秦老大看到路上有两个老哥们扛着锄头，忙从蹦蹦车上跳下来打招呼。两个人盯着他看了好几分钟，才认出来，一个哥们拍了

他一巴掌，道："好啊，戴上头盔我都不认识了，你啥时候也退休了？"

另一个则开玩笑道："我说马群里怎么跑出个牛来，你这个老牛呀，能和人家吃惯一个槽里的食吗？"

秦老大叹了口气，说出了一句憋了很久的话："唉，今天我才知道，咱们和人家真的不一样。退休……真好！"

一个老哥们挥挥锄头，道："你想得美，咱肩膀上的缰绳，不到死摘不下来！"

骑游队把秦老大送到家门口，老方和队里的老人们都有点不好意思，觉得对不住秦老大，秦老大却主动说道："没事，谢谢你们，让我也感受了一把退休的滋味！"

秦老大的话音刚落，从路边的玉米地里钻出个须发皆白的老者，冲着秦老大喝道："你到什么时候才能长大啊！都几十岁的人了，还是玩心不退，话也不留一句，跟着人家就走，玩到天黑才回来，玩够了没有？"

众人都有点莫名其妙，老汉这是训斥谁呢？再一看秦老大，大家明白了，只见秦老大低着头，恭恭敬敬地垂手站立，活脱脱一个做错事的孩子。

老汉余怒未消，胡子一抖一抖的："我都九十出头了，还不敢说退休，你倒好，年纪轻轻就想着学人家退休，想着到处玩！你看地里的草都荒成什么样子了？还站着干什么，趁天还没黑，还不快跟我到地里拔草去！"

老汉一转身又钻进了玉米地里，秦老大赶紧一溜小跑跟了过去，走到玉米地跟前，他突然想起忘跟大伙说再见了，急忙转过身，向大家眨巴眨巴眼睛，伸出一个手指晃了晃。

那意思大家也都明白："唉，我也退休了一天呢！"

（题图、插图：谭海彦）

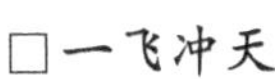

狗为啥不叫

男人在外打工，最惦记的是自己的老婆，最担心的也是老婆：既担心老婆身体不好，没人照顾；又怕老婆耐不住寂寞，移情别恋。这不，杨峰在外打工两年，终于有个机会回家，见见老婆了。

迈进自家的院门，杨峰抑制不住激动的心情，大声朝屋里喊着老婆的名字："巧玲，我回来了！"

话音刚落，老婆巧玲没出来，眼前却跳出个黑糊糊的家伙，杨峰吓了一跳，定睛一看，原来是一条大黑狗，狗龇着牙，发出敌意的"呜呜"声。

杨峰愣了一下，很快就认出来了，这不是"老黑"吗？自己走的时候，老黑还是条幼崽，现在都长成大狗了。

杨峰喊了一声："老黑！"老黑愣了愣，好像也认出了杨峰，摇着尾巴向他靠近。这时，巧玲从屋里走了出来，杨峰挠着头，朝老婆傻笑起来。

两人进了屋，一坐下就有说不完的话，越说越高兴，正在这时，外面传来几声咳嗽，只听有人问："杨峰回来了吗？"

杨峰从窗口往外一看，院子里站着个男人，是同村的陈海。杨峰突然想起，老黑还在院里呢，陈海平时和自己没什么往来，算是个陌生人，可别让老黑咬着呀！杨峰想着，赶紧跑出屋子，却见老黑已经摇着尾巴围着陈海转开了。杨峰心里闪过一丝疑云，他尴尬地笑笑，说了声："海哥，你来了？屋里坐。"

陈海在院里说："我来没别的事，村里有规定，为了加强治安，凡在外面打工回家的，要填一张表。"说着就从包里拿出张表格来。这时，老黑还摇着尾巴在陈海面前撒娇呢。

杨峰看看那张表，无非是问在哪里干活、在家呆几天之类的，就拿起笔来顺手填了。

等陈海走了，杨峰心里就闹腾开了：老黑对自己都凶巴巴的，对陈海却亲热得不得了，跟见了亲人似的，

连一声也没叫唤。一条狗怎么会对外人这么好？除非这人经常到自己家里来，狗把他当成自己人了，但陈海和自己一向没什么来往，这几年自己又不在家，难道……杨峰越想越有气，心里骂着：亏了这狗给我报信，要不，我戴了绿帽子还被蒙在鼓里呢！

杨峰想和巧玲理论，但又一想，没有证据，这事不能太鲁莽了，得想个办法让他们露出马脚，可用什么办法呢？杨峰又想到了老黑……

第二天吃过早饭，杨峰就带着老黑赶集去了，到了集上，他摸着老黑，说："老黑啊老黑，我这两年不在家，知道你看家护院不容易，可是，见了陈海你为啥不叫呢？今天只好对不起你了……"

接着，杨峰把老黑卖给了狗贩子，又买了一大堆狗肉，还顺便跟人家要了些狗血。

杨峰回来时正好巧玲不在家，他便忙碌开了——先把那些狗血洒了点在衣服上，其余的都泼在了院子里，然后把狗肉煮在了锅里。过了一会儿，巧玲回来了，她看到院里有一摊血，忙问怎么了。杨峰理直气壮地说，他把老黑给杀了。

巧玲心疼地说："你疯了？好好的狗，为什么说杀就杀了？"

杨峰说："杀了好，这样不好好看门的狗，就该有这个下场。"

巧玲抹着泪说："这两年来，老黑

一直跟我做伴，它怎么不看门了？”

杨峰却不吭声，心想，好戏还在后头呢。狗肉煮得差不多了，杨峰就到外面去买酒，并顺便到陈海家请他来喝酒。杨峰想，陈海要是推脱，就说明他心里有鬼，可没想到，陈海竟很爽快地答应了。

陈海一来，也看到了院子里的杀狗“现场”，杨峰趁势对陈海数落了一通老黑不好好看门的“罪行”，没想到，陈海听后神态自若，只是说了声“可惜”。

狗肉端上来了，杨峰让巧玲也来作陪，心想，我就不信你们不露馅。饭桌上，杨峰旁敲侧击地说了一堆话，陈海却无动于衷。酒喝到最后，陈海还对杨峰说：“谢谢你这场酒。说起来，小时候咱们还是同学，这几年走动少了，现在才知道，你心里还挂念着我，真够朋友！”

送走陈海，杨峰想：难道是我多心了？但他还不死心，还想看看老婆巧玲有什么反应。夜里，杨峰一直没睡，听着巧玲的动静，可巧玲却睡得很香，连个翻身都没有。

没听到巧玲的动静，却听来了别的动静。睡到半夜，杨峰听到客厅里传来轻微的响声，再仔细一听，好像有人。杨峰忽地一下从床上坐起来，不好，家里没了老黑，招贼了！杨峰翻身下床，轻手轻脚地走进客厅，果然见有一个人在翻箱倒柜。杨峰顺手拎起根棍子走了过去，一棍子就打在那贼腿上。贼大叫一声，把杨峰推倒在地，转身就跑。

杨峰爬起来追赶，出了院门，外面黑咕隆咚的，也不知贼往哪个方向跑了，正束手无策，这时，他听见有人走了过来，等走近了才认出，来人是村里的马二叔。

没等杨峰说话，马二叔先开口了：“杨峰，快帮个忙，陈海的腿伤着了，咱送他去医院。”

杨峰一听，气就不打一处来，他试探着问：“大半夜的，陈海的腿怎么伤了呀？”

二叔着急地说：“还不是为了你！”

“为了我？”

“刚才你家里是不是招贼了？”

“是呀！”

“那贼跑到巷口，正好叫陈海碰上了，他想把贼制服，可那贼的劲太大了，结果陈海扭伤了腿，还是让那贼跑了。”

杨峰转念一想，又问：“天都这么晚了，陈海还出来干什么？”

二叔说：“你刚回来，村里有些事还不知道呢。”

原来，村里很多男人都像杨峰一样到外地打工去了，家里只剩下了女人。外面有些不三不四的人就趁虚而入，到村里来偷盗。陈海把村里没出门打工的男人都召集了起来，组成了

夜间巡逻队，保护村里的平安。

杨峰听到这里，有点感动，这几年自己在外面净担心家里的情况了，没想到有陈海这些人默默为自己守着门。可他心里还有一个最大的疑惑没解开，那就是，老黑见了陈海，为啥不叫呢？

杨峰带着疑问回到家，巧玲还在睡觉，杨峰忍不住把巧玲推起来，说出了自己这几天的心思。巧玲听完，又气又笑，她狠狠地捶着杨峰，说："你怎么能这么想呢？我是那种人吗？这几年陈海哥巡逻时只在咱家门口转，他知道咱家没男人，根本就没踏进咱家一个脚印。"

杨峰疑惑地问："那我就不明白了，为什么老黑见了陈海一声也不吭，还拼命摇尾巴呢？"

巧玲想了想，说："我明白了，老黑不是和陈海熟，而是听惯了他的咳嗽声啊！"

陈海没有出去打工，正是因为他身体不好，患有呼吸系统的疾病，带病巡夜时常常咳嗽，后来，女人们听到这熟悉的咳嗽声，心里就踏实了，这就像一个安全信号，等于在说：我们在外面守着呢，放心地睡吧！家里的狗听到外面的咳嗽声，刚开始还叫上几声，到后来熟悉了，一听到那咳嗽声就知道是自己人，也就不叫了。所以那天老黑一听到陈海的咳嗽声，就知道是每天夜里在家门口转悠的人，如见了亲人一般……

杨峰听后，低下头来，说："我真混，我冤枉了一条好狗，也冤枉了一个好朋友呀！"

几天后，杨峰到集上又把老黑买了回来。

杨峰再次出门打工前，把陈海和村里巡夜的人都请到家里，摆上一桌丰盛的酒席。席间，杨峰举起酒杯对大家说："回去我一定跟外面的弟兄们说，家里一切都好，有乡亲们守着门呢，让他们放心。"

（题图、插图：魏忠善）

说他没钱吧，他的收入是人均收入的两倍；说他有钱吧，却连电费也交不起。到底有钱没钱，这背后有个辛酸的故事……

捐款背后的故事

□陈　琪

牛若闻是电视台的实习记者，这天，他正扛着摄像机满大街找素材，晃悠到文化广场，看到那里围了一大堆人，牛若闻来了兴趣，跑过去一看，原来是在为玉树地震灾区募捐。牛若闻打开摄像机，正要拍摄，人群中突然有人高声叫好，原来，一个穿着老土、花白头发的老人捐了整整四百块！

这可是绝好的新闻素材！牛若闻快步上前，想抓拍个面部特写，老人看到牛若闻的镜头，脸上好像有点不自在，低头转身，迈开步子就走。

牛若闻跟在后面不停地喊着“大爷”，没想到老人就是不搭理，只顾低头快步走路，一直走到城中村一间低矮的小屋门前，牛若闻才赶上了老人，老人看实在躲不开，就对牛若闻说：“我一个快进棺材的人有什么好采访的？你还是走吧。”

牛若闻不肯放弃这个好素材，再三恳求老人，说自己就拍几个镜头，老人拗不过，只好答应了。

牛若闻跟着老人进了屋，只见屋里没有窗户，面积不足十个平方，牛若闻进门，连个落脚的地方都没，只能侧身坐在床上。他打开摄像机，发现光线太差，于是问老人：“大爷，您的电灯开关在哪儿啊？”老人答道：“电费太贵，我没用电。”牛若闻听罢，鼻子一酸，心想：自己一定要多拍几个镜头，到时候，将老人家贫困的现

状和他捐款的义举对比，在电视上播出，一定会很有冲击力。

牛若闻一边拍，一边对老人进行采访，这才知道老人姓刘，刘大爷回答了几个问题，突然不好意思地说："记者同志，麻烦你等等，我出去上个厕所。哎！人老了，一天跑好几趟。"说着，慢吞吞地出门去了。

刘大爷出去后，牛若闻越发感慨，这屋里竟然连个卫生间都没有！好人要有好报，自己一定要趁这个机会帮帮他。想着，牛若闻又举起摄像机，拍起了那满是补丁的床单。拍着拍着，一不小心，枕头边的一本笔记本被牛若闻碰掉，落到了地上，他赶紧捡起笔记本，扫了一眼上面的内容，似乎是本账本，记载很详细，连早上花一元钱买了三个馒头都记上了。

牛若闻突然有了个好主意：老人省吃俭用的账本和几百元的捐款数额对比，一定更有说服力！想到这里，他随手翻开一页，拍了起来。这一页记的是4月30日，拍着拍着，牛若闻惊呆了，只见账本上写道：

"4月30日。本月收入汇总：房租700元、分红2400元、小店400元、工资800元，合计4300元。"

牛若闻所在的是个小城市，人均工资还不到2000元，一个月收入4000多元，可算是高收入了！这样的话，老人捐款的行为就没有什么新闻价值了。可是，如果老人真的这么有钱，他为什么还要住在这里，过着连电都用不起的苦日子呢？牛若闻拿着账本，糊涂了。

这时，刘大爷回来了，一进门就看到牛若闻手中拿着账本，于是苦笑了一下，说："记者同志，你调查真够仔细的，连我的账本都翻出来了。"

牛若闻忙道："大爷，我是无意中看到的，这上面写的，是您的真实收入吗？"

刘大爷点点头，说："没错，我有

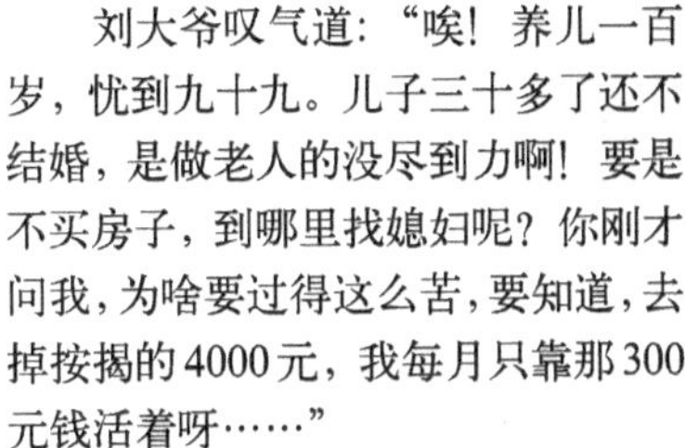

一套两房一厅的老房子，我舍不得住，700元租给了别人，自己搬到这里，一月房租才90元。我用一辈子攒下的3万元和做酱菜的手艺，用亲戚的名字入股了一家酱品厂，每月他们给我2400元分红。”

牛若闻问：“那小店和工资的收入呢？”

“市里有规定不让居民楼一楼开小店，但是特困户例外，所以我把特困证明借给别人用，人家每月给我400元。我一个孤老头子，反正晚上也睡不着，就给开发区一家厂看门守夜，工资是800元。”

牛若闻听了，惊叹道：“大爷，您这收入都快赶上省城的白领了，为啥还过得这么苦呀？”

刘大爷闻言，呆了半晌，两行眼泪流下了面颊，对牛若闻说起了原委：

原来，刘大爷有三个儿子，最小的那个还在念大学，两个大儿子在外地工作，都三十多了还没结婚，刘大爷急呀，天天催他们快点成家。两个儿子被催急了，反问：“结婚结婚，结婚要买房啊！房价这么贵，难不成你老人家能赞助点？”刘大爷一咬牙，答应道：“只要你们买，按揭我来，我一个月给2000元，一人2000！”在他的强力支持下，两个儿子贷款买了房。

牛若闻听到这里，很生气：“您都这把年纪了，还这么辛苦贴儿子！他们没本事可以不买房啊！”

刘大爷叹气道：“唉！养儿一百岁，忧到九十九。儿子三十多了还不结婚，是做老人的没尽到力啊！要是不买房子，到哪里找媳妇呢？你刚才问我，为啥要过得这么苦，要知道，去掉按揭的4000元，我每月只靠那300元钱活着呀……”

牛若闻听了感慨不已，突然，他想到了一件事，就问刘大爷：“既然您这么困难，那今天在广场上，为什么还要捐这么多钱呢？”

刘大爷叹了一口气，说：“你先把那机器关了，我就告诉你为什么……”

牛若闻十分好奇，他真的把摄像机关了，刘大爷这才说：“我不是还有个小儿子在大学念书吗？他最近在竞选学生会干部，说要在学校的论坛造、造势炒作，我也不懂这些，就问他咋炒作。这小子说，要在网上晒什么捐款发票。唉，我捐款就是为了要这张捐款发票呀！”

牛若闻听完，心里“咯噔”一下，半天不知道说什么好。刘大爷看着他的表情，说：“记者同志，不好意思，让你白忙了一场。”

牛若闻摇摇头，突然打开摄像机，说：“不，大爷，您刚才说的这些，才更值得关注啊……”

（**题图**、**插图**：刘斌昆）

·中国新传说·

高原神鸟

□蔡美美

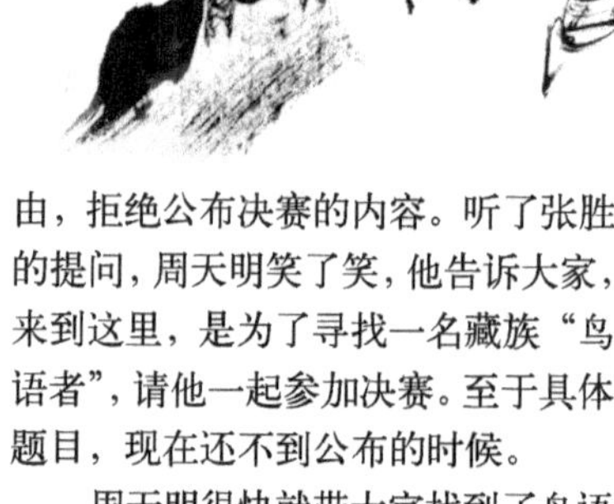

一辆越野车奔驰在青藏高原上，坐在车子前排的周天明是一家大型鸟园“鸟语林”的老板，他这次来青藏高原，是为了举办一场鸟语大赛的决赛。车后排坐着的两个中年汉子，一个人称南鸟王张胜，一个人称北鸟王赵元，都是数一数二的鸟语高手。在鸟语大赛的初赛中，他们各自露了一手绝活：张胜凭着惟妙惟肖的口技，唤出了“鸟语林”走失多日的锦鸡；而赵元则用娴熟的鸟语和苍鹰对话，最终成功地让苍鹰降落在了自己的手臂上。因为两人的技艺不相上下，鸟语大赛的举办者周天明这才提出，去青藏高原举行一场加赛，大赛的奖金也随着提高到了十万元。

越野车在青藏高原上行驶了好几天，这天，车子终于在一个小村庄停了下来。一行人下了车，张胜忍不住问周天明：“周老板，现在你可以公布决赛的题目了吧？”

原来一路上，周天明都以保密为由，拒绝公布决赛的内容。听了张胜的提问，周天明笑了笑，他告诉大家，来到这里，是为了寻找一名藏族“鸟语者”，请他一起参加决赛。至于具体题目，现在还不到公布的时候。

周天明很快就带大家找到了鸟语者的家，这是一间结构简单的平房，房顶用一种当地风化了的“垩嘎”土打实抹平，和周围的小楼比起来，显得简陋寒酸。周天明一边叫门，一边感叹：“这么多年了，一点也没变。”

开门的是一个清瘦的年轻人，自称名叫朗杰。周天明问：“鸟语者桑珠在家吗？我是他的老朋友。”

朗杰说：“家父两年前就去世

了。”

“去世了？”周天明显得非常失望。

朗杰端出酥油茶招待大家。周天明问：“你父亲是高原上最有名的鸟语者，他的技艺一定全传给你了？”不料朗杰摇了摇头，说：“父亲只教我要爱护鸟儿，并没传给我鸟语。”周天明不信，他提出要朗杰带路去观鸟，朗杰爽快地答应了。于是，一行人向草原深处进发。

一路上，朗杰非常兴奋，不停地给大家介绍这一带的鸟。一行人来到一个草坡上，朗杰突然蹲下了身子，指着草丛中的一个小坑说：“看，这是藏鹀的家。”张胜和赵元虽然见多识广，却是第一次听说藏鹀这个名字。朗杰告诉大家，藏鹀是这一带特有的鸟，它把自己的家安在牦牛踩出来的坑里。大家一听，都围上去看，朗杰忙说：“不要走得太近，破坏了鸟窝周围的环境，它就不肯回来了。”

这一个鸟窝里有好几枚卵，朗杰很高兴，他把鸟窝周围大家踩倒的草都小心地扶起来，又从怀里掏出一块脏兮兮的布，放在离鸟窝不远的地方。赵元不解，问：“这不是污染环境吗？”

朗杰笑着说：“这你们就不知道了。”朗杰告诉大家，藏鹀最大的天敌是獾，这家伙常偷吃藏鹀的卵，但獾的视力很差，它找食物靠的是嗅觉，所以只要把沾有人类气味的东西放置在藏鹀窝附近，让獾误以为附近有人，它就不敢靠近了。

这时，周天明突然说：“大家都想看一看藏鹀的真面目，你能不能把它叫出来。”

朗杰摇了摇头：“藏鹀很害羞，我跟踪了它很久，也拍不到一张清晰的相片——”

就在这时，草丛里响起了几声清脆的鸟鸣，朗杰兴奋地说：“听，这就是它的叫声！”南鸟王张胜听了片刻，兴奋地说：“我来试试吧。”说着，他摘了片草叶放在嘴里，学了几声刚才的鸟叫，但藏鹀却没有现身。

北鸟王赵元早就跃跃欲试，便说：“我试试吧。”他也学了几句，可草丛里还是静悄悄的。赵元的面孔微微泛红：“看来这鸟也有方言。我们的声音只是形似，还不能真正打动它。”

朗杰有点失望，这时，忽听耳边响起了几声鸟鸣。“藏鹀出来了！”众人惊喜地回头一看，却发现发出声音的是周天明，他不借助任何工具，只是嘴唇微动，就发出了和刚才一样的鸟鸣声！

大家屏气凝神，不一会儿，一只黑头红背的小鸟出现在灌木枝头，和周天明“交谈”起来！

张胜和赵元对视了一眼，心中充满了疑惑：从没听说周天明也会鸟语，可他今天露的这一手，却绝不在

自己之下……

这时，朗杰已经一口气拍了好几张照片，他高兴地说："太感谢你们了！你们有什么需要我帮忙的吗？能做到的，我一定帮你们。"

周天明似乎早就在等朗杰这句话，他胸有成竹地说："我们想一睹雪雕的风采，你带我们去吧！"

朗杰眼里的光一下就暗淡了："雪雕是高原上的神鸟，不是谁都能见到的。我可以带你们去，但不能保证你们能见到。"张胜和赵元对望了一眼，两人以前都没听说过这种鸟。

一行人在朗杰的带领下，开始攀登一座叫梅贡的山峰。好容易攀到了峰顶，却发现山上除了一堆乱石，什么也没有。

"雪雕呢？"张胜疑惑地问。

朗杰指了指对面："传说雪雕就生活在对面的山顶。"

对面的山比他们脚下的这座山要高得多，山顶还有积雪，雪峰在云雾中若隐若现。周天明站在峰顶，大声说道："现在我宣布，谁能把雪雕召唤出来，谁就是这一届鸟王大赛的冠军，就能获得十万元的奖金！"

原来这就是决赛的题目！

众人闻言，沉默了好一会，赵元苦笑了一下，先开了口："难哪！谁也没见过这种鸟，更别说听过它的叫声了。"张胜也连连摇头，对周天明说："周老板，来到高原我们才知道天外有天，我们这两下子在你面前，不过是班门弄斧，奖金我们是不敢想了，只希望你露一手，把雪雕召唤出来，让大家见识见识，也就心满意足了。"

大家都把目光投向了周天明，周天明却摇了摇头："我这点雕虫小技，哪里配称'鸟王'？真正的鸟王就在你们面前。"说着，他指了指朗杰。

朗杰是"鸟王"？张胜和赵元都吃了一惊，朗杰听了这话，脸也涨得通红，连连摇手。

周天明说："当年我就败给了你

的父亲桑珠，他一定把平生技艺都传授给了你。朗杰，你不用再掩饰了。”他想了想，又说：“我现在宣布，比赛的奖金提高到五十万。谁把雪雕召唤出来，谁就可以得到这五十万。”

朗杰低头深思了一会儿，似乎下定了决心，抬头说道：“如果我召唤出了雪雕，你真的就给我五十万？”

周天明肯定地点了点头。

朗杰深吸了一口气，说：“我不会鸟语，但我可以试一试，因为召唤雪雕，还有另一种方法……”

朗杰一步步向悬崖边走去，大家屏气凝神地看着他，只见他缓缓地举起了双臂，悬崖上的风呼呼地吹着，他的袍袖鼓了起来。朗杰闭上了眼睛，嘴唇微动，似乎在向上天祈祷，又似乎在向大地诉说。突然，他长啸一声，像一只大鸟般地飞下了悬崖！

所有人都惊呼起来，谁也没有想到，朗杰竟会用这种方法召唤雪雕！由于事发突然，谁也来不及救援。正在这时，只见对面的雪峰上腾起了一股雪雾，一只白色的大鸟收拢双翅，似离弦之箭一般射下了峡谷！

“雪雕——”周天明惊喜地大叫了一声。大家奔到悬崖边一看，峡谷里云雾缭绕，什么也看不清。

一行人跌跌撞撞下了山，在山间峡谷，大家老远就看见了朗杰，他一动不动地躺在地上，看来凶多吉少！可当大家来到朗杰身边时，却发现他居然睁开了眼睛，他还活着！

看到大家紧张的表情，朗杰笑了：“我没事，刚才是雪雕救了我！在空中的时候，我感觉到它抓住了我，然后轻轻把我放到了地上……我知道我不会死的。父亲说过，雪雕是神鸟，只有最虔诚的鸟语者才能见到，他曾经亲眼目睹雪雕救了从这儿跳下去的一个鸟语者。”

听了这话，张胜连连摇头，赵元也忍不住问：“就算是这样，值得用生命去冒险吗？”

朗杰憨厚地笑笑，说：“山谷下是一条河，万一雪雕没有出现，我也不一定会死的，而且我想得到那笔奖金，不是为了我自己。”

朗杰说，他从小跟着父亲在草原上做鸟类保护工作。以前，很多牧民都有放生的传统，每年把一定数量的牛羊放到草原上去，让它们自生自灭，这也是给雪雕提供食物的一种方式，可现在人们的观念变了很多，这样做的人越来越少，朗杰却还坚持这样做，他想得到那笔钱，用来做一个保护鸟类的基金……

朗杰的话让大家震惊。良久，周天明说：“我相信朗杰的话，因为……我就是当年从这里跳下去的人。”

周天明告诉大家，他小时候就喜欢学鸟叫，长大后就到处和别人比试“鸟语”，几乎打败了所有对手。有一

天，他偶然听说了雪雕这种神鸟，便一心想亲眼见识见识。他历尽艰险来到青藏高原，在这里邂逅了鸟语者桑珠，桑珠高超的鸟语技巧令周天明震惊。桑珠还告诉他，雪雕是神鸟，不是谁都可以见到的，劝他下山回去！

站在悬崖边，周天明想到自己九死一生到了这里，却见不到神奇的雪雕，一时万念俱灰，他眼一闭，从悬崖上跳了下去……

醒来的时候，周天明发现自己躺在地上，竟然毫发无伤！他百思不得其解，但从此他反倒没了死的念头，回到家乡，他从一名普通的训鸟员做起，成就了今天的事业。

听完周天明的亲身经历，大家感慨不已，张胜想了想，说："雪雕救人也许没错，刚才我们都看到了，朗杰一跳下去，雪雕就跟着俯冲了下去。不过，这也许是因为以前经常有人在那里投喂牛羊肉，使雪雕误以为那是投喂的食物，等抓住后发现是人，就放到了地上……"

周天明摇了摇头："你说的也许有道理，但作为一个鸟语者，我宁愿相信这世界上真的有神鸟。"

周天明告诉大家，他这次举办鸟王大赛，本意是想选拔最优秀的鸟语者，召唤出雪雕，最好能捕获一只雪雕，有神鸟做噱头，鸟园的生意一定会更加兴隆，但目睹了朗杰跳下悬崖的一幕，周天明顿悟，当年自己跳崖不死，不是因为天意，而是雪雕救了自己……周天明决定，以后每年拿出"鸟语林"的一部分利润，用来保护雪雕和这里的鸟类。

几天后，一行人要离开了。汽车开动了，朗杰的身影越来越小，周天明和南北鸟王隔着车窗，不停地挥手，他们都在心中默默地说："祝福你，高原上的鸟语者！"

（题图、插图：刘斌昆）

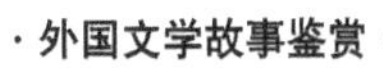

根据美国作家劳伦斯·布洛克原著改编

如果这人死了

克拉夫特是个小职员，他嗜好赌马，可总是输多赢少。这天早上，克拉夫特十分郁闷，因为邮差给他送来了六封信，其中五封都是催款的账单，而他根本没钱付账。第六封信他倒没有想到，那是一张简短的通知书，开头写着一个姓名：

约瑟夫·内曼先生

下面是一句话：

如果这人死了，您可获得五千美元。

克拉夫特把信翻来覆去地看，信封很普通，上面打着自己的名字和办公室地址，没有发信人的姓名地址。信封上盖有邮戳，可是字迹模糊，看不清楚。克拉夫特想，发信人大概是个白痴，或者在开玩笑，他随手把信扔了。

一个星期后，克拉夫特已经把那封信忘了，他从没听说过什么约瑟夫·内曼先生，所以对收到五千美元根本不抱幻想。可就在这时，他收到了第二封相同的来信，他打开信封，里面有一张折叠的信纸，还有十张崭新的五百美元钞票，信纸上打着字：

我非常感谢！

克拉夫特有点茫然，他想弄清楚是谁感谢他，为了什么竟然给他五千美元。这时，他想起了上星期收到的那封奇怪的信，于是到报亭买了张晨报，他在讣告栏里看到，约瑟夫·内曼先生因久病医治无效在医院去世，享年六十七岁……

这是怎么回事？克拉夫特想不明白，可他还是兴高采烈地把钞票存进

了银行。

过了不久，克拉夫特又收到一封熟悉的信，这回他一看到信封就高兴地把它拿在手里不停地转着，就像天真的小孩收到一包礼物，他把信拆开，信纸上面又是个陌生名字：

雷蒙德·安德森先生

下面是：

如果这人死了，您将获得七千五百美元。

接连几天，克拉夫特都有点坐立不安，七千五百美元不是小数目，实在诱人……没想到五天后，报纸上真的出现了一则讣告：安德森先生久病后寿终正寝。克拉夫特读到这则讣告时又兴奋又有一种负罪感。

第二天早晨，这笔钱真的寄来了，并有简短的附言：

我非常感谢！

这究竟是为什么？克拉夫特还是莫名其妙，但他开始盼望再次收到这样的信了，七千五百美元帮了他的大忙，但离还清债务还差得远呢。

这天，新的信终于来了，克拉夫特急不可待地拆开信封，信的内容与上两次没什么区别：

克劳德·皮尔先生

下面是：

如果这人死了，您可获得一万美元。

克拉夫特的手在颤抖，数目又加大了！这次，他忍不住抓起电话簿狂热地翻了起来，有了，这就是：克劳德·皮尔，霍尼戴尔街19号。克拉夫特合上电话簿，忍不住猜想：这个克劳德·皮尔是什么样的人呢？他会因何而死？他一定会死，这是注定的！寄信人每告诉自己一个姓名，结果那人都会死，然后自己就会收到钱，所以，皮尔也必死无疑。

克拉夫特忍不住再次打开电话簿，拨打了皮尔家的号码，听筒里传来一个女人的声音：“皮尔先生在医院，你是谁？”

克拉夫特放下电话，觉得心里轻松了些：很清楚，那个皮尔生病了，他也会死的，自己就等着收钱好了。

下午，克拉夫特又给医院打电话，得知皮尔先生两天前做了手术，恢复情况良好。克拉夫特想，他的病一定会复发的。为了缓解焦虑的情绪，克拉夫特出门去赌马，结果又输了……

接连三星期，克拉夫特几乎每天都打电话探问皮尔先生的病情，病人的情况在不断好转。有一次，护士告诉他病人情况不好，已经失去知觉，但第二天护士又高兴地说皮尔先生苏醒了，这使克拉夫特感到非常恼怒。

从这一天起，皮尔先生逐渐复原，最后竟然康复出院了。克拉夫特常常想：只要皮尔死了，自己就能获得一万美元，可现在皮尔竟奇迹般地活过来了，一万美元泡汤了，假如皮尔发生了什么事……克拉夫特极力想驱走这个念头，然而毫无效果。他突然想到：要让皮尔死掉，其实也不难，如果他选择一个适当时机，杀了皮尔后马上逃走，那么谁也不会知道凶手是他……这个想法一冒出来，克拉夫特就吓了一大跳，他对自己说：不能这样做，自己没有这笔钱也可以应付过去，虽然他早就把这一万美元算在自己账上了……

就在克拉夫特陷入焦虑时，皮尔先生的名字竟然出现在了所有报纸的头版：一天夜里有人钻进皮尔家，把他杀死在床上，凶手已经逃之夭夭，杀人原因尚未查清。警察局感到束手无策。

克拉夫特读到这则消息时心里一沉，这件事给他的第一个感觉是犯罪感，好像是他自己拿刀刺进了皮尔先生的胸膛。

第二天，那封盼望已久的信准时来了，信里夹着十张千元美钞和熟悉的字条：

我非常感谢！

这一万美元帮了克拉夫特的大忙。

这件事过了不久，新的信又来了，信上写着另一个陌生名字：

利奥·丹尼森

下面是同样的话：

如果这人死了，您可获得两万美元。

克拉夫特拿着信，连气都喘不过来了，他极力控制自己，再读了一遍这封信，然后，他把过去的信和这封信都撕得粉碎，扔进马桶里冲掉了。

第二天，克拉夫特翻开电话簿查了起来，丹尼森住在卡德伯里街的一幢公寓大楼里，克拉夫特打电话给他，但没有人接。丹尼森是位律师，电话簿上还有他事务所的电话号码，克拉夫特又打电话到那里，女秘书说他开会去了。

克拉夫特的脑子不停地转着：如果这人死了……但丹尼森身体健康，他在工作，还去开会呢。寄信人也一定清楚这些，但毕竟是两万美元啊！

怎么办？克拉夫特没有手枪，也不知道什么地方可以弄到手枪，也许

用汽车把他撞死？但警察总是能找到肇事后逃走的司机……

一连两天，克拉夫特忍不住老想着丹尼森，想着那两万美元……想着谋杀的事。

第三天，他打电话给妻子，说自己下班后直接去赛马场，其实却来到了丹尼森家所在的街道。他在这条街上整整徘徊了两个小时，最终还是下定了决心，趁看门人离开的间隙，他潜进了公寓大楼。丹尼森的房门锁着，但像大部分有看门人的大楼那样，锁都是用数字开的，克拉夫特尽管满身是汗，全身战栗，终于还是把门打开了。

当他潜进律师家里时，他的恐惧突然一扫而光。“一切都是注定的！”他反复对自己说。约瑟夫·内曼注定要死，他死了；雷蒙德·安德森注定要死，他死了；克劳德·皮尔注定要死，他也死了；现在利奥·丹尼森注定要死！克拉夫特不再多加考虑，他现在只想完成任务……

他静静地等了三小时，当房门钥匙一转动时，他就悄悄溜到门旁，把壁炉的拨火棍举过头顶。丹尼森进来了，拨火棍打在丹尼森的头上，他一声不哼地倒在地上，拨火棍又打了两下，丹尼森一动也没动，他死了。

克拉夫特擦干净血迹，抹净所有可能留下指纹的地方，从后门走了……

这天晚上，克拉夫特睡不好觉，他心里明白，其实，在思想上他早就是个杀人犯了，当他希望安德森死时，当他冒出念头想杀死皮尔时……现在，他只是从思想走到了行动。

两天后，克拉夫特上班时发现办公桌上有他熟悉的信封，这封信比以前的更厚些，因为信里夹有二十张千元美钞，但信的内容使他感到惊奇。信还是像先前一样打着：我非常感谢！不过下面还有一个奇怪的句子：

您喜欢您的新工作吗？

（编译：吴显泉）

（题图、插图：佐　夫）

老人是家里的宝，是亲情的黏合剂，随着老人的离去，原本和睦的家庭发生了微妙的变化……

天价托梦

□王彦民

老刘头去世后，住进了阴间的一所老年公寓。

这天是清明节，老刘头一大早就起来了，没多久传来一阵敲门声，老刘头打开门一看，乐得胡子直颤，门外站着的，正是他一心盼望的邮差。

邮差递给老刘头一摞纸钱，然后掏出汇款单，让老刘头签收，老刘头笑眯眯地低头一看，忽然皱起了眉头，问："这纸钱是我家老大寄来的？没有我家二小子的份儿？"

邮差看了看，说"这不写着吗？刘大爷，今天是清明，这是您家老大孝敬您的过节费。"

老刘头忧心忡忡地签了字，回到屋里，一屁股坐在床上发呆。

过了约莫两个小时，邮差又兴冲冲地来敲门："刘大爷！您老真有福气，您家老二也给您送钱来了！"

老刘头打开门，接过汇款单一看，突然老泪纵横，不住唉声叹气。邮差纳闷了，他看了看老二送来的那摞纸钱，安慰道"刘大爷，您就知足吧，哥俩都惦记着您呢。虽说送的钱少点儿，可比起那些后人不给送钱的穷鬼强多了。"

老刘头听了这话，却还是连连摇头："你不懂，我不是因为钱少伤心……"

等邮差走了，老刘头关起门来将自己所有的积蓄数了两遍，找了个破书包装好，出门直奔托梦局。

啥是托梦局？简单地说，就是负责阴阳两界亲人联系的部门。到了托

梦局，老刘头就被墙上悬挂的价目表吓得直吐舌头：“我的妈啊！咋比阳间电视台黄金时段的广告费还贵啊？我手里这点钱，还不够托两秒钟梦呢。”

老刘头垂头丧气地回了家，换了件衣服，上外面找活干去了。

就这样，为了完成给儿子托梦的愿望，老刘头省吃俭用，啥脏活累活都干，终于，在第二年清明节的前两天，老刘头攒足了托梦局规定的十秒钟最低消费的费用。

这天，老刘头借了个小推车，一步三晃地把攒的钱推进了托梦局。

托梦局的工作人员看了看面黄肌瘦的老刘头，疑惑地说：“我说这位老同志，你手里这些钱吃点喝点多好，有啥要紧的事，非要跟儿孙们交代啊？”

老刘头苦笑着摇摇头，没有回答，固执地办理了托梦业务。

当天晚上，老刘头就顺利地进入了两个儿子的梦乡。

第二天天没亮，老刘头的大儿子从睡梦中惊醒，忙推了推在身旁说着梦话的老婆，说“喂！我刚才梦见爹了！”老婆吃惊地看着老大，说：“我也梦见咱爹了，他、他对你说啥了？”

老大沉思一下，说：“爹说，今天是清明节，让咱们早晨六点准时去上坟。”老婆听完，眼珠子都快掉出来了：“哎呀，六点上坟，跟我梦见的一样！”

两口子一下子没了睡意，穿上衣服，匆忙洗漱，看了看表，时间差不多了，饭也来不及做，就急忙去村头小卖部买了纸钱，一起向埋着老刘头的坟地走去。

也就是前后脚的工夫，老二两口子也抱着一捆纸钱走了过来。两家人对视了一会儿，都不吭声，各顾各摆上祭品，做烧纸前的准备工作。

原来自打老刘头死后，两兄弟渐渐生疏了，去年，因为宅基地的事，兄弟俩竟然大打出手，断绝了往来。

老二手脚麻利，抢先摆完祭品，他点上一炷香，跪地磕头，说：“爹，按照您的意思，六点给您上坟来了！”

老大两口子一听，惊得说不出话，结结巴巴地问：“你、你们也梦见爹了？”

老二看了一眼大哥，想说话，又有点抹不开脸，还是老二媳妇先开口了：“昨天夜里我俩都梦见爹了，他嘱咐我们今早六点准时来上坟……”

双方都惊呆了，等将夜里做的梦交流后，哥俩一下子失声痛哭起来：“爹啊！我们哥俩在一个村住着，却分头给您烧纸钱，您一定是通过这件事，知道了我们哥俩不和，这才嘱咐我们同时上坟，给我们一个和好的机会……以后我们还是亲兄弟，您老就放心吧！”

（题图：谢　颖）

中国汉子

□彭晓风

1943年春的一天，清河南岸王庄的一户人家张灯结彩，锣鼓喧天，原来庄里的大夫王顺今天成亲。喝过喜酒，闹过洞房，庄里人散去，王顺望着新娘子菊花娇美的脸庞，想借着酒劲去亲一口，可嘴还没凑上去，却感到胸口一阵刺痛，他低头一看，不由倒吸了一口凉气——

只见菊花不知从哪里摸出一把锋利的剪刀，那刀尖正顶着王顺的胸口！

突如其来的变故让王顺惊呆了，一张大麻子脸因为惊恐显得更加丑陋不堪。他结结巴巴地问菊花这是为啥，菊花握剪刀的手颤抖着，惊慌地说："我、我不能嫁给你，你别过来……二旺、二旺他没死！"

王顺像挨了当头一棒，一下傻了。王顺家境殷实，自己又有一手好医术，本不愁找媳妇，可他长相丑陋，小时候还生过天花，落下一脸麻子，既丑又麻，附近的姑娘谁也看不上他。菊花是五里外张庄的姑娘，两年前王顺去她家看病，一眼就喜欢上了，央人去提亲，却被挡了回来，说是菊花已有了心上人，叫二旺，是个八路。王顺认识二旺，知道他和菊花一个庄，小伙子一表人才，王顺自惭形秽，也就死了这份心。可半个月前，菊花妈突然让媒人去王顺家提亲，说二旺两个月前在一次战斗中牺牲了，最近鬼子接连去他们庄扫荡，她怕菊花呆在家里不安全，如果王顺不嫌弃，可随时成亲。王顺心里有菊花，高兴还来不及，哪会嫌弃？当天就请算命先生合了八字，定了日期。

现在菊花突然说二旺还活着，王顺一时不知所措，好半天才明白过来，恼了:“菊花，既然二旺还活着，那你为啥答应嫁给我？你这不是存心羞辱我，让我难堪吗？”

菊花抽抽搭搭地说：“我也是刚才听一个喝喜酒的客人说的。那人不知道我和二旺的关系，说他前几天在给八路军送给养时，见一个人的背影很像二旺。”

“背影像二旺？”王顺像抓住了一根救命稻草，“那也不一定就是二旺啊！”

王顺的话有道理，但菊花还是苦苦坚持:“顺子哥，你是好人，可万一二旺没死，以后我哪还有脸见人啊！”

二旺如果真没死，不仅菊花没脸见人，王顺也没脸见人了，他无奈地摇了摇头，铁青着脸从婚床上抱下两床被子，在地上打了个地铺，和衣躺下，说:“菊花，你放心睡吧，明天我去一趟八路军驻地，二旺如果真活着，你就是我妹子。”

八路军驻地在王庄东面约六十里的二龙山，为兑现自己的话，王顺第二天一大早就往那里赶。

日头一竿子高时，王顺已走了十多里，走着走着，他忽然想起一件事:他与菊花已经拜过天地入了洞房，在乡亲们眼里，他们就是夫妻了，谁会相信他们之间是清白的？即使二旺还活着，菊花回去后，说不定还会有人在背后说他真占便宜假仁义。再说这事一开始就是菊花妈让人来提亲的，二旺要怪，也只能怪罪传信说他死了的人，和自己没关系……

这么一想，王顺的脚步就慢了下来，最后，脚像被什么东西拽住似的，再也迈不动了，他索性一屁股坐在路边歇息。歇息了片刻，王顺想抽支烟，手伸进口袋，却摸到一块银元，他心中一动，掏出银元，往空中一抛，口中默念：正面朝上就去，反面就不去……银元落在了地上，发出“叮”的一声响，他定睛一看，反面朝上，不禁一下跳了起来!

银元让王顺下定了决心，但他没有立即回家，而是在山上找了个地方睡了一觉，到下午才回去。菊花正在新房里焦急地等着，见王顺这么早就回来了，脸一下变得刷白，慢慢从椅子上站起来，用颤抖的声音问:“顺子哥，见、见着二旺没有？”话没说完，眼泪已经像小河似的哗哗淌了下来。

见菊花这样，王顺心里咯噔一下：菊花心里有二旺！二旺如果没死，即使自己和菊花成了亲，一辈子也只能得到她的人，得不到她的心，那日子过得还有什么意思？

想明白这点，王顺突然觉得自己很卑鄙，于是忙说“菊花，你先别哭，我今天没去八路军驻地……”

“你没去？”菊花马上止住了眼泪，半信半疑地问。

王顺脸红了一下，低头撒谎说：“我走到半道被人拉去看病了。你放心，明天我再去。”

第二天王顺在路上没再犹豫，一路健步如飞，天刚晌午就到了二龙山脚下。八路军驻扎在半山腰，王顺刚接近驻地，突然听见前方传来密集的枪炮声，他吓了一跳，赶紧趴在地上，好半天才敢站起来。侧耳听听，感觉八路军和鬼子的交火地点离这里很远，这才站起来，继续往上爬。又爬了一会儿，王顺见山间一块平地上搭着几个帐篷，几个穿白大褂的人走出走进，不时有八路军抬着担架一溜小跑来到这里，王顺知道，这里是战地医院，应该是安全的，就走了进去。

一进帐篷，王顺就被里面的情形吓呆了，几十个受伤的战士正在痛苦地呻吟，可医生太少，根本忙不过来。王顺二话没说，洗了洗手就上前帮忙，清洗、包扎、上药……战斗一直持续到傍晚才停，王顺也一直忙到那时才喘了一口气，休息时他问了几个受伤的战士，可没人知道二旺。

二旺生死不明，王顺的心也就一直悬着，忐忑不安地过了一夜。第二天一早，他正想去八路军营地问问，战斗又打响了，陆续有伤员送了过来。王顺不忍离开，只好又埋头帮忙，也不知忙了多久，忽然听到有人叫他，他抬头一看，心不由一下凉了，喊他的不是别人，正是二旺！二旺铁塔似的站在面前，笑眯眯地看着他，别说死，连根汗毛都没伤着！

二旺问王顺怎么来了，王顺脑海里突然一片空白，嗫嚅着不知如何回答。二旺把他拉到一边，问是不是自己家里出了事，王顺知道瞒不过，只好长叹一声，把与菊花成亲的事说了。

“你和菊花成亲了？”奇怪的是，二旺听到这个消息，只是愣了一下，

并没发怒，随即他表情古怪地看着王顺说："那你来二龙山干什么？"

王顺苦笑着说："成亲那天菊花听说你没死，便不同意与我成亲。她心里有你，我一个大老爷们，总不能强人所难吧？再说强扭的瓜也不甜。"

"那你们真没有圆房？"二旺仍没生气，似笑非笑地问了这个问题。这句话若是别人问，王顺只当玩笑话，可二旺这么问，显然是在怀疑他的人品，他冷冷地看着二旺，说："二旺，我是个医生，行医讲医德，我在家乡行医这么多年，你见我做过昧良心的事吗？要圆房了，我还来找你干吗？"

王顺说完，转身就向山下走，心想，没想到二旺这人这么小心眼，菊花嫁给他，真是一朵鲜花插在牛粪上了。自己回去就让菊花回家，不管别人怎么说，对得起良心就行了。他边想边往山下走，没走多远，二旺却从后面追了上来，拦住他说："顺子，现在你不能走。"

"我又不是军人，凭什么不让我回家？"王顺没理会二旺，一把推开他，继续往山下走，不料二旺又侧身拦住了他："现在部队伤亡很大，医护人员少，你是医生，你不能走！"

王顺冷冷地哼了一声，说："我看你是担心我回去对菊花图谋不轨吧？别以为我不知道你心里的小九九！"

二旺脸色一沉："既然你这么说，那就算是我怕你对菊花不怀好意吧。"说着，二旺竟拔出枪，"识相就跟我回去，否则别怪我不客气！"

真是秀才遇到兵，有理说不清，王顺知道二旺心里憋着气，没准真会

开枪，好汉不吃眼前亏，便气呼呼地又回到了战地医院。王顺心里虽然恼怒二旺，但一见到那些受伤的战士，出于医生的本能，怨气就放在了一边，认真替他们治疗。

而二旺也没走远，他今天的职责是运送伤兵，只见他不停地在战场和帐篷之间穿梭，忙得满头大汗。

这场战役打得很艰苦，受伤的战士不断被抬进帐篷。王顺处理好十多个伤员，刚坐下来想休息一会，突然外面又抬进了两个伤员，头一个战士两腿鲜血淋漓，王顺赶紧上前，正要处理伤口，这个战士突然“哇”的一声嚎啕大哭起来，说：“大夫，别……别管我，快救救二旺哥吧！”

二旺？王顺心里突地一跳，他快步走到第二副担架前，躺在上面的伤员正是二旺！先前那个战士哽咽着说：“我受伤了，二旺哥指挥担架来抬我，这时候炮弹响了，我不能动弹，二旺哥……二旺哥他就扑到了我的身上……”说着，已经泣不成声。

王顺闻言，赶紧检查二旺的伤势，只见二旺脸色苍白，昏迷不醒。王顺轻轻地将他翻过身来，就见二旺背上被弹片打了一个大洞，鲜血正汩汩地往外冒！王顺来不及多想，简单消毒包扎后，就让人准备手术。

这时，二旺似乎听到了周围的动静，睁开了眼睛，他看到王顺站在自己跟前，勉强笑了笑，喘着气说“我、我怕是不行了……有件事得告诉你，两个月前我死的消息……是我让父母故意传出去的。”

“你、你故意说自己死了？”王顺睁大眼睛看着二旺，简直不敢相信自己的耳朵。

“对。”二旺痛苦地闭了闭眼，“那次打仗受伤后，医生说……说我不是个男人了。菊花是好姑娘，我不能耽误她。这事只有我父母知道。”

“啊！”王顺惊呆了，张大了嘴，却一句话也说不出。

“你这家伙太丑了，是你和菊花成亲了，我还真有点失望。”二旺又喘息了一会，笑了一下，说，“不过，你是个好人，菊花嫁给你，我放心。别因为我死了而难过，我这个样子，死了，也就解脱了……回去后，别跟菊花说这些，你们好好过吧。”

二旺说完，就只有出的气，没有入的气了，最后闭上了眼睛。

这一仗八路军伤亡惨重，王顺火线参军，当了一名军医。事后他让人带了封短信给菊花，信是这么写的：菊花，八路军减员严重，我当了军医。若三年内没有音讯，你另选个人家。

王顺信中没提二旺，他知道菊花会明白的。二旺是个爷们，二旺嘱咐的事他会记在心里，战争让很多家庭支离破碎，日子还要继续，就不要让一个女人承受太多了。

（**题图**、**插图**：张恩卫）

百步之谜

□姜红梅

徐江进是唐太宗手下的一员大将，他骁勇善战，为朝廷立下了赫赫战功。那些敌国将领早就对徐江进恨之入骨，但正面交战不能取胜，闻听徐江进喜好打猎，于是几十个敌军士兵乔装成砍柴的农夫，埋伏在山路上，将徐江进暗杀了！可怜叱咤疆场、威风凛凛的一员大将，竟被砍成肉泥。

唐太宗得知爱将被害，悲伤过度，几近昏厥，就在徐江进遇害的那片山林里修了陵墓，让他入土为安。

那片林子里常有当地百姓上山砍柴打猎，唐太宗怕这些贩夫走卒误闯了徐江进的陵墓，打扰了爱将的在天之灵，就下旨：陵墓一百步之内，闲人不得进入，否则杀无赦。一时间，陵墓附近成了禁区，老百姓害怕惹上杀身之祸，上山砍柴打猎的越来越少。

这天，一个小童带着猎狗上山捉野兔，他射伤了一只兔子，兔子“哧溜”一下钻进了杂草中。小童惦记着野兔，一路追赶，不知不觉就闯到了徐江进陵墓附近。

这时候，两个邻村的村民发现了小童，两人一心想着领赏，于是一人把小童摁在地上，另一人赶去衙门，禀报有人冒犯徐江进的英灵。消息层层上报，一直传到唐太宗耳里，唐太宗大怒，派下钦差查办此事，并赐了钦差一杆“玉枪鼎”。

这玉枪鼎乃是神奇之物，由多种金属锻造而成，只要将其插入土中，土壤就会发硬发黄，即使有人用其他地方的土把记号埋掉，泥土里也会透出黄光。因此，玉枪鼎一立到地上，记号就改不了了，这是防止丈量土地的时候，有人弄虚作假。

钦差来到那片山林，把玉枪鼎插到了小童的立脚之处，做了一个记号，随后一步一步地向墓碑丈量。

唐太宗的旨意，陵墓周围一百步之内为禁区，这一百步是从墓碑算起的，如果玉枪鼎到墓碑的距离少于一百步，那小童就犯了死罪。

钦差前后丈量了三次，结果都是一样的：玉枪鼎离墓碑只有九十八步！也就是说，小童已经踏入了禁区，罪在不赦！

小童被押到京城，关进了死牢，秋后就要问斩。老百姓听说后无不叹息：“可怜这年幼孩童，还未成年就犯了死罪。”

渐渐地，京里流言纷纷，说什么的都有，有的说朝廷钦差丈量有误，其实小童的立脚之地在陵墓一百步开外；有的说禁区范围太大，人们上山砍柴，等肉眼看到陵墓，已经在百步之内了。

后来，更奇怪的事发生了，街上有几个卖艺唱曲的盲人，竟然在街边哼唱：“玉枪鼎，真威风，不问情由断死生……”

这些闲言碎语传到了唐太宗耳里，一般君主闻听此等言论，早已龙颜大怒了，但唐太宗是一代明君，并没有一味生气，他暗想，无风不起浪，老百姓这么说，可能冒犯英灵一事确有蹊跷。于是，唐太宗带着那个负责丈量的钦差，亲自来到了徐江进陵墓所在的山林：一来祭拜为国捐躯的爱将，二来彻查小童是否真有冤情。

钦差带路，唐太宗来到当时插下玉枪鼎的地方，事情已过多日，但玉枪鼎所插入的那一寸土地，依然硬如磐石，亮如黄金！

钦差对唐太宗说：“皇上，玉枪鼎做的记号可存一百年，无人能改，如今只要丈量一下墓碑到玉枪鼎之间的距离便可。”

唐太宗亲自“督阵”，钦差前前后后丈量了三次，令人意想不到的是，量出来的距离竟然是一百零一步！小童所立之地，已在禁区之外，也就是说，小童并没犯杀身大罪！

唐太宗顿时龙颜不悦：“以前你们是怎么丈量的？如果朕不亲自来一次，岂不是误杀了无辜的孩子？老百姓会骂朕是昏君！”

钦差吓得脸色苍白：“臣罪该万死，可是……上一次前前后后丈量了三次……确实是九十八步……”

唐太宗大怒：“一派胡言！你说过，玉枪鼎做的记号是改不了的，现

在朕亲眼所见，两者间的距离已在百步之外！你这是指责朕有眼无珠吗？”

钦差吓得连连叩头，不敢回话。唐太宗正欲赦免小童，突然，他眉头一皱，似乎想到了什么：既然玉枪鼎做的记号无法改变，那么，墓碑的位置会不会改变？如果挪动了墓碑，丈量结果自然就不一样了。

想到此，唐太宗没有立即释放小童，而是来到了徐江进的墓碑前。他围着墓碑细细打量了一番，果然发现有些蹊跷——墓碑与坟头的距离实在太近了，两者几乎贴在了一起！

唐太宗命人扒掉墓碑周围的杂草，细细一看，墓碑边上的土竟是新土，还有松动的痕迹，很明显，墓碑新近被人挪动过了！钦差一见，连忙道：“皇上英明！如果墓碑未动，墓碑与玉枪鼎之间的距离一定在百步之内！这分明是有人在捣鬼使诈！”

唐太宗勃然大怒，若说误闯了陵墓禁区是死罪，那么移动墓碑之人就该诛九族，这是对逝者英灵的大不敬！

可是，墓碑足有几百斤重，想要人不知鬼不觉地移动，绝非易事。唐太宗暗想，莫非小童有什么深不可测的后台，不然岂敢如此大胆妄为？可是，他派人调查后发现，小童的家人亲朋全是老实本分的百姓，并无背景。到底是谁在冒犯爱将的在天之灵？

所有的线索都断了，唐太宗无奈之下，只得贴出皇榜，公告天下：私挪大将墓碑本该诛九族，如果罪人主动投案，则只将其一人赐死，并不株连亲属。

唐太宗贴出这样的布告，也是死马当做活马医，料想也不会有什么效果，可没想到，布告贴出的第二天，就有人主动投案自首！

唐太宗亲自御审，罪人来到堂前，“扑通”一声跪倒在地：“是小人挪动的墓碑，小人愿受一死！”说罢，罪人抬起头来，唐太宗一看大惊，原来此人不是旁人，正是徐江进的嫡孙徐麦！

唐太宗奇怪地问：“你与那犯死罪的小童有何关系，竟为他挪动祖父的墓碑，就不怕惊扰你祖父的在天之灵？”

徐麦从容答道：“小人这样做，正是遵照祖父之命啊！小童下狱之后，小人连续三夜梦到祖父，他对小人说，他在世之时，为朝廷南征北战，身先士卒，就是为了让百姓不受骚扰，安居乐业。若小童因为无意闯进他的墓地而死，他在九泉之下也不得安生。”

唐太宗听罢，热泪盈眶，叹道：“有这样的臣子，真是大唐之幸啊！”言罢立刻下了一道圣旨：小童无罪释放，并废除徐江进陵墓周围的禁区。

让唐太宗没料到的是，禁区废除后，徐江进的陵墓非但没有受到骚扰，相反，百姓敬仰这员朝廷大将，都纷纷前来墓前祭拜……

（**题图、插图**：黄全昌）

·本刊信息传真·

阿P系列幽默故事征文

阿P系列幽默故事栏目开辟二十多年来，深受读者欢迎。阿P是个有多重性格的喜剧人物，他正直、朴实，却又染有许多不良习气；他自作聪明，却又往往事与愿违，弄巧成拙；面对屡屡受挫的现实，他却能自我解嘲，很有点阿Q的精神姿态，让人啼笑皆非。

为了把这个栏目办得更好，本刊再次面向全社会征稿，希望有更多的人来关注阿P，把您身边的阿P故事写得更精彩，更有现实意义和典型意义。

来稿方法：1. 从邮局寄发，请在信封上注明“阿P故事征文”字样，本刊地址：上海市绍兴路74号《故事会》杂志社，邮编：200020。2. 从网上传递，可寄以下信箱：wulun@vip.sohu.net，请在主题上注明“阿P故事征文”字样。凡已和我刊编辑有联系的作者，稿件可继续投给联系的编辑。

阿P支教

□郭振宇

热脸贴到了冷屁股

阿P要去贫困山区支教，联系好支教的地方后，就高高兴兴出发了。

阿P要去的地方叫黄岭乡，在大山里一番跋涉，阿P到达黄岭乡，见到了乡长。乡长看见阿P，一把抓住了他的手："你来得太好了，可解决我们的大问题了。"乡长告诉阿P，距乡政府二十公里，有一个村子叫后荒村，那里正缺老师。

阿P兴冲冲奔后荒村而去，他想我这一去，他们准得夹道欢迎。

去后荒村的道路崎岖，走了近两个小时，阿P进了村，却没有一个人来接他，更别说夹道欢迎了，阿P自我安慰：可能是村民还不知道我来了。

阿P找到了学校，学校只有几间低矮的土房，没有学生上课，冷冷清清的。

阿P又来到村委会，找到了村主任，村主任看了阿P一眼："你就是阿P？上午乡里打电话了，说你要来这里教书，你就在学校住吧，水到学校旁边的老乡家去挑，他家有井。"说完，"吧嗒吧嗒"抽起了旱烟，不再搭理阿P。

阿P很气愤，这村主任派头太大了，爱理不理的，他悻悻地回到了学校。

阿P很饿，准备做饭，揭开水缸一看，没水，阿P挑着水桶来到了学校旁的村民家，村民见阿P来挑水，冷冷地说："挑水可以，要付钱，十元一桶。"

阿P听呆了，瞪大了眼睛："挑水

还要钱？我可是来义务支教的。”

那村民冷笑一声：“你不是来支教的我还不要钱呢，想喝水就得交钱。”阿P无奈，只得掏了二十元钱。

水挑回后，阿P郁闷地开始做饭，却怎么也生不着火，浓烟顺着灶台往外冒，把阿P呛得直咳嗽。

这时，来了一个五十多岁的男人，见状赶紧帮阿P生火，也生不着，那人爬上了房顶，把一块木板从烟囱上拿了下来，骂道：“哪个混蛋把烟囱堵上了！”那人帮阿P做好了饭，见没有学生来上课，就说：“我去村委会广播一下，让大家下午来上课。”说完走了。不一会，阿P就听到了广播，接着，十多个学生陆续来到了学校。

村主任也来了，阿P看见村主任赶紧告状，说了村民收水钱的事，还说有人堵他的烟囱。

村主任说：“这是村里的人不欢迎你啊！”阿P奇怪了，问道：“我支教又不收钱，你们为什么不欢迎我？”

村主任说：“你跟我走，我告诉你。”村主任领着阿P向河边走去，路上，他告诉了阿P村民为什么不欢迎他。

后荒村原先有一个老师，姓刘，是民办的，就是刚才帮阿P做饭的那人。村里给刘老师申请转正好多年了，但都没批。前不久市里来了文件，民办教师一律辞退，刘老师也被辞退了。村里没老师了，学生只得放假。村里人希望让刘老师重新回来上班，但乡里没同意，反而派来个阿P，阿P一来，刘老师就更没指望回来了。而且大家知道，阿P来支教是短期行为，过不久拍拍屁股就走人了，到时候学校又没有老师了，所以大家都想把阿P撵走。

阿P这才明白，说话间两人已经到了河边，阿P看见刘老师正在背小孩过河，河水很深，刘老师很吃劲。

村主任告诉阿P，后荒村小学除了本村的小孩上学外，河对面两个村子的小孩也来这里上学，河水深，小孩过不来，刘老师天天背孩子们过河，风雨无阻，已经背了二十多年了。

阿P问：“为什么不修桥？”

村主任摇摇头：“没钱，我们多次找过乡里、县里，他们都说没钱。”

阿P对刘老师说：“你上来吧，剩下的孩子我来背。”说着阿P脱下裤子下了河，河水凉得刺骨，冰得他钻心的难受，阿P对刘老师的敬仰之情油然而生。

阿P把几个孩子都背过了河，对村主任和刘老师说：“这样吧，以后刘老师教课，我背孩子过河。”

刘老师说：“这样不好，我已经被辞退了，再教就不好了，违反规定。”

阿P说：“我没当过老师，你先教几天，给我做做示范。”刘老师这才勉强答应。

秃子头上盘大辫

第二天，阿P开始背孩子们过河，可没背两天就出事了。这天，几个小孩往村里跑，一边跑一边大喊“不好了！阿 P 被淹死了！”

村民纷纷跑过来问怎么回事，几个小孩七嘴八舌讲了事情的经过：今天涨水了，阿P去背最后一个小孩时，突然摔倒在河里，阿 P 大喊：“不好了，我腿抽筋了！”接着就被大水冲跑了。

大伙急忙到河边去找，可一连找了三天，活不见人，死不见尸……

这事很快传了出去，当地媒体对阿 P 失踪的事进行了报道。

一个星期后，几个村民正在河边洗菜，突然看到远远走来一个熟悉的身影，仔细一看，竟然是阿P！阿P回来了，村民们赶紧围了过来，阿 P 笑嘻嘻地说，他命大，被下游的一个老乡救了。大家说，可把我们担心坏了，还以为你淹死了呢。

阿 P 心里好笑：这点水还能淹死我？我可是二级游泳运动员。

和村民们说完话，阿 P 急匆匆找到了村主任，见面就问：“修桥的事批了没有？”村主任摇摇头：“没有，我早说这招没用，你还不信，现在信了吧？你这是秃子头上盘大辫——白忙啊！”

原来，这是阿 P 想出的“高招”，他装作被水冲走，希望这事能引起当地政府的重视，村主任借此机会去申请修桥，结果，上面依旧没有同意。

阿P很气愤：“想不到我阿P一条命还换不来一座桥。”阿 P 不甘心，思索对策，他突然想起，来之前一个哥们说，有个剧组在筹拍一部电影，电影名叫《桥头阻击战》，当时正在找地方修桥。阿P立刻给那哥们打电话，把后荒村的地形形容了一番，那哥们觉得很合适，立刻和导演说了。第二天，导演带人来后荒村考察，一看，这地方正合适。

阿 P 领着导演见了村主任，双方当场签了协议：后荒村无偿提供场地给剧组拍摄；剧组在这里修一座桥，电影拍完后桥归后荒村，剧组不得收取建桥的费用。

协议签完后，剧组开始修桥，村

民一听要修桥了，纷纷过来帮忙。

桥修完了，虽然样式老了点，但很坚固，村民还搞了个仪式庆祝大桥建成。这下，阿P成了英雄，他这个牛啊，肚子都快腆到天上去了。

开始拍电影了，这天，正在拍戏，乡长来了，和他同来的还有一个年轻人，年轻人穿着很酷，举止傲慢。乡长喊来阿P，指着年轻人说："这位是刘大旺，县长的公子，很喜欢表演，将来必成为大明星，听说这里拍电影，特来看看。"又把阿P介绍给了年轻人，年轻人也没正眼瞧阿P，只是"啊"了一声，阿P这个气呀！乡长把阿P拉到了一边，说："你跟导演说说，给刘大旺安排一个角色。"

阿P本想一口回绝，但眼珠一转有了主意，他对乡长耳语几句，乡长连连点头："好说，这事包在我身上。"

阿P找到导演，低声告诉他，县长的公子要演个角色，不让他演会有麻烦的。导演扭头看了看刘大旺，说："行，就让他演个国民党军官吧。"

电影拍得很热闹，很多村民都来当群众演员，阿P心痒，也想演个角色，导演同意了，说："看你浓眉大眼的，就演个解放军战士吧。"

割草捡个大西瓜

戏拍了很长时间，还没轮到阿P出场，阿P着急呀，就找导演询问，导演说："好饭不怕晚，最后一场是你的戏，明天就拍。"

第二天，阿P早早来到片场，导演让阿P穿上军装，给了阿P一包东西，说："这是炸药包，你冒着敌人的炮火冲上桥去，把炸药包放到桥上，然后以最快的速度往回跑，跑回来后卧倒。"

阿P拍拍胸脯，说："保证完成任务！"他接过了炸药包，演习了两次，效果不错，于是正式开拍。阿P把炸药包放在大桥上，然后使劲往回跑，他刚趴下，就听导演喊："炸桥！"这时就听轰隆一声，阿P扭头一看，背后大桥上浓烟四起。

太过瘾啦！阿P感觉自己仿佛成了英雄……突然，阿P觉得不对劲，他赶紧回头望去，浓烟散了一些，阿P看清了，大吃一惊：桥已经被炸断了！他急忙跑到导演跟前，问："桥怎么断了？"

导演说："对啊，剧情就是这样的，最后炸断大桥，防止敌人冲过来。"

"那、那这桥你们还给修吗？"

"这我可不管。"说完，导演招呼大家收拾东西，准备回城。

阿P急了："你不能走，你得把桥修好。"

导演说："我可没那个义务。"

阿P气坏了："你这个骗子，我要告你！"

"你去告吧，我都是按协议办的，

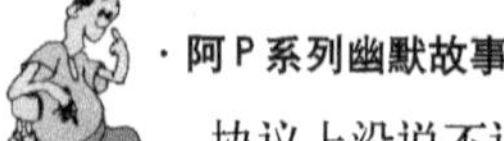

协议上没说不让炸桥呀！”

阿P看着一片废墟发愣，心想，这下完了，可怎么向村民交代啊？他垂头丧气地往村里走去，走了不多远就看见从村里出来不少人，还吹吹打打的，领头的正是村主任。走到近前，村主任抓住阿P的手：“我们来迎接你了！”

阿P满脸通红：“桥被那狗日的导演炸了，还接什么呀？”

村主任说：“桥的事我知道了，这事以后再说，大家今天来迎接你，是感谢你为村上办了件大事。”

“大事？”阿P不解。

村主任说：“你还不知道吧，刘老师转正了，乡长说了，这都是你的功劳！”

阿P这才恍然大悟，原来，乡长让刘大旺演个角色时，阿P灵机一动，便跟乡长说，导演是刘老师的亲戚，如果刘大旺想演角色，必须让刘老师转正。乡长回去后赶紧办，一路绿灯，特事特办，转正的批文很快下来了。

阿P指指桥，刚想说话，村主任打断他：“桥是小事，人是大事，这回咱们可是割草捡个大西瓜——赚大了！”

大伙把阿P接了回去，好吃好喝款待，吃了两天，阿P执意要走，大家只好让他回去。走的那天，村民夹道相送，阿P的牛劲又来了：夹道相送比夹道相迎更好啊，只是这桥……一想到桥，阿P心里又堵得慌。

大家把阿P送到村口，还要往前送，阿P说：“送君千里终有一别，大家请回吧。”

村主任说：“不行，一定要送，送你过河，给你一个惊喜。”

惊喜？阿P不解，到了河边，阿P一看，桥竟然修好了！原来，桥只是被炸了几米长的一个缺口，桥墩还好好的，村民们去县里买了些绳子木板，把桥修好了，虽不能过车，但走人没问题。

阿P上了桥，桥摇摇晃晃的，阿P刚上去时有些害怕，走了几步，阿P觉得晃晃悠悠的还挺好玩，他美滋滋地在桥上来回走了好几趟，心里很得意：刘老师转正了，桥也修好了，看我阿P，把这事办得多圆满！

（题图、插图：顾子易）

要求特别多的餐厅

两个年轻的猎人打猎时和同伴们失散，在深山里迷路了，正饿得不行，无意间回头一看，竟发现身后有一栋华丽的西式建筑，玄关前挂着一个招牌：餐厅，山豹轩。

虽然两人很奇怪这样的地方怎么会有餐厅，可还是忍不住来到玄关前。玄关是用白色大理石砌成的，相当富丽堂皇。入口处是一扇玻璃门，门上用烫金字写着：“欢迎光临，各位请进，不必客气。”

两人顿时笑逐颜开，说“真是时来运转，这家餐厅，看起来好像可以免费用餐呢！”

两人推门而入，进口处是一道走廊，顺着走廊往前走，眼前又出现一扇涂着淡蓝色油漆的门。两人正要推门而入，发现门上写着黄颜色的字：“本店是家要求很多的餐厅，还请各位多多包涵。”

一个猎人皱起了眉头：“这是什么意思？”

另一个猎人想了想说：“可能是客人太多，要求也多，准备饭菜时要花点时间，请客人原谅的意思吧。”

想到能免费吃到山珍美味，两人还是继续往前走去。然而，伤脑筋的是，眼前又出现了一扇门。门边挂着一面镜子，镜子下摆着一把长柄毛刷。门上写着红颜色的字：“各位顾客，麻烦请在此梳理头发，并请抹净鞋上的污泥。”

两人想：这家餐厅倒真讲究，一定时常有达官显要来这里光顾吧。于是，两人遵照吩咐，梳理了头发，并把鞋上的污泥抹净。

然后呢？万万没想到刚把刷子放回原处，刷子竟逐渐变成透明，最后竟消失了。两人大吃一惊，赶忙打开门，闪进下一个房间。他们现在只想快快吃上热腾腾的饭菜，恢复一下体力，否则真不知又会出现什么怪名堂。岂知门里边又出现一行奇怪的字："请把枪支与弹药放在这里。"

仔细一瞧，身边果然有一个黑色的柜台。"说的也是，总不能背着枪吃饭吧。"两人拿下枪支，解下皮腰带，放在柜台上。

两人继续向前走，没想到这家餐厅的门还真多，接着又出现了一扇黑色的门，门上写着："请摘下帽子，脱下大衣和鞋子。"

两人面面相觑："怎么办？脱吗？""没办法，脱吧。看来里面一定有贵人在。"

两人把大衣和帽子挂在墙上的钉子上，脱下鞋子，光着脚"啪嗒啪嗒"地走进门里。

只见门背面写着："请把领带别针、袖扣、眼镜、钱包和其他金属类、尤其是尖锐的东西，统统放在这里。"两人想：这是为顾客保存贵重物品吧？于是摘下眼镜，取下袖扣，全部放进门边的保险柜，然后锁上。

走了一会儿，前面又出现一扇门，门前摆着一个玻璃缸，门上写着："请用缸里的奶油涂在您的脸部和手脚上。"两人一看，玻璃缸里果然盛满奶油。

一个猎人问："抹奶油干什么？"

同伴想了想，说："这个啊，外面不是很冷吗？可是屋里又热乎乎的，一冷一热容易让皮肤皲裂，抹奶油大概是预防步骤。真是考虑周到啊！"

两人忙着把缸里的奶油涂抹在脸上、手上，可是缸里的奶油仍没用光，只好假装涂抹在脸上，偷偷吃掉，然后再匆匆推门进入，这回门里边写着："饭菜立刻就上，马上就能吃了。赶快在您的头上撒上金瓶中的香水。"

门前果然搁着一瓶金光闪闪的香水。两人拿起香水瓶往头上撒，可是，这香水的味道闻起来竟像是食醋。大

概是服务生感冒，鼻子不灵，把食醋当香水了吧。两人想着，再次推门而入，门背面有一行大字：“您一定感到要求太多而觉得很烦吧，还请多多包涵。这是最后一项要求：麻烦请在全身涂抹上罐里的盐。”

果然，眼前有一只雅致的青陶盐罐。这最后一项要求，让两人起了疑心，他们呆呆望着对方涂抹了奶油的脸。

“好像有点不对劲呀！”

“我也觉得有点不对劲。”

“所谓的要求多，原来不是客人的要求多，而是餐厅对客人的要求多。”

“所以说，我想，所谓的餐厅，不是让客人来吃饭菜的，而是把客人当做材料烹调成饭菜，啊！我、我们……”

想到此，两人不由哆嗦起来，无法再讲下去了：“快……逃……”

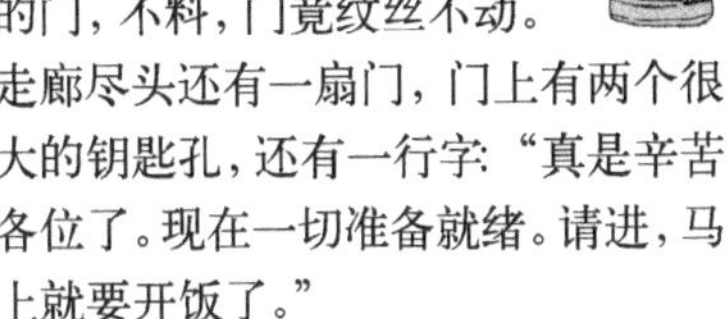

他们颤抖着想拉开身后的门，不料，门竟纹丝不动。走廊尽头还有一扇门，门上有两个很大的钥匙孔，还有一行字：“真是辛苦各位了。现在一切准备就绪。请进，马上就要开饭了。”

这时，钥匙孔里露出两个闪着绿光的眼睛，骨碌碌地打着转，正在窥视着外面。两人一看，吓得抱头大哭。

这时，门内传来窃窃私语的声音：“完了，他们察觉了，不肯在身上抹盐呢。”“那当然啦！都怪老板，要求写得太明显了。”

两个猎人早已吓得魂不附体，脸颤抖得就像被揉皱的面纸，你看着我，我看着你，声音都发不出来了，而门里响起了轻微的吃吃笑声：“进来啊，进来啊！我们老板已经披好餐巾，拿着刀叉，流着口水，正在等你们光临呢！”

两人吓得只会哭，正在这时，餐厅外面传来了呼喊声，好像是走失的猎人同伴的声音！两人像遇到了救星，大声呼救起来：“救命！”“我们在这里！”

过了几分钟，只听外面响起了枪声，果然是同伴们带着猎枪赶到了。钥匙孔内的绿眼睛突然消失了，接着，整个餐厅像烟雾般消失无踪了……两人再一看，自己竟然站在草丛中，远处，几只豹子正向丛林深处逃去，而两人的上衣、鞋子、钱包、领

带别针，东一件西一个，不是挂在树枝上，就是散落在树根上。

这时，同伴们围上来说："我们正在找你们，听到树林里传来哭声和野兽的吼叫，就开枪了！"

难道整个餐厅都是豹子精变出来的吗？两人惊魂未定，跟着大家走出了深山，可即使回到城里，泡了热澡，他们那被吓得发皱的脸，却永远也不会恢复原状了。（**供稿**：顾　诗）

银手指点评：读者在阅读这则故事时，始终被悬念吸引着。

悬念是故事创作最基本的要素。悬念最大的特征就是"猜不透"。荒郊野外怎么会冒出一家豪华餐厅？餐厅里的人又为什么提出这么多古怪的要求？那一扇扇门背后到底是什么？在这一连串的"猜不透"里，读者的期待心理产生了。

悬念一旦提出，就不可终止，只有不断加强悬念，才能牢牢抓住读者的兴趣。这则故事里，一扇接一扇出现的门、门上越来越特别的要求，就是总悬念下的一个个小悬念，它们逐层递进，营造出越来越浓郁的神秘气氛，最终成功地把读者的注意力保持到了故事结尾。

（**题图、插图**：包丰一）

·本刊信息传真·

2010年中国最佳故事评选

为了繁荣故事文学、推动故事创作，2010年，故事中国网(www.storychina.cn)继续举办年度中国最佳故事评选。

评选标准：在情节性、艺术性、思想性、文学性方面有突出表现，能够代表年度故事创作最高水平的各类故事作品。参赛作品分为中篇（8000字以上）、短篇（1000-8000字）、超短篇（1000字以下）三组。**参选条件：**2010年1月1日至2010年12月31日期间在国内正规报刊（省级以上）发表的故事作品均可参加，不限题材、风格、篇幅。**参加方法：**1、作者本人通过故事中国网的原创地带或人气写手板块提交作品；2、推荐别人的作品，需事先征得作者本人的同意，通过故事中国网的网文搜罗板块提交；3、各家故事报刊编辑部可直接向故事中国网推荐作品，推荐信箱：storychina@gmail.com。

年度最佳故事作者获得特别荣誉证书及奖金（中篇2000元、短篇及超短篇各1000元），所有优秀作品将结集出版《2010年度中国最佳故事》一书，并支付稿费。更多详情请登录故事中国网查看。

支持媒体：鳳凰網讀書 book.ifeng.com　搜狐读书 book.sohu.com　網易读书 book·163·com　www.news.cn 新华网 NEWS www.xinhuanet.com 新华通讯社主办　sina新浪读书　和讯 hexun.com　腾讯读书 BOOK.QQ.COM

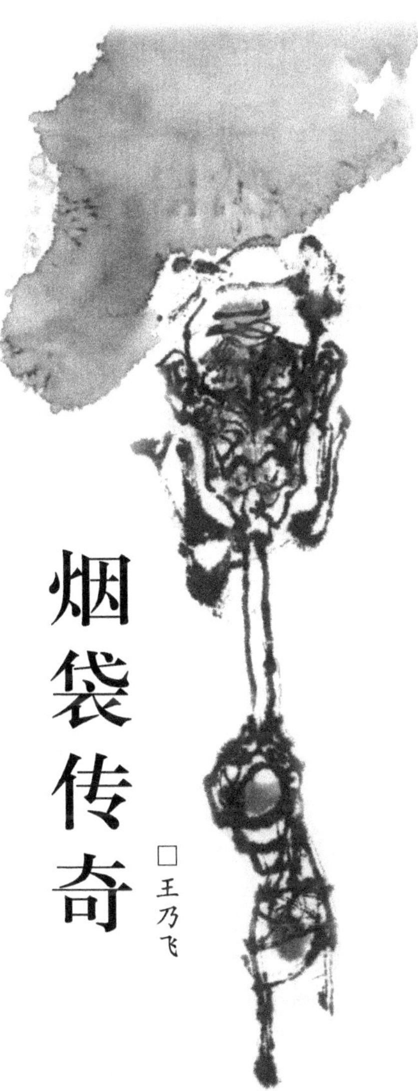

烟袋传奇

□王乃飞

很久以前，有一个姓孙的老头，也不知他叫什么，人们都习惯地叫他老孙头，也有叫他“孙大烟袋”的。

这个老孙头也没什么特别的地方，只是他手里老拿着一根大烟袋，这便成了他独特的标志。老孙头的烟袋比别人的要长出一截，紫铜的烟袋锅子，分量比普通烟袋重很多。可别小看了这烟袋，故事就出在这杆烟袋上。

烟袋是老孙头的宝贝疙瘩，早晨天还不明，他就从床上坐起来，捧着烟袋吧嗒吧嗒抽一袋，才肯起床；晚上躺在床上，还要抽一袋烟才睡觉。日子长了，那烟杆都被摸得光滑发亮了。

老孙头除了烟袋放不下，还有件事放不下，那就是听戏。每次村里来了戏班，他都一次不落的到场，吧嗒着烟听着台上唱戏，别提多享受了。

这一年，村里又来了戏班，是县里有名的得胜班。老孙头来了劲，老早就来了，坐在最前排。

可是，得胜班一上台，却让所有人大失所望。怎么呢？演员的唱功那是没得说，只是唱着唱着，就唱串了戏词，正唱着《借东风》呢，却不知不觉地串到《铡美案》的戏文里去了；唱着《四郎探母》，不知怎的又串到《玉堂春》去了，要不就是忘了词，演员站在台上愣半晌儿。唱了好几出，都是错误百出呀！

台下看戏的不满了，嘘声不断，吓得演员不住向台下作揖道歉，直说真是中邪了，在别的地方唱得好好的，怎么到这里就唱错了呢？

老孙头在台下看着，觉得这事有

些蹊跷。老孙头经常看戏，也有了一定的欣赏能力，知道得胜班的这几个角都是好手，那唱功做派都没的说，他们怎么能犯唱错戏文这样的低级错误呢？老孙头仔细观察了一下四周，隐隐地感觉到这场子里有些异常，但到底有什么问题，他也说不上来。

戏唱到第三天，演员上台一张口就又唱错了，引来台下一片嘘声，老孙头再也坐不住了，提着烟袋从人群里挤出来。

老孙头围着场子转了一遭，在一棵大树下发现了个白发老者，树下太暗，没认出老者的面目，老孙头觉得可疑：这老者不到人群里看戏，在大树下干什么？这时，老孙头听到老者嘴里不住地哼哼着，凑近了一听才知道，他唱的也是戏，并且跟戏台上唱的是同一出。可那老头唱得不好听不说，还东一句西一句的，各出戏里的戏词都拼凑到一起了。

老孙头悄悄地在那老者身旁点了一袋烟，抽了几口，那烟就袅袅地向大树下飘去。树下的老者闻到烟味，提了提鼻子，说了声：“哪里来的香味呀？哎呀，这会儿要有袋烟抽才好呢。”说着就抬起脸来闻香味的来源。老孙头借着烟袋的火，看清了那竟是一只狐狸的脸！同时，他还看到老者屁股上有一条尾巴在不停地晃动。

老孙头终于明白了，这是个成了精的狐狸，不知从哪学来几句戏文，头上一句腚上一句地在这里唱，让演员受到了影响，也跟着唱错了。

老孙头二话没说，举起手里的烟袋，朝那孽畜就砸了过去。老孙头那杆烟袋，烟杆又长，烟袋锅子分量又重，一抡起来呼呼带着风声。这一烟袋下去，打在那家伙头上就“嘣”的一下子，打得他在地上一溜滚，然后就变成了一只披着火红皮毛的狐狸。

那狐狸精从地上爬起来，摸着脑袋冲老孙头喊：“好你个老孙头，竟然坏我的好事，我要叫你断子绝孙！”

狐狸精被老孙头打跑后，台上的演员唱戏就再也不串词了。戏班为了答谢老孙头，又加了两天戏，让老孙头过足了戏瘾。至于狐狸精说的那句“断子绝孙”的狠话，老孙头早就抛到脑后去了。

几天后，老孙头在外地做活的儿子回来了。儿子半年前结了婚，媳妇长得很俊俏，俗话说，小别胜新婚，儿子这一走就是几个月，回来见了媳妇就想亲热，可他们刚刚躺到床上，就听到外面屋顶上“嗷”的一声，有一个尖细的声音在喊：“大家快来看呀，老孙头家儿子儿媳妇不要脸了，脱光了在床上滚呀！”那声音在夜里传出去老远，全村都听到了。

儿子和儿媳被这一声吓得都从床上滚了下来，等他们穿好衣服走到屋外，却发现屋顶上什么也没有。这两口子再回屋里便没了兴致，匆匆往床上一倒就睡了。

老孙头在屋里也听到了那声喊，他还辨出了，那声音就是那只狐狸精的。他这才明白，那天狐狸精说要他“断子绝孙”并非戏言，看来狐狸精真要跟自己作对了。

第二天夜里，儿子又憋不住要跟媳妇亲热，可他们刚抱在一起，就听到外面屋顶上一声喊：“乡亲们快来看呀，老孙头家儿子儿媳脱光了，又要干那种不要脸的事了！”这句话把两个激情中的人“腾”的一下就分开了。

再往后，老孙头的儿子只要一摸着媳妇，狐狸精就开始喊，弄得他们两口子连挨着碰着也不敢了。两口子在一起本来再平常不过，可被狐狸精这么一喊，给公开了，嚷嚷得全村都知道了，弄得这两口子就跟做了什么见不得人的事似的。儿媳为这事成天哭哭啼啼，儿子也阴沉着脸没笑容。

而心里最窝火的还是老孙头，因为说到底，这祸根是他惹来的呀。老孙头心想，狐狸精这招还真绝，要这么闹下去，真让自己断子绝孙了也说不定呀！

从此后，老孙头就沉默寡言了，也不出门了，每天躲在屋里抽他的烟袋，一袋不离一袋地抽，弄得屋里烟天烟地，让人没法进去。

老伴见老孙头成天只会抽烟，就骂他：“你个死老头子，光知道抽烟，没事你招惹狐狸精干啥呀？要是咱家真的断子绝孙了，我可跟你没完。”老孙头还是一声不吭地抽烟，有时候被骂急了，就喝住老伴：“你女人家懂什么？滚一边去。”

老孙头的烟抽得越来越厉害，每天都抽到深夜，有时候一天能抽一笸箩烟叶。十几天后，老孙头眼看着就瘦了下去，村里人看到老孙头的样子也纳闷：他这是为啥呀？

老孙头把自己关在屋里一抽就抽

过了半个月，这天夜里，他抽得更凶了，那烟袋就没熄过火，到最后那烟袋锅子热得都不能用手碰了，到了再续烟都不用点火的程度。

到了深夜，屋里一点动静也没了，老孙头的耳朵却突然支楞了几下，很自然地朝身边的囤靠了靠。过去农村屋里都放着一个囤，里面放着家里一年的口粮。老孙头家的囤就放在他的椅子旁。

就见刚才还静静抽烟的老孙头，突然大喊一声，做了个“举火燎天”的动作，猛地把烟袋向囤顶上捅去。只听上面“嗞啦”一下子，接着传出“嗷”的一声叫，那个狐狸精就从囤顶上掉了下来，在地上打了几个滚，只见狐狸精两只后腿间都被老孙头的烟袋给烫糊了。

狐狸精忍着疼痛说：“好你个老

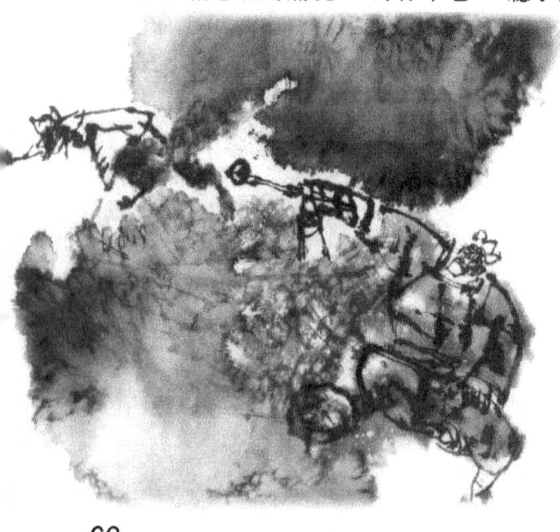

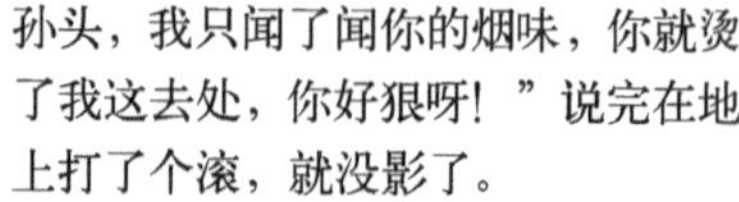

孙头，我只闻了闻你的烟味，你就烫了我这去处，你好狠呀！”说完在地上打了个滚，就没影了。

等狐狸精一走，老孙头就瘫软在地上。老伴被惊醒了，赶来看到这一幕，赶紧把老孙头扶起来，老孙头这才说出了原委：

狐狸精接二连三地来他家捣乱，老孙头早就犯起了愁，要是个人还好对付，可这是个来去无踪、蹿房越脊的家伙，又能怎么得了他？最后老孙头想出用烟来引诱狐狸的办法。上次狐狸精闻到自己的烟味，直说香，可见那只孽畜是有烟瘾的，老孙头就天天拼命抽烟，那狐狸精每天闻着老孙头的烟味，瘾头越来越大。渐渐地，狐狸精趴在屋顶上闻着不过瘾了，便到房梁上来闻，后来在房梁上闻也不过瘾了，就干脆趴在老孙头身旁的囤顶上，伏下身子来闻烟味。老孙头一步步地把狐狸引到身边来，到最后，其实已经是老孙头和狐狸精对着抽了，老孙头呼出来，狐狸精就吸进去，狐狸精完全进入了沉迷状态，所以老孙头这一烟袋戳过去，狐狸精根本就没提防，这才让老孙头得了手，烧糊了它的下身。

几天后，老孙头听到外面回来的人说，在几十里地外，有一只火红的狐狸，像人一样行走着，下身却用块布裹着，边走

他生前居无定所，死后，却意外地找到了一个安身的“好地方”……

无处安身

□大刀红

房产开发商陆永久最近的生意做得顺风顺水，这天，他的公司又有一个新楼盘开盘，陆永久在开盘仪式上致辞，正讲得眉飞色舞，突然感觉有人推了他一把，便一头栽倒在地，失去了知觉……

等陆永久醒来，发现自己躺在医院的病床上，老婆周惠芳一把鼻涕一把泪地守在身边。见陆永久睁开眼，

还边说：“好你个老孙头，你这是让我断子绝孙呀！”老孙头心里也就有了数。

自从经历了那件事后，人们发现老孙头再也不抽烟了，那杆从来就没离开过他的烟袋，也遭了冷落，被放在床头上，烟杆也失去了昔日的光滑。

一年后，老孙头家里有了婴儿的哭声，儿媳妇生了个大胖小子，老孙家算是有后了。

再往后人们便见老孙头成天抱着孙子在街头转，有人就问他：“你这样的烟鬼子，以前离开烟一刻也没法过，怎么现在说不抽就不抽了？”

老孙头说：“别再提了，我那阵子为了引那只狐狸，抽烟抽得呀，差点把命给搭进去！现在我一看到烟袋就直犯恶心。”

大家看着老孙头那瘦削的身子，也就不说什么了。再以后，村里抽烟的人就少了。

（**题图**、**插图**：黄全昌）

周惠芳破涕为笑，忙问："你感觉怎么样？"

陆永久想说自己很好，嘴巴却不听使唤，发不出一点声音。这时他才发现，自己肥胖的身体里，居然还挤着另一个灵魂，这个人和自己一起控制着身体。

陆永久感到很奇怪，一个躯体只有一个灵魂，为什么自己的身体里又挤进了另一个灵魂，他就问那个人："你是什么人？为什么呆在我的身体里？"

那人轻蔑地望了望他，根本不理睬。

陆永久身家数十亿，只要他发话，人人言听计从，没想到碰见这么个不识相的，他愤怒地指着那人，说："马上从我的身体里滚出去！"

那人瞅了他一眼，不屑地打了个哈欠，突然猛地一翻身，陆永久的身体居然也跟着翻身，"啪"地一下掉到了床下。这一摔把陆永久吓了一大跳，见硬的不行，他就换了一副哀求的语气，对那人说："兄弟，有话好好说嘛！我这副臭皮囊丑陋不堪，请兄弟另找一个地方吧。"

没想到那人冷笑了一声，说："胖是胖了点，丑是丑了点，可毕竟有地方可住，给你交个底，我以后就呆在这里了，哪也不去。"

听了这话，陆永久可急坏了，说："我们远日无冤，近日无仇，你何必苦苦相逼呢？"

那人哼了一声，说："无冤无仇？你说得轻巧，我告诉你，我们不是冤家不聚头！"

陆永久愣了一下，忙说："请问阁下姓名？"

那人回答："李晓勇。"

李晓勇？陆永久好像听过这个名字，但一时想不起来他是什么人，为什么和自己结仇。好在这时，李晓勇没有再故意为难陆永久，陆永久趁机

对周惠芳说："快找到'铜罗盘'，问问李晓勇的事。"

"铜罗盘"本姓童，是陆永久手下的风水先生兼军师，有许多对付拆迁户的歪点子都是他出的。周惠芳找到"铜罗盘"打听李晓勇，"铜罗盘"想了想，说："上次拆迁时，还真有李晓勇这么个钉子户。"

"铜罗盘"说，李晓勇一家五口，住在六十平方米的一层小平房内，"铜罗盘"把好话说尽，可李晓勇就是不搬，理由是补偿标准太低。

李晓勇算了一笔账，如果把这笔补偿款拿去，连一套一室户也买不了。也就是说，如果他答应了开发商的要求，以后将会失去房屋，无房可住。

这时，陆永久催得紧，"铜罗盘"就想到了个阴招，他打听到李晓勇最心疼他十岁的儿子，就让手下人威胁李晓勇，说最近拆迁地区的治安不太好，让李晓勇好好管住自己的小孩，要是出了什么事情，他们概不负责。

李晓勇当然知道这话是什么意思，也知道他们心狠手辣，说得出，做得到，他护子心切，只好忍气吞声地拿了补偿款，另外租房住。

"后来呢？"周惠芳问。

"铜罗盘"说"我们只管拆迁，后来他住到哪儿，我们就不管了。"

周惠芳听了，忙说"你一定要找到他。"接着就把陆永久的怪异表现告诉了"铜罗盘"。"铜罗盘"听了，大吃一惊，来到医院探望陆永久。

可能是因为见到了"铜罗盘"，李晓勇的灵魂愤懑不已，在陆永久身上折腾起来，陆永久不是摔跤跌倒，就是脑袋撞墙，一时间鼻青脸肿。陆永久怕坏了自己的肉身，忙让"铜罗盘"赶紧滚蛋。

"铜罗盘"灰头土脸地回到家，对周惠芳说"果然是李晓勇的灵魂，现在只有找到李晓勇的家人，才能知道他的魂魄为什么依附在董事长身上。"

李晓勇的家人住在郊区，离他们以前住的市中心很远，"铜罗盘"和周惠芳好不容易才找到那里，见了李晓勇的妻子，"铜罗盘"问："李晓勇呢？"

"死了，快三个月了！" 李晓勇的妻子指着摆放在桌案上的骨灰盒说。

周惠芳忙问："怎么死的？"

李晓勇的妻子叹了口气，说，拆迁后，李晓勇知道一大家子人长期租房不是办法，就想买套房子。他四处打听，找到一套小户型，但首付还差五万元。李晓勇就找亲朋好友借，好话说了一堆，总算凑齐了五万元，可等他这时候再去买房，房价竟比先前飚升了一倍！李晓勇又气又急，脑溢血发作，送进医院，最后竟然不治而亡。

周惠芳望了望骨灰盒，说："人死了，你们得买块墓地，让逝者入土为

安啊！”

听了周惠芳的话，李晓勇的妻子愣了一下，突然号啕大哭起来。原来，李晓勇住院不久，那点补偿款就花得差不多了。他死后，家人本想找块墓地，可想不到，一个普通墓地也要几万元，只好把李晓勇的骨灰盒先留在家里。

周惠芳和“铜罗盘”这下明白了，他们马上回到医院，把李晓勇的事告诉了陆永久。陆永久听后恍然大悟：李晓勇在阳间失去了住房，到了阴间也没有“房”住，灵魂四处漂泊，一怒之下，这才寄居到自己身上。

找到了原因，陆永久对李晓勇的灵魂说：“只要你从我身上出去，我就给你家人一套商品房，另外，还给你找一块上好的墓地，你说好不好？”

李晓勇想了想，既然家人有住处，自己在阴间也有“房”，就点了点头。

陆永久让李晓勇立刻从自己身体里离开，李晓勇摇摇头说：“你这人不讲信誉，等你什么时候把事情办好了，我才从你身体里出去。”

陆永久为了摆脱李晓勇的纠缠，让老婆加快速度，没几天，事情就办妥了。李晓勇看着妻子拿到了房产证，又看见自己的骨灰盒安放进了墓地，这才从放心地离开了陆永久的躯体。

摆脱了李晓勇的纠缠，陆永久总算安安静静地睡了一夜好觉。

可陆永久没有高兴多久，第二天，他被吵嚷声从梦中惊醒，睁眼一看，身体里居然挤进了十多个不认识的灵魂，差点把他的身体挤爆！陆永久惊慌失措，叫道：“出去，你们都给我出去！”

没想到那些灵魂却说：“到哪儿去啊？房子和墓地价格都被你们炒得老高，我们无处安身，只好在你身体里将就一下。”

（题图、插图：魏忠善）

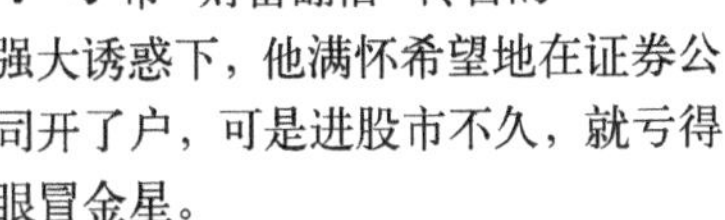

软件失误谁负责

□张晓凌

柯良勇是个白领，在股市“财富翻倍”传言的强大诱惑下，他满怀希望地在证券公司开了户，可是进股市不久，就亏得眼冒金星。

这天，柯良勇接到了证券公司营业部的电话，邀请他参加投资讲座。柯良勇暗想：要赚钱，就必须学习，待我从专家口中获得股市“黑马”的信息，准能拨云见日！

周六下午，柯良勇兴冲冲地来到营业部大厅，听专家讲课。那个专家口若悬河，ABCD说了一大串，最后说到一款炒股软件，专家说，只要输入股票代码，就可以得到很多有用的资料。

柯良勇如获至宝，赶紧跑到行情显示终端跟前，将自己买的那只创业板股票用这款软件检阅了一番。就在这时，旁边有人说：“你别信什么狗屁炒股理念！这年头要赚钱，只有靠过硬的消息！”

柯良勇回头一看，认得，老股民李大叔！这李大叔每天出现在营业大厅，发布各类消息，一副熟知内幕的样子。柯良勇赶紧上去请教，李大叔塞给他一张传单，神秘地说：“这家投资公司推荐的股票超准，明天至少可以涨5个点。”

柯良勇将信将疑地按传单上的电话号码拨过去，听筒那头传来一个职业女性的声音：“先生，只要您缴费成为我们的会员，我们将定期向您推荐股票，包您短时间内赚5个点以上。信不信，事实说了算，我们先免费推荐一只看涨的股票，您觉得准了，再申请缴费入会。”柯良勇忙不迭地答应先免费“试用”。

两天后，那家投资公司向柯良勇推荐了一只题材股，并声称第一个交易日就会上涨。柯良勇利用午休时间赶到营业部，在营业部的炒股软件中键入这只股票，左看右看、上看下看，

感觉市盈率太高，难以把握。这时，李大叔又出现了，他笑眯眯地说道：“小伙子，现在价值分析方法过时啦！消息为王。”

柯良勇半信半疑，决定按兵不动，先观察再说。不料，第二天这只股票竟然高开高走，到收盘竟放量拉升了近8个点，柯良勇后悔得直跳脚。当天他就拨通了投资公司的电话，申请缴费成为会员。

柯良勇缴了会费后，投资公司立马指示他买进一只传媒股。

这次柯良勇二话不说，倾其所有杀向了这只股票，怎料事与愿违，第二天这只传媒股就开始阴跌，投资公司安慰说这是庄家洗盘，不用担心。一周过去了，两周过去了，股价仍是“跌跌不休”，等到柯良勇电话再打过去的时候，发现投资公司电话成了空号，而老股民李大叔也从营业部“人间蒸发”了。

柯良勇意识到自己受骗了，他迅速报了警。公安局根据柯良勇和其他受害人提供的线索，很快就破了案。原来，这个诈骗团伙让“李大叔”他们在各个营业部流窜做托，专门引诱一些新股民。这伙骗子推荐股票的伎俩说穿了很简单：他们将上钩的新股民随机分为两拨，一拨说涨，一拨说跌，第二天总有一拨说准了；然后他们将说准的那拨再次随机分为看涨和看跌的两拨，第三天也总有一拨说准

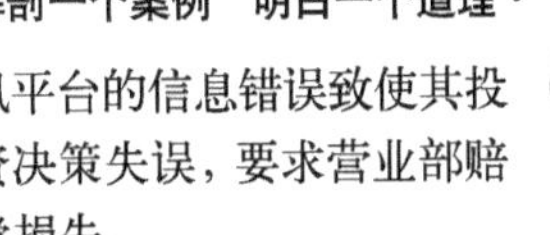

了。连续两三天下去，那些上钩的股民不信才怪。

案子是破了，骗子也抓住了，但柯良勇的会员费却被骗子挥霍一空，要不回来了，而且买的股票又被套住。这时，营业部投资顾问小邹出现了，他用炒股软件帮着柯良勇分析那只传媒股的基本面情况，劝他耐心等候解套时机。

此时，股市震荡更激烈了，柯良勇重仓的传媒股一直保持着被套5个点左右的幅度，他进入炒股软件，查这只传媒股的限售股流通时间信息，其中“股改大事”栏目显示，这只股票有近5亿股限售股要在三个月后上市流通，到时流通盘要扩大近一倍。柯良勇倒吸了一口凉气，但想想利空到来还要一段时日，又不由得暗暗庆幸。

但在接下来的一周，柯良勇却遭遇了噩梦：这只传媒股先是跟随大盘连跌了两天，接下去的两天又在大盘企稳的情况下暴跌了10多个点。柯良勇心想，莫非这只股票近期有什么重大利空不成？当他再次用炒股软件查询时，不禁目瞪口呆：这只传媒股近5亿股限售股下周就上市流通了！柯良勇不忍心看着自己的损失进一步扩大，当天就匆匆忙忙地将手头的股票全割掉了。

卖掉股票后，柯良勇怒气冲冲地找到营业部的王经理和小邹，认为资讯平台的信息错误致使其投资决策失误，要求营业部赔偿损失。

接到投诉后，王经理展开了调查，经与资讯平台运营商核实后，他们向柯良勇解释道：交易系统所使用的A资讯是行业通用的资讯平台，信息由A资讯维护和更新，传媒股的限售股解禁日期错误确实是A资讯工作失误造成的；但根据A资讯发布的免责声明——“所载文章、数据仅供参考，使用前务请仔细核实，风险自负”，柯良勇只能自行承担根据A资讯进行投资决策的风险。

此时，柯良勇才为自己的轻率决策顿足不已。

律师点评：

根据《证券法》、《合同法》以及证券交易所交易规则的规定，投资者委托证券公司代理证券买卖，投资者要自行承担投资风险，包括系统性风险（宏观经济风险、法规政策风险等）、非系统性风险（上市公司经营风险）、交易风险（操作不当、投资决策失误风险等）。投资者开户时证券公司签订的委托代理合同、风险揭示书明确了投资者所要承担的风险。本故事中证券公司免费提供的炒股软件资讯虽有错误，但柯良勇有责任仔细核实信息，并自行承担投资决策风险。

（**题图**、**插图**：谭海彦）

·中篇故事·

木业街上来了一个神秘的顾客，他要做一件不同寻常的东西，只有一个人看透了其中的机关……

百变机关术

□於全军

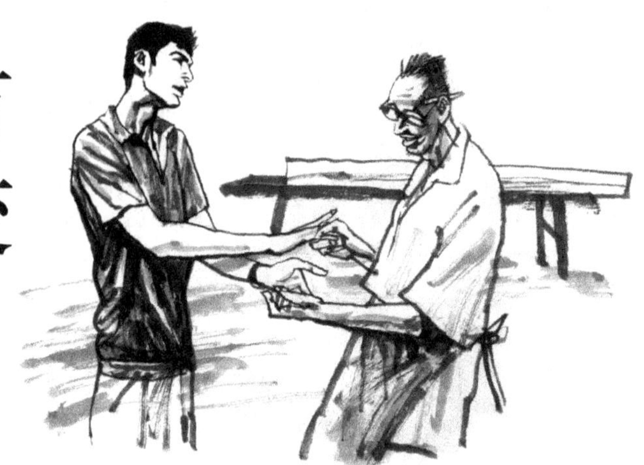

1.密室

市里有条古色古香的木业街，街道两边一拉溜都是家具店。这里的家具店有个特色：很少从外面进货，都是买家说个样子，画张图纸，由木工师傅现打现做。要说现在工业这么发达，机械流水线上造个家具是小菜一碟，价格也便宜，不过爱讲究的本地人还是常来光顾木业街，不为别的，就为样式称心，真材实料。

木业街走到尽头，有一家单开门的木器店，店主自称姓木，已经七十有二，早抡不动斧刨了，可是店照样开，钱照样挣，因为他是木器业里的老行尊。这么说吧，只要顾客说得出样式，不管这样式多么新奇复杂，木老爷子都能画出图纸。有些特别精巧的手工物件，一般师傅做不来，也得找他亲自动手。所以当地就有了这么一句话，说木业街大小木匠七十二，其实真正的木匠只有一个，就是木老爷子。

这天，有个二十多岁的年轻人进了木老爷子的铺子，先鞠躬后握手，礼数十分周全。木老爷子问他有何贵干，年轻人看看四周，见屋里只有木老爷子和自己两个人，才轻声说明来意。他说自己姓李，是古董收藏家，收藏了一些遭贼惦记的好东西，所以想在卧室里造一个密室。

木老爷子一听，就下了逐客令，说您请回吧，这事好办，买一个大号保险柜就成，哪里用得着造密室这么费事啊？

小李低声说："保险柜不是明摆着招贼吗？我想要的密室，最好外人进了卧室根本看不出来，需要启动特定机关才能打开；万一有贼进了密室，主人在外面关上机关，贼就再也出不来；还有最重要的一点，最好连施工的工匠都不知道这个密室怎么操作，只有主人自个儿才能运用自如。我知道这活别人接不下来，价格嘛，随您开。"

小李话音刚落，木老爷子就生气了："你说的这不是正经木匠活，是机关术！老实说，这活我能做，但是我六十花甲那年就金盆洗手了，你另请高明吧！"小李还想再说，已被木老爷子推出了店门。

门外停着一辆黑色奔驰轿车，小李正要失望地开车门上车，就在这时，木老爷子又说话了："这车是你的？"小李随口答了一句："不是。"忽然又改了口："哦，是我的，怎么了？"

木老爷子又看了看车，似乎在考虑什么，过了许久，他叹了口气，说："看你心诚，这回我就破个例！三天后来取图纸吧。"

2. 酒山

过了三天，小李一大清早就来了。木老爷子把他领到里间，说先不忙看图纸，喝一盅再说。小李要推辞，可是木老爷子拿出了一个奇形怪状的东西，吸引住了他的眼球。这东西尺许大小，下端是一个大铜盘，铜盘中央堆起一座铁山，山腰盘旋着一条小龙，龙口大张着，对着铜盘里的一片荷叶。

木老爷子有些得意，问小李："你既然收藏古董，认识这是什么吗？"小李茫然地摇摇头，他说，看得出这东西年头不少了，却闻所未闻。

木老爷子笑道："这叫酒山，是我的一位先祖所铸，难怪你不认识。来，咱们喝一杯。"说着，取出一只酒杯，放到荷叶上，一按龙尾巴，龙口里就泻下酒柱来，六分满的时候，木老爷子松了手，龙口随即就闭上了。接着，木老爷子把另一只酒杯给了小李，示意他自己动手。

小李觉得挺有趣，也依葫芦画瓢，把酒杯放在荷叶上，按住龙尾巴。他是酒场上打滚的人物，就按习惯倒满酒杯，没想到酒杯刚满，忽然杯身一倒，酒水都流到了铜盘里，酒杯顿时空了。小李还以为是自己没放稳酒杯，就放好杯子，重新注酒，没想到酒快倒满时，杯子又倒了！

木老爷子呵呵大笑："我这杯子只能倒六分满，这叫知足则余，贪多则尽。"

小李依言倒了六分满，这回酒杯

果然没倒，他有些纳闷，就问木老爷子，这里面有什么机关？

一杯酒饮下，木老爷子打开了话匣子：木家祖上就善于制作机关，不过并不以此为业，只是作为一种爱好研究。有一位祖先，是当师爷的，话说那年，城里发大水，冲塌许多房舍。这还罢了，河里有一条猪婆龙，也就是现在说的鳄鱼，兴风作浪，落水人畜都成了它的美味佳肴。县太爷是个爱民如子的好官，就让木师爷行文上报，派兵来捕杀猪婆龙。

才过两天，朝廷就派来一位精通水性的陈将军，这陈将军一来就嚷着要亲自下水，和猪婆龙见个真章。县令一听，吓得面如土色。为什么？这县令倒不是怕力大无穷的陈将军斗不过小小的猪婆龙，而是怕他喝酒过量。原来这陈将军有个外号，在官场上无人不晓，叫做“陈八杯”，不论打仗还是做事，都要先喝八杯才行。开始的时候，他只喝八杯女儿红，后来酒瘾大了，变成了八杯老白干，现在是八杯见火就着的烧刀子！八杯烧刀子下肚，他连路都走不稳了，还能下水杀龙吗？陈将军是随皇上打过江山的心腹爱将，要是在这小小的县城丢了性命，后果不堪设想啊！

县令把自己的担忧告诉了木师爷，木师爷想了想说，请县太爷把陈将军下水的时间拖到后天，他自有解决的办法。县令半信半疑，不过还是依言行事。

到了后天，陈将军就要下水了，照老规矩，他的亲兵捧上一大壶烧刀子。这时，木师爷拿出了他这两天制成的呕心沥血之作，就是这座酒山。好酒的陈将军见了如此精美的酒器，赞不绝口，当下应允了木师爷的提议，就用这酒山喝八杯，反正酒山配套的酒杯跟他用惯的杯子大小差不多。

可是，陈将军很快就发现自己上当了，酒山配套的杯子只能倒六分满，八杯酒喝完，还不到原来的五杯。陈将军也不好反悔，拿着一柄钢刀就下了水。五六分醉意的陈将军，就像当年打虎的武二郎，酒壮人威，人凭酒势，三两下就结果了猪婆龙。

上了岸，县令要给陈将军敬上庆功酒，没想到陈将军只喝了四杯就放下了，说从此以后，陈八杯变陈四杯了。为什么？原来他从酒山里悟出了八个字：知足则余，贪多则尽。

陈将军临走时，已和木师爷成为无话不谈的朋友，他对木师爷说出了一个心底的秘密：他随皇上出生入死打天下，却只封了个将军，心里气不过，这才狂饮滥醉。这一趟他主动请缨，下水杀龙，其实就是想和猪婆龙同归于尽，博个最后的好名声，可是木师爷的酒山唤醒了他，人不能过贪，知足者常乐啊！陈将军回朝后，就像变了个人一样，饮酒有度，谨言慎行，不久就被提拔为镇守边关的统帅。

故事讲完了，木老爷子拿出一份图纸给小李，说这是密室三分之一的图纸，又拿出一个方形小匣子，让小李把匣子里的东西，按图纸所示安装好。

小李这时还沉浸在刚才的故事里，闻言猛地一惊，忙问匣子里装的是什么。木老爷子说，这里头的东西就是开启密室的机关，只有按图纸设计的方式操作，密室才会打开。这也就是机关术的“机”，作用和现代手枪的扳机一样。

看小李似懂非懂的样子，木老爷子说，既然你喜欢听故事，我就给你讲讲这个“扳机”的故事吧。

3.扳机

这段故事发生的年代比较久远了，那时候本城是一个北方小国的都城，木家在这一代，当家人号称木大师，有着赫赫的名声。话说这一天，木大师被国君请去了，让他改良一样武器。什么武器？弓。弓是当时最厉害的远程武器，一箭射出，百步之外都能命中敌人，可国君还嫌不够厉害，最好能研究出一下子射出五支箭的弓，这样他的军队就能提高五倍战斗力，也就能轻易攻下南边的敌国了。

国君下了巨额赏金，木大师果真回家仔细研究起来。以木家世传的机关术，他还真想出了点眉目，就是做一个机关匣，装在弓的后面，匣里可放五支箭，一扣扳机，五支箭同时就射出去了。对了，这东西就是后来的弩。

木大师很快做好了弩的其他部分，但是扳机这东西，以前还从没有出现过，无法参考，所以比较费事。木大师日夜不眠，试制了两个月，才锻造出一个合格的成品。当下他把扳机装好，一试验，发现不但能一下射出

五支箭，而且威力比弓大多了，可以射到一百五十步开外。木大师不由大感得意，觉得那金灿灿的赏金很快就能到手了。

这段日子，木大师的妻子始终在一旁照顾丈夫起居，见木大师成功了，她也显得很高兴，就取出美酒佳肴来庆贺。木大师喝得酩酊大醉，等他醒来，已是日上三竿，这时他才想起要进宫献弩的事，急忙拿了装弩的匣子就走。

国君听说武器造成，喜出望外，忙让木大师当场演示弩的威力，可是一开匣子，木大师就愣住了，因为扳机不见了。他明明记得，昨晚自己亲手把扳机装在弩上了啊！一时间木大师汗如雨下，突然，他想起妻子的祖籍本是南方敌国，一定是她把弩上最重要的机关——扳机偷走了。

国君听说，就安慰木大师，扳机可以重新打造，打造好了再试。木大师却连连摇头，说再造出来又得两个月，他夫人在家中耳濡目染，一身机关之术已不在自己之下，现在她拿了扳机回国，要是先造出弩来，后果不堪设想。而今之计，只能以迅雷不及掩耳之势，派兵抢回扳机。

国君深以为然，于是由木大师率一队骑兵，朝南方敌国追杀过去。可惜晚了一步，追到边境，木大师他们眼睁睁地看见敌军簇拥着木夫人进了城门。大势已去，骑兵只好无功而返。木大师深恨妻子背信弃义，就穿上敌国百姓的服装，混进了城门另想办法。这时，敌国正大量招收木匠，木大师便化名应了聘。

不出木大师所料，敌国宫中高架火炉，众多木匠正在依木夫人的指示做活。木大师一看，怒不可遏，原来自己的夫人根本就是敌国的奸细，这是要大量造弩装备军队啊！他一气之下，偷了兵卒的一副弓箭，瞄准木夫人就射了出去。

木夫人猝不及防，胸膛中箭，眼见活不成了，四周的兵卒围上来就要杀木大师，不料木夫人伸出颤抖的手，制止了他们。她对木大师说：“我偷你的扳机，是因为你们国家的武器不可以太强啊，否则不但我的祖国，只怕全天下都会刀兵四起。”

木大师厉声质问：“可你为什么自己来造弩呢？那还不是一样？”

一丝鲜血从木夫人嘴角流下，她低声说：“我造的是用来播种的耧车啊！这还是我从你造的扳机上得到启发的呢……至于扳机这种凶器，我已放在火炉里熔掉了。”说罢溘然而逝。

这时候，敌国的丞相闻讯赶到，他说出了一件实情：木夫人拿着扳机外逃，本意是想躲进深山，先销毁这个凶器，再回家慢慢说服利欲熏心的丈夫，可是敌国暗探先知道了这事，这才半请半绑地把她带到敌国。进了城门，丞相说明意图，想让木夫人造出弩来，木夫人本想以死相拼，可她从扳机上悟出了农具“耧”的制法，这是造福天下的大事啊，怎能随她一起消失？这才假装答应造弩，其实造出来的却是耧车！

木大师不由悔恨交集，他细细看了木匠们所做的活计，确实和自己的扳机有所不同，只是刚才自己气急攻心，竟没有察觉。这时他才觉得，无论机关之术还是胸襟气魄，自己都远远比不上妻子。这时，敌国丞相冷笑着走来，他早已打好了如意算盘，木夫人死了，还有木大师，弩这个东西，一定要为自己的军队所用！

木大师见状，深情地看一眼妻子，忽然抢过一个士兵的佩刀，自刎而死！

木老爷子讲到这里，小李开口问了：“照您这么说，弩该是失传了，可是现在还有这东西啊！”

木老爷子喟然长叹：“四百年后，另一个懂机关的能工巧匠又造出此物，装备到军事上。可不管怎么说，这对夫妻将一场生灵涂炭推迟了整整四百年，功德无量啊！”说到这里，他转身注目小李：“机关是死的，人是活的，所谓一念之善，泽被万物；一念之恶，荼毒无穷。越是大人物，越要懂得这个道理。”

小李嘴里答应着，额头上却渗出了一层细细的汗珠。他擦了擦汗，捧着匣子和图纸向木老爷子告辞。

一个月后，图纸施工完毕，小李来找木老爷子要第二份图纸。木老爷子取出图纸，却吩咐他，上次的工匠必须全部换掉，另雇人来做，这样两拨工匠都不知道做的是什么，才能保密。小李暗跷拇指赞叹，不愧是老行尊。

随后木老爷子又捧出一个匣子来，这个木匣却是长条形的，他让小李带回后按图纸装上。这回没等小李问，木老爷子就说了：机关机关，上回给的，是开启密室的“机”，这回给的，就是用来关闭密室的“关”。不是

要让盗贼进去了就出不来吗？那就要用到这个。这东西还有个吓人的名字，叫做“断龙石”。

小李笑了，说这有什么好吓人的。木老爷子摇摇头，说：“这东西，能让人尸横遍野啊！你再听我讲个故事。”

4.断龙石

那是木家另一代祖上，有个外号，叫木老痴。为什么叫这个名字呢？因为他打小就爱研究机关术，这还罢了，你研究出东西倒是拿去卖钱啊，他还自命清高，认为机关术巧夺天工，不能落入俗人之手，结果到六十岁的时候折腾光了祖业，混得跟沿街要饭的乞丐差不多。

这一年时逢大旱，无米下锅的木老痴正坐在破屋里发愁，本村王老员外踱了进来。王老员外一见木老痴瘦得皮包骨，不由吓了一跳，连声说机关世家的后人怎么落魄到这步田地，罪孽啊！说罢，把木老痴搀扶进了他的大宅。

别看外面赤地千里，颗粒无收，王老员外家里却十分富足，把木老痴都看呆了。王老员外吩咐下人，给木老痴安排上房住宿，每日里好酒好菜，不得怠慢。若他需要什么机关零件，随时供应。就这样，木老痴被王老员外养起来了。

过了半年，木老痴坐不住了，有句话叫无功不受禄，老是这么足吃足喝过意不去，他就找到王老员外，说想做点事情。王老员外说，既然你静极思动，就帮忙设计几个机关吧。原来王老员外眼看自己年岁大了，想为自己修墓。那时候不太平，盗墓贼比天上的星星还多，只有高手匠人做的机关，才能防止被盗。

木老痴欣然从命，很快就画出了三张图纸，分别是：墓口的流沙、甬道的翻板、灵柩上的弩箭。他给王老员外讲解这三样机关怎么阻挡盗墓贼，王老员外边听边点头，听罢，王员外发问：“这三样机关虽好，但听说陵墓里最厉害的机关叫做断龙石，为什么没有呢？”

木老痴闻言，不由对王老员外刮目相看，原来这位是大内行啊！他告诉王老员外，断龙石这东西其实就是个门闩，用来闩墓室石门的。灵柩葬入墓室，外面的人关上石门后启动机关，断龙石就自动卡在石槽里，从里面就开不了门了，但是外面可以开门，这时石门就处于“可进不可出”的状态。一旦有盗墓贼破了前面的机关，推门进了墓室里面，断龙石一转，石门会自动闭上再次上闩，墓室是石砌的，盗墓贼将插翅难飞。其他机关都是让盗墓贼知难而退，唯有断龙石就像是放了诱饵的捕鸟笼子，让他们有进无退，太过阴毒，最好不要装。

不料王老员外听后大摇其头，说自己一生行善，不想死了以后还被人打扰，机关越多，防盗效果才越好。木老痴实在架不住王老员外的好言相求，最后还是画出了断龙石的图纸。

图纸一出，王老员外的造墓工程就开工了。他请了远近最有名的三十六名工匠，连续干了一年半，才大功告成。说来也巧，完工第二天，王老员外就寿终正寝了。王小员外闻听噩耗，从外地赶回，一进门就操办丧事。因为墓室机关太过复杂，王小员外怕别人去送葬出意外，就高价请了那三十六名工匠抬棺送灵。木老痴也要去，被王小员外挡驾了，说他这么大岁数了，去墓地不吉利。

木老痴心里挺感念这王家父子，一对好人啊！到了晚上，王小员外回来了，他来到木老痴住的上房，笑嘻嘻地在桌子上摆了两样东西，一样是一杯酒，一样是写满了字的纸。木老痴不明白这是什么意思，王小员外把纸往他跟前一推，说出了真相。

原来王家父子根本就是一对大盗，靠盗墓起的家。王老员外一辈子刨人祖坟无数，临死的时候怕别人刨他的坟，这才故意拉拢木老痴，设下了四道机关。他儿子王小员外请三十六名工匠送葬，其实是怕这三十六人走漏消息，已把他们全部关入断龙石内！

说到这里，王小员外冷着脸道："我知道您的机关术厉害，特意留您在家，是想请您入伙，帮我们破别的墓葬机关。您要是愿意，在这入伙书上签个字，若不愿意，就喝了这杯酒，酒内有子午断肠散，子不见午午不见子，明天中午的太阳您是见不着了。"

木老痴这才明白王老员外非要安装断龙石的缘故，不由悔恨交集，他端起毒酒一饮而尽，然后抓起入伙书撕得粉碎！王小员外冷笑一声，说您一个人度过这最后的时光吧，然后轻轻闭了房门，扬长而去。

木老痴听着脚步声渐渐远去，忽

地蹒跚而起，抓起一把铁锹，翻过院墙，朝墓地跑去。他要赶在毒发之前，救出那三十六名工匠。

天快亮的时候，木老痴终于来到墓地。机关是他本人设计的，破除起来很容易，所以很快来到断龙石前。其实有一关就有一破，他找来一块山石，用铁锹敲敲打打，弄出个三角形，然后推开石门，往门轴里一放，这石门就闭不上了。接着他飞速跑进墓室一看，有三十一个人由于缺氧时间过长，没气了，还有六个人有微微的呼吸。不是只有三十六个工匠吗？怎么多了一个？但此时木老痴没空细想，赶紧把这六个人挨个背出墓室。

这六个人有新鲜空气入鼻，就没有生命危险了。这时木老痴肚子里像开锅一样，他知道就要毒发了，便踉踉跄跄向墓室里走去，他要和那三十一名工匠死在一起，以示赎罪。关上石门后，他开动了流沙机关，一时间沙尘滚滚，封住了墓口……

故事讲到这里，小李听得目瞪口呆，好半天才醒悟过来，问："这么说，木老痴为了赎罪，死了？"木老爷子呵呵一笑："天佑好人啊，这事还有下文。"

木老痴把自己关进墓室，看见王老员外的灵柩，气愤之下就拆除弩箭，开了他的棺，结果却惊讶地发现里面没有尸体，只有一堆金银珠宝，下方还有一条掩藏得很好的地道，要不是木老痴精于机关术，还真发现不了。他想，自己现在还不能死，要把这些东西拿出去，救济死去的工匠家属，于是就顺地道挣扎出来。

木老痴走出来后，看见那六个人已经醒了，正在坟头前哭呢。令他想不到的是，六人里有一个是王家盗墓团伙中的一员，因为想金盆洗手才被王小员外一起关了进来，而他竟有子午断肠散的解药！

木老痴服下解药，和那六个人一起到官府告状，把王家父子抓了个正着。大家这才知道，王老员外根本没有死，他这么一番折腾，是想营造一座秘密藏宝库，但万万没想到，木老痴的赎罪之举，揭破了他的秘密。

讲到这里，木老爷子看了一眼小李，说："后来，木老痴给后代子孙订了一条规矩，六十岁以后不做机关，就是怕老迈昏庸之时被歹人利用。木老痴知错能改，还是赢得了我木家的世代传颂！"

小李问："那您现在破了规矩，是看出我不是歹人啦？"木老爷子捻须一笑："是好是歹，存乎一念。再说，我这个断龙石没那么歹毒，困在里面也有机关打开，当然这个机关比较隐蔽。密室也是透音透气的，小偷被困住大可呼救，主人也可以从容报警。"

小李拿走图纸，还是一个月施工完毕。完工后他又来找木老爷子，木

老爷子拿出最后一张图纸，还有一捆极细的钢丝，一起交给了小李："这个图纸不能由工人来做了，要主人自己动手才能保密。这个钢丝在我们机关术里，叫牵丝，就像人的神经一样，有了它，机关才会活过来，才有牵一发而动全身的效果。"

小李拿了东西却不走，笑呵呵地说："这个牵丝，是不是也有个故事？"木老爷子大笑："当然！"

5. 牵丝

这个故事发生的时间不远，是八国联军进北京那会儿。本城离北京不远，也有一队外国兵打了进来，这伙人的头儿是个叫格瓦的德国人，一进城就征了鼓楼周围的民房做兵营，然后抓人在兵营附近修工事，准备抵御义和团的袭击。

他们修工事用了最省事也是最野蛮的做法，就是拆除一些不住人的古老建筑，比如庙宇大殿啊、钟楼鼓楼啊，使用里面的砖瓦木料。要知道这是一座有着上千年历史的文化名城，名胜古迹数不胜数啊！这一天，格瓦正要指挥士兵拆除一座明朝的鼓楼，有人送来一份邀请书，经翻译一讲，邀请书是本地木业街的木先生下的。

那时候木业街就是本城木匠的聚集之地了，木先生不但在木匠行出类拔萃，在全城老百姓中也素有威望。格瓦正打算多抓一些民夫，加快进度，如果木先生肯帮忙，事情就好办了，于是他带着翻译上了门。

木先生的腿脚有毛病，平时要拄着铁拐杖走路，所以他就坐在店里等候，没有出迎。格瓦开门进来，看见屋子正当中放着一张八仙桌，桌上摆着两副盖碗茶，茶杯下面有茶托。他往椅子上一坐，还没说话呢，木先生拿起自己面前的盖碗茶示意，翻译忙用德语说："木先生请您喝茶。"

格瓦闻言也拿起盖碗茶，谁知他还没喝呢，身后的木门就"砰"的自动闭上了。格瓦大惊失色，要知道城

里经常有义和团的暗杀行动，这是要关门打狗啊！他“噌”地抽出短枪，对准了木先生。木先生还是那副悠闲的样子，他对翻译说：“请格瓦先生放下茶杯。”格瓦依言放下，门“哗啦”一声，又自动打开了。

格瓦看得目瞪口呆，木先生不慌不忙地讲解起了这个机关的秘密。原来茶托下面有一个弹簧，茶杯一端，弹簧弹起，就牵动下面的丝线，丝线就使大门关上了。放下茶杯后，弹簧下沉，门就打开了。

格瓦来中国以前就听说中国有许多神奇的东西，如今是大开眼界，不由跷起了大拇指。木先生趁机说出了他的建议：其实大修工事不是好办法，自己可以利用机关术，帮助格瓦造出更有效的防御线。怎么造呢？就是在兵营的八个方向，事先埋设炸弹，然后用细铁链连接到控制中心。而控制中心就是在鼓楼上造八个绞盘，由格瓦亲自拿着望远镜坐镇，看见义和团从哪个方向攻进来，他就启动哪个方向的炸弹，这样，自己的士兵根本就不会有伤损。

格瓦听得连连点头，他请木先生画出图纸，就加紧动工了。工程主要是埋细铁链，铁链上事先套了木套，防止遇潮生锈，随后埋在地下一尺深的地方。开挖的时候肃清周围百姓，不用民夫，都是士兵动手，这是怕走漏消息。第一个方向完工的时候，格瓦在鼓楼上开动绞盘机关做实验，炸弹果然炸响。这下他可放心了，于是命令士兵完全按照图纸来施工。

工程完结，格瓦待木先生如上宾，在兵营给他建了一所房子，让他搬进来，还给他配了两个大兵，说是给他做保镖，吃饭走路睡觉都要在一起。木先生明白，这是对他不放心啊，监视起来了。

木先生有个习惯，吃完饭爱溜达，风雨无阻。这些天是雨季，可把那两个保镖害惨了，木先生拄着铁拐，笃笃笃地四处乱走，两个保镖在泥泞里深一脚浅一脚地跟着，一不留神还摔个马趴。到了晴天，木先生反而不爱出去了，为啥？当地老百姓都知道了木先生帮格瓦的事，大家指着他的后背骂汉奸，连他的木匠铺子都砸了。

没过多久，义和团就打过来了。他们头上扎着画了符的头巾，自称神仙附体，刀枪不入，把鼓楼上的格瓦看得直乐，这不是送死吗？等义和团到了埋设炸弹的地方，他一扳绞盘，坏了，没响。这是怎么回事？他连忙扳动其他绞盘，还是没响，这时候他心里暗叫：中国真是个神奇的国度啊，我以为机关术就够邪乎的了，想不到义和团的符咒更邪乎，这就叫一物降一物！

因为炸弹失灵，前面又没有工事

拦阻，义和团“呼啦”一下就杀到鼓楼下了。白刃搏击可不是八国联军的强项，格瓦只好领着残兵败将杀出重围，出城去了。临走时他还回兵营想捎上木先生，可是木先生不在兵营，就此消失了。有人说他死于战乱，有人说他顶不住老百姓的舆论压力隐居了，总之，没了他的消息。

直到民国年间，这座城市开挖下水道，这才又挖出了木先生埋设的细铁链。人们发现，每一条通往古楼的铁链中途都被触破了木套，那时候的铁链不比如今的钢丝，见水很快就会锈断。这时有人想起木先生雨天爱溜达，一根铁拐戳得黄泥街面到处是窟窿，这一定是他故意而为，因为只有他才对铁链的铺设位置一清二楚。人们从此改变了对木先生的看法，都说他的这一举动，至少有三大好处：免了民夫苦役，保护了古老建筑，让义和团减少了牺牲。

木老爷子讲到这里，捻须微笑道：“要不是开挖下水道，我这个曾祖就要承担一世骂名了，木家一脉也难以回到木业街。不过无论别人如何评价，只要把心放在正当中，问心无愧，就是一条顶天立地的汉子。”

小李听完这个故事，好像下定了什么决心，很干脆地说：“我明白您的意思了，工程一完工，我就来看您。”

6. 九连环

又过了一个月光景，木老爷子掐指头算着，密室也该完工了，可是小李一直没有上门，这是怎么回事？又过了几天，他在看本市新闻的时候，忽然看到一位大人物被双规了。据说他被人举报贪污受贿，警察在他的密室里发现了大量现金和古董。

又过了两个月，小李终于在木老爷子的门口露面了。他没有开车，是徒步来的，却不显疲态，反而有点精神抖擞的样子。木老爷子迎他进门，

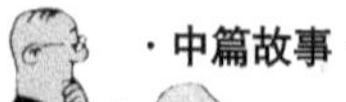

张罗着倒茶，被小李拦住了。小李一抬眼，看见木老爷子的桌子上摆着个儿童玩具，九连环，就说：“我听了您四个故事，现在也给您讲一个吧，题目就是九连环。”

话说有这么一个小伙子，大学毕业后没工作，便找上了在政府部门工作的三叔。三叔没儿子，把小伙子当儿子看，他上下打点，终于把小伙子安排进了政府机关。后来三叔的官越做越大，小伙子也水涨船高，成了三叔的心腹。三叔的官大了，胃口也大了，收了不少不该收的东西。为了不招人注意，他常常让小伙子出面办一些摆不上台面的事，比如说，托他悄悄修造一间密室，用来存放赃物。这密室的事不能张扬，最好找民间匠人来做。

小伙子其实从内心很反对三叔的做法，但是三叔对他一直都不错，他也得到不少实惠，始终下不了决心出头揭发。就在修造密室的时候，他在民间匠人那里听了四个故事，酒山的故事告诉他，知足则余，贪多则尽；扳机的故事告诉他，人心要正；断龙石的故事告诉他，知错能改善莫大焉；牵丝的故事告诉他，不要怕人议论，只要行得正立得端，就是被人说忘恩负义也不怕。小伙子听完四个故事，立时省悟，他等密室完工、三叔把大量赃款赃物转移进去后，就走进了反贪局的大门。

木老爷子听完后微微一笑，又问：“这故事和九连环有什么关系？”

小李笑道：“那民间匠人在小伙子头一次登门时，就从小车的车牌号上明白了他的来历。因为这小车没少随着大人物上电视，小伙子肯定是为大人物办事的。匠人猜测大人物使用这种密室，多半有亏心事，可是没有证据，怎么办呢？他就对小伙子用了攻心之术。四个故事一环套一环，可不正像这种古老的机关术中的九连环？不过，我有个问题，万一小伙子执迷不悟呢，民间匠人不就助纣为虐了吗？”

木老爷子呵呵一笑，笑得云淡风轻：“其实，民间匠人所造的密室断龙石和老辈的造法是不一样的，主人进了密室，开启机关后还能出来，但是只可以开启九次，第十次机关失效，他就出不来啦，想必警察救他出来的时候，同时会发现他身边有大量的古董和巨款。”

小李闻言一阵后怕，不由出了一身冷汗。

（题图、插图：杨宏富）

红版编辑部各编辑邮箱：

姚自豪：yaobianji@126.com；
郑继文：zjw002@vip.163.com；
吕　佳：lujia411@yahoo.com.cn；
叶小萌：xiaomeng.ye@gmail.com；
李天然：chin_poet@163.com。

先闭眼，再睁眼

一个大型会议结束后，照例要拍集体照，大家面对镜头，努力睁大眼睛，等摄影师喊“一二三”。这时，摄影师突然高声喊道：“请大家闭上眼睛，等我喊到三，大家再一起睁开眼睛。”

闭上眼睛？拍照时不是该睁大眼睛吗？大家疑惑地闭上眼，当摄影师数到“三”时，大家合着节拍，豁然睁开眼睛，只听“咔嚓”一声，快门按下了。

几天后照片洗出来了，大家惊奇地发现，近百人的大幅合影，竟然没有一个人是闭着眼睛的。

摄影师道出了其中的奥秘：根据科学研究，人眨眼的频率是每分钟10次，当集体照中的人数大于50人，根据概率，照片里至少有一人的眼睛是闭上的。因此，他想到了另辟蹊径——先闭眼，再睁眼，只是一个顺序的颠倒，就巧妙地解决了棘手的难题。

很多时候，我们只要掉个头，换一种思维方式，一切就会豁然开朗。

（**作者**：孙道荣；**推荐者**：它山石）

餐盘的秘密

有个老板新开了一家快餐厅，可生意并不好，学设计的女儿周末来到餐厅，见生意清淡，便向父亲建议：把方形送餐盘改成月牙形的，这样就能吸引更多顾客。

老板虽然迷惑不解，但也想不出更好的办法，就答应了女儿。

没想到换了餐盘后，食客果然多了起来，其中年轻靓丽的女性占大多数。老板百思不得其解，女儿笑着解释说，餐厅所在的商业区本就以女性客流为主，而女性顾客坐下吃饭时，胸部正好与餐盘平齐，将餐盘换成月牙形后，女性顾客就不用再小心翼翼地提防胸前蹭上油垢了。

小小创意，传递的是对顾客的关爱，这就是生意越做越火的秘诀。

（**作者**：张小平；**推荐者**：美　鸣）

·情节聚焦·

死亡时间

□冷　空

老张头两口子正在家里看电视，突然电话铃响了，一个惊人的噩耗传来：他们的女儿女婿在旅游途中出了车祸，乘坐的大巴车翻到了山沟里，两人双双遇难！电话是旅行社打来的，通知家属去现场处理后事。

老两口如遭晴天霹雳，哭着跑出门，直奔车站！邻居们听到动静，赶紧围上来问怎么了，一听遭了这事，也都唏嘘不已。

“叔叔阿姨等一等！”老两口正要出发，身后传来了喊声，回头一看，是在法院工作的邻居小李。他们赶紧停下来，疑惑地问：“小李，有什么事吗？”

小李似乎欲言又止，吞吞吐吐地说：“叔叔阿姨……你们这次去，我有一个建议，不知道该不该讲。”

“你快讲啊！”老张头急得跳脚，老张婶也一边抹眼泪一边说：“说吧孩子，都是自己人，有什么该不该的。”

小李想了想，开了口：“是这样的，叔叔阿姨。两个人死亡，总有个时间先后，这可非常重要，直接关系到遗产继承。如果是张姐先去世，在没有遗书的情况下，她的遗产就自动转移给法定继承人，其中包括她的丈夫，而张姐的丈夫随后也去世了，那么他的财产又自动转移给他的法定继承人，他们夫妻俩没孩子，那么财产也就转到张姐丈夫的父母名下了。如果反过来，是她丈夫先去世，那么……”

“小李，别说了。”老张头听到这里，伤心地摆摆手，“现在谁还有心思管这些啊！”

没想到小李认真地说：“话可不能这么说！我们法院遇到好几起这样

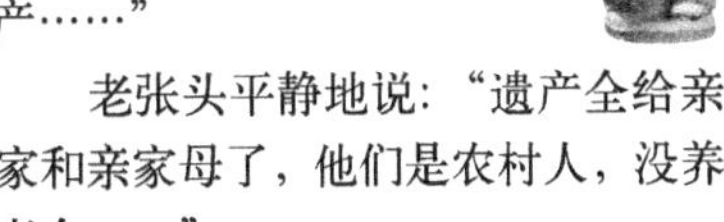

的官司了，事情刚发生的时候，大家都没在意，可过后双方却吵得不可开交。”

“这……”老张头一时语塞。还别说，女儿女婿的确能干，年纪轻轻已经挣下两辆小车一套别墅，还有至少上百万的存款。老张婶大概也想到了这些，她先呜呜咽咽地哭了。

去出事现场的路上，老两口忍住悲痛商量了一下，觉得多长个心眼没错。到了现场，他们就绕着圈子打听了一下，看有没有人知道女儿女婿谁先死亡。

听到老两口的提问，现场阴郁的气氛一下子被打破了，人们议论纷纷，有个幸存者说：“当然是男的先死亡了！”

另一个人接口道：“是啊，太感人了！车子滚下去的时候，那男的把老婆紧紧抱在怀里，结果男的身上全撞烂了，女的只腿上蹭破了点皮，本来能活下来的，唉，可惜啊！老天不长眼，山沟底下是条河……”

现场的法医也眼含热泪：“不错，男的是摔死的，女的是随后淹死的。”

老两口闻言，呆呆地半晌说不出话来……

一转眼，老两口回来已经十多天了，这天小李在小区里遇到两人，他赶紧问：“叔叔阿姨，事情……全都处理完了吧？”

老张头点点头说：“处理完了。”

小李关心地问：“那遗产……”

老张头平静地说：“遗产全给亲家和亲家母了，他们是农村人，没养老金……”

小李吃惊地瞪大眼：“难道是张姐先……去世？那也不对啊！即使这样，你们也该分到一部分遗产。”

老张头长叹一口气，说：“孩子，法律当然好，可是，有的事情并不是光讲法律那么简单。”

小李莫名其妙，他又看看张婶，只见张婶的眼泪掉下来了，她一边抹眼泪一边说：“我女儿嫁得好，亲家、亲家母把孩子教育得好，两个孩子……在天堂也会幸福的。”说完，她流着泪给周围的邻居讲了事情经过。

在场的人都感慨万千，有人对小李说：“下次遇到类似的案子，你一定要给他们讲讲这件事！”又有人说，最好把这个感人的故事写下来，让全天下的人都知道。

（**题图**：安玉民　梁　丽）

您手中有没有得意之作？本刊辟有二十多个原创性栏目，如中国新传说、我的故事、情感故事、16岁故事和中篇故事等；您读到或听到什么有趣事可以和大家一起分享吗？3分钟典藏故事、第一推荐和快乐辞典等都是本刊推荐性栏目。热忱欢迎来稿，本期责任编辑信箱：lujia411@yahoo.com.cn。

人有喜怒哀乐，没想到玉米也有情绪波动，是什么事让玉米变得忧郁了？

忧郁的玉米

□张东兴

有个派出所警察，这天刚上班就接到报警电话，一个姑娘报案称，她家的玉米地被人毁了。

警察赶到现场，看到那块玉米地就在公路边上，叶子全都耷拉着。报案的姑娘正抱着头蹲在地头上，满脸是泪。见警察来了，她忙站起身，说了事情经过：姑娘的父母过世得早，家里就她姐弟俩，这块地里的玉米是姐弟俩一年的口粮。可她今天一早起来，就发现昨天还好好的玉米一夜之间全蔫了。警察听完，意识到这块玉米地对姐弟俩的重大意义，就认真地了解起情况来。

警察问姑娘，平时与村里人有什么过节吗？姑娘很干脆地摇摇头："乡亲们东家给把韭菜，西家给俩黄瓜，对我们姐弟照顾还照顾不过来，绝不会做出这样的事。"

警察点点头，开始绕着玉米地转圈。

仔细勘查后，警察惊讶地发现，这块地有四五亩，玉米多达二万株，虽然全都蔫蔫的，但没有一株折断的，竟连微创也没发现。会不会有人投毒？可是，警察只发现靠公路的那一侧有两行脚印，这两行脚印都是进入玉米地三四米就回去了，脚印消失处有水痕，想必是过路的到这儿撒了泡尿，再往里就没有脚印了。投毒者总不会是踏雪无痕的武林高手吧？

勘查完现场，警察还是没有一点儿头绪，只好对着脚印拍照，采集了玉米样本、土壤样本，回去找人化验。

化验结果很快出来了，土壤各项指标正常，那摊水痕也的确是尿，不过是两个人的，其中一人有糖尿病。

至于玉米样本的检验结果，却十分雷人，化验室大姐抛过来一句话，差点砸了警察一跟头：“玉米没啥病虫害，它们得的是——忧郁症。”

警察瞪大了眼：“植物也能得忧郁症？”

大姐说：“咋不能？植物也是有情绪的。美国中央情报局专家曾将一部测量仪与植物相连，然后用火把叶子烧焦。当专家再次手持火柴走近植物时，记录仪的指针开始剧烈摆动，显然，植物对此很恐惧。”

警察一听，好奇心上来了，说：“这么说您也测量玉米了？是血压升高还是心律不齐？”

大姐一撇嘴，找到了当专家的感觉：“我给你带来的玉米注射了丙咪嗪，玉米症状有明显好转。丙咪嗪就是抗忧郁的药。”

警察叹口气，说：“大姐也给我打一针吧，这个破案子把我也整忧郁了。”他原以为这就是个小案子，没想到这里面水还挺深。

从化验室出来，警察一想，还有脚印没查呢。反正也无路可走，死马当做活马医吧。他把脚印的照片发到了网上，没想到，不出两天就有网友给出了答案：这种鞋不是批量生产的，是北京郊区的一个制鞋大匠的作品，在他那里定做一双鞋，开价可达上万。

派出所的经费很少，警察不能为了五亩玉米亲赴北京，只好动用私人关系，托北京的一个同学帮忙协查。那同学听说了姐弟俩的情况，十分同情，办事非常下力，再加上那鞋匠对自己的每双作品都有详细记录，很快就确定了买主。

警察一看这两个买主的名字，顿时头大了：这两人一个是大地产商，一个是政府官员，都不是他这种小警察想见就能见的，更何况自己要查的这事儿，实在有些匪夷所思。

但是，别的可能性都排除了，这

是唯一的线索，案子不解决，警察无法面对姐弟俩信任的目光，想来想去，他想出了个办法。

这天，警察打听到那两人要在一个酒店吃饭，他就以执行任务的名义扮成洗手间服务员。当两人进来方便时，警察借口下水道正在维修，取得了他俩的尿样。

拿到尿样之后，警察自己先做了一系列实验，心里有底之后，他就领着姐弟俩去找房地产商索赔。

房地产商听明来意，觉得莫名其妙:“没错，我和领导在打高尔夫回来的路上，是在那块玉米地里撒过尿，但玉米蔫了和我有什么关系？你们是想把我当冤大头吧？”

警察早知道有这一出，就说:“能否请您移步玉米地，我想当场给您做个实验。”

房地产商也有点好奇，就真的跟警察来到了玉米地。警察把房地产商和领导的尿样分成了几份，先浇了点房地产商的尿到地里，没反应；再换个地方浇了点官员的尿，还是没反应；最后，警察把两人的尿混合后浇下，结果——还是没反应!

房地产商看着警察，问:“你到底想让我看什么？”

警察胸有成竹地说:“再等一会儿。”

就在这时，奇迹发生了:只见那一小片玉米就像遭受了冲击波，一圈一圈往外，像多米诺骨牌一样，耷拉下叶子——都蔫了!

房地产商瞪大了眼:“怎么会这样？”

警察说:“我也不知道，但我做了好几次实验，结果都一样，总之:是你们俩的尿导致了事故发生。”

眼见为实，房地产商也觉得这事很奇怪，他不断思考着——最后，他有了一个大胆的猜想:可能是因为自己和领导的尿混在一起，让玉米们产生了误解，以为这块地要被开发了，它们已经时日无多……想到这里，房地产商很痛快很优厚地赔了钱，因为他明白，这样的事儿不宜外传……

（**题图、插图**:安玉民　梁　丽）

神秘武器

□亮　坡

科学家们发现了一种新的矿石，想把它打碎了研究研究，可砸了半天也砸不开，到村里请两个农民砸，倒把人家的大铁锤给砸坏了，赔了几十块钱才搞定。

这石头也太硬了吧！科学家们只好装了一袋回城里，用科研所的强力粉碎机粉碎，不料“咣当咣当”一阵响后，打开机器一看，大家惊呆了：粉碎机的合金锯齿掉了一地，石头还是完好无损。

科学家们火了，拿出最先进的激光切割机来对付这矿石。

一阵激光照射后，大家围上来一看，矿石表面上的纹路全磨平了，石头本身却连一条裂缝也没有，反而更加光滑圆溜了。

科学家们看得目瞪口呆，没辙了。这时，刚进科研所的小张怯生生地问：“能让我试试吗？”

大家不好意思放弃，正好顺水推舟，说：“年轻人思路广，希望就寄托在你身上了！”

小张拿着矿石出去了，没两天，矿石从外面寄回了科研所，打开一看，全碎成几块了。

真是太神奇了！科学家们围住小张，问他是怎么做到的，小张却笑而不答。大家不敢怠慢，马上把这事汇报给上级部门。

过了两天，上面派来两个神秘人物找小张谈话，让小张必须说清楚，他是用什么厉害武器打碎矿石的，这种武器藏在什么地方，由什么人掌控，他必须对国家负责！

到了这一步，小张无可奈何地说出了真相：“啥厉害武器呀！朋友经常托快递公司给我寄东西，可我收到的货没一件是完整的，我就想试试……没想到还真管用，这次我只把矿石寄了两条街的距离，就碎成了这模样。”

独一无二的礼物

□陆立超

大柱所在的公司组织北京游，游完长城，大家发现大柱手中多了个牛皮纸包着的长方形物体，同事们都很好奇，问："大柱，你买了什么好东西啊？包得这么严实，给大伙开开眼吧。"

大柱笑着说"没什么，给老婆买了点小礼物。"

"哟，大柱可真是模范丈夫啊！"在大伙的起哄声中，导游带着大家登上大巴直奔飞机场，准备搭机回程。

到了机场，安检时却出了问题，一名安检员拦住了大柱，要他开箱接受检查。大柱不高兴了，大声问："前面那么多人都不检查，怎么一到我就要检查？"安检员很有礼貌地说："您箱子里有不明物体，请您配合。"

大柱涨红着脸说："就是天王老子来了我也不打开，反正老子没做违法的事，我就是要登机。"

这时，两名全副武装的机场警察走了过来，这下，大柱只好乖乖打开箱子。警察把箱子里的东西一样一样往外掏，最后，从箱底掏出一个用牛皮纸包裹得严严实实的长方形物体，围观的同事一阵哗然："这不是大柱在长城买的礼物吗？"

这时，警察把包着的牛皮纸一层一层拨开，最后一层纸打开了，大家凑上去一看，都傻眼了：牛皮纸里包着的是一块砖头！

这砖头到底是文物还是武器？同事们议论纷纷，就在这时，大柱低着头说出了实情："老婆吩咐要我弄一块长城的城砖当礼物，可破坏长城是违法的，所以我就随便找了块砖头冒充，上面还有我刻的字呢。"

警察拿起砖头一看，哭笑不得，上面果然歪歪扭扭刻着几个字：对老婆的爱如长城般千年不变，大柱。

打死我也不说

□鲍　璐　搜集

纪灵是公司里的开心果，这天他给大家讲了个段子：“有两个人，一个是私家侦探，一个是律师，他们住在同一栋楼里，都住25层。每天晚上，两个人都同时下班，一起坐电梯回家。可有一次，私家侦探出差了，律师晚上回来，坐电梯到了15层后就走出了电梯，改走楼梯回家。你们猜，这是为什么？”

大家纷纷摇头，纪灵得意地说：“故事还没完呢。第二天下雨了，私家侦探还没回来，可这回律师却直接坐电梯到了25层……”有个同事忍不住打断纪灵的话：“为什么啊？”

纪灵故意不说，他喜欢卖关子。这时，突然有个低沉的声音响起来：“小纪啊，说说嘛，我也想听听。”

纪灵转头一看，原来是老板，老板矮胖的身子倚着门，一直在那里听他说段子。纪灵看了一眼老板，突然面红耳赤，连连摆手：“我忘了，真的忘了。”

老板走了，几个同事围上来，追问答案，没想到纪灵却说：“别问了，你们就是打死我，我也不会说的。”

后来，纪灵辞职了，终于对一个要好的同事露了底，他说：“为什么律师要和私家侦探一起出入呢？因为他们的个子都非常矮，够不到电梯25层的按钮，一个人抱着另一个人才能摸到按钮，所以，侦探出差了，律师就只能按到15层的按钮。”

同事问：“那为什么下雨了，律师又能直接坐到25层呢？”

纪灵说：“你傻啊？谁下雨还不带把伞啊！用伞柄戳一下不就行了？”

同事恍然大悟，纪灵说：“那天说段子时，我还没想到老板，等看到他也在，我突然一个激灵——老板的个子那么矮，这故事的答案要是传到他耳朵里，还不给我小鞋穿啊！”

拿反了

□郭来人

县里最近颁布了戒酒令，严禁公职人员上班期间喝酒。

这天，严副县长下乡检查戒酒令的实施情况。他一来，宁乡长犯了愁，严副县长号称“酒仙”，离酒不说话，可眼下正在风头上，该如何招待呢？

到了吃午饭的点，宁乡长试探着请示，严副县长说：“吃饭可以，可不能在咱们县的地面上喝酒！”

宁乡长立即听出了话外之音，在“咱们县”不能喝酒，换个地方总可以吧？于是他赶紧说：“从这往南三十里，有个农家乐不错，我们去尝尝？”

往南三十里，已经出了县界，严副县长心领神会，爽快地答应下来。

一行人随即驱车赶到那农家乐，刚开始严副县长还推辞，架不住众人热情相劝，很快就放开了酒量，直喝到下午一点多，才赶回去检查。

乡里的公职人员早就等着了，于是严副县长坐镇监督，公职人员们排队往酒精测试仪里吹气。眼看长长的队伍都要吹完了，还是没发现一个饮酒的，严副县长有点坐不住了，这要是一个典型都抓不住，显得他工作不够认真呀，莫非工作人员舞弊了？他干脆把测试仪放在自己面前，对排队的人大喝一声：“吹！”

那人冲着测试仪呼出一口气，“嘀嘀——”测试仪响了两下！

严副县长精神大振，对那人喝道：“你叫什么名字？什么职务？竟然违反禁令，在中午喝酒！”

“我连一滴啤酒都没沾哪！”那人委屈地说道。

严副县长生气了：“还狡辩！看，酒精含量这么高，严重的醉酒行为！”

宁乡长凑上去小声提示：“严县长，您把酒精测试仪拿反了，吹管正对着您呢！”

（**本栏题图、插图**：包丰一　顾子易）

471 2010 SEMIMONTHLY 下半月刊 9月

STORIES

欢迎登录本刊主办"故事中国网"(www.storychina.cn)

笑话12则 .... 小　罗等　4

第一推荐

快乐由自己决定 .... 伟　明　8

法律知识故事

谁来埋单 .... 陈　勇　11

我的故事

谁动了我的生意 .... 顾文显　13

外国文学故事鉴赏

生死合同 17

中国新传说

主编不好当 .... 黄　胜　21

最佳时刻 .... 辛春华　27

职场菜鸟 .... 韩文萍　30

意外的考验 .... 杨金凤　34

门票不见了 .... 高国俊　39

快乐辞典 41

东方夜谈

绝望木 .... 姚宾宾　43

三分钟典藏故事 48

情感故事

骂的就是你 .... 杜　辉　50

编读往来 55

民间故事金库

心病难医 .... 韩　春　56

情节聚焦

做宝 61

中篇故事

渔船魅影 .... 张正祥　65

微博故事

世博趣事大家说 81

阿P系列幽默故事

阿P自驾游 .... 万里秋风　82

幽默世界

《执著的越狱犯》等3则 .... 马凤文等　87

漫画故事 88

本刊信息传真 .... 26、80、86

2010年9月

下半月刊·绿版

社长、主编：何承伟

常务副主编：吴　伦

副主编：姚自豪（上半月·红版）

副主编：夏一鸣（下半月·绿版）

本期责任编辑：夏一鸣　颜轶超（见习）

电子邮箱：yanyichao1004@sina.com

绿版发稿编辑：

朱　虹　杭　帆

见习编辑：

刘迎曦　黄美舟

美术编辑：李宝强

电脑制作：郭瑾玮

通　　联：归依玲

本社办公室电话：021-64375030

上半月刊编辑部电话：021-64332325

下半月刊编辑部电话：021-64336469

（上海市绍兴路74号　邮编：200020）

主管、主办：上海文艺出版（集团）有限公司

出版单位：《故事会》编辑部

发行范围：公开

制作、发行总监：张　凯

电话：021-64313938

广告业务：上海故事会文化传媒有限公司

广告总监：张　淮

广告业务：021-34010383

广告投诉：021-64333738

广告经营许可证

沪工商广字3100320080016号

发行：中国图书进出口上海公司

· 笑话 ·

打破规定

有家大商场搞品牌特卖会，不少人闻讯赶来，在门口排了一条长队。其中有一个中年男子，特别引人注意，只见他一左一右，拖了两只大行李箱。

商场保安忙上前说："先生，请您先寄存行李。"

中年男子连连摇头："不用，不用！"

这下，保安急了："先生，这里有规定，只允许带钱包进场。"

"是呀，"中年男人忙不迭打开一只行李箱，"这就是我的钱包，你看，里面装的都是钱！"（小　罗）

（本栏插图：包丰一）

"父"与"爹"

父亲对儿子进行学前教育，他问儿子："在汉字中，'父'和'爹'是一个意思。那究竟什么时候写'父'，又什么时候该写'爹'呢？"

儿子很快答道："忙的时候写'父'，闲的时候写'爹'。"

父亲没想到儿子会这么回答，就问："为什么呀？"

"爸爸，你怎么连这个都不明白呀！"儿子把头一昂说，"因为'爹'的笔画比'父'字多呗！"

（小　赛）

另有用处

一个顾客走进宠物店，说要买一只会说话的鹦鹉。老板忙回答说："很抱歉，鹦鹉卖完了，不过，我建议您买只啄木鸟吧！"

"啄木鸟？"顾客问，"难道你这里的啄木鸟会说话？"

"您误会了！"老板赶忙摇头，补充说，"它不会说话，但更实用。"

"为什么？"

"它会打字！"（成　香）

痛下决心

有个酒鬼辣酒涮牙，啤酒当茶，整天抱着个酒瓶不放。别人劝他少喝点，他还振振有词地说：“酒是粮食精，越喝越年轻。”这天，一个朋友看到书上说喝酒的人会少活几年，便立刻拿给他看。酒鬼瞥了一眼，忙说：“这次，我算下定决心了！”

朋友笑着说：“是呀，你早该下决心戒酒了！”

“不！”酒鬼摆手说，“我的意思是：下定决心再也不看书了！”

（奶　茶）

仪器失灵

这天晚上，交警在公路上设卡抽查。突然，迎面驶来一辆小轿车，车开得像扭秧歌似的，交警赶忙截停此车。车一停，那司机便开门下车，先趴到路边，吐了个昏天黑地。看来，又是一个酒后驾驶！交警板着面孔说：“喝酒了吧？”

司机一边吐，一边摇手说：“我没喝，我没喝！”

交警不跟他啰嗦，拿出酒精测试仪，对他进行测试。可一看结果，交警不由傻了：“酒精测试仪怎么没反应？难道坏了？”

那司机委屈地说：“同志，我真没喝酒，我是晕车啊！”

（陆　鸣）

各显神通

有家世界500强企业招聘一名设计员，没想到却来了一百多个竞聘者。人事部经理灵机一动，当场出了一个考题：每人发一张白纸，可以在上面随便写什么，然后扔到大街上，谁的纸第一个被路人捡起，谁就当选！于是竞聘者各展其能……

很快，人事部经理发现：大街上撒满了各种各样的“图纸”，可大家视而不见，都在哄抢一张“图纸”。他忙问那张“图纸”的“设计者”：“你在上面画了啥？”

那人笑笑，说：“我什么也没画，不过，我在上面贴了五张百元大钞。”

（宝　宝）

·笑话·

抱孙子

一对年轻人刚结婚。这天晚上，妻子向丈夫抱怨说：“你妈今天又和我提生孩子的事，说想早点抱孙子，她太心急了！”

“妈是急了点，”丈夫忙宽慰妻子，“不过，我爸还不急！”

妻子却说：“你爸嘴上不说，但心里更着急！”

“这话怎么说？”

“你没看到吗？”妻子撇撇嘴说，“你爸一天到晚捧着本《孙子兵法》，那是暗示，懂吗？”

（陈心一）

多配几瓶

爸爸带着生病的宝宝去医院。医生检查后，给宝宝开了一瓶感冒药水。没想到，爸爸看了看药方，皱着眉头对医生说道：“能多开几瓶药水吗？”

医生解释道：“放心，这么大的孩子，一瓶药水足够了。”

可爸爸还是摇摇头说：“这对别的孩子够了，但我们家宝宝得要双倍的量。”

医生忙问：“为什么啊？”

爸爸叹了口气道：“我家这个宝宝，一定要我们喝一勺，他才肯喝一勺，所以一瓶不够喝。”

（朱孝青）

写真实

报社主编审稿时，发现一篇由见习记者撰写的稿件有问题，于是便把见习记者叫来，指着稿件说：“这是怎么回事？怎么会有‘3999只眼睛注视着台上的演说者’？”

见习记者觉得很委屈，说：“主编，您不是经常告诉我们，新闻要写真实吗？”

主编怒气冲冲地说：“这算哪门子写真实？”

见习记者说：“我认真数过，台下2000个观众中，有1个是独眼龙！”

（芊　子）

如此出众

小张和刚子是老同学。每次同学聚会，小张发现刚子都要换新女伴，而且一个比一个漂亮。这次聚会后，小张醉醺醺地问刚子："瞧瞧你，长相不出众，才华不出众，怎么女朋友个个都那么出众？"

刚子笑笑说："你别忘了，我的腰包可是很出众的！"

（无　双）

集资建房

老张过生日，三代人同桌吃饭。席间，老张告诉儿子、女儿，单位准备集资建房，他打算买一套大的，以后大家可以住在一起，但自己手头资金不够，希望儿子和女儿都出点钱。

老张先表态说："我出30万，买卧室差不多。"

女儿清了清嗓子："那我拿20万，够买厨房和阳台的。"

接着，大家都把目光集中到儿子身上。没想到，儿子未开口，小孙子却抢先说道："爷爷，我们家负责买卫生间。"

老张摸摸小孙子的头，笑着说："你真懂事。"

小孙子接着说："卫生间是我们买的，以后，你们进卫生间都要收费。"

（罗洪专）

便宜一半

杨奶奶去菜场买菜，看到虾很新鲜，便问老板："你这个虾多少钱一斤？"

老板说："三十元！"

杨奶奶一听，连连摆手："太贵了，太贵了！能不能便宜点啊？"

没想到，这老板特别爽快，立马就说："好的，那就十五吧！"

"一下子就便宜一半啊！"杨奶奶不由乐开了花，立刻就要买虾。

不料，老板正色道："我没说完呢，十五元半斤！"（赵　潜）

·第一推荐·

推荐理由：生活中，快乐无处不在，关键在于一双发现的眼睛和一颗豁达的心灵……

快乐由自己决定

□伟明 编译

从前，有个国王总是愁容满面，他一会儿担心军队吃败仗，一会儿担心宝库被人抢劫，再不然就是担心大臣会背叛自己……总之，从登基那天起，这个国王一天也没快乐过。

这天，国王突然想看看普通人的生活，于是命人找来破旧的衣服，扮成乞丐出宫去了。

出了宫门，国王沿着街道一直走，这时已经是晚上，街上行人很少。突然，国王听到了一阵爽朗的笑声，循声而去，他走到了一间简陋的农舍前。

这时，国王的好奇心上来了：是谁住在这么破的房子里，还笑得这么开心？

于是国王推门而入，只见屋子里挺暗的，一个老头独自坐在桌前，他捧着一块蛋糕，好像正要吃晚餐的模样。

老头见到这么个乞丐打扮的陌生人，也不惊慌，反而笑着招呼他："你好啊，小兄弟！"

这又让国王觉得很奇怪，他忍不住问道："老人家，你就不担心我是坏人吗？"

老头笑着摆手，仿佛信任一个陌生人是件再自然不过的事情。国王忍不住问："你为什么这么快乐啊？"

老头咧着嘴，哈哈大笑起来："我

当然快乐啦！我是个木匠，今天赚了点钱，终于能吃上软绵绵的蛋糕啦！要知道，这之前我只能啃硬邦邦的面包啊！”

国王一听，简直不敢相信老头居然这么容易满足，他追问道：“那如果明天没人找你干活，你还会快乐吗？”

老木匠用力点点头，说“当然快乐啦！快乐是由自己决定的啊！”说完，他毫不迟疑地将蛋糕对半切开，将一半分给了“乞丐”。

国王匆匆吃完蛋糕，便找借口离开了农舍。回宫的路上，他反复琢磨木匠的话，但是越想越觉得不可思议：快乐怎么能由自己决定呢？我倒要看看，他能快乐多久！

于是，国王连夜下达了一道命令：国内所有木匠必须到王宫门口站岗一个月。站岗是有酬劳的，但必须等到月末才一次性付清。

第二天一早，老木匠就被一队士兵押到宫门外站岗，直到黄昏才被放回家。

晚饭时间到了，国王急忙又换上乞丐的装束，他还要去木匠家。他料想，此刻老木匠一定正唉声叹气，为没领到工钱发愁呢！

谁知，到了木匠家，国王看见桌上不仅摆放着蛋糕，竟然还有葡萄酒。国王忙问：“你今天的晚餐怎么如此丰盛？”

老木匠很幸福地笑了起来，他说：“你知道吗？我奉命去给国王站岗，陛下恩典，给了很好的报酬，但是要到月末才发。嘿，我脑子一转，就去把刚发的佩剑当掉了。你瞧，现在我们不仅有蛋糕，还有酒喝，多好啊！”

“这是要杀头的罪啊！”国王故意吓唬他。

老木匠可不会被吓倒，他胸有成竹地说：“没关系，我一发工钱，就会把剑赎回来的。今晚，我可得好好想想，明天要怎么蒙混过关！小兄弟，你也不用为我担心，我总会想出好办法来的！”

国王见老木匠又轻易地快乐起来，真是觉得匪夷所思。

到了第三天早上，国王还不死心，他又乔装来到宫门口。远远地，他看见，老木匠腰佩“宝剑”，挺胸抬头，正像模像样地坚守岗位呢！国王思索着，不知道现在老木匠剑鞘里装的究竟是啥玩意儿呢？

这时，宫门口忽然一阵骚动，原来是个小男孩想偷甜瓜，被侍卫长抓个正着。

只见侍卫长严厉地说：“按王法，偷盗者一律当场斩手。你……”他随手一指正在站岗的老木匠，“拔出佩剑，斩掉他偷盗的右手！”

小男孩一听，忙不迭地哀求道：“大人，饶了我吧，我是饿得没办法，

才想偷东西的！”

一旁的老木匠赶紧护在男孩身前，他赔着笑脸，请求侍卫长给男孩一个改正的机会。

侍卫长哪里肯听，他把脸一拉，指着老木匠高声说道：“你好大的胆子，居然敢和我作对！你再不拔剑，就是违抗命令，也要受罚！”

混在人群中的国王一听，微微露出了一丝笑容，他心想：不管拔不拔剑，老木匠都得出洋相了！看他还怎么快乐？国王目不转睛地盯着老木匠的脸：只见他汗流浃背，手还紧紧地把着剑鞘，不敢轻易挪动。

此时侍卫长显然已经失去了耐心，他拔出自己的佩剑，一步步地逼近木匠。

这时，只听得“扑通”一声，老木匠居然双膝着地，跪在了地上。同时，他口中还念念有词：“神啊，显显灵吧，显显灵吧！”

国王心说：事到临头，你还装神弄鬼？看你怎么收场！

许久之后，木匠又将双手伸向天空，虔诚地说：“神啊，如果您要惩罚这个孩子，请允许我砍掉他的双手；如果您愿意原谅他，请把我的宝剑变成木剑！”说时迟那时快，他“刷”的一下抽出佩剑，是一把木剑！

围观的人顿时发出阵阵惊呼声：“哇，神显灵了！是木剑，是木剑！”

看完这一切，国王终于忍不住大笑起来，打从登基起，他还没这么笑过呢！他边笑边示意侍卫长带着小男孩一块儿退下。其实刚才偷瓜的一幕也是国王设计的，目的就是让老木匠出丑，再也乐不起来！没想到，老木匠还是靠着自己的智慧，顺利解决了这个难题。

最后，国王笑着走到老木匠面前，他说：“老人家，您说的有道理，快乐由自己决定！”

（题图、插图：谢　颖）

□陈　勇

谁来埋单

这天，老张接到一个电话，拿起来一听，是好兄弟赵青打来的："张哥吗？糟了！我出车祸了。"老张仔细一问，赵青的车在镇上与一辆大客车相撞。

老张马不停蹄赶到车祸现场，只见120救护车也到了。赵青已被人移到了一张简易的躺椅上，他见到老张真是悲喜交加："张哥，谢谢你来，我暂时没事，快救救我的司机！"说完，指了指前方的一个担架。

那担架上躺着的正是赵青的司机，他失血过多，已经昏迷了。老张有心想帮忙，但也一时不知从何下手。

就在这时，有个医务人员朝他吼了一句："你搭把手，帮忙把司机躺的担架抬上车去。"老张答应一声，就上前帮忙。万万没想到的是，这担架是折叠式的，正当老张往上抬时，担架"叭"的一声折了。老张只感觉一阵剧烈的疼痛，自己的右手已经少了两节手指，直冒鲜血。

好嘛，又多一个伤员！现场的医生见状忙捡起老张的断指，并为他紧急处理好伤口，然后指挥救护车直接开往医院。

后来，老张的断指接上了。不过由于伤口感染，断指终究没能接活，老张就此短了两个指节。这暂且不说，在其后的医疗过程中，老张还自己垫付了一万多元治疗费。

事后，老张找到医院，要求报销治疗费。医院领导说："救死扶伤，这是人人都应尽的职责。你当时也看到了，我们也是在尽全力抢救伤员嘛。另外，交通事故责任书出来了：在这次车祸中，大客车负全责。而你是在这次事故中负的伤，所以，你的治疗费应由大客车老板赔偿。"老张一想，医院领导说得有道理，于是他就去找

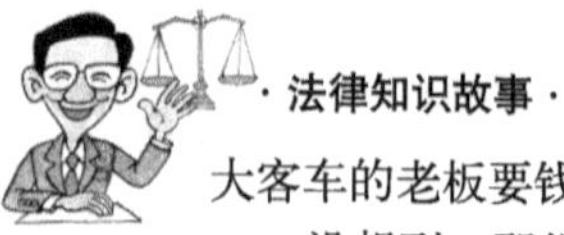

大客车的老板要钱。

没想到，那位老板听了老张的话，立马反问："我们的车子出事时，你是在车上还是在车祸现场？这车祸跟你有什么关系？"

经老板这么一问，老张又愣住了，现在他真有点搞不清状况了。可自己这手指也不能白断呀！于是，老张忙给律师朋友打电话，朋友听了整个案件后，就从专业的角度分析说："从法律上来说，谁受益谁付出，你抢救了那位司机的生命，你的损失应该由他付出。同时，他也能以此为由，向大客车老板索得相应的赔偿。"

这一下，老张终于明白了：如果自己不去抢救司机，司机死了，大客车赔得更多，自己抢救了司机，司机受益，大客车老板也受益。所以自己可以先向司机索赔，再由司机去找大客车老板索赔。

等司机伤情有了好转，老张觉得也是时候把自己的抢救行为和理赔要求和司机交流一下了，于是找到还在病床上的司机。说起抢救的事，司机非常感激，可提到"赔偿"两字，司机差点从病床上跳起来："我当时跟死了一样，啥也不知道，你救了我，我非常感谢。可怎么能让我赔钱呢，我又没让你抬我，是医院让你抬的，应该找医院赔啊！"

老张又理直气壮地告诉司机："律师说了，谁受益谁付出。我是为抢救你才受伤的，这钱，你得出……"话还没说完，司机马上接过话，说："少蒙我，我也懂法。按《劳动法》规定，你必须先经过上岗培训，才能执行现场义务工作，现在出了问题，他们指派你工作的人不负责，要我负责？"

就这样，赔偿的事兜了一圈又回到了起点。唉，这事到底该谁埋单呢？

律师点评：

《谁来埋单》故事中所反映的法律关系比较复杂，各家说法不一。有的认为，老张的伤害，应当由得益者司机（得到了及时抢救、保住生命）及大客车老板（因司机得救，减少了赔偿）相应承担赔偿责任。有的认为，老张的伤害，应当由120救护车所在医院承担赔偿责任。因为在救护现场是医务人员叫他帮忙才导致了手指脱落。也有人认为，两者都可，只是选择找哪个法律关系主张赔偿的问题。而本人则认为，老张找120救护车所在医院赔偿比较妥当，其相互之间按照民法规定的帮工关系相符。一方面，老张的救护行为是在医务人员要求下进行；另一方面，老张的救护行为应当是经医务人员允许或不反对才能操作。而恰恰是因为老张对施救工具折叠担架性能不熟悉，才最终导致了受伤结果的发生。

（题图：安玉民　梁　丽）

□顾文显

谁动了我的生意

碰上冤家

俗话说“三百六十行，行行出状元”，我对此深信不疑！

几年前，我和媳妇玉花来到这座城市闯生活。玉花身体不好，我弄了辆手推车，走街串巷干起了收废品的买卖。靠自己的努力，我的“生意”渐渐上了轨道，生活也越来越好。

然而，近来我的生意却越来越清淡。这天，我总算是把“病根”找到了，是有人到我嘴边撬食呢！在民康小区里，我看到一个清瘦的年轻女子也推着和我一样的车子，而车上却装满了废品！再一留心，我就明白为什么她的生意比我好了。我总是喊“破烂——”，她喊的却是“废品换钱——”，这样听起来似乎更加顺耳和吉利。

找到了诀窍，我也决心与时俱进一把。于是，我第二天便赶了个大早来到民康小区，嘴里还高唱着新词：“废品换钱，清洁卫生保健——”

你别说，我一喊，就有许多窗户打开，各种各样的脑袋伸了出来，不过他们还是没有跟以往那样招呼我去收废品。我正纳闷呢，那小女子又来了，只听她轻轻说了一声“废品换钱”，那些伸出窗口的脑袋立刻就有好几个喊了起来：“来了，来了。”接着，他们还把成捆的报纸、编织袋提到了她面前……

看着她风风火火地过秤、付钱，我只好在一边干咽唾沫。这时，6楼的老太太也探出脑袋来，她可是我的老主顾了，腿脚不好，所以总是招呼我上楼过秤。她冲我喊着：“收废品的，上来一下！”我立马仰脸答应：“好！”

哪知道老太太头摇得和拨浪鼓似的，连说："我没喊你，我是叫她呢！"

哎哟，我一下子窘得面红耳赤。要知道我在民康小区收了好几年废品了，也算混了个脸熟，怎么现在这里的居民翻脸就不认人了？

我怎么也想不明白，冷着脸回了家，吓得玉花连说是她连累了我。我抱住我可怜的女人，说："玉花呀，当年你父母不同意咱俩好，你顶着压力嫁给我，除了吃苦受累，还享受过什么……"玉花一把捂住我的嘴："说什么胡话呀，日子虽然苦点，可我心里踏实。"

接下来我俩便分析那小女子的来路，把脑袋想破了，也没理出个子丑寅卯来。媳妇劝我说，和气生财，差点就差点吧，咱可不能跟人打架啊。我说，这不用你嘱咐，我一个大男人，怎么可能跟小女子打架呢。

就这样，我和那小女子就这么不咸不淡地在民康小区耗了起来。有时遇上，还打个招呼。是什么原因让居民们都乐意照顾她的生意呢？我再冷静地一观望，看出门道来了：那小女子缺心眼儿。

看出门道

其实，这废品收购说道很多。比方同样是纸，报纸就比纸壳子贵，有人便把纸壳子夹在报纸里卖高价。从业多年，本人练就了硬功，谁都甭想在我眼皮子底下浑水摸鱼，必要时候我还会当场打开，现场分拣。但是那小女子就不会这样，便常常被人糊弄。怪不得她生意好，敢情大家都把她当冤大头呢！

渐渐地，我开始同情起她来。同是社会底层人，任她吃亏而袖手旁观，那我还算个什么男人？有一天，我看看旁边没人，便过去提醒她："妹子，赚点钱不容易，你得长个心眼，你看这捆、那捆都夹着纸壳和废纸呢。你不能白给他们使唤！"说罢，我给她打开一捆报纸，果然里面夹着好几个纸壳子。

那小女子抬起头把我看了又看，感激地说："谢谢了。"

晚上回家，我把帮助小女子的经过说给玉花听。玉花听完激动地搂住我的脖子："我果然嫁了个堂堂正正的男子汉！"

第二天天气好，我在民康小区喊了一个来回，也没见那小女子出现，偏巧又赶上一户搬家，让我装了个盆满钵满。

正在我兴高采烈装车的时候，玉花来了，我担心她的身体，不由拉下了脸。媳妇见我生气，撒娇说道："这么好的阳光，我当然要来和你分享一下喽！"

我真是拿她没辙，只能先把她安顿在车上："媳妇，当初娶你时，没坐

轿子没坐车，今天我拉着你回家，算是补偿。”我选了一块大纸壳让她遮挡日光。看到媳妇幸福的笑容，我突然想起一件事，忙说：“你等等！”我匆匆跑到一家小店，掏出一个中奖的可乐瓶盖，这是我前两天捡到的，一直没舍得兑，今天赶紧兑了一瓶冰镇的可乐，送给玉花。

玉花接过可乐，小酒窝笑得比可乐都甜，拧开盖儿，非要我先喝一口，我拗不过，就两口子一人一小口，老半天才把这瓶可乐喝完了。我拉起媳妇往回走，一抬头，眼前站着一个泪流满面的人。谁？就是和我抢生意的那个小女子。

我忙问：“妹子，遇上啥事了？”

小女子摇摇头，说：“大哥，你待媳妇真好。”

接着，小女子眼泪汪汪地说“大哥，我叫秋芹。昨天听你一番良言忠告，我很感动，打算把这个地方让给你一星期。”她幽幽地说，“不过现在我改主意了。”

我说“妹子，我不用你让。咱们相互照应，大家一齐往前冲，日子总会好起来的。”

听了这话，秋芹笑了，她说：“大哥，你人善良，却并不聪明，急着学了我的皮毛，却没学到根。现在我就把窍门告诉你。”

原来如此

秋芹说，她的吆喝法确实比我们喊“破烂”更容易被居民们接受，但这仅是一点皮毛。更重要的是，她把小区居民的作息情况研究得十分透彻。她说：“比如，上班的跟咱们不一样，周六他们要睡懒觉，你一嗓子打搅了人家的好梦，还怎么会受欢迎呢？周六我便去得特别晚。另外一到周日呀，破烂特别多，因为上班族都爱在这天大扫除。”秋芹又朝我一笑，说，“另外，我还得教会你如何卖傻。”

卖傻？我有些摸不着头脑。

秋芹笑了笑说“你腿挺勤快，上

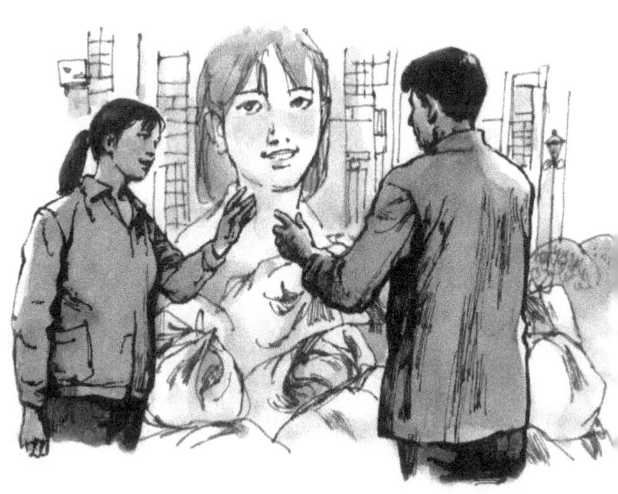

楼下楼不在乎，可为人计较。人家把报纸摆成摞，你一定要翻检一通，如果里面夹杂着纸壳子啥的，一定会甩出来，弄得满楼道都是碎渣，居民就感觉你精明且没素质。而我呢，装痴卖傻，过秤时从来不检查。要知道那些老人特别爱传播信息，没几回，大伙都知道我这人心眼不多，觉得卖给我划算。”

秋芹接着说：“还有为啥我往小区一站，就有很多人把废品拎过来？”她得意地说，“我准备了两杆秤，台式电子秤和钩子秤，台式秤透明度高，但需要放在平稳处。假如要我上楼收购，那只能扛着钩子秤。一些不放心那钩子秤的，不就得主动向我靠拢了？这还省得我爬楼梯了。”

秋芹说，她就是用这卖傻的方法赢得了大家的信任：“您心眼本来不多，却表现得过于精明，别人想占点便宜都被你打了回票，那多尴尬。所以，我一出现，老人们很快就帮我宣传了，这丫头厚道，比早先那男的强多了。还有莫看他们打捆、分类夹杂点别的，可帮我省了时间，有你那翻检、重新打包的工夫，我效率可以提高几倍。”

我忙说：“可咱这种人有的就是时间啊。”

“时间就是金钱呀。除了这小区，我另外还有四个根据点呢。这叫方便别人，就是方便自己。大哥，我刚不是说改主意了吗，我是打算把这块地方彻底让给你，从今天起，我秋芹再不踏进民康小区一步。”

“这是干什么呀？”媳妇从车上坐直了身子，“妹子，我看得出，你一定也很艰难。”

“不瞒你说，我注意大哥也不是一天两天了，发现他总去买药，想必是给嫂子治病呀。要是知道你俩比我还难，我早让出来啦。”秋芹淡淡一笑，“以后你就跟这里的人说是秋芹的亲戚，他们就不再苦等我了。”

我和媳妇面面相觑，真是又感激又好奇。

秋芹似乎看出了我们的疑虑，她羡慕地说“我当年也得过重病，欠下了债。丈夫却扔下我悄悄跑了，至今也没有音信。后来，我死里逃生，又要还债又要拉扯儿子，那么苦的日子都熬了过来，我还有啥舍不得的？再看看大哥，虽说没什么大本事，可把媳妇当心头肉，是现在打着灯笼也找不到的好男人呀！”

（题图、插图：谢　颖）

绿版编辑部各编辑邮箱：

夏一鸣：gshxym@163.com

朱　虹：zhong98305@sina.com

杭　帆：hangfan1102@126.com

刘迎曦：liuyingxi1203@163.com

颜铁超：yanyichao1004@sina.com

黄美舟：piggybank81@sohu.com

本故事根据W.E.罗斯的小说《黎蚌珠串》改编

生死合同

□冬雨 改编

谈价

在印度孟买有一家艺术珍品店，店老板姓王，是一位老华侨。这天下午快要打烊时，一个年轻人醉醺醺地赶到店里。

王老板一见此人，就把眉头皱了皱，有点厌恶似地问："伦德尔，你又喝酒了？"听话听音，那个叫伦德尔的年轻人听了王老板的话，显得局促不安，垂下了头，像只蚊子似地小声说："王老板，你再借给我一千块钱吧！"

王老板摇了摇头："我都给过你好几次钱了，可你钱一到手，就拿去泡酒吧，今天，我是不会再给你钱的！"原来，伦德尔是个很不错的画家，他的作品曾经在王老板的店里寄卖过，跟王老板有过不少交往。可自从喝酒上瘾以后，他每天都喝得烂醉，基本上不画画了。

听王老板这么一说，伦德尔把脸一抹，一屁股坐在地上，耍起赖来："今天不给我一千块钱，我就不离开这儿！"

俗话说，凶的怕横的，横的怕愣的，这下，王老板似乎没辙了，跺了跺脚，道："伦德尔啊，伦德尔，难道酒是你的命，命就一钱不值？我敢肯定，为了喝酒，你人都敢杀！"

店里一片沉默。过了好一会，伦德尔缓过气来，说："说不定我真可以杀人。"

王老板望着他，眼睛转了转，走过来拉起伦德尔，把他扶到椅子上，

说："如果你真有此心的话，我这里倒有桩生意，说不定你能成功。"他盯着伦德尔的眼睛，讳莫如深地吐了一口烟雾。

伦德尔咽了一口唾沫："你开个价吧。"

"三万。"

"三万？"

王老板冷冷地说："是的，最高价。"

"那人是谁？"

王老板想了想，说："他叫黎憨，住在香港，他家有个盖世珍宝'黎蚌珠串'。我曾跟他谈过价，但始终谈不拢，他后来托人放话：只要他还活着，就不会跟珠串分手。"王老板放下烟嘴，"你干这事会有人帮助你。我在香港有个好朋友约翰，他是英国人，就住在黎憨家隔壁，他会把一只匣子交给你，里面有如何动手的指令。这是那只匣子的钥匙。"

伦德尔接过钥匙，此刻他头脑异常清醒："我想明确一下细节：我坐船去香港找那位约翰。然后按你和约翰的命令去找黎憨，找到黎憨就把他杀死。这事不会太难。"

王老板耸了耸肩："黎憨可是个老谋深算的家伙，而且身体棒极了。不过你是有办法杀死他的，伦德尔先生。"说着，他从抽屉里取出一个珐琅小盒子，使劲一按，弹出了一把匕首。他"嗖"的一声掷出匕首，匕首在伦德尔头上几英寸的地方摇晃着钉住。

王老板说："我建议你带着这把匕首，把它练顺手了，这家伙可是威力无穷的。"

"哈哈，是啊！"伦德尔讥讽地答道，他上前拔下匕首，放进外衣口袋。接着两人签了一份生死合同，讲清楚此次行动的一切责任都由伦德尔承担，并约好九周后一手交钱，一手交货。临走时，王老板给了他一千块钱作为"启动资金"。

苦　酒

当天晚上，伦德尔忍不住又跑到酒吧喝了个一醉方休，直到第二天下午才醒过来。他懒洋洋地爬起来坐在肮脏的床上，脑子里天旋地转，他回忆着昨天的情景，下意识伸手到口袋里摸香烟，摸到的却是那把不祥的珐琅小匕首。

伦德尔弹出匕首，站在床头，朝洗脸架那边扫了一眼，稳住身子。那儿距离他大约八英尺，他举起匕首对它瞄准，然而，洗脸架却不知怎地摇摆不定；手呢，也莫明其妙抖个不停。他突然打了个冷颤：怎么会这样？看来这酒是不能再沾了，否则，自己非但不能杀死黎憨，还有可能搭上一条性命！

伦德尔想了想，把匕首放回口袋，在床上躺了下来，可此刻眼前老是晃着酒瓶，他感到很烦躁，又坐了起来，心乱如麻，他甚至觉得呆在房间连呼吸都有点困难，于是转身出了房间，走上街道。这时，他感觉口干舌燥，他意识到：每天这时刻，他早已在酒吧里享受“人生”了。

街道上人流如潮，伦德尔用胳臂挤开路，熟门熟路地走向一家酒吧。就在酒吧门口，他猛地站住了：哎呀，不能再喝了，再喝就没命了！想到这里，他扫了酒吧一眼，痛苦地转过身回到公寓。

关上房门，伦德尔仍在不断地走来走去，这样一直走到天黑。口渴折磨着他，他拿起一只空酒瓶，往里灌了点自来水，然后“咕咚咕咚”喝了几大口，这样才觉得好过些。他知道为了让手不颤抖，头脑灵敏，他只能忍受戒酒的痛苦。他只有身强体壮，才能保住性命。他甚至发誓：等拿到三万块，他要把整个酒吧包下来，请所有人狂醉一场！

就这样，伦德尔又熬过了一周。空酒瓶已经灌了十几回自来水了。可他的喉咙仍在燃烧，浑身也酸痛不已。但他必须继续戒酒。他开始恨起王老板来，他把王老板描绘成一个撒旦式的阴谋家、丑陋的魔鬼，骗走了他最后的一点自尊和体面……

四周时间慢慢过去了。这天早晨，伦德尔起床后照了照镜子，他发现自己脸上皱纹密布。不过，伦德尔明显感到手上有了力气，他开始练习投掷匕首。伦德尔是个聪明人，绘画让他练就了极强的空间感，没多久，他就能闭着眼睛，把匕首练到指哪打哪、收放自如的地步。伦德尔心里已经开始笑了……

这时，伦德尔开始想象黎憨是什么样子：难道真如王老板所说的，老谋深算、身强力壮？随着时间一天天临近，他突然想撒手不干了，他想，自己蠢啊，怎么会堕落到杀人这一步呢？

然而，生死合同已经签下，这杯苦酒，不喝也得喝了。

激 情

八周后，伦德尔踏上了去香港的轮船。来到香港，伦德尔不动声色找到约翰的住所。

就香港这个繁华之都来说，这是一个相对冷清的山区。可出乎意料的是，约翰对伦德尔竟是一见如故，他兴奋地说："欢迎你到这里来，伦德尔！"他使劲地攥着伦德尔的手，"王老板传过话来，说你要来这儿，还说有个匣子要我交给你。"

伦德尔打量了约翰一眼，他很难想象这样快活的人竟会是个同案犯。但是匣子已经寄到，计划得如期执行。

两人一进屋，约翰来到桌边，取出匣子给了伦德尔。伦德尔见匣子中等大小，手上掂了掂，也不太重，他小心翼翼地问道："你知道里面是什么东西吗？"

约翰摇摇头说："不知道，是几天前才到的。"

"哦，"伦德尔把匣子夹在腋窝下，忍不住又小声问道，"你知道黎憨吧？"

"黎憨？知道。这儿的人都知道黎憨，是个邪神。"

伦德尔打了个寒噤，觉得事情有些严重。

伦德尔打量了一下四周，见没有旁人，才低声说："王老板打发我到这里来，是为了找黎憨解决问题，然后把黎蚌珠串带回去。这你也知道？"

约翰先是愣了一下，然后笑出声来："哈哈，黎憨是当地的一种迷信说法，有好几百年的历史呢……至于黎蚌珠串，请跟我到阳台来吧。"

伦德尔跟着他来到阳台上，出现在眼前的，是三个小湖，湖上是一排庄严肃穆的灰色山峦，好一片辉煌明丽，美得叫人喘不过气来的景色！任何艺术家见了恐怕都会怦然心动。一种久违的激情顿时涌上了伦德尔的心头。

约翰用手指着前方，笑道："这一带的湖光山色就是有名的'黎蚌珠串'。王老板要你把黎蚌珠串带回去，哈哈，这恐怕办不到吧？他把你当傻瓜在耍着玩呢，我的好老弟！"

伦德尔凝视着眼前壮丽的景色，胸中豁然开朗，他平静地说："你错了！他不是在开玩笑，而是在把一个傻瓜变成正常人。"说完，他把匣子放在桌上，掏出钥匙，"砰"的一声，匣子打开了，伦德尔定睛一看：

哈哈，没有指令，里面装得满满当当的，却是些颜料、画笔、调色板，还有画布。

伦德尔慢慢抬起头，望着约翰说："关于黎蚌珠串的事，你也错了，我会按合同约定，把这串珍珠带回去的！"

（**题图**、**插图**：张恩卫）

没有金刚钻，别揽瓷器活……

主编不好当

□黄 胜

办报纸

这天，石头乡的刘乡长突然接到老婆的电话，让他给外甥张有成在乡政府安排个工作。

这个张有成是刘乡长小姨子的儿子，大学中文系毕业后，一门心思要当作家，整天憋在家里写小说、编故事，可几年下来，也就发了几个豆腐块。看来现在他是梦醒了，要做点正事了。这当然是好事，不过刘乡长很为难，说现在上面三令五申要求精简编制，乡里早就是一个萝卜一个坑，往哪里安排？老婆可不管这些，说自己就这一个外甥，必须给安排好了。

挂了电话，刘乡长正在为如何落实老婆的指示挠头呢，乡办主任老李开门进来，说刚接到县里指示，要求做好《今日大河》的宣传订阅工作，在确保完成征订任务的基础上，多多益善，县里将根据订阅数量对各单位一把手进行考核、表彰。老李请示道："乡长，今年咱们还订吗？订多少份？"

《今日大河》是县里办的一份小报，虽只有四开八版，却定价五角。贵且不说，可读性也差，无非是本县新闻、明星八卦、广告宣传等。由于无人订阅，县里不得不每年都采取行政手段，"动员"下属单位订阅。

刘乡长无奈地说："不订也得订呀。咱还是按分配的任务数订吧，但一份也不用超。"

老李忿忿地发起了牢骚："什么破报纸，包烧饼太脏，当厕纸又太硬，还卖这么贵！听说报社的效益倒不错，不少人挤破脑袋往里钻呢！"

说者无意，听者有心，刘乡长脑中一亮，想到一个绝妙的主意，不由一拍桌子，大喝一声："有了！"

老李吓得一哆嗦："乡长，有什么了？"

刘乡长兴奋地说："县里可以办报纸，我们乡也可以啊，咱们也办一份《今日石头》，搞一下创收。"

老李却不以为然："那才能收几个钱？再说了，上面有规定，县乡两级不允许办报，所以《今日大河》也是挂靠市晚报，随他们一起发行。"

刘乡长眨眨眼，说："这我知道。不过，咱可以不叫报纸，叫内部资料，内部发行，谁管得着啊？还有，咱多登些农业知识、致富信息之类，不就是为农民服务？"他越说越得意，"咱这也算是做好事、做实事啊。"

老李察言观色，一边揣摩着领导此举的意图，一边试探说："可是办报的资金……"

刘乡长说："成本费总是要收的嘛，既然咱是为民服务，可以向各单位适当收取一点赞助。当然，决不能向个人收取费用。"

老李眼珠转了转，又问"那人员呢？编报纸可是需要专业人才的。"

刘乡长沉吟着："你这意见很对……哦，我想起来了，我倒有个现成的人选，大学中文系毕业，还在报社实习过，有一定经验。"

听话听音，老李如同乡长肚子里的蛔虫，立马猜到此人肯定和刘乡长有关系，他当即表示十二分的赞同，说："乡长，你告诉我这人的名字，其他事由我来办就好了。"

这个人选自然就是张有成了。

当主编

两天后，张有成兴冲冲地来石头乡报到了。

刘乡长把他叫到办公室，关上门，先说了自己的打算，然后嘱咐他，千万不要泄露他们俩的关系。

张有成自然是连连点头，现在他很兴奋，他做梦也没想到：自己没当上作家，却一下子当上了报纸主编。虽说是乡下小报，但名分摆在那里，"张主编"喊起来可比"张作家"响亮、威风多了。不过，他兴奋之余，还是有些紧张，怕自己毫无经验，难以胜任。

刘乡长拿出一份《今日大河》，扔到他面前，胸有成竹地说"没吃过猪肉，你还没见过猪跑？你研究一下县报，照猫画虎就成。无非就是编一些乡里的新闻趣事，再到网上摘些致富信息、种植技术之类的小文章。反正只有四个版面，很好弄。"

张有成大致翻了翻《今日大河》，立马就有了五成信心。

刘乡长鼓励说："有我给你撑腰，你什么也不用怕，就放心大胆地去干吧！”

这一下，张有成的信心就有十成了，他拍着胸脯保证：“姨夫……不，乡长，您放心，我一定办好这份报纸，绝不给您丢脸。”

经过紧张的筹备、运作，一周后，第一期《今日石头》便隆重面世了。

创刊号的内容相当丰富，第一版是“时政要闻”，头条新闻是：刘大奎乡长参加县政府“麦收”工作会议，并对我乡麦收工作做重要指示；第二条新闻是：苏珊娜副乡长赴柳树村考察养猪业，并与村民亲切交谈。

第二版是“乡野趣事”，其中一则趣事是：旮旯村一家的山羊生了八条腿的小羊，健康活泼。这则稀奇事当即引起轰动，许多人前往旮旯村看稀奇，但一个个却失望而归，没人看到那只八条腿的小羊。有人去找张有成，说张主编，你这是假新闻吗？张主编却予以否认，他问对方：旮旯村的张德贵家的山羊是不是生小羊了？对方说是。张主编又问：生了几只？对方说两只。张主编一拍巴掌：这就对了，两只羊一共是几条腿？对方哭笑不得，说八条。张主编振振有词：那我说它生了八条腿的小羊不对吗？怎么会是假新闻呢？真相大白后，众人无不叹服，都说张主编不愧是主编，确实会“编”。这则稀奇事后来还被多家外地小报当成真事转载，流传甚广。

第三版是“农民之友”，登的是致富信息、健康保健等。当然，全是在网上摘抄的。

第四版是“文学副刊”，既有诗歌、散文，还有小说。依然来自网上摘抄。

毋庸置疑，《今日石头》的创刊号在石头乡还是引起了轰动。尽管毁誉参半，但终究吸引了大家的眼光，算是一个不错的开头。自此后，《今日石头》便一周五期，雷打不动地跟读者见面了。

可是，一个小小的乡镇，能有多少新闻、趣事啊？时间一长，张主编就面临无米下锅的局面。单说时政要闻这一块，乡领导们每天也就那么多事情，周而复始，有什么报道价值？

比如说，刘乡长昨天去县里开会，没开完，今天还继续开，报纸上总不能跟昨天一样的内容，说刘乡长继续开会吧？这也难不倒张有成，他发挥聪明才智，巧做文章，改成：会议期间，刘乡长利用晚上休息时间，会晤兄弟乡镇领导，共同探讨发展大计，殚精竭虑，直至深夜。而实际情况是，刘乡长当晚跟其他几个乡镇领导酒足饭饱后，在麻将桌前酣战至深夜。

时政要闻都能编造，至于其他版面，弄虚作假、无中生有就更不在话下了。

乃至到后来，有人一拿到《今日石头》，就会边看边骂："假的！假的！全是假的！"

旁边的人眨眨眼："还真有一样是真的！"

"哪一样？"

"日期呗。"

刘乡长很快就听到了大家对报纸的议论，他把张有成喊到办公室，让他以后适当注意新闻的真实性，别净整些八条腿的羊之类的假新闻。

张有成却不以为然，说："姨夫，我已经仔细研究过各家报纸，我认为，办报纸就是要吸引眼球，新闻需要轰动效应，狗咬人不是新闻，人咬狗才是新闻。所以，我觉得，适当的夸大和加工在这个行业是必须的，所谓'编报纸'，最重要的就是一个'编'字，别说咱们这小报了，就是市报、省报，也少不了'编'。"他这么又是"认为"又是"觉得"地一说，显得非常有主见。

刘乡长听了，也觉着有些道理。其实，他私下里也认为新闻多是"编"的，于是便不再多说，只是一再叮嘱：不要编得太离谱，别整出什么乱子来。

编新闻

没想到，四月一日这期的报纸，还是出了乱子。

《今日石头》跟其他报纸一样，逢到节假日等重要日子，都会应景做一期专刊，"三一五"打假、"十一"庆国庆等等。同时，张主编不但保持传统特色，还颇具国际视野，遇到情人节等洋节，也会编一期专刊来庆祝。

四月一日这天，是西方的愚人节。张主编心想，嘿，平常你们都说我编新闻，弄得我缩手缩脚，不敢编得太假，今天是愚人节，我终于能名正言顺地编条新闻来愚弄你们了。不过，他也不敢在"时政要闻"这个版面造假，这一版一如平常，头条新闻是：刘大奎乡长一身正气，数次拒绝包工头贿赂，写的是刘乡长清正廉洁的事迹，很动人。

张主编把愚民的新闻放在"农民之友"一版里，他写道：据可靠消息，本乡地下发现大型油田，全乡居民将要整体拆迁。

因为第二天是周末，张有成早早就将报纸编印好，然后提前下班进城看望女朋友去了。因为走得急，手机都忘了带。

结果星期一上班，张有成才知道乡里这两天如同发生了地震，闹翻了天。还没等他走进乡政府，刘乡长及众领导就在门口堵住了他，问他："有成，你是从哪里得到发现油田的消息的？"

张有成看到姨夫信以为真、郑重其事的样子，再看看其他人的表情，忍俊不禁，得意地大笑起来："哈哈，你们都受骗了！我是跟大家开玩笑的，难道你们不知道，四月一日是愚人节吗？你们都是愚人啊！"

刘乡长闻听，脸都气紫了，他鼓着眼珠子瞪了张有成一会儿，骂道："我看你才愚呢！张有成啊张有成，你也不想想，乡下的老农民，有几个知道愚人节的？我告诉你，现在事情严重了！"

被他一说，张有成紧张起来："出啥事了？"

"啥事？老百姓都当真了！他们以为这下要拆迁发财了，差点闹出人命。"

张有成一听脸也白了，结结巴巴地说："怎么……怎么会这样呢？"

刘乡长恨恨地说："张家庄有兄弟两个，为争一套老房子，将来好多得补偿，都抡铁铲挥镐头地动起了手，结果两败俱伤住进了医院。别的村也好不到哪里去，几乎每个村都有兄弟反目、父子成仇的事情。"

这下子，张有成傻了眼，嘀咕道："这些农民，都什么素质啊！"说罢他又文绉绉来了句，"真是一石激起千层浪啊。"

此时此刻，刘乡长恨不能抬手抽他两个大嘴巴，呵斥道："你，马上给我辟谣，解释清楚这件事情！"

张有成哪敢怠慢，赶紧在新一期《今日石头》上发文道歉，说四月一日是愚人节，请大家不要把当期报纸上的新闻当真，那是跟大家开玩笑的。

报纸一出，事情才平息下去。然而一波未平一波又起，隔天，刘乡长突然又气急败坏地将张有成喊到办公室，让他收拾东西，马上滚蛋。

张有成委屈极了：“姨夫，我已经公开道歉了啊，你怎么还要赶我走啊？”

刘乡长一副恨不得掐死张有成的模样，他骂道：“你在报上说四月一日登的都是假新闻，现在好了，外面到处传，说我清正廉洁的那篇报道也是假的，说肯定相反，我不是数次拒绝包工头的贿赂，而是有送就收……刚才，县纪委都给我打电话了。”

原来这点事呀，张有成长舒一口气，说：“姨夫，你怕啥？咱身正不怕影子歪啊。”

刘乡长一时语塞，他咽了下口水，又看了看门外，才压低声音道：“我警告你，这回我没事则罢，要是查出什么事，你小子……你小子就等着吧！”

张有成愣了半天，又死皮赖脸要求继续当主编。

看着这个外甥，刘乡长只得无奈地叹了一口气：“你呀——以后给老子记住，平常怎样编假新闻都行，但愚人节这天，绝对不行！”

（题图、插图：佐　夫）

· 本刊信息传真 ·

2010 年中国最佳故事评选

为了繁荣故事文学、推动故事创作，2010 年，故事中国网(www.storychina.cn)继续举办年度中国最佳故事评选。

评选标准：在情节性、艺术性、思想性、文学性方面有突出表现，能够代表年度故事创作最高水平的各类故事作品。参赛作品分为中篇（8000 字以上）、短篇（1000-8000 字）、超短篇（1000 字以下）三组。**参选条件：**2010 年 1 月 1 日至 2010 年 12 月 31 日期间在国内正规报刊（省级以上）发表的故事作品均可参加，不限题材、风格、篇幅。**参加方法：**1、作者本人通过故事中国网的原创地带或人气写手板块提交作品；2、推荐别人的作品，需事先征得作者本人的同意，通过故事中国网的网文搜罗板块提交；3、各家故事报刊编辑部可直接向故事中国网推荐作品，推荐信箱：storychina@gmail.com。

年度最佳故事作者获得特别荣誉证书及奖金（中篇 2000 元、短篇及超短篇各 1000 元），所有优秀作品将结集出版《2010 年度中国最佳故事》一书，并支付稿费。更多详情请登录故事中国网查看。

支持媒体：鳳凰網 讀書 book.ifeng.com　搜狐读书 book.sohu.com　網易 读书 book·163·com

sina 新浪读书

腾讯读书 BOOK.QQ.COM

最佳时刻

□辛春华

如今社会上流行养生保健，于是各种养生偏方、保健怪招大行其道。

锦绣小区有一对夫妻，就各有养生妙招。丈夫刘老师信奉科学，他在客厅醒目处贴了一大张“人体养生最佳时刻指南”，此指南将各类活动的最佳时刻一一标注，比如：早餐的最佳时刻是七点，此时易于消化；体锻的最佳时刻是下午五点，此时身体协调能力好等等。刘老师奉此指南为宝典，吃喝拉撒睡，均掐点进行。

妻子张姐的养生方法更有特点，那就是打麻将。她认为，打麻将一能锻炼手脑，二能愉悦身心。她还振振有词地说：大赌伤身，小赌怡情。话虽这么说，实际情况却并非如此，每次赢钱，张姐的确是眉开眼笑，可一旦输了钱，则动辄拿刘老师撒气。如此输多赢少，刘老师苦不堪言。

这天，张姐刚吃过午饭，就要起身去棋牌室打麻将，刘老师忙跳起来拦住她，说现在去的话肯定输钱。

张姐白了他一眼：“呸，我偏要去！”

刘老师悠悠地说：“不听好人言吃亏在眼前。我已经算过了，你等到一点再去，打到两点，稳赢不输。”

于是这天张姐忍住性子，一直等到一点，才出门打牌。没想到，还真被老公给算准了，从一点到两点，张姐鸿运当头，和了一把又一把，赢了不少钱。两点一到，她推说有事，迫不及待跑回家问老公是如何掐算的。

刘老师在得意之余还想卖关子。张姐一瞪眼，威胁道：“你再不说，小心我对你‘家暴’。”要知道这张姐年轻时练过武术，到现在“动手”能力都很强，时不时欺负一下细胳膊细腿的刘老师。

刘老师这才一指墙上的“人体养生最佳时刻指南”，说：“我是根据这个算出来的。上面说了，下午一点到两点，人脑反应最迟钝。当然了，所有人在这个时段都会迟钝，但你想啊，别人都坐那里打了几小时牌了，而你刚上场，头脑肯定要比他们清醒得多，这时候想输都难啊！”

张姐恍然大悟，兴奋地问：“这么说，这个时间段是玩牌的最佳时刻？”

刘老师点头，说：“现在你知道我的养生方法有多科学了吧？以后你得听我的。”

张姐却撇撇嘴，不屑道：“拉倒吧！现在我有了这赢钱秘诀，以后都稳赢不输。既然我的养生方法既能养生，又能赚钱，应该你听我的才是！”

第二天中午，张姐就不着急出门了，吃完饭养足精神，一直等到一点整，她才兴冲冲地去了棋牌室。

这一去就是一下午。傍晚，张姐终于回来了。一进门，她二话没说，伸手把墙上的指南给撕下来，往地上一掷，抬脚就跺，嘴里骂着：“什么破玩意，唬人的！”

刘老师在一旁吓得不敢吱声。张姐哪肯放过他，转过头说：“都是你，还说什么稳赢不输呢，一开始我倒是赢了，但后来越打越倒霉，把赢的输回去不算，还把本钱赔个精光！”

刘老师从张姐脚下抢起指南，他心疼地抚平上面的褶皱说：“这怪不得指南，都怪你自己呀！”

张姐一瞪眼：“怎么怪我？”

刘老师解释说：“一点到两点的确是打牌的最佳时段。但一过两点，人的反应就不迟钝了，这时候输赢就看各自的水平了，你自己水平差，能怪别人吗？”

张姐一听傻了眼，懊悔不迭地说：“原来这样啊，我刚开始倒真赢了，后来想趁胜追击就输了。唉，都怪我没见好就收！”

刘老师将指南重新挂回墙上，然后叮嘱妻子：“以后你再去打牌，只能打到两点，过了两点，不论赢多赢少，都得撤，否则准输钱。这是科学，违背不得。”

张姐忙连连点头，有了这两天的实践经验，她也不得不相信科学的力量啊。

第三天下午，张姐又踩着点去打麻将，不过这一回，还没到两点，她就回家了。

刘老师忙迎上去问：“怎么样，赢了很多吧？”

张姐瞪着眼，咬牙切齿地说：“赢个屁！不到两点，我就全输光了！”

刘老师疑惑道：“不可能呀？哪里出问题了呢？老婆，你先别上火，喝口水消消气，让我找找原因。”

张姐气哼哼地说：“好，我就等你给我个科学解释。”

于是刘老师盯着指南研究了半天，但仍不得其解，接着他又打开电脑，上网搜索，查找原因。半个小时后，刘老师突然想起了什么，回头问张姐：“老婆，你今天都跟谁打牌呀？”

“王姐、张嫂，还有何婷婷。”

“都是女的？”刘老师脸色大变，“那上两次呢？”

张姐说：“上两次都是跟以前的老牌友，大李、赵叔，还有开饭馆的张大头。今天我去的时候，他们这桌满了，我就跟王姐她们玩了。”

刘老师一拍桌子：“我明白了！不是这个指南信不得，是我疏忽了！”

张姐瞪眼问：“你怎么疏忽了？”

刘老师叹道：“我忘了一件事，这个指南是男版的啊！”

“什么？指南还分男女啊？”

刘老师感叹起来：“是啊，男女有别，女人的生理迟钝期比男人要晚一些……你看，这就是科学，多严密啊！”

刘老师正感慨，突然屁股上就挨了一脚，抬眼一看，发现妻子正冲自己摩拳擦掌呢。眼看家暴在所难免，危急关头，他又看到了墙上的指南，随即昂首挺胸，面无惧色地说道：“打吧打吧，随便打。但我有个请求……”

张姐见他如此镇定，大感奇怪：“什么请求？”

刘老师说：“现在先别打，咱们另约个时间。最好是今晚六点或明早十点再打，到时悉听尊便。”不等老婆发问，刘老师洋洋得意地说，“指南里说了，人在这两个时间段痛觉最低，是挨揍的最佳时刻！”

（**题图、插图**：谭海彦）

· 中国新传说 ·

职场菜鸟

□韩文萍

魔鬼上司

黄小蓉今年二十六岁，研究生毕业后，进入了一家广告公司策划部工作。因为她头脑活络，待人热情，深得同事们喜爱，人称“小黄蓉”。

可不幸的是，黄小蓉的女上司偏不欣赏她。女上司叫孙雅婷，是策划部经理，她年轻漂亮，还是个不婚主义者，所以在单位里她占尽男女两性的优势，爬得比谁都高比谁都快，根本不把任何人放在眼里，更别说是初出茅庐的黄小蓉了。

当初，黄小蓉应聘的是设计师的职位，谁知进来后，孙雅婷从不让她参与设计，而是打发她做一些鸡毛蒜皮的事。日子久了，黄小蓉堂堂一个研究生，怎么受得了这种委屈呢？

这天，孙雅婷去外地出差，部门例会便由副经理赵亮负责，他竟破例让黄小蓉参与了一个水彩笔广告的设计。黄小蓉不禁大喜，要知道她从小就喜欢画画，而母亲一直省吃俭用支持她。黄小蓉坐在桌前，往事一桩桩浮现眼前……她信手就画了起来，画面上一个小女孩正专注地用水彩笔画画，而她母亲则在一边安静地注视着。画边有一句旁白：童年最珍贵的回忆除了母亲的陪伴，就是这盒七彩画笔。

几天后，这个广告方案递交了上去，据说客户看后非常感动，马上拍板同意了。当下，黄小蓉是又兴奋又自豪，可还没高兴多久，就有同事来告诉她，孙雅婷竟然无耻地对老板夸口说这个创意是她想出来的。

黄小蓉马上生气地冲了出去，准备去质问孙雅婷。不料刚到办公室门口，就见副经理赵亮满脸愠色地推门而出，他一把将黄小蓉拉到边上，说道：“小蓉，来日方长，你还年轻，相信以后一定有更好的机会！”

不用说，刚才赵亮肯定是替黄小蓉打抱不平，来跟孙雅婷开战的。要说这个孙雅婷还真是过分，赵亮和她年纪一样，业务能力也相当，可她却经常当众对人家吆五喝六的，不用想也知道，赵亮心里该有多么憎恨她！想到这里，黄小蓉不由心生一念：何不找赵亮帮忙，一起来治治孙雅婷？于是，黄小蓉找机会逮住了赵亮，悄悄把自己的计划告诉了他。

赵亮显然感到有些意外，他吞吞吐吐地说：“其实……其实孙雅婷对你还是不错的……再熬熬，估计出头之日也不远了……要不还是算了吧！”可黄小蓉不相信，赵亮见她态度坚决，犹豫了一下，还是答应了。

巧定妙计

不久，公司接了一个抽水马桶的广告策划案。这是一家没有名气的小品牌，偏偏客户还很抠门，想用最少的钱让自己的产品一炮而红。大家都知道这是不可能完成的任务，所以一个月下来，没一个人交上一份方案。

这下，老板发火了，孙雅婷也坐不住了，她马上召开部门会议，拍着桌子威胁说：“给你们三天时间，再拿不出方案，就统统不用来上班了！”会议室里一片安静，这时，黄小蓉突然站了起来，说愿意接下这个任务。孙雅婷怀疑地看了她一眼，再扫了众人一圈，见一个个都低着脑袋，只好叹口气，点了点头。

三天后，策划书做好了，黄小蓉来到孙雅婷的办公室。她自信满满地说：“我想采用迂回战略来进行宣传：我们先买下市晚报的整版广告，为该品牌招聘女代言人，要求可以苛刻一些，除了要形象好、气质佳，还必须有研究生以上学历等等。这样一来，必定引发社会话题，那品牌的社会知晓度也会随之提高。”

孙雅婷听完点了一下头，这时她一眼瞥到赵亮陪同老板走进自己办公室，忙起身迎接，讨好地把那份策划书递给老板，说：“您先看看这个。”

老板仔细地看了一遍策划书，连声说好，但他随即又皱起了眉头说：“不过，好像有点问题……”赵亮马上说道：“这方案唯一的缺点就是对代言人的要求太高，就怕到时候招不到人反倒冷场。”

一听这话，老板马上接口道：“是啊，我们大公司做事要讲诚信，既然开出这样的条件，就绝不能找个条件不符的来糊弄客户，会失信于人的！”

“老板，您放心吧，研究生学历的女孩公司就有一大把，到时候万一没

人来，就让她们顶上，绝对不会有问题的！”孙雅婷拍着胸脯说道。

老板这才说道：“那就好！雅婷，你办事啊，我放心！”显然，他是通过了这个策划案。

这时，黄小蓉和赵亮相视一笑，心想：哈哈，马上就要大功告成了！原来，这份策划书就是他俩合谋的一个陷阱，专门用来对付孙雅婷的。其实，策划书上除了要求代言人必须具有研究生学历之外，还对容貌和身材做了非常严格的限制：必须有天使的面孔，魔鬼的身材，身高要在175厘米以上等等，而这些条件都是为孙雅婷度身定做的。黄小蓉相信，即使真有一个这样条件的人，也不会甘心为一只寂寂无名的马桶代言！到最后为了给客户一个交代，孙雅婷只有亲自上场代言马桶了！

刚才，老板的及时出现也是赵亮事先安排好的，目的就是让孙雅婷没机会看到策划书上关于外貌、身材方面的具体内容。她不是好大喜功吗？这回就让她尝尝苦头吧！

弄巧成拙

几天后，整版广告见报了，公司里马上炸开了锅，尤其是听说可能会让符合条件的女同事上阵后，大家更是议论纷纷，只有黄小蓉一个人躲在角落里偷笑。

这天午饭时，黄小蓉发现有同事在背地里对她指指点点，正感到不解，跟她一起进公司的毛豆豆突然把她拉到一旁，冒冒失失地问道：“你是不是昏头了，这种风头你都想出？”

黄小蓉奇怪道：“你在说什么啊？”

毛豆豆这才拿出一份报纸。黄小蓉接过来一看，只觉得“嗡”的一声，头就大了。只见上面清清楚楚地写着，对代言人的外貌要求是身高157厘米，小麦色皮肤，还必须是单眼皮！毛豆豆又数落起来：“这分明是照你自己的条件开的嘛，这不是明摆着在自荐吗？给一只马桶做陪衬，亏你想得出来！”

这下，黄小蓉马上意识到问题出在哪里了，她拿着报纸气急败坏地来找赵亮。赵亮似乎一直在办公室里等她，见她一进门，马上就关上门，缓缓说道：“小蓉啊，平心而论，你确实比孙雅婷更适合做这个代言人。你想这个马桶虽然其貌不扬，但性能还是不错的，这正好跟你吻合啊，也是外表普通，内在精彩！”

黄小蓉在心里把赵亮骂了一万遍，不过最后她还是憋着满肚子的委屈转身走了出去，因为她知道，这回自己是哑巴吃黄连，有苦说不出！

果然，广告刊登出来后，立刻引起了巨大的轰动。可一个月后，规定的时间都到了，也没有招聘到合适的人选，黄小蓉只得亲自上阵，硬着头皮做了一回代言人。

这个项目结束后，孙雅婷意味深长地对黄小蓉说道：“希望你能通过这次代言人事件，迅速成长起来！”黄小蓉听了，恨得牙痒痒的。不过直到最后她也没弄明白：赵亮为什么会背叛自己呢？没道理啊！

无言结局

这个谜底是在一年后才揭开的。

那天是周末，黄小蓉正和一个朋友在商场闲逛，突然发现两个熟悉的身影在她面前一闪而过，定睛一看，居然是赵亮和孙雅婷！

两人穿着情侣衫，还甜蜜地手牵手，那样子就像一对老夫老妻！公司里不是传说孙雅婷是个不婚主义者吗，这究竟是怎么回事呢？

黄小蓉实在忍不住好奇，便走上前去，主动跟他们打招呼。职场外的孙雅婷显得格外温柔娇媚，乍一看到黄小蓉，她甚至羞得满脸通红。

后来，禁不住黄小蓉的再三追问，两人终于承认了，他们其实是一对已经“隐婚”三年的夫妻！因为公司里明令禁止办公室恋情，为了前途，他们才不得不走出这一步。

不过，“隐婚”实在太痛苦了，所以两人一直在谋划创业，终于他们在一个月前注册了自己的公司。为了不让老板太生气，孙雅婷决定在离职前，培养一个出色的接班人，而资质不错的黄小蓉就被相中了。这么长时间来，孙雅婷让黄小蓉多做基层工作就是为了磨练她，无奈她年轻气盛，自作聪明，又不肯听人劝，他们只得将计就计，偷梁换柱，把她教训了一顿……

听完一切，黄小蓉苦笑一声说道：“想不到啊，你们可真是好好给我这个职场菜鸟上了一课！”

（**题图**、**插图**：刘斌昆）

意外的考验

□杨金凤

强子和阿兰是一对热恋中的小情侣，最近正在商量结婚的事。说来也怪，两人的关系越亲密，摩擦就越多，经常会闹点小别扭。

这天，两人去赶庙会，在路上因为一言不合，拌起了嘴，后来就索性板着脸，不理对方。到了庙会，阿兰一头扎进人群中，一眨眼就不见了。强子知道，她是在跟自己斗气哩。

强子也憋着一肚子气，心想：好，各玩各的，我才不想跟你走一块呢。他扭头便往反方向走。

庙会上很热闹，有吃的、玩的、看的，强子逛了一会儿，一肚子气不知不觉就没了。这时，他想到阿兰，顿时就没了玩心。为啥？阿兰这丫头的脾气他已经掌握了十之八九，比较冲动，容易钻牛角尖。每回，他们闹不愉快，阿兰非得有一个星期不跟他说话。刚才路上这么一闹，强子一气之下，还说出了“分手”二字。现在两人失去联系这么久，阿兰要是一时想不开，那可要铸成大错了！

这么一想，强子的心倏地一下提了起来，额头冒出了一层细汗。他忙掏出手机打给阿兰，可传来的却是关机的提示音。这下，强子更慌了，急忙开始找人，一边找，一边大声喊着阿兰的名字。

强子跑了大半个庙会，嗓子也喊哑了，就是没看见阿兰。最后，他来到一个表演的舞台下，只见那儿人山人海，台上正有一位民间艺人在表演飞斧。强子知道，阿兰最喜欢看这种惊险刺激的表演，她此刻应该就在人群中。于是，他一边喊着“阿兰、阿兰”，一边使劲往人群里钻。强子挤出一身汗，还是没看到阿兰的人影。

这时，人群中爆发出阵阵喝彩，强子也禁不住看向了台上。台当中站着一位赤膊大汉，面前放着一排寒光闪闪的短斧，手里还拿着一对，他大喝一声：“一、二、三，中！”一把斧头便脱手而出，在空中飞旋而过，“呼”的一下，正中十米开外的圆形木墩，台下立时又是一片叫好声。

那大汉演得兴起，两只手不停地从面前取起斧子，如同发射飞碟的装置一般，时而单发，时而双发，只听得一连串“呼呼呼……”之声，十几只木墩上都嵌着一把斧头，仔细一看，嘿！斧头还组成了一个人的形状。

趁着两个助手把斧头取下来的工夫，那大汉得意洋洋地抱拳绕场一周，朗声说道：“下面的表演才是真功夫，不知哪位观众有胆量，上台来配合一下，站到木墩中间，我保证您毫发无伤，伤了我给您治，死了我给您偿命！”

这话一说完，台下立刻一片沉默。站在中间，不就是给那大汉当活靶子吗？斧头又没长眼睛，万一偏一寸，还不砍到肉啊？死了偿命，说得好听，死了还怎么偿？

大汉一连喊了几遍，可台下就是没人敢出声。就在冷场的时候，突然响起了一个清脆的声音：“我来！”

一个女孩从强子身旁挤了过去，前面的人自觉给她让出一条路来。女孩三步两步，一下蹿到了台上。强子定睛一看，傻了：这不正是阿兰吗？

他的心终于“咚”的一下落了回去，接着鼻子就开始冒气了：好啊，原来你一直躲在我后面，我喊了这么久，也不回答一声！

台上的大汉高兴地跟阿兰握了握手，还冲下面嚷嚷：“你们看看，这么多大老爷们，还不如一个姑娘家有胆量！”

阿兰兴奋地朝观众挥挥手，对大汉说道：“师傅，我相信你！就是万一我伤了、死了，也不用你治，不用你偿命，请你放心大胆地表演吧！”

阿兰把话说得很响，是故意说给强子听的。强子不禁皱起了眉头：还跟我怄气啊！

大汉乐得哈哈大笑，翘起了大拇指：“好姑娘！好胆量！好气度！”

阿兰得意地朝强子的方向瞟了一眼，就跑到木墩中间去了。两个助手让她伸出双臂，然后在她的脖子和手腕处都锁了铁环。大汉向观众解释，这是安全措施，主要是怕台上的观众临时紧张而乱动身体，那就正好迎上飞斧了。

阿兰一副无所谓的样子，她斜睨着强子说：“我才不紧张呢，我眼睛都不会眨一下！”

大汉又夸了一声好，便走回木墩前十米，站定，屏气凝神，开始做表演前的准备。

强子呆呆地看到这儿，猛然回过神来，天啊，这个丫头简直是在拿自己的命开玩笑！他连忙大叫起来："停！等等！"边说，边飞身抢上台去，"阿兰，你不要命了，快下来！"

阿兰板着脸说："我不用你管，你不是要分手吗？我现在和你没有关系了。"强子急了："我错了，是我说错了还不行吗？你快下来吧，这太危险了，万一失手，你就没命了！"

阿兰显然没消气，脖子一梗说："没命才好呢！"

这时，那大汉大步过来了，粗声粗气地喝道："小伙子，你啥意思呀？你是说我会失手？"

强子慌忙作揖赔罪，跟他解释起来，说这是自己的未婚妻，因为跟他怄气才跑上来的，恳求大汉别让阿兰参加表演了。

大汉想都不想，一挥手拒绝了："不行！国有国法，行有行规。我现在让她下台，观众会怎么说？"

强子急得抓耳挠腮，忽然灵光一动："这样，我来代替她，这样总可以吧？"谁知，大汉还是摇头："我的斧头还没出手，绝不可能让人下台的！即便现在你未婚妻自己反悔了，也不能下台！"

话音刚落，阿兰就在那边嚷了起来："我不反悔，师傅你快开始吧！"

大汉也不搭理强子了，他走回原来的位置，扎了个马步。接着，他让一位助手走到阿兰身边，给她蒙上了双眼。同时，另一位站在大汉身边的助手给大汉也蒙上了黑布。

强子一看，吓得心脏都要跳出来了："你还要蒙上眼睛？"

大汉瞅他一眼，说道："这才是真功夫。你放心吧，我玩了三十年飞斧，也就失手过——不多，才两回。"

什么？强子惊得差点瘫在地上，都失手过两回了，那还了得？

强子呆了一呆，飞奔过去挡在阿兰身前："我站在她前面参加表演，行不行？"

大汉一怔，低头考虑了片刻，勉强同意了。强子紧紧地贴着阿兰，也是张开双臂，两个人叠在一起。

大汉又走过来警告他，这套道具只有一副锁，他站在前面，可千万不要躲闪，否则后果自负。强子咬咬牙："来吧，我一定不会躲！"

阿兰没料到男友会做出这样的举动，沉默了片刻，在后面嘟哝着："你凑什么热闹？"

强子没吱声，只是又往后贴近了些，尽量把阿兰的身体都遮挡住。忽然，阿兰扯着嗓子喊了起来："停，停！师傅，我不玩了！"

站在他们身边的那位助手嬉皮笑脸地说道："已经晚了，不玩也得玩，你最好别反悔，要不然我师傅一生气，斧头说不定就飞偏了。"

一听这话，阿兰果然吓得不敢高声喊了，轻轻说道："强子，你真好……我错了，我不该跟你斗气，现在怎么办？"

现在说这些有什么用？强子没好气地往后压了压，用背脊堵住了她的嘴巴。现在能怎么办？只能祈祷这位师傅别失手了！

大汉双眼已经蒙上黑布，双手各执一把短斧。接着，强子的眼睛也被蒙上了。表演马上正式开始，台上台下静得出奇，所有的人都屏气凝神。

强子听得大汉喊道："一、二、三，中！"下意识地一闭眼睛，心想这下完了。他只觉得脚边掠过一阵风，"呼"的一下，想来是飞斧砍中了脚边的木墩，听起来，此刻台下也骚动起来了。

强子还好，阿兰在后面已经吓得尖叫起来。强子担心她乱动，赶忙给她鼓劲："别怕，你咬住我就不怕了，就算失手，斧头也伤不到你，有我挡着呢。"

阿兰一听，语气哽咽起来："不行，不行，伤到你我也不活了！"

对面的大汉喊道："别动！一、二、三，中！"

这回，阿兰果然吓得一口咬住了强子的肩，把强子疼得呀，还不敢动弹。同时，他感觉后背凉凉湿湿的，唉，敢情是阿兰的眼泪下来了！两人只听得大汉连连暴喝，一把把斧头飞了过来，台下也是惊叫声不断。

也不知飞过来多少把斧头，好在大汉一直没失手。突然大汉叫道："最后是头上的两把了，别躲啊，一躲就砍中脑袋了。"

强子又紧张又窝火，干脆豁出去了，喊道："来吧，我要是动一下就不是男人！"

刚说完，背后阿兰“哇”的一声哭了出来，边哭边喊：“停停停，我要站在前面，我要站在前面！”强子说：“别傻了，我肉比你厚，伤不到你！”

这么一说，阿兰哭得更厉害了。那大汉哈哈大笑：“不用换了，万一我真失手，总得有一个冤魂！”他略一停顿，似乎是在凝神运气，大喝一声，“走！”

强子感觉耳畔“呼呼”两声，两把斧头贴着脑袋落在了木墩上。强子来不及喘口气，一把扯下脸上的黑布，回头一看，阿兰的脸上早已挂满了泪花。

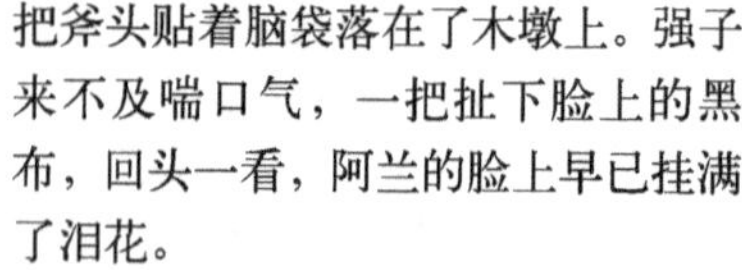

助手很快打开阿兰身上的锁，她一把扯下黑布，扑到了男友怀里，搂着他又跳又哭：“强子，以后我再也不和你斗气了，真的！老天保佑，我再也不让你为我冒险了！”

大汉乐呵呵地走过来，说道：“姑娘，你未婚夫关键时刻能够为你舍身挡斧，嫁这样的男人一定没错，不过，以后可千万别再闹小孩子脾气！”他转头又对强子说道，“小伙子，你得感谢我，要不然，你们能这么快和好吗？哈哈！”

强子刚从鬼门关走了一圈回来，见他这么说，气呼呼地说：“你还想要我们感谢，呸！我告诉你，你这种表演是犯法的，我要去派出所告你！”

大汉呵呵一笑，朝一旁的助手打了个眼色。那助手走到木墩前，取下一把斧头拿在手上。大汉也拿了把斧头，作出飞斧的姿势，嘴中喊道：“一、二、三，中！”可他手中的斧头却没有飞出，却见那个助手把斧头“呼”的一下直接砍在木墩上。

顿时，强子和阿兰目瞪口呆，不过他们很快又破涕为笑，搂在了一起：刚才听到台下的笑声，原来是在笑这呀！

（**题图、插图**：魏忠善）

□高国俊

门票不见了

这天，河南小伙梦祥陪着爷爷来到世博园区入口。爷孙俩出示了门票后，随着人流进入安检、票检围栏，排进队伍。此前，梦祥曾对爷爷说过，按世博入园规定：七十岁以上老人可以经绿色通道直接入园。但七十五岁的爷爷生性耿直、质朴，绝不肯占旁人丝毫便宜。他说：“娃儿，咱不缺腿少胳膊的，搞什么特殊？排队！”

排队期间，爷爷的兴致很高，与前后左右的人攀谈起来，说自己家三代都是干木工的，这次是奔被誉为“东方之冠”的中国馆而来，为了近距离看看中国馆的木艺，看看中国红的漆功……

不知不觉队伍已移到中间。这时，梦祥突然大叫起来：“坏了，爷爷！我的门票找不着了！”说着，两手反反复复地摸索上下口袋。周围的人们也替他们着急起来，让梦祥再好好找找。

梦祥懊恼不已：“绝对是在这儿丢的，刚进大门时我还出示过呢！我怎么这么倒霉，一千多里地好容易赶到这里。我看不看无所谓，爷爷这么大年纪了，世博会并不是年年在中国开！”爷爷闻言也是满脸的心疼，连说孙子请假陪自己来看世博，少赚了工钱，如今又赔上了门票。

这时，旁边一个上海口音的中年

男子递上一张世博门票："小伙子，这里已经没有售票点了，我是当地的，你拿上我这张票陪着你爷爷一块去看吧！"爷孙俩异口同声地说："不行。"

不一会儿，一位中年妇女又指着脚下喊道："找到了，在这儿，掉在这儿！"人们闻言看去，果然世博门票就在地上躺着。梦祥一把拾起来，高兴地喊："找着了，找着了！吓死我了！"话音还未落，脸上又失去了兴奋，"爷爷，这张不是咱的！"

人们忙问为什么。梦祥说："我在票子外面的封套上写了自己的名字，这上面没有。"爷爷想了想说："娃儿，说不定别人也丢了票还不知道呢，快对纠察说说。"梦祥正准备找纠察，那位中年妇女忙拦着说："别找纠察！这票是我的。我见你们丢了票，又不肯接受别人的票，就悄悄把自己的票丢在地上，想帮帮你……"

梦祥边把票递了回去，边说："谢谢阿姨，我们不能给人家添麻烦。"周围的人议论纷纷，有人开玩笑说："哈哈，这一老一小，刀枪不入！"

队伍在继续往前蠕动，梦祥和爷爷焦急万分，周围的人也一筹莫展。这时，围栏外突然出现一位年轻人，他一边说"静一静"，一边从身上掏出个证件说："我是警察，刚才我们抓到一个小偷，他交代：在这通道扒窃了一张门票，封套呢被撕碎扔了。你们这里有谁丢了门票吗？"

话音未落，人们嚷了起来："有，有！""是他们丢了！"他们都指着爷孙俩。

那警察把票递给了梦祥说："小伙子，以后要细心点，去吧，陪爷爷好好看世博！"不等爷孙俩向警察道谢，周围响起了一阵热烈的掌声。

门票失而复得，皆大欢喜。很快轮到梦祥和爷爷安检了，像前面人一样，梦祥一进去便平伸双臂，让安检人员用扫描仪上下前后检测。突然，仪器在梦祥外套背部的下摆处发出了刺耳的尖叫声。工作人员让梦祥扯开几针缝线，嘿，一下子漏出三枚一元硬币和一张世博门票。原来梦祥外套的一个兜开了缝，兜里的东西漏进衣服夹层，被人一挤，竟挤到了衣服背面。

安检是没有问题了，但梦祥的门票问题又来了。刚才警察给的门票不是他们的！这下爷孙俩都呆住了，转身一看，那警察还在通道口，便奔过去说明情况，一边退还那张门票，一边焦急地说："警察同志，一定要找到失主啊！"

警察接过票笑笑说："我告诉你们实情吧，其实没有什么小偷，这张票是我为我爷爷准备的。我不这么说，你们会接受这票？行了，小伙子，陪爷爷好好逛世博吧！"

（题图：刘斌昆）

曾几何时，一首《同桌的你》风靡大江南北，打开了人们记忆的闸门。事实上，同桌之间还有许多不为人知的趣闻逸事……

亲爱的同桌

◇ 快点做，做完借我抄！（同桌是学习机）
◇ 你先抄，抄完给我！（同桌是兄弟）
◇ 下一节是啥课啊？（同桌是课程表）
◇ 还有几分钟下课啊？（同桌是手表）
◇ 别说话，老师在看你！（同桌是报警装置）
◇ 帮我把这纸条传给小红！（同桌是邮递员）
◇ 哎，那个字怎么写？（同桌是《新华字典》）
◇ 饿死了，你有吃的没有？（同桌是食品柜）
◇ 我们班上谁跟谁好上了？（同桌是八卦报纸）
◇ 你要下楼去？那帮我带点吃的上来！（同桌是宅急送）
◇ 下课你跑快一点，顺便帮我占个位子！（同桌是急先锋）
◇ 我做前10道题，你做后10道题，最后咱们整合一下！（内心独白：你是班级最后一名，我是前三名，你以为我傻吗？）

（**作者**：韩　林；**推荐者**：小　青）

房地产公司的经典告白

◇ 能看见一丝海——无敌海景
◇ 边上有个公园——公园拥抱的房屋
◇ 边上有家小超市——繁华闹市
◇ 边上有家大超市——闹中取静
◇ 边上有家大商场——与LV为邻
◇ 项目缺商业配套——纯居住社区
◇ 有会所——豪宅配套，尽享银行家俱乐部的风雅
◇ 无会所——简约生活，新都市主义
◇ 公交车多——交通枢纽，坐拥城市繁华
◇ 没有公交——私属领地，坐拥升值空间
◇ 挨着地铁线——一线生活
◇ 挨着地铁口——立体交通
◇ 离主干道远——能听到的只有“宁静”
◇ 紧邻主干道——到任何地方永远只有一步
◇ 紧邻经济适用房——本区域市政条件即将改善
◇ 做了个样板间——体验式营销
◇ 光积累客户不卖——蓄势待发，闪亮登场
◇ 卖不动打折——回报客户
◇ 还卖不动再打折——回报社会
◇ 客户多了就涨价——倍受追捧

（**推荐者**：朱孝青）

九大假话

◇ 轮到领导讲话，领导开门见山便说：下面我简单地说两句！
◇ 老同学久别重逢，存下各自号码后说：有空常联系！
◇ 明星对大众说：我们只是普通朋友……
◇ 老公一边盯着别的女生一边对妻子说：她哪有你漂亮！
◇ 食品包装上说：保证不添加防腐剂。
◇ 售票员对乘客说：往里边走，里边有座位！
◇ 病人对前来探病的人说：你来就好了，还带什么礼物嘛。
◇ 售货员对顾客说：我真的不赚你钱，我这是按进价卖的。
◇ 家长对孩子说：等你考完试想怎么玩就怎么玩，没人管你！

（**推荐者**：陈玉昆）

职业规划器

有一款新型职业规划器，能够通过分析求职者的个人情况，帮助找到适合的工作，一个求职者首次使用，流程如下：

↓ 求职者输入了自己的详细资料。公务员最吃香。首先选择输入“公务员”。

规划器：“对不起，您已超出报考年龄！”

↓ 求职者羞红了脸，娱乐明星也不错，输入“娱乐明星”。

规划器：“对不起，您从未有过绯闻，且脸皮不够厚，请重新输入！”

↓ 求职者惭愧，又一狠心输入了“专家”。

规划器：“对不起，您不具备吹牛、撒谎、扯淡、抄袭、造假等基本技能，无法胜任。”

↓ 求职者流下了汗，据说踢球挣钱多，那就当“足球明星”吧。

规划器：“对不起，浪费球迷时间，等于谋财害命，建议放弃。”

↓ 求职者甚窘。对了，现在作家不是很风靡吗？输入“作家”看看。

规划器：“对不起，您从未出版过‘不得不说的故事’之类的著作，请重新输入！”

↓ 求职者差点晕倒，这么多职业，竟都“此路不通”。一咬牙，输入了“农民”。

规划器：“警告您，不要拿农民兄弟开玩笑，否则取消您的规划资格！”

↓ 最后，求职者孤注一掷，输入了“乞丐”。

规划器：“对不起，目前乞丐已严重超编。鉴于您没有准确的就业取向，特取消此轮规划资料。请返回第一单元，重新开始！”

（**作者**：温献伟；**推荐者**：汤荣华）

□姚宾宾

绝望木

奇棺救命

这年，濠州的一家“福生行”棺材铺发生了一件大事。掌柜徐永福花了一万两银子，购进了七尺长的乌桕木。此木非比寻常，据说是三十余尺高的乌桕树埋在地底下，经几百年雨水冲刷、泥土沉积，待表皮腐化之后取其中心，方能成为棺木材料。这是千年难得一遇的上好木材，徐永福甚是高兴，经过几个月的精心雕琢，一副“漆龙棺木”就诞生了。

所谓“漆龙”，是徐家祖传技艺，就是把千只蝉虫捣碎成汁，调配特制汁水，涂抹在棺木上，木材遇汁侵蚀成龙形，且不会发生二次腐烂。

徐永福为人宅心仁厚，每到旱灾水灾都会倾囊相助。这天早上，徐掌柜刚打开店门，就见有一个白面书生口吐白沫，倒在路边。徐掌柜连忙让伙计马六背回厢房，并请来大夫看诊。大夫一号脉，叹气道：“此人身中奇毒，已深入五脏六腑，就算华佗在世，恐怕也回天乏术。”徐掌柜一听，自知此人命不久矣，便付了些银两让大夫离去。

徐掌柜刚送走了大夫，马六突然慌张地跑来报告：“老爷，不好了，那书生他……他死了！”徐掌柜大吃一惊，随即叹了口气说：“此人年纪轻轻，却死于非命，实在可惜。来人，将他抬入‘漆龙棺木’里。”

“老爷，这……这不妥当吧？”马六在一旁疑惑道，“这人跟您非亲非故。”

徐掌柜摆了摆衣袖：“话虽如此，但他毕竟死在我‘福生行’里，也算有缘。速速抬入棺中，待明日厚葬，休再多言。”马六连连点头，让人将书生抬入棺中。

第二天，徐掌柜正在店里照看生意，马六又心急火燎地跑来："老爷，老爷，出大事了，那……那书生又活过来了……"徐掌柜听了甚是吃惊，连忙赶回厢房，一看那书生坐在床上，已经能开口说话了。徐掌柜吃惊地望着马六："怎会这样？"马六摇摇头："小人也不知。早上我们抬着书生选了块墓地，刚要下葬，却听棺木里有声响，还以为诈尸呢，把大伙儿都吓了一大跳。"

徐掌柜听了连忙走到棺木前，只见棺木底部，有一摊黑色汁液，像是吐出来的什么毒液，把棺木侵蚀得不成样子。再一看，徐掌柜发现了一块突起的白色木材，和周围棺木的颜色大不一样。他不由惊呼道："此乃千年难遇的'绝望木'啊！"说完，便令人马上把那块白色棺木锯了下来，拿在手中反复观看。

夺木求官

马六在一旁好生奇怪，问道："老爷，什么是绝望木？"

徐掌柜缓缓说道："绝望木，千年难遇。中毒者服了能解毒，不中毒者吃了能延年益寿。当年，祖父为了获得此木，找遍天下奇毒来做引子，但都没有成功。没想到机缘巧合下，那书生身中奇毒，被抬进了棺木，定是那绝望木起了变化，助书生把巨毒逼出，才使他死而复生。这真是天意啊……"

没料到，还没等徐掌柜高兴过来，书生却从床上跳了下来，一把夺过绝望木，说道："此物归我。"

"你为何如此无礼？我家老爷可是救你性命之人。"马六愤愤不平道。

那书生装出一副可怜的样子，说："先生，在下李卯，本打算进京赶考，却不料路遇同届的秀才，他忌我才思敏捷，便下了奇毒加害于我。现如今虽捡回性命，却误了考试，枉费我十年寒窗苦读啊！恰逢听先生一言，就想利用此物，去京城谋个一官半职，将来也好造福于百姓。还请先生成全，将来定会重谢您的大恩大德。”

说罢，李卯双手用力一掰，绝望木断成了两半。他把一半扔还给徐掌柜：“先生，就此别过。”说完，转身就走。马六刚要去追，徐掌柜将他喊了回来：“算了，随他去吧。”

“老爷，此等利益小人，今日用物贿赂，他日难保不为非作歹。”马六担忧地说。徐掌柜望着手中的一半木头，意味深长地说：“传说此木质软，能被分割利用，果真如此！至于那书生，他若违背誓言，定会被老天惩罚……”

这样几年过去了。这天，棺材店里来了一个人，进门就直往桌子底下躲，浑身像筛糠一样发抖。徐掌柜觉得奇怪，走过去一看，只见眼前这人披头散发、衣裳破烂，再一仔细打量，不觉大吃一惊：这人不是当年的白面书生李卯吗？他怎么会变成这个样子？

马六慌忙把店铺门给关了，门口传来“砰砰砰”的撞门声。徐掌柜很是奇怪，问马六：“这是何人？”马六惊恐道：“是十几头獠牙野猪在撞店门呢。”

徐掌柜心说：奇怪，这些野猪尽管生性暴虐，但一向是躲在荒郊野外，从没听说过野猪会跑到镇上来攻击人的，想必此事与李卯大有关联。

因木惹祸

这时，店门依然“砰砰”作响，徐掌柜当机立断，派家丁到后院取来废木老柴，从楼上窗台掷下。霎时传来一阵野猪的惨叫声，受伤的野猪纷纷夺路而逃。过了好一会儿，等门外没有动静了，马六这才小心翼翼重新开张。徐掌柜吩咐马六：“赶快去买套新衣裳给李公子换上。稍后带他来书房见我。”马六点了点头，搀扶着依然惊魂未定的李卯从桌子底下出来。

经过一番梳洗打扮，李卯俊俏的面孔又出现在大家面前，精神气色也变得好多了。他一见徐掌柜，顿时叩头拜谢：“多谢徐掌柜救命之恩。”徐掌柜扶他起来，询问他为何落到如此这般田地。李卯唉声叹气，述说起事情的原由。

当年，李卯拿着绝望木去了京城，身无分文，也无人引荐，就算手中有宝，也是无济于事的。一日，他打听到衢州知府的女儿中了奇毒，眼看名医来了几十个，药没少吃，却未能见效，反而延误了救治时间，知府着急之下许下承诺，谁能救好他的女儿，就将女儿许配于此人。

李卯觉得时机来了，当下火速赶往衢州。到了知府府邸，李卯再次将手里的漆木一分为二，一半自己保存，另一半则让人削成薄片，三碗水煎熬成半碗水，让病人服下。半晌过去，知府女儿便能下床走路了。知府当下感激涕零，见李卯是个秀才，长得也仪表堂堂，便应允了这门婚事。李卯成了金龟婿，从此官运亨通。

可惜好景不长。这天，李卯陪京城的一位刘大人出外狩猎，走着走着，他感觉脚下一阵疼痛，忙低头去看，只见一条绿蛇在脚脖子处游走，自己已经被咬了一口。当下，李卯不敢怠慢，连忙拿出随身携带的漆木，掰下一小片含在嘴里，休息片刻后，觉得并无大碍了，才又起身。这时，李卯看见小河旁有一头野猪带领一群小野猪在饮水，便搭弓射箭，一下射死了一头小野猪。那领头的野猪拔腿就往树林深处跑去，边跑还边发出奇怪的叫声。

这边，李卯提着小野猪向刘大人邀功。突然，骑在高头大马上的刘大人一脸惊恐，李卯回头一看，只见身后有一大群成年野猪，一个个扬着锋利的獠牙冲了过来。不一会儿，两个人就被野猪团团围住。李卯绝望地闭上了眼睛，却听见身边的刘大人发出凄厉的惨叫声，睁眼一看刘大人已摔落下马，被野猪们轮流进攻，等衙役们赶来救出他，刘大人已是身受重伤，奄奄一息。但奇怪的是，李卯却是安然无恙。

不仅如此，那些野猪似乎很是讨好李卯，用它们的头在他脚上蹭来蹭去，而且他走到哪里，那些野猪就跟到哪里，就跟君臣一样。长此以往，他便不敢进城，只得跟野猪一样，流落在荒郊野外……

徐掌柜听了，顿时抚掌大笑起

来："呵呵，想不到公子在人道上当不成李大人，猪道上却变成了皇帝啊！"

善恶有报

李卯很是羞愧，他听得出来，徐掌柜是在埋怨自己不守诺言，整日想法子笼络大官，根本不把百姓放在心上。想到这里，他一下跪倒在地痛哭流涕道："徐掌柜，对不起！从今起我一定洗心革面，求您救我一命啊。"

徐掌柜叹了口气，说道："看来都是天意。医家用乌桕捣取自然汁，取一至二碗服下，下泻去毒即愈，所以，这木材也就有了解毒的药性。不过先祖早有遗言，乌桕木变成漆木后，中间有凹痕，左右漆木功用各不相同。当年，你取走那一半，是解百毒的；剩下的一半，是延年益寿的。想必咬你的那条蛇，并没有毒，但你却误服了那解毒漆木；没毒的人误食解毒漆木，不会有大问题，但却会在体内形成一股特殊气味，类似母猪发情的味道，所以，野公猪这才跟着你跑。"

李卯听得眼睛都直了，连连磕头："徐掌柜，请您想法子帮帮我吧！若不能解除这个体味，我的一生也就毁了。"

徐掌柜望了望李卯，无奈地说："左右两半漆木，相生相克，要解你体内漆木余毒，就必须把这延年漆木含在嘴里。"说着，徐掌柜就要掰下手里的一半延年漆木。

突然，徐掌柜感觉脖子一凉，李卯居然用匕首顶住徐掌柜的脖子，然后一把夺过延年漆木，说道："对不住了，徐掌柜，有此延年漆木，我可以将此物进贡给刘大人，肯定能获得赦免，还能再走仕途……"李卯把徐掌柜往马六身前一推，又趁乱逃跑了。

徐掌柜望着远去的李卯，摇摇头道："哎，此人心染巨毒，已经无药可救了……"

再说李卯，拿着那块延年漆木，先解除了自己的体味，然后又回到了京城，想向刘大人献宝。他又觉得直接将这样一块漆木拿过去恐怕不妥，于是连夜将漆木放置大锅中熬煮，次日端着一罐子药水直奔衙门。

不料，刘大人却完全不相信李卯，还大声呵斥道："哼！本官被你害得还不惨吗？你休要再骗本官，来人，将此人重打三十大板后赶出衙门。"

第二天，天降大雪，街上冷冷清清的，早上有人在街面上发现了一具冻死的尸体，此人不是别人，正是李卯，他身边还放着一个药罐子。

据说，这延年益寿的漆木不同于解百毒的那一半，只要熬过水就会失效，到底是真是假已经无从考证……

（题图、插图：黄全昌）

让回家的人先飞

老王要去欧洲出差，不幸赶上了当地火山灰爆发。原定出差的那天清早，旅行社给他打电话“飞机飞不了。”老王忙问有什么办法，旅行社说，订票系统已经关闭，现在只有一个办法：等。

等了两天，一点消息也没有。老王实在等不及了，一横心直接冲到了机场。

机场改签机票的地方排着很长的队，终于轮到了老王，航空公司的工作人员在电脑上敲打了一阵，告诉他说：“您是等候名单上的第二十二位，请等电话通知。”

要知道老王这两年飞来飞去，早就成了这家航空公司的金卡用户，现在一听自己被排在那么后面，老王忙追问：这名单是根据什么标准排列的。他想，只要有一点不公平的地方，以后就再也不坐这家公司的飞机了。

工作人员对他歉意地笑笑，说：“在这样的非常时期，等候名单只有一个标准，那就是：让回家的人先飞。”工作人员继续解释说，“设想一下，那些人语言不通，被耽误在异地三四天，他们的心情会怎样呢？是否应该让他们先飞呢？”

原来，金卡、银卡，都比不上一个理由——回家。家是每个人在遭遇突发事件以后，最想回去的地方啊。

（**作者**：程　玮；**推荐者**：小　青）

总裁的圣诞卡

杰克是一家公司的总裁，每年圣诞节，他都会收到手下送上的贺卡，卡片上无非是些形式化的赞美和祝福。今年临近圣诞，杰克率先将一沓贺卡给自己的秘书玛丽说：“这是给你们的，祝大家圣诞快乐！”

玛丽回到办公室，正要发放贺卡，却发现信封上都没有写收卡人的名字。难道总裁给的是空白贺卡让自己代写？于是，她赶紧打开第一张卡片：“记得以后多喝热饮，对胃有好处。”玛丽心头一热：这显然是写给她的，大家都知道她有胃病，发作起来特

别难受。

忽然，玛丽明白了什么，她叫来所有的同事一起看贺卡。打开第二张贺卡，汤姆高声念了起来：“商场正在进行手机促销，欲购从速！”他欣喜若狂地说，“这真是个好消息，我一直想换手机！”

顿时，一向沉寂的办公室气氛被打破了，大家兴奋地围成一圈，按“特征”寻找属于自己的卡片，然后互相交换，会心一笑。最后大家发现，总裁把每个人的生活特点、日常需要都牢记在心，并送上了最贴心的祝福。再想想自己千篇一律的祝辞，众人不由低下了头。这时总裁办公室的门打开了，大家对看一眼，默契地喊了起来：“总裁，圣诞快乐！”

（**推荐者**：尼　斯）

荧光衣

老张和阿丽是一对普通夫妻。老张工作早出晚归，上下班都必须经过一条国道，那里车流量大，是事故易发点。为此，阿丽送了丈夫一件衣服，背上镶着几道荧光条，一到暗处便会闪光。她叮嘱老张加班的晚上必须穿这件荧光衣。

有一天，老张又很晚回家，他骑到国道的一个拐角时，忽然有一辆车从他身边疾驰而过，老张被刮倒在路边。司机停车后，惶恐地走过来，扶起老张，深呼吸了一下，说：“幸好看到你背上的荧光，要不就撞到你了。”

老张惊魂未定，脱下沾满泥土的外衣，看着背面闪亮的荧光，多亏了妻子的这份用心啊！

深夜，老张魂不守舍地回到自家楼下，抬头看，只见一个黑色人影站在自家窗口。再一分辨，那分明是阿丽啊！想来是她不放心，在等自己带着一身荧光回去。

于是，老张又拐了出去，重新穿上荧光衣，在妻子的凝望下从路口赶回家。等他进了家门，阿丽却假装睡去了，老张也装做毫不知情。当然，他也没告诉妻子刚刚车祸的事情。

从那天起，老张更频繁地穿这件荧光衣。在每天回家的路上，他也更加小心翼翼，因为他知道：在沉沉的黑夜里，始终有一个女人在等待自己安全回家。

日子久了，他们身边的邻居也纷纷穿起了荧光衣。因为无论在多黑的夜里，它总能闪动着无比温暖的光芒。

（**推荐者**：芳　菲）

（**本栏插图**：安玉民　梁　丽）

你骂的就是

□杜　辉

逐利之骂

周老六是个黑心眼的包工头。这不，一帮民工给他干了大半年活，到头来连工钱都讨不到。但一物降一物，他很快也遇上了对手。

这天下午，一名手下“噔噔噔”冲进周老六办公室汇报说：“老板，大事不妙！”周老六骂骂咧咧来到公司门外一看，不由两眼发直：只见十几个老女人在公司门口一字排开，人人面色不善，个个蓄势待发。

为首的女人跨前一步，龇牙一笑：“本人肖景秀，我们是一个专业骂人团，以骂人为手段，以盈利为目的，承揽各式业务，我们今天就是代那些民工来讨债的。给不给，你看着办；骂不骂，我说了算。你一天不还钱，我们就一天不收兵！”

被那女人一通抢白，周老六愣是没反应过来：“骂、骂人团？”

“看看，少见多怪了吧，现今这年头，有卖血的、卖唱的、卖哭的、卖笑的，怎么就不兴有卖骂的？”

这一听，周老六也来劲了，他本是泼皮出身，当年也是骂街好手。当下，他捋了捋袖子说要比划比划。但他“开火”没半分钟，便抱着脑袋逃回了办公室。

而外头肖景秀高音喇叭般的骂声还在源源不断地传过来：“你活着浪费空气；死了浪费土地；半死不活浪费人民币。黄鼠狼嫌你臭；屎克郎怪

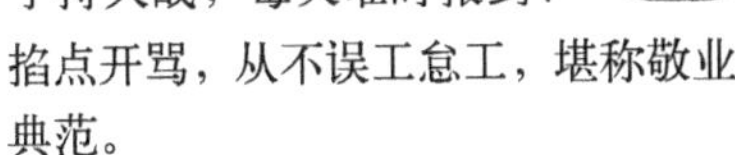

你脏；癞蛤蟆都唾弃你的丑模样！把你的照片贴墙上，白天能辟邪，晚上能吓鬼，方圆百里都不会有狼！有一点我最想不通，你竟然有勇气活在这世上……”

在肖景秀的率领下，女人们扯开嗓子齐声开骂，声势雄壮，宛如合唱。周老六隔窗而望，脸上像是开了染坊，红一阵青一阵。

见老板一脸不快，一名手下嚷着要去找人来摆平这帮老女人。

“你长点脑子好不好？”周老六瞪了他一眼，吼道，“这种人能碰吗？也不看看她们都多大年纪了，弄不好就是个无底洞！现在只有一个办法：报警！”

但是，当派出所的民警赶到此地时，却看到了另外一番景象：十几个妇女正围成一个圈，热火朝天地讨论国家大事。原来那肖景秀早有准备，派出专人在路口放哨，一见民警往这边来，立刻通风报信。

周老六气急败坏地指着她们说：“警察同志，骂我的就是那伙人！你们千万别被她们蒙蔽了！”

面对这群老年妇女，民警又能怎么做？只好批评教育一番，警告她们此举涉嫌扰乱社会秩序。骂人团的成员们头点得像鸡啄碎米，还充分发挥其团队特长，伶牙俐齿地说着奉承话，待到民警们离开后，肖景秀脸色一变，高声喊道：“姐妹们，继续！”

以后几天，骂人团打起了持久战，每天准时报到、掐点开骂，从不误工怠工，堪称敬业典范。

周老六当然也不会任人宰割，他赶紧派人打听肖景秀的底细。很快手下回来汇报：这个肖景秀是个寡妇，有个独生子在外地上大学。这女人是远近闻名的泼妇，前不久她被人重金邀去骂人，从中尝到了甜头，嗅到了商机，由此便组织了十几号擅骂人、会撒泼的老年妇女，成立了一个“专业团队”。这帮老女人仗着自己年纪大，身体差，现在是骂遍天下无对手啊！

周老六听得直皱眉，那名手下又凑近了些，讨好地说道：“老板，您也别太烦恼，我倒是有个办法！”

听完这名手下的妙计，周老六终于一扫阴霾，大笑起来。

对决之骂

隔天，肖景秀等人正骂得起劲，却见远处烟尘滚滚，飞沙走石，又来了一帮气势汹汹的老女人。这帮新来的废话不多说，朝着肖景秀等人劈头便骂。原来骂人团的成功创造了一个新行业，很快便有人成立了一家“超级骂人团”，今天她们就是受雇于周老六，和肖景秀对骂来了。

这回，肖景秀被杀了个措手不及，铩羽而归。她琢磨了一晚上，决定主动出击。次日天一亮，她领着人找到了“超级骂人团”总部，仇人相见，分外眼红，战火重燃，骂声又起。肖景秀首先叫停，拱手对那边说道“哪位是领头的，请出来说话！”

对面走出一个女人，两腮干瘪，貌不惊人。肖景秀朝着她说道：“妹子，咱说句贴心话，斗则两伤，和则两利，与其被人利用，不如两家合并，有饭一起吃，有钱一起赚！”

那女人一听便明白了肖景秀的用意，别看对方说的好听，其实就是想吞并自己，她不动声色地说道：“这建议不错，可合并后，谁说了算呢？”

肖景秀道“我们以骂为生，当然也应以骂对决。我们各出十名主力，一对一的互骂，负者让路，胜者继续，直到一方全军覆没！”见对方并无反应，她又冷冷地补充了一句，“当然，如果你们不敢应战，就当我什么都没说！”

让她这么一激，超级骂人团哪肯示弱？她们占着主场优势，齐声叫阵。肖景秀微微一笑，自己的人马久经战阵，对方初出茅庐，这一战可谓胜券在握。

果然，一番唇枪舌剑之后，肖景秀这方还剩下包括她在内的四员猛将，对方只剩下那瘦女人一个光杆司令了。

哪知瘦女人一出声便不同凡响，砍瓜切菜一般，接连骂倒骂人团三人。这女人实在太剽悍了！她精通各地方言，掌握各式骂人俚语，一般人听都没听过，又如何能是她的对手？

肖景秀倒吸一口凉气，这才知道遇到了顶尖高手，只听那边一个得意忘形的声音响起来：“怎么样？雷姐专业打卦算命，踏遍全国各地，什么样的人没会过？什么样的嘴没斗过？她老人家骂人的水平，那是公认的专业九段！”

身后鸦雀无声，对面叫嚣声不绝

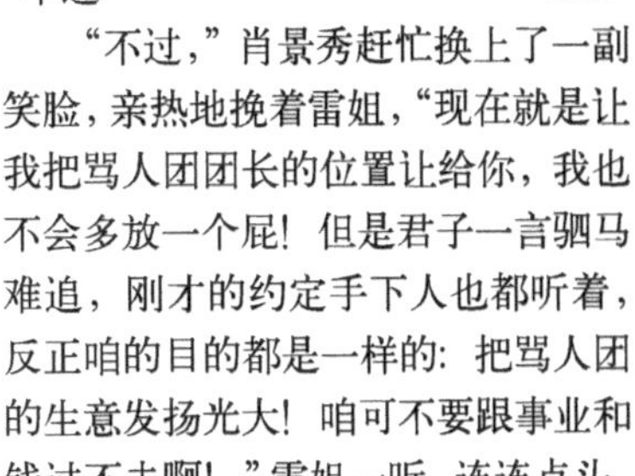

于耳，肖景秀深知自己并无胜算，怎么办？现今之计，必须抢占先机，把自己的特点发挥到极致。那么肖景秀的特点又是什么呢？嗓门高！语速快！

肖景秀运足力气暴喝一声，骂声倾巢而出，没有停顿，不带逗点，针插不入，水泼不进："南极多远你给我滚多远光速多快你给我滚多快前世属核桃的你欠捶后天属黄瓜的你欠拍终生属陀螺的你欠抽下辈子属破摩托的你欠踹……"

当下，雷姐就被肖景秀的气场震住了，空有满腹脏话却无从开口，每每想要开口，便被淹没在肖景秀喷出的滚滚洪流中。刚开始雷姐还沉得住气，心想狂风暴雨难持久，看我后发制人。但她万万没料到，人在面对危机时，往往会迸发出超常能量，肖景秀仿佛吃了兴奋剂，一口气连骂两个小时，势头没有一点减弱，反而越骂越起劲。

雷姐早已彻底沉默，她突然双手抱拳，大声说道："你不必再骂，你确实技高一筹！但是……"

"我知道你要说什么！"肖景秀接过话茬，"你想赚周老六的那笔钱，妹子，一家人不说两家话，你听说过垄断行业吗？咱一旦强强联手，那就是把骂人这行垄断下来了，以后王老五、陈阿三都会捧着钱、排着队来找咱的！"

雷姐一听，有道理啊："不过……"

"不过，"肖景秀赶忙换上了一副笑脸，亲热地挽着雷姐，"现在就是让我把骂人团团长的位置让给你，我也不会多放一个屁！但是君子一言驷马难追，刚才的约定手下人也都听着，反正咱的目的都是一样的：把骂人团的生意发扬光大！咱可不要跟事业和钱过不去啊！"雷姐一听，连连点头。

当天傍晚，两个团队合二为一，出现在周老六面前。骂人团的规模翻了一番，连分贝都高了一倍，这回，周老六搬起石头砸了自己的脚，更加火上心头，他摸着下巴恨恨道："我就不信，没人能制得了这帮老娘们！你们给我贴出告示，谁摆平骂人团，重赏三万块！"

告示是贴出去了，却无人应征，你想啊，连周老六这种滚刀肉都搞不定骂人团，一般人哪敢摸这个老虎屁股？而且，周老六拖欠工人工资在先，大家都恨不得骂人团好好收拾他呢！

不过重赏之下，必有勇夫，几天后还是有人来揭榜了！

正义之骂

周老六迫不及待地要见这个揭榜者，可一打照面，不由大失所望。这是个二十出头的年轻人，戴着一副厚厚的眼镜，脸上透出几分腼腆。年轻人递给周老六一张纸，竟是一份给肖景秀的战书，要求和她一决高下。如果她输了，必须解散骂人团，自己输了，则任由处置。

周老六阴阳怪气地说："小伙子，你是不是想钱想疯了？"

年轻人憋红了脸："我对你的钱没、没兴趣。但你必须答、答应我一个条件，一旦我赢了，你必须把那笔钱还、还给那些民工，立据为证！"

他竟然还是个结巴！周老六真是哭笑不得，不过他仍然答应了年轻人的条件，他倒要看看羔羊挑战猛兽、小刀对付大炮会是怎样的下场！

这时，外面骂声大作，骂人团又来了！等看到那份挑战书，肖景秀眉毛都立了起来，如今的她被公认为骂神级的人物，志得意满，目空一切，哪能被人吓住？

骂人团的女人们倒是有点担心，不知周老六请来了何方高人，可当她们看到那个挑战者时，不由一愣：天！有没有搞错啊？

待到年轻人一开口，女人们顿时哄堂大笑。笑声中年轻人涨红了脸，结巴得更厉害了，但他没有退缩，而是面带悲壮之色，开始"骂人"：骂她们抹了脸、昧了心、亏了理、缺了德、毒化了世道人心、败坏了社会风气；骂她们恶语伤人、恶声烦人、恶容吓人、恶行害人……

年轻人越讲越有气势，他的凛然正气，大大弥补了声音中的缺陷。女人们渐渐笑不出来了，不知是谁喊了起来："老肖你还愣着干什么？"

但肖景秀毫无反应，自从看到年轻人的那一刻起，她便像是失了魂，一言不发，任其痛骂。突然，她转过身对手下说"我输了……"不等手下发问，肖景秀苦笑着说，"他是我的儿子小天啊！"

原来自打小天考上大学，他一直

编读往来：你的问题我来答

上海读者赵泽瑞： 编辑部的叔叔阿姨，你们好！我虽然年纪不大，却是《故事会》的“老读者”。毫不夸张地说，《故事会》不仅丰富、愉悦了我的生活，还扩大了我的视野，更提高了我的写作能力。比如在最近的学校征文活动中，我就引用了5月份绿版《故事会》刊登的世博小故事，写出了新颖别致的征文，获得了老师和同学的一致好评。在此，我要对你们说声：谢谢！另外我家附近书报亭的《故事会》总是脱销，父母打算订一份明年的杂志，请问如何订阅呢？

绿版编辑部： 亲爱的小读者，你好！首先，我们很高兴《故事会》对你有所帮助，你的一句“谢谢”是对我们的肯定，更是一种鞭策，鞭策我们脚踏实地，继续办好《故事会》！最后，希望《故事会》能一直伴你快乐成长，如果获得了新的作文奖项，不要忘记再来信报喜哟！

都在勤工俭学，很久没回家了。这次他特地回来看望母亲，到家后没见到母亲，却从邻居嘴里知道了她成立骂人团的消息。他立刻找到现场，只见一群女人正肆意叫骂，其中表情最凶，骂声最高的正是自己的母亲肖景秀。小天牢牢盯着那张熟悉又陌生的脸，他必须逼母亲回头，苦思良久，他决定亲自来挑战母亲。

事实上，当肖景秀发现站在面前的挑战者是小天时，她立刻就想投降认输，再难缠的人也有软肋，再强悍的人也有命门，肖景秀是一个母亲，面对儿子的双眼，她无论如何也说不出污言秽语！何况她知道，儿子有口吃的毛病，一向不敢当众发言，今天能站在那么多人面前，慷慨陈词，需要付出多么大的勇气？那磕磕绊绊的怒骂中，包含的是最深的爱和最深的痛啊！

听完肖景秀的解释，雷姐立马跳了出来：“你这是公私不分。如果你坚持要认输，我们就一刀两断……”

就这样，肖景秀还是认了输，并从此金盆洗手。而周老六呢，不知是解了气还是被母子俩感动了，也如约付清了拖欠的工资。

自此，骂人团更是名声大噪，后来在雷姐的领导下，她们不断拓展业务，从单纯的骂人，发展到帮人闹事，直至参与对他人财产的打砸。只要雇佣者给足够的钱，这帮人什么都敢干。

但所谓“多行不义必自毙”，几周后，执法机关重拳打击这个恶性团体。在法律面前，这帮以骂人为生的女人，才终于闭上了嘴……

（**题图、插图**：刘斌昆）

心病难医

□韩　春

少爷的失踪

长山镇有个姓韩的老郎中，悬壶济世大半生，被当地百姓称为"活华佗"。可惜他的独生子却不成器，口口声声说要经商赚钱，见父亲不同意，便偷了父亲的全部积蓄，离家出走。

转过年，有人传信给老郎中，说这位韩家少爷带着银子到了城里，眨眼就被骗走了大半，后来他又被一个烟花女子迷住，剩下的银子也被套个精光，如今已经流落街头讨饭吃了！

老郎中一听，气得浑身哆嗦。为此，老郎中在案头上放了一把尖刀，放出话去："养子不教，莫如不养。如果再看见这个畜生，我当场就给他一刀。"

这天，没有病人上门，老郎中坐在医馆里，不由又想起了儿子，真是越想越气。正在此时，有人轻轻叩门，走进来一个独臂的中年人，一进门就跪下了："三虎给老爷请安。"

来人名叫刁三虎，当年从悬崖坠落，摔得奄奄一息，多亏老郎中把他从阎王殿下抢了回来，后来又把家里的丫环梅香许配给他，韩家缝补浆洗的活儿也全交由梅香做，佣金不比别家的少。这样的恩情，三虎怎么敢忘，所以坚持称老郎中为"老爷"。

老郎中忙上前把他搀了起来："说过多少回了，你不用行此大礼。"

刁三虎说道“老爷，少爷他……可能遭遇了不测……”

老郎中冷冷地说：“那倒省得我亲自动手了。三虎，你给我记住了，今后别提那畜生一个字！”

刁三虎忙说“我受老爷的恩，宁可挨骂，也不敢隐瞒老爷的家事。小的不是在望儿山上看林子吗？今天早上，我在悬崖上捡到一只鞋，梅香认出来，就是当年她给少爷做的。”

刁三虎说着，从贴身处掏出一只鞋来，虽然那只鞋已经破败不堪，但老郎中还是一眼就认出，这是儿子的鞋。

见老郎中盯着那鞋子久久不语，刁三虎又说：“可能少爷是跳崖自寻短见……”

老郎中一挥手打断了刁三虎的话：“说了不许提他，你怎么转眼就忘？”说着他掏出一锭银子递过去，“拿回去补贴家用吧。”

送走了刁三虎，老郎中拿起案头的尖刀不禁老泪纵横：“韩某人救治了多少病人，想不到竟落得这种绝后的下场。”抹着泪，他把刀收了起来。

三虎的良心

转眼到了中秋，家家做月饼开新酒，一片合家团圆的景象。伙计们都回家过节了，老郎中一人孤零零地坐在客堂上，这时候，刁三虎又提着一盒点心来了。

老郎中见到三虎，脸上有了几分笑意，端出酒菜招待三虎。三虎犹豫了一会儿，掏出那锭银子：“老爷，三虎左思右想，觉得不能收这银子。老爷赏这银两，是不让我提少爷的事。可三虎不把话说完，心里有愧……”

“给了就是给了，收好便是。”老郎中又把银子塞了回去，“至于他的事，如果你非说不可，那就说吧。”

刁三虎便继续说了起来，原来少爷跳的悬崖下面是一条大河，三虎捡到鞋后，立即请人沿河打捞，忙活几天，始终是活不见人，死不见尸，因此，他怀疑少爷还活着。

老郎中听完瞪圆了眼：“他是生是死都和我无关。以后若再提他半个字，别怪我不留情面！”

刁三虎再不吱声，提壶给老人家斟满了酒敬上“三虎敬老爷，如果没有您，三虎早死了……”

老郎中摇头道“医者父母心。换哪个郎中遇见你，都会想方设法救活过来。哎，如果不是你欠点灵气，我早就该收你为徒了，哪至于风吹雨淋地给人看山守林……”

三虎忙说自己已经知足了，知足了。

原来刁三虎是个孤儿，12岁就给东家放羊为生。山羊喜欢登高，常常攀登到绝壁之上，那天遇到好草，羊群天黑了也不肯下来。刁三虎只好攀上去驱赶，没留神失足掉下来，被人送到了老郎中的医馆……狠心的东家赶来，跺着脚大骂，说自己还要搭一条席子裹尸。这话把老郎中激怒了，他指着东家的脸说:“记住了，你没病最好，有病，别找我！”说完自己留下了这个苦孩子。

等开始诊治，老郎中傻了眼，这孩子骨头折了多处，伤及脏腑，还有一只胳膊需要马上截断……但他不能眼看这孩子丧命，于是关起门来，捆住三虎的手脚、蒙上他的双眼，专心医治。三虎疼得嗷嗷叫，直说自己受不了了，求郎中干脆把他扔了。老郎中却劝他:“你上辈子肯定做过不少善事。那么高摔下来，一百个得死九十九个，你却还活着，你得对得起老天爷啊！”几天后，三虎清醒了不少，老郎中又说他骨头碎成这样，换别人早瘫痪了，现在竟还能愈合，实在是奇迹……

回忆起这些往事，老郎中不禁感慨道:“那时，我瞅你一心寻死，药都不肯吃，要是直接告诉你还得丢一只胳膊，你受得了吗？心里没了盼头，那病怎么能治得好？这叫医病先医心。”

刁三虎听了，连说“对对对”。起初他是真不想活了，后来得到了老郎中的开解，觉着自己该死没死，该瘫没瘫，就觉着有了盼头，便听从老郎中的话，吃药休息，果然精神一天好过一天……直到最后，老郎中才惋惜地告诉他，身体是保住了，可一只胳膊已经烂死，必须锯掉。此时的三虎有了求生的愿望，只要能活着，断一只胳膊又有何妨？便请求老郎中给锯了去，老郎中提醒三虎锯掉胳膊时，会有剧痛。刁三虎说只要给他块破棉袄咬着，就能坚持下来。这时，老郎中给他松了绑，解下遮盖眼睛的布，刁三虎才发现，原来那只坏胳膊早已锯掉，根本

不用咬什么破棉袄了，于是长舒了一口气……打那以后，三虎更加乐呵呵地吃药、锻炼，一年下来，不但活动自如，个子还长出一截。

聊起这些事，爷俩越说越兴奋。老郎中告诉三虎，这就是他的医心之术。他还告诉三虎，不必老惦记着报答他，自己也是因为不计报酬救了三虎，才被人称作“活华佗”，医馆也一天天兴旺起来……

可是，聊着聊着，刁三虎一不小心又把话扯到了少爷身上，老郎中当即变了脸：“看你这臭记性，幸好没收你为徒。”

骂归骂，老郎中又掏出一大锭银子交给三虎“趁天没黑透，赶紧回家陪你媳妇过节吧，老婆孩子都盼着呢。”

老郎中的心病

接下来的日子，老郎中更加致力于钻研医术，因为一旦空闲下来，他就闷得慌。见到有要去望儿山的，就托人家捎信给刁三虎，让他闲了过来转转。可三虎一直忙到了年根，也没过来看老郎中。

大年除夕，老郎中的医馆里又只剩下孤老头子一个了。他写好了对联，也没心思贴，这时有人敲门，原来是刁三虎提着肉和粉条站在门外，身后跟着老婆孩子：“老爷，我带着梅香和孩子过来热闹热闹。”

这下，老郎中高兴得热泪盈眶。他忙不迭地给三虎孩子红包。没想到，孩子刚接过红包，三虎那边却“扑通”跪下了：“老爷，三虎该打。您要是不饶恕我，我就跪死在这儿。”三虎这一跪，梅香和孩子也跪了下来。

老郎中吃了一惊“快起来。大过年的，有话好好说啊！”

三虎跪着说道“老爷，三虎撒了谎。少爷他根本……没死。”

“什么？”老郎中一听这话，大吃一惊。这么长时间过去了，他早就不再生儿子的气了，可当初把话说得太绝，找不到台阶下。如今听三虎说，儿子还活着，老郎中不由又惊又喜！

老郎中忙上前搀起三虎道：“你起来，慢慢说给我听，怎么回事？把我都说糊涂了。”

刁三虎这才说清了事情的来龙去脉 原来，少爷的确被人骗光了钱，讨饭回到故乡，又没脸回家，走投无路之下，跑到望儿山打算跳崖，恰巧碰上看林子的三虎。三虎也不客气，数落了他许多不是，说得少爷羞愤难当，更要去死。三虎劝道，一死了之很容易，可你觉得自己真是窝囊废吗？你难道不想东山再起吗？

一句话把少爷的豪气给激了起来，连呼不甘心，他说：“其实，我这次出走，吃了不少亏，但也长了不少见识。可是，我现在身无分文，靠什么再起家啊？”

三虎眼珠子一转，说自己来想办法。可是刁三虎处境不好，想帮少爷也是有心无力。最后，他只好去探听老爷的口风，没想到老爷把刀子都摆在了明处，看来想求老爷帮忙是不可能了！回到家，刁三虎只能把老爷赏的那锭银子交给少爷：“就这点小本钱了，少爷，看看您能做点啥吧。”

好在，这次少爷是真的想做事了，他跑到邻省，脚踏实地、苦心经营，一个月就有了起色。他把银子送还给三虎，三虎却不肯收：“我的命是老爷救的，如果还要收他的钱，那剩下的这只手也得烂掉。‘浪子回头金不换’，只要您能真心悔过，三虎自有办法让你们父子团圆。”

就这样，刁三虎又把老郎中送的银子转交给了少爷，并鼓励他把生意做大，另一边想法消减老郎中对儿子的怒气。眼见得老郎中收起了刀，想必是消了气，三虎这才壮着胆子把谜底揭开：“少爷长本事了。现在已积了一百多两银子，不出三年，就能把被骗的银两赚回来。”

老郎中听了，不由淌下了眼泪。

这时，三虎转过头，冲着门外喊道：“少爷，您还不快来给老爷消消气。”话音未落，韩家少爷推门而入，双膝跪在老郎中面前，父子俩不禁抱头大哭。

等缓过神来，老郎中纳闷地问刁三虎：“按说你是个老实孩子，哪来这么多心眼，把我都给哄了？”

“我哪有什么心计？”刁三虎说，“都是从老爷救我那件事上学到的本事呀。”

老郎中哈哈大笑：“惭愧惭愧！我总说医病先医心，可轮到自己身上，却解不开死疙瘩了，多亏三虎帮了我们父子俩啊。”

老郎中又告诉三虎，别称什么老爷了，明天趁着新年，他要收三虎为义子，教他学医，就冲三虎这种触类旁通的悟性，是块学医的好材料哩。

（题图、插图：黄全昌）

做宝

·情节聚焦·

光绪年间，扬州有个叫赵七的，是个淮扬菜大厨，为人刻苦，手艺也颇为不俗，没几年就在扬州有了点名气，还娶了一房老婆，小日子过得风生水起。但自从一次被人带去赌场后，赵七就迷上了赌博，从此一发不可收拾，很快就把家底败光了。

这天，老婆给了赵七几两银子，让他去买些家用东西，临出门前，千叮咛万嘱咐别再赌了，赵七当下连声答应。来到街上，赵七用手摸着银子，不觉有些心痒痒。正在这时，忽然前面"噼里啪啦"响起了鞭炮声，赵七跑过去一看，原来是一家新赌场开张。

赵七一打听：赌场老板是个外乡人，十分神通广大，听说还带来了很多新玩意儿。赵七一盘算：看看无妨，不如进去转转。

等鞭炮放完，大家一拥而入，赵七也跟着进了赌场。进门一看，里面果然金碧辉煌，而且每个赌桌边上都有小厮听候吩咐。

赵七在场子里转了一圈，又站在旁边看人赌了几把，越发觉得手痒了，到底还是坐下来押了钱，心想：这次赢了正好多带点东西回去，让老婆高兴高兴。不料，买了几把，手气都不好，赵七正感到晦气，突然听到旁边的赌桌传来一片惊叫声，原来出了极其怪异的套路。这旁边的桌子玩的是"做宝"。

所谓"做宝"，就是由赌场找一个做宝之人，把做宝人和小厮关在密闭的阁楼内，开始"做宝"时，就撤去楼梯，上下只由一根绳索和小铃连接，靠一个锦盒传递。等做宝人想好是开"大"还是"小"后，由小厮把锦盒通过绳索传递下来，大家就开始

· 情节聚焦 ·

买“大”买“小”。买“大”一赔一，买“小”只赔九成五，赌场就靠买“小”的抽成赚钱，但也不敢每把都做“小”，如果被人知道了规律，那庄家往往输得很惨。所以，庄家挑选做宝人是十分谨慎的，必须是极其了解赌徒心理，并且胆大心细，才能胜任。赌场很多玩法都是靠运气、看老天，唯有这个“做宝”是赌徒和做宝之人互相猜心思、斗智力。

赵七走到旁边观看，突然看见熟人王五，忙问:“出什么事了？”王五吐了下舌头，说:“你说奇怪不奇怪？已经连续出了八把‘大’了，这可是从来没有过的事情。你说下把应该买什么呢？”

赵七想了想，说道:“应该继续押‘大’，吃‘大’打‘大’嘛。”

旁边一个人说:“这倒不见得，前面几把都是‘大’，说不定就突然转风，杀所有人个措手不及，输个精光。”说话间，锦盒传了下来，绝大多数人押了“小”，等打开锦盒一看，又是“大”。大家无不摇头叹气，连说奇怪。

就这样又押了几把，传送锦盒的间隔时间越来越长了。有人猜测说:“看来这把还是‘大’。做宝人想了这么久，是想迷惑我们呢，我看他就是下定决心来做‘大’了。”可赵七没相信，心说可能转风了，就压了五两银子的“小”。隔了好久，锦盒传下来，一开，居然还是“大”。

“这可真是见鬼了！怎么又是‘大’？”赵七气愤道。

“那有什么稀奇？我还见过连开十九把‘大’的呢！”旁边的“赌场百晓生”说道，因为他知道很多赌场稀奇古怪的事，大家便送了这个外号给他，本名反而很少有人叫了。只听他津津有味地说了起来:“那是在乾隆年间，镇江一个赌场连开了十九把‘大’，被一个老赌徒发现了其中奥妙，直接把赌场整得赔本关门了。”

众人忙齐声追问这其中的奥秘。

见成功吊起了大家的胃口，“百晓生”嬉笑道:“听故事是要给钱的。”在众人的笑骂声中，他又道，“好嘛，说到钱你们就不认人了。因为啊，那晚乾隆到了镇江，真龙出现，当然只能开‘大’啊。”

众人哄堂大笑，又打趣道:“但现在皇上在京城，怎么会连续出‘大’？”

“这个嘛，我也想不明白。”“百晓生”无奈道。

又隔了很久，盒子才传下来，正准备开盒，一个衣衫华丽的中年男子走上前来，说道:“慢着，这个最高可以押多少？”开宝官说道:“最多可以押一千两银子，买‘小’抽水百分之五，买‘大’不抽水。”

中年男子听了，从衣衫里拿出一叠银票，从中抽出一千两的银票，押在了“大”上。这时，众人的焦点都集中在了这个男人身上。开宝官缓缓打开锦盒，大家凑近一看，果然还是“大”，赌场内顿时一片哗然。

这下，众人决定都跟着中年男子押了，又押了五把，男子都选了“大”，全部都中了。庄家已经输了快上万两银子，赌场老板在一边急得直跳脚，正寻思对策，却见那中年男子站起身来，准备走了。旁边的一些小赌徒，纷纷围过来讨要赏钱。那男子也十分大方，换了一百两的碎银子，全部散发了，然后拂袖离开。

赵七觉得此人是个高手，应该跟他学几招，以后在赌场就无往不胜了。于是，便跟着男子出了赌场，七拐八拐，中年男子竟然走进了一间破旧的小茅屋。赵七没有急着进去，而是又折回街上买了点卤味，一斤白酒，才敲响了木门。

开门的正是男子本人，看到赵七，他似乎没有迎客之意，但赵七并不在乎，他进到屋里，把卤味往桌子上一放，便招呼中年男子吃喝。男子看了看赵七，说道：“看来……你是想学艺的吧。”赵七笑了笑，那男子也就坐了下来，和赵七对饮起来。

对饮中，男子告诉赵七，自己原本是一个富家子弟，年轻时十分好赌，把家产全部输光了，父母被活活气死，妻子也因为没钱治病而去世。经历了这些打击，男子痛定思痛，决定戒掉赌瘾，重振祖业。现在，他有了万贯家财，每年都会抽空回到当年落魄时居住的茅草屋，以警戒自己。

·情节聚焦·

恰逢今天赌场开张，男子就进去凑个热闹，见众人都输惨了，这才出了手。

“那你怎么知道会连出‘大’呢？”赵七惊奇道。“因为……今日恰好是亡妻的忌日，所以就信手押的‘大’，没想到竟一直赢，不过后来我又发现了一个秘密……”中年男子说到关键的地方，竟然打住不说了。赵七哪里肯放过这种秘技，正要再问，外面突然传来了敲门声，打开门一看，赵七认得，正是赌场的老板和几个小厮。

老板看到中年男子，倒头就拜，口中连声说：“多谢兄台！要不是因为兄台手下留情，今日赌场非关门不可。”

男子连忙扶起老板，说道：“这话从何说起？”

老板招呼小厮把礼物放在桌上，又说道：“兄台有所不知。你离开后，又连续出了十把‘大’，但因为没有兄台带头，赌场里又有人分别打‘大’和‘小’，最后算下来，还是赌场赢；如果兄台一直在，我非倾家荡产不可。”这么说来，今日赌场内竟然连续做出了二十五把“大”！

“这是怎么回事？难道做宝人疯了吗？”赵七问道。“唉，你有所不知。前面的几把都没有问题，关键在第五把上。”老板说道。

“第五把怎么了？”赵七追问道。

“到第五把的时候，做宝人突然得了急病昏倒了，小厮怎么都摇不醒，下面的摇铃又催得紧，小厮顿时没了主意，又不好擅做主张，只好又把上一次的‘大’放进锦盒，如此连续了二十把。后来，做宝人已经身体冰凉，小厮在上面越想越怕，大哭了起来，才惊动下面的人找来梯子，这才结束。”

原来是“死人做宝”，这可是闻所未闻。中年男子叹了口气，缓缓说道：“老板，虽然今日有惊无险，但你还是另谋生路吧，赌博会造成多少家破人亡啊，毕竟是有损阴德。”

老板听了，若有所思。赵七也想到自己赌博带来的恶果。

回到家，赵七痛改全非，重新拾起荒废多时的厨艺，后来，他成了名震江南的名厨，还被招去京城里做了御厨，当然，这是后话了。

（**题图**、**插图**：黄全昌）

（本故事根据高阳先生的小说《胡雪岩》片段改写，改写者：吴家伟）

一个女人、一段鬼闻，引起了一个人的注意。于是，他层层揭开谜团，结果出人意料……

渔船魅影

□张正祥

1. 重操旧业

小货车司机程君，三十来岁，是个健壮干练、爱动脑筋的汉子。但他的命运却一波三折，早些年他干过渔工，后来攒够了钱，就下了船，买了辆大货车，跑起了运输。起初生意倒也不错，哪想到天有不测风云，一场车祸使他倾家荡产，不得已，他重新从老板沦为了伙计，替人开车过活。

这天一早，程君奉老板之命，驾着货车驶往海边码头，接船拉海鲜。当太阳从海平面上升起，两艘渔船朝码头缓缓靠拢。这是一家渔业公司的一对远洋渔船，一艘叫“顺风一号”，一艘叫“顺风二号”。两船出海一个多月了，今天是返航的日子，按说应该是件很喜庆的事，可没想到船一进港，一个女人突然扑倒在码头上，呼天抢地，嚎哭起来。

出啥事了呢？围观的人一打听才知道，原来这女人的老公是“顺风一号”上的渔工，这趟出海掉海里给淹死了。听女人哭得凄楚，程君也禁不住挤过去看看情况，他盯着那女人的脸看了又看，眉头却皱了起来。

等程君装好车后，再去看那女人时，她早已不见了踪影，他正想去打听一下，老板来电话催他赶紧去发货，他只好离开了码头。

程君将一车海鲜发完，回到码头，已是黄昏时分，一天下来，他又累又饿，就走进了一家小饭馆。

小饭馆里坐的几乎全是刚下船的渔工，程君选了一个僻静的角落坐下。他听到邻座的几个渔工在低声议论，好像是在说船上闹鬼的事，说得绘声绘色。程君听出来了，这几个渔工，正是“顺风一号”上的渔工，他们说的那个“鬼”就是早上看到的那个女人的老公！

只听一个渔工说：“这事太邪门了，要不是亲眼看到，谁会相信这是真的！”

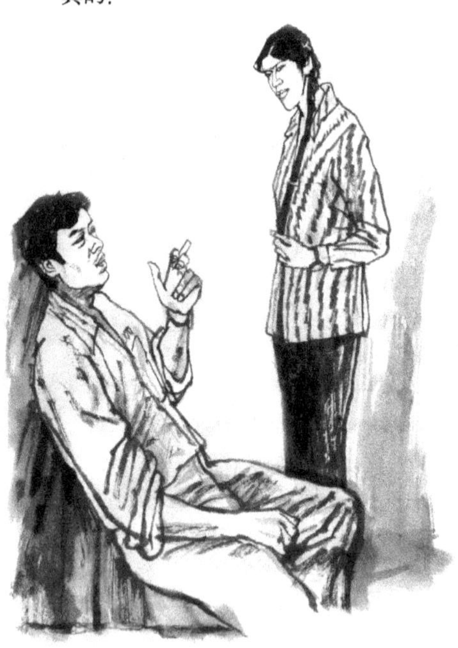

另一个接口说：“李小江真他妈不值，他老婆那么漂亮，还会给他守寡？她拿了钱再嫁个人，后半辈子可就衣食无忧喽……”

“别瞎说！”其中一个年长的渔工正色道，“这话对死者不敬，你就不怕李小江来找麻烦？”

一听这话，渔工们顿时神色恐慌，缄口不语。

年长的渔工叹了口气，说：“今朝有酒今朝醉，说不定哪天咱也就成了海上的冤魂喽！”说着拿起酒杯，往地上奠了一杯，“来，小江兄弟，喝了这杯酒，你就别再缠着兄弟们了，桥归桥，路归路，跟你老婆回家去吧……”

饭后，程君回到车队宿舍，躺在床上翻来覆去怎么也睡不着，脑中总是浮现出那个女人的样子，突然，他一骨碌坐了起来，怔怔地发了半天呆，再看看表已是深夜两点多了，他似乎拿定了什么主意，这才安然地重新躺下……

两天后，程君向老板请了一天假，一早就去了渔业公司。他走进办公楼，来到一间写着“董事长办公室”的门前，正想敲门进去，却被一个姑娘拦住了：“先生，你不能乱闯呀！”

程君说：“我有很重要的事要找你们董事长！”

姑娘从头到脚打量了程君一眼，见他穿着污渍斑斑的工作服，不像是与董事长打交道的人，于是挡在门口，说："他正和船长们开会呢，你还是先在外面等等吧……"

程君说尽了好话，姑娘就是不通融，他只好坐下来耐心等待。不料，肚子不争气，突然疼了起来，他只好先去洗手间解决问题。

他转了好大一圈，才找到了洗手间，刚在一个隔间里蹲下，洗手间里又进来一个人。

那人一进门就捂着电话低声说："我早告诉你了，别随便打电话给我！让人发现了怎么办……"

程君以为那人是来洗手间偷接情人电话的，怕惊着人家，就屏住呼吸没敢出声。

接着那人说话的声音越来越低，而且说着说着突然警觉了起来，他"啪"地关上了手机，盯着程君蹲的那个隔间看看，犹豫了一下后退出了洗手间。

程君听外面没有了动静，才起身出了洗手间。他一出门，正好碰上拦他的那个姑娘。姑娘说："你不是要见我们董事长吗？现在会开完了，我这就带你去吧！"

这时，程君反倒不着急了，他竟点了一支烟，慢悠悠地抽了起来。那姑娘倒急了，催促道："你快点，董事长可从不等人啊！"

程君想了想，突然摁灭烟头，说"也没啥大事，我就是想问问你们公司还招不招渔工？"

姑娘一听，真是哭笑不得："你早说嘛，董事长哪有闲心管这小事！"说着又打量了一下程君，问道，"是你要上船吗？你干过渔工吗？如果你干过，那正好，公司刚回来一对船，明天就出海！"

程君问："你说的可是'顺风一号'和'顺风二号'？"

姑娘好奇地看着程君，说"看来你对我们公司蛮了解嘛，这么说你是有备而来的？"

程君笑笑，算是回答了她，不过接着又说"我有个要求，我能不能上'顺风一号'？"

姑娘想了想，说"应该没什么问题，'顺风一号'现在正好少个渔工……"

程君刚走，他身后的一扇门就慢慢地开了，从里面走出一个人来，用鹰一般的目光盯着程君的背影，直到程君转过走廊，那人才忧心忡忡地离开。

当天，程君就向货车老板提出辞职，说要上船做渔工。老板极力挽留也没能把他留住。

第二天，程君就上船出海了，并且如他所愿，他被安排到了"顺风一号"上。

2. 老杨说鬼

"顺风一号"上，包括船长、大副、

大车、渔捞长、厨师和渔工总共有二十个人。船长叫许议，据说是公司的大红人，每年给公司的创收都居众船长之首。不过，许议这人居功自傲，根本不把手下当人，大家嘴上叫他“老大”，可私下里说啥的都有。

新渔工上船除了要知道哪个是船长外，还有一个人是必须要接触的，那就是渔捞长。渔捞长虽说是个有名无实的头衔，但也举足轻重，一般都由老成持重、有经验的渔工担当，负责船上拣鱼、分鱼、冻鱼等一系列的工作，还有就是培训新渔工。程君没想到，他在小饭馆里见过的那个年长的渔工，居然是“顺风一号”上的渔捞长。他叫老杨，是一个很好相处的人。几句寒暄之后，程君得知，老杨在这条船上已经做了七八年的渔捞长了。

这天，程君正一个人在甲板上发呆，老杨走到他身边，说:“听说你以前也做过渔工？俗话说，能上南山放驴，不下东海捕鱼，你好好的司机不干，怎么又上船干这遭罪的活？”

程君惨然一笑，道:“一言难尽，不说也罢！”他岔开话题，问老杨，“杨哥，听说咱船上闹过鬼，真有这回事吗？”

“这事啊？”老杨支支吾吾地说，“这事你最好别再问了，老大不让提！”

“不说拉倒！”程君不屑地说，“鬼故事我听多了，我就不信，这世上真有鬼！”

老杨一脸坏笑，拿指头点点程君，揶揄道:“你小子是在激我，好，拿支烟来我就告诉你，省得你到处瞎打听！”

程君见自己的“激将法”奏效，忙掏出烟给老杨点上。老杨深深吸了两口，看看左右没人，才向程君说了起来。

老杨说，之前船上死的那个渔工叫李小江。他出事的那天晚上，海上风浪很大，他是晚上起夜时被浪头打到海里去的。当时，船舱里的渔工们隐约听到了他的呼救声，可等大家赶到，李小江早就被浪不知卷到哪儿去了。尽管大家知道找到李小江的希望渺茫，但人命关天，还是全力搜救，一直找到天亮也毫无结果。船长许议才不得不下令放弃搜救……

听到这里，程君突然打断老杨，问道:“这么说你们没看到李小江的尸体，那咋知道他一定死了呢？”

老杨先是一怔，接着沉下了脸说:“亏你还上过船，这么无知的话也说得出口？你以为这海是你家前面的小河沟啊？李小江落水时没有穿救生衣，遇上那样的大风大浪，就是有再好的水性，也没有生还的可能！”

听了这话，程君陷入了沉思……

老杨接着说，李小江死后，船上

发生了一件匪夷所思的事：这天，他们将拖了三个多小时的网打上来一看，却是空网，不要说鱼，连一坨水母也没有。大家奇怪了，一查原因，原来是网筒下面的活结开了，于是又重新整网，等“顺风二号”上了网，又将网抛下了海。可是，邪门了，没想到这一网还是空网，那个活结又莫名其妙地开了。

如果仅仅是两次空网大家也不会当作一回事，哪想到更邪门的是，以后的几网网网如此，这时，渔工们的心里都有点不安了，不约而同地想到了刚死不久的李小江，在心里嘀咕：难道是他的鬼魂在作怪？

也难怪渔工们会这样想，因为那样的活结一般情况下是不会自己开的，更何况为了保险起见，这个结每次都由渔捞长亲自打。正因为是老杨亲手打的结，渔工们才往鬼身上想，这么一来，“顺风一号”上顿时笼罩起了一层厚厚的阴霾。

船上的渔工个个人心惶惶，以至于到后来连下网的勇气都没有了。

这样一来，许议坐不住了，船上死了人他正愁没法向公司交代呢，要是再空船回去，公司还能给他好果子吃？万般无奈，他只好屈尊向老杨讨教。因为老杨跑船的时间长，海上稀奇古怪的事情见得多，说不定他会有什么奇招妙法。

老杨说：“这样的事情我十年前在别的船上遇过一遭，是海上的冤魂在犯难。”许议问：“那有什么办法？”老杨摸摸下巴，说：“还能有什么办法？死马当作活马医呗，祭奠一下兴许能过这一关……”

于是，船上的渔工们纷纷拿出私藏的酒，让厨师用面团捏了“大三牲”、“小三牲”，以烟代香，在老杨的带领下郑重其事地做了一场“法事”。祭奠完之后，老杨吩咐大家“晒网”。

“晒网”是船上的一种说法，若长时间打不上鱼，认为网上沾染了晦气，就将网铺在太阳底下晒晒，晒掉

上面的晦气。

大家合力将硕大的网筒从船头平铺到船尾，突然发现网上竟开了许多小洞。船上的规矩是，不论在网上发现多小的洞，都要及时补起来，以免小洞变大洞。补网是老杨的拿手绝活，他二话不说，穿针引线，动作娴熟地一个洞一个洞地补了起来。补着补着，老杨突然丢掉手中的网针，“啊”的一声喊了起来。

大家围过来一看，一个个也惊得目瞪口呆，网上竟赫然呈现出一个字——“死”！

这下，“顺风一号”上的渔工们全乱了阵脚，人人自危起来，到后来，有几个胆小的渔工说啥也不肯出舱干活了。最后，许议软硬兼施，大家才勉强出来干活。说来也怪，从这网开始，后面网网都是大丰收……

听完老杨的叙述，程君一言不发，眉头拧得越来越紧。老杨见他突然像变了个人似的，问道：“想啥呢？你是不是觉得哪儿不对劲？”

程君这才回过神来，慌忙道：“没、没有，我只是觉得后背有点发冷！”

“嘿嘿！”老杨冷笑一声，摇摇头道，“兄弟，你别骗我了，你打上船来就有意无意总打听李小江的事，我觉得你是另有目的！”

“我能有什么目的？”程君结结巴巴地说，“我，我这是好奇嘛！”

老杨半信半疑，说“你不说我也不勉强，不过，你听我一句劝，该打听的打听，不该打听的别瞎打听，小心惹祸上身！”

“惹祸上身？”程君一怔，狐疑地盯着老杨，很诚恳地问道，“杨哥，你能不能把话说得明白一点？”

不料，老杨却是点到为止，不愿再多说一句，他站起身，拍了拍程君的肩膀，走了。但他刚走了几步又停住了脚步，长长地叹了口气，回头说道：“千万别小看船上这一亩三分地，有时候可怕的并不是鬼！”说完头也不回地走了。

程君怔怔地愣在那里，他听出了老杨的弦外之音，不由打心里佩服这个老渔工敏锐的洞察力。他心说：我何尝不想一吐为快啊？但现在还不是时候！

3. 鬼魅现身

这天夜里海上风浪很大，还下着雨，程君干完活，刚换下湿漉漉的工作服，突然舱里的电铃响了。

渔工们睡觉的舱里都安有电铃，是专门用来通知渔工们起床干活的。电铃直接由舵楼里的船长许议操控，不用说，许议这个时候打铃，一定是又要卡盘。

啥叫“卡盘”？就是将装在铁盘里冻好的鱼从冷柜里搬出来，然后倒出来腾出铁盘再冻下一网打上的鱼。

至于那些从盘里倒出来的冻鱼，也不能让它们化了，还得立即装袋重新放入冷冻舱。

渔工们都知道许议的脾气，尽管满腹牢骚，还是赶紧又穿上雨衣，上了船头冒雨去卡盘。

可是还没弄上几盘，老杨发现装冻鱼的袋不够用了。趴在舵楼窗口的许议见了大为光火，冲老杨吼道："你是干啥吃的，出海前怎么没清点袋子？现在你自己看着办吧！"

老杨这个渔捞长当的实在是窝囊，与大家一样干活不说，活干不好还得第一个挨骂。

许议见老杨一副手足无措的样子，更来气了，不耐烦地叫道："算了，算了，指望你黄花菜都凉了，还是先从'二船'上拿吧！"

"二船"就是"顺风二号"，海上捕鱼的船都是成对的，分"头船"、"二船"，两船拖一条网协同作业。虽是协同作业，但大小事情，如上哪个海域打鱼、网下多深、啥时扎锚、啥时返航都是"头船"说了算。"顺风一号"是"头船"，所以，许议想从"二船"上拿袋子，还不是一句话的事情？

不多时，与"头船"并排航行的"二船"慢慢靠了过来，大家放下手中的活计，有秩序地忙活起来，拉绳索的拉绳索、吊轮胎的吊轮胎。程君以前干过这活，不用老杨吩咐也上去帮忙。只听"轰"的一声响，两艘船紧紧地靠在了一起。就在两边的渔工们都忙着绑船时，突然雷电一闪，程君无意间看见一个黑影"嗖"的一下在船尾闪过。程君心里一惊，一个"鬼"字在他的脑中一闪而过。

别人碰到这种情况怕是避之不及，可程君却一把丢掉手中的绳索，想去船尾看个究竟。此时海上狂风巨浪，船颠簸得很厉害，他摇摇晃晃还没挪几步，突然听到老杨一声大喝："站那别动！干啥去？不要命啦？"

程君疑惑地看了老杨一眼，虽然心有不甘，但还是停了下来。

等干完活，两船分开已经是半夜了，大家都累得直不起腰，回到舱里

躺床上都呼呼睡了。程君虽闭着眼睛，却没有一点睡意，那个黑影总在眼前晃来晃去，搅得他心烦意乱。

好不容易，程君有了一点睡意，突然听到老杨咳嗽了两声后爬起身，趿上拖鞋轻手轻脚出了舱。起初程君还以为老杨上厕所去呢，但过了一会儿，不见老杨回来，却听到舱外传来“啊——”一声惨叫。

这毛骨悚然的惨叫声，几乎把所有的渔工都惊醒了。大家一脸惊恐地你看我、我看你，谁都不敢出去看看。程君突然如梦初醒地大叫道：“是老杨，是老杨叫的，快出去看看啊！”说着他带头冲出了船舱……

大家连喊带叫地在船上找了一圈，也没看到老杨的影子，却在船尾的栏杆处发现了一只拖鞋！

有人惊叫道：“这是老杨的拖鞋！他一定是掉海里了！”

“他大半夜上这儿来干啥？”

“鬼！”一个渔工突然颤抖着说，“是李小江，李小江来找替死鬼啦！那个‘死’就是一个警告啊……”

有人听了惊叫一声，调头就往舱里跑。他这一叫一跑，大家顿时像受惊的兔子都跟着往舱里逃，谁也不愿意落在后面。

许议也听到了那声惨叫，他披着衣服惊慌失措地从舵楼上下来。他一听老杨掉海里了，顿时暴跳如雷：“一帮窝囊废，还愣着干啥？赶快救人啊……”

此时渔船的航行速度很快，大家知道救人是徒劳的，但还是硬着头皮拿大灯在船四周的海面上搜寻了一圈，结果果真啥也没找到。

许议呆呆地望着黑茫茫的海，好一会儿才对大副说：“通知‘二船’调头，务必找到老杨的尸体……”

两个小时后，大家终于找到了老杨的尸体。程君呆呆地望着停放在甲板上的尸体，心中百感交集。

两次出海两条人命，许议再怎么遇事不慌，也乱了方寸。他叫人把老杨的尸体抬到冷冻舱后，将船扎锚停了下来。

站在许议身边的大副见“二船”也在不远处停了下来，小心地说：“老大，绑船吧！和孙船长商量一下，要不就返航？”

大副说的“孙船长”是“二船”船长孙超。他早先在许议手下做过大副，现在虽被提升为二船船长，但对许议仍然毕恭毕敬。

许议一时也拿不定主意，说：“好吧，那就绑船吧……”

“不能绑船！”程君听了突然大叫一声，“老大，千万不能绑船！”

谁敢和许议这样说话？大家都为程君捏了一把汗。不料许议这回并没有发火，盯着程君追问道：“噢？你能告诉我为什么吗？”

程君脸涨得通红，说“反正不能绑船，一时半会我也说不清！”

“说不清就别说！”许议突然升起一股无名火，吼道，“没见过你这么不懂规矩的渔工，你是船长还是我是船长……”

“老大……”程君还想制止，突然被身后的一个渔工拉了一把，只好将话又咽了下去。

回到舱里，那渔工说“你这人也真是，绑不绑船和你有啥关系？你这不是自讨没趣吗？这次许议对你是够客气了……”说着他冷冷“哼”了一声。

程君的心思好像全然不在这上面，听了他的话仍是无动于衷。那渔工又幸灾乐祸道：“听说上趟出事公司就给许议下了最后通牒，说船上再出问题就撤掉他这个船长……”

听了这话，程君的眼睛突然一亮，若有所思地点点头，自语道：“这就对啦！这就对啦……”突然，他精神大振，对舱里的渔工们说，“大家想不想去捉鬼？”

“捉鬼？”

“对！”程君自信地说，“鬼现在就在船上，今晚我们就去把他捉住……”

4. 人鬼迷离

听程君说要去捉鬼，大家都搞不明白他葫芦里到底卖的什么药。有人暗想：这小子是在故弄玄虚呢，还是真有捉鬼的本事？

见大家似乎并不相信自己，程君咬了咬嘴唇，说：“兄弟们还真以为船上有鬼啊？实话告诉你们，老杨根本不是被鬼拉下水的，而是被人推到海里的！”

这话一出，犹如石破天惊，惊得大家目瞪口呆，有人好言提醒程君：“兄弟，话可不能乱说啊！船上就这些人，谁会干这样的事情？”

程君说“我没有乱说，那人是从‘二船’上过来的，并且现在就躲在我们船上，大家要是不信，我去把他找

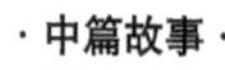

出来……”接着，他将第一次绑船时看到黑影的事说了出来，还说，他之所以极力阻止再次绑船，就是怕那人在绑船时又乘乱溜回“二船”上去，哪想到许议根本不听他的。

渔工们一琢磨，觉得程君的话有些道理，于是有人就吆喝着要去找，还发狠说：若真能找到凶手，非把他的皮扒下来！

船上是个相对密闭的空间，要找个人还不容易？可大家将船上所有的犄角旮旯，包括机车舱、工具舱和储物舱都翻遍了，也没发现一个人影，有人又开始怀疑起程君来：“人呢？你不会在耍我们吧？”

程君也懵了，在绑船时他明明看到那人跳到了“头船”上，直到大家从“二船”上拿过袋子，两船分离，程君几乎是一眨不眨地盯着，但始终没见那人回“二船”上，那他会在哪呢？

正在程君百思不解时，舱里的电铃又响了起来。

看来是“二船”要来了，许议要大家出舱绑船，渔工们顾不上多问，赶紧去换衣间穿救生衣去了。

由于船上又出了事，许议下令：不管是上网、下网，还是绑船，每个渔工都必须穿上救生衣，否则重罚！此刻，大家都取下各自的救生衣往身上穿，一个渔工突然生气地叫了起来：“我的救生衣呢？谁拿了我的救生衣？”

船上的救生衣人手一件，每件上面都有名字，谁还会去拿别人的呢？程君听了这个渔工的话，眼睛突然一亮，斩钉截铁地说：“我知道这家伙藏哪里啦！”说着，便冲出了换衣间。渔工们听程君说得这么肯定，也跟了出来。

程君顺着船帮转了一圈，终于在一处停了下来。刚才找的时候，谁也没有注意，这个地方的栏杆上竟系着一条绳索，一头直伸海里。程君拽了拽绳索，嘴角上浮出一丝笑意，他用手往下面指了指，示意大家不要出声，然后大声说道：“这根绳拽不动啊，谁有刀子？把它割断算啦！”

他的话音一落，下面突然发出一声惊恐的叫声：“不要割，不要割！下面有人啊！”

几个拿手电筒往下照的渔工，顿时吓得直哆嗦。他们为啥吓成这样？原来是看到了上次出海被淹死的李小江！

程君却笑道：“死人你们怕，活人你们也怕？”

“活人？”渔工们先是一怔，但很快便明白过来，恼怒地抓过绳子，“呼呼呼”几下便把李小江拉上甲板。程君盯着李小江看了几眼，心说：果然是他！

大家将李小江连推带搡地带到许议面前，许议一看也大惊失色，结结

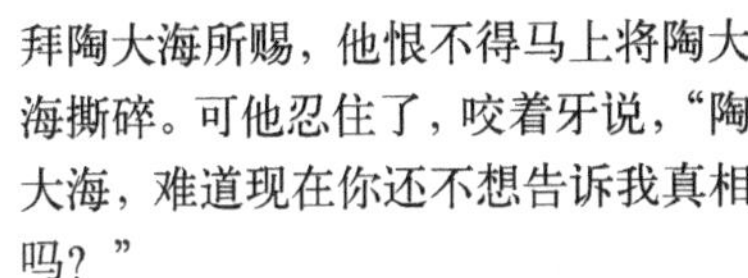

巴巴地说："李小江？这，这，这是怎么回事？他不是……"

"他没死！"程君平静地说，"而且他也不叫李小江，叫他陶大海更合适！"说着他转到李小江面前，嘲讽地说，"陶大海，咱们可真是有缘啊，没想到你死了我还能见到你！"

李小江也不知道是吓的还是冻的，抖个不停，抬头一看程君，更加惊得牙齿打颤："是你？怎么会是你？"

"这么说你还记得我！"程君叹了口气，才告诉了大家他为什么突然决定上船做渔工。原来，他就是冲着李小江来的，这事还得从他经历的那场车祸说起。

两年前，程君有自己的货车，请了一个叫陶大海的司机，两人换着班开车，可没想到有一天夜里，陶大海满载着一车货在盘山路上出了事，车翻到几十米深的山崖下。程君得到消息赶到现场时傻眼了：货车被烧成了一堆废铁，驾驶室里的陶大海也被烧得一团焦黑……

这起事故使程君倾家荡产不说，还背上了巨额债款，为此，他不得不出门打工……

听程君说完，许议看了看李小江，不解地问程君："他就是陶大海？他不是已经死于那场车祸了吗？怎么……"

"我也想知道到底是怎么回事！"程君目光如炬，想想自己这两年为还债艰辛度日，都是拜陶大海所赐，他恨不得马上将陶大海撕碎。可他忍住了，咬着牙说，"陶大海，难道现在你还不想告诉我真相吗？"

这时陶大海倒像受了莫大的委屈，竟哭了起来，抽抽搭搭地说："你以为我想啊，要不是撞死了人，我也不想躲在渔船上过这种人不人鬼不鬼的日子……"原来陶大海那夜酒后驾车撞死了人，他怕坐牢，才一不做二不休，将撞死的人放在驾驶室里，然后把车弄下了山崖，做了一个车毁人亡的假相。可因此他也成了一个"活死人"，再也见不得光了，只好化名为"李小江"到海上做了渔工。

程君听了哭笑不得，说"陶大海啊，看来你是想故伎重演，可你偏偏自作聪明，又让老婆来为你哭丧……"

5. 抽丝剥茧

程君是如何识破陶大海诈死的呢？说来也是巧合，那天他在码头上看到李小江的老婆时，突然想起，两年前去过陶大海的家，见过这个女人，她不是陶大海的老婆吗？

程君记得很清楚：两年前陶大海在车祸中死了，当时她也像现在这样，哭天抢地大哭了一场，然后就拿了自己赔的十几万块钱，默默地走

了，怎么现在她又死了个老公呢？

晚上，程君在小饭馆里听了老杨等几个渔工的议论，知道这女人的老公叫李小江。程君当时也没觉得奇怪，他想，兴许是陶大海死后她又嫁给了李小江。他觉得这女人真是命苦啊！

然而，陶大海、李小江这两个名字却牢牢刻在了他脑子里。回到车队宿舍，他睡不着，脑海里反反复复出现“陶大海”“李小江”这两个名字。桃（陶）对李，大对小，海对江，这两个名字怎么对得如此工整？如果是两个毫不相干的人，也许是巧合，但这两个人却是同一个女人的老公，也太巧了。于是他按照以前陶大海留下的地址，找到了他家，发现那儿关门上锁。但从街坊老人口中知道，陶大海的老婆早就搬家了，据说一直没再嫁。这时，程君脑子里闪出一个念头：难道这是一个阴谋？陶大海两年前根本就没死于车祸，而是化名李小江，与他老婆串通行骗……

听了程君的叙说，所有在场的渔工们都惊得目瞪口呆。半晌，许议才回过神来，问陶大海：“这么说，你诈死是为了骗公司的钱，我不明白，你老婆都拿到了钱，你为什么还要上船害死老杨？”

“这——”陶大海目光闪烁不定，低下头一声不吭了。

“还是让我来说吧！”程君看了一眼许议，说，“他是受人指使的，如果单单为了骗那笔赔偿金，他早就溜之大吉了。他之所以还留在船上，就是要让船上再死一个人……老大，听说公司给你下了最后通牒，说船上再出事就撤你的职，有这回事吗？”

许议神情颓然地点了点头。突然，他明白了程君的话，瞪眼叫道：“什么？你的意思是这一切都是冲着我来的？”

程君点点头，说：“这也不无道理，老大，恕我直言，你总是高高在上，目空一切，哪关心手下的想法？其实世上本无鬼，鬼由心生，只要每个人都多一份包容与理解，心里的‘鬼’就没有立足之地……”

听了程君的一席话，许议叹道：“我早该想到这一点！你说得对，我的确是太自负啦……”他停了一下问程君，“知道那个幕后黑手是谁吗？”

程君摇摇头，说“这个人还得让陶大海自己说出来，我也只是听过他的声音……”

原来，那天在渔业公司的洗手间里，隔壁那人接电话的声音虽低，程君还是听明白了，他是在和一个诈死的人通电话，那人说：“你放心好了，谁都不会想到你还活着，就算有人怀疑，只要见不到你的面，谁也没有证据……你现在还不能走，火候未到，你得留下来见机行事……”

当时，隔壁那人也很谨慎，没说几句就收线了。那天程君本来是去渔业公司揭发陶大海的，但刚才的一段对话提醒了他，单凭他个人的推断和两个名字说明不了什么，他若贸然行事，不但没人相信，说不定还会惊神动“鬼”。于是，程君决定亲自上船，把这个“鬼”揪出来。

在船上，程君处处小心谨慎，明里干活，暗中追查“鬼”的藏身之处，可很长时间过去了，一无所获。就在程君将信将疑时，正好遇上绑船，他看到一个人影从“二船”跳到“头船”上，顿时豁然开朗：原来“鬼”根本就不在“头船”上，这些日子他一直躲在“二船”上！

直到老杨遇害后，程君才彻底明白，那人让“鬼”留船上就是为了再次制造死亡事故，其真正的目的是通过一连串事故搞垮许议。

“我知道是谁啦！”听到这里，许议恨恨地说，“那天董事长召集我们船长开会，中途就他出去接过电话！”

不用猜，大家都知道许议说的这个人就是“二船”船长孙超。许议一向独断专行，根本不把孙超放在眼里，故此，孙超记恨在心，觊觎“头船”船长宝座。按照公司不成文的规矩：“头船”船长卸任就由“二船”船长替补。“头船”船长一年的薪水加分红，可达上百万，几乎是“二船”船长的十倍，谁不想当“头船”船长啊？

没等许议进一步指示，突然听到外面“嘟”的一声汽笛响。原来是“二船”接到绑船的通知靠了过来，大副问许议：“‘二船’靠过来了，还绑船吗？”

许议想了想，狠狠地说：“绑！”

6. 拨云见日

许议吩咐其他渔工出去绑船，却特意让程君留了下来。

不一会儿，“二船”徐徐靠了过来。船绑稳后，孙超跨过船栏，上了

舵楼。当他见到陶大海时，脸上掠过一丝惊恐，随即叫道："老大，这、这是怎么回事，这个渔工上趟出海不是被……"

孙超一开口，程君也怔住了：这不就是那天在洗手间里听到的声音吗？原来那个幕后黑手还真是他！

只听许议又慢条斯理地说道："奇怪了不是？我这船到底是怎么了？刚死了一个，又活了一个！"

孙超眼珠子骨碌一转，说："我明白了，这小子是诈死，想骗公司的钱！我想一定是老杨发现了他，才被他推下海的！"说着，他试探着问道，"老大，现在你决定怎么办？"

许议不动声色地说："我就是想和你商量一下，咋向公司汇报？"

孙超听了忙说："这么大的事当然是如实汇报啊！"

"孙超，你个畜生！"听到这话，陶大海突然大叫起来，"你想让我一个人扛？没门！"

孙超一听，慌了，指着陶大海结结巴巴地说："李小江，你、你、你别血口喷人！"说着急忙转到许议面前，辩说自己毫不知情。

许议手一扬，说："你先别急，我们就听听他怎么说！"

陶大海见孙超想把事情都往自己身上推，便竹筒倒豆子，把整个事情说了出来：

其实陶大海诈死的确是孙超指使的，目的就是通过陶大海的"死"把许议从船长的位子上拉下来。孙超这么干是想当"头船"船长，而陶大海则是看中渔业公司的赔偿金，于是两人一拍即合。陶大海诈死之后就一直藏在船上，然后趁绑船混乱时溜上"二船"。

在"二船"上，陶大海就躲在孙超的舵楼里，在他的掩护下，陶大海一直没被人发现。但让两人意外的是，公司没有因此撤掉许议的职务，于是孙超就让本该远走高飞的陶大海又留了下来，让他找机会溜回"头船"上，再制造一起死亡事故……

听到这里，孙超已是面如白纸。许议冷冷地看了他一眼，问陶大海："这么说你杀老杨也是受他指使？"

陶大海点了点头，突然盯着孙超咬牙切齿道："姓孙的，你好狠毒啊！你是在杀人灭口、想一箭双雕！当我将老杨推下海的一刹那，我突然明白，就算是他们没发现我，你也不会让我活着回去的！这样，你的阴谋就永远不可能被人知道了……"

孙超死不认账："你胡说，你有什么凭证？"

"凭证就是我还活着！"陶大海气急败坏地大叫道，"孙超，你别以为老杨死了你就能推得一干二净……"

许议不敢相信这事居然牵涉到老杨。他大声喝问："陶大海，你说清楚点，老杨是怎么回事？"

陶大海说："其实这事老杨也有份，船上闹鬼的事就是他干的！目的就是为了制造恐慌，让船上的渔工们无法工作！"

程君心里的疑团终于彻底解开了，老杨可谓是头船的大管家，也只有他能够布下这个疑阵。但是知道真相后，程君的心里反而不是滋味。

陶大海看了一眼程君，又说："其实孙超早就注意你了，他本来让老杨找机会把你干掉，哪想到老杨不肯干，他才让我过来……"

听了这些，程君的后背上渗出了冷汗，他顿时明白，老杨在甲板上和他说那番话，就是让他提防身后的黑手。程君问道："这么说今晚绑船也是你们早就预谋好的，目的就是给你创造机会？"

陶大海点了点头，又瞪了一眼孙超，说："只是杀老杨是他临时决定的……"

"够啦！"许议越听越觉得自己像个冤大头，堂堂一个船长，竟被自己的手下玩弄于股掌之中，他恼羞成怒，大喝一声，"你们还有什么事不敢干？"

铁证面前，孙超不由像稀泥一样瘫坐在地。接着，他终于意识到了什么，爬到许议的脚下，一把抱住许议的腿，声泪俱下地哀求道："老大，我错啦，看在以前的份上，您高抬贵手，放我一马吧……"

许议俯视着他，冷声说："太迟啦，你这是咎由自取啊！"他又抬起头，一脸凄凉，心灰意冷地叹道，"我想好了，这次回去即便公司不开除我，我也要辞职！至于你……"

此时，孙超突然一把推开许议站了起来，他狞笑两声，歇斯底里地喊了起来："你现在有钱有权，当然会这么说，你怎么会明白我的感受？我不甘心啊！"说完，他转身奔向舵楼的窗口，纵身跳入了大海……

天亮了，海上乌云散尽，海面平静得像面镜子，这时，渔工们已将孙超打捞上来了。不过，也许是孙超恶

有恶报，也许是渔工们不够卖力，他们把孙超打捞上来时，孙超已成了一具冰凉的尸体……

到此，“顺风一号”上闹鬼的事终于告一段落，渔船返航后，程君下了船，重新干他的老本行：货车司机。

两个月后的一天，程君又来码头接船，碰巧，他接的又是“顺风一号”和“顺风二号”。他老远就看到了许议和渔工们一起在卸船，没等他开口打招呼，许议也看到了他，招呼着渔工们围上来，问长问短。

程君半开玩笑道：“老大，你不是说辞职不干了吗？怎么……”

许议擦了把额头上的汗，笑着看了一眼围着他的渔工们，说：“我是想不干了，可是他们不同意啊！”

渔工们也笑了起来，都说：“老大现在是今非昔比，对我们可好啦，他要是不干，我们上哪儿找这样的船长去？”

程君欣慰地一笑，扫视一圈后又问：“咦，怎么没看到大副呢？”

一个渔工回答说：“你不知道啊，他升职啦！现在他是‘二船’的船长啦！”说着努努嘴，“瞧，正和他船上的渔工们在卸船呢……”

大伙聊了几句就分头忙碌去了，许议留在最后，紧紧地握住程君的手，他诚恳地说：“兄弟，你不打一声招呼就走了，我连个‘谢’字都没来得及说啊！”

程君也握紧许议的手，意味深长地说：“老大，以后你船上再也不会闹鬼了……”

（题图、插图：杨宏富）

世博趣事大家说

2010年上海世博会正在如火如荼地举行，本编辑部特征集几个趣闻花絮，博君一笑……

@ **小宇宙** 世博会试运行第一天，我很欢快地去了。在太平洋联合馆，我发现了索马里展区，便很兴奋地问工作人员：“海盗呢？海盗呢？怎么没看到海盗？”工作人员听完，慢条斯理地回答：“海盗是不被政府承认的……”

@ **没刺的仙人掌** 我住在世博园附近。一天早上，我急着出门忘戴近视眼镜了，险些在地铁站滑倒。说时迟那时快，数位地铁工作人员和世博志愿者将我一把扶起，并一路簇拥护送。负责开道的志愿者小帅哥还大声喊话：“请让让盲人，谢谢……”我忙解释：“我不是盲人，我只是没戴眼镜。”那个小帅哥一愣，便换了吆喝：“请让让弱视残疾人，谢谢！”

@ **酷女郎** 那天我和朋友去参观世博会，排队入园时，我猛然发现包里有瓶小香水。因为世博规定不能带液体入园，我想与其扔掉，还不如用掉。开始我不舍得，一个人悄悄地涂抹，眼看快到安检口了，就狠心招呼朋友一起用，终于把香水当花露水洒完了。正在我心疼地把空瓶塞回包里的时候，居然又摸到了一瓶风油精！

@ **叫我霉女** 公司有世博项目，我被安排常驻世博场馆。那天午休，我闲来无事，便到场馆旁边的小房间休息。没想到那里居然有一台电脑，我立马振奋起来，在电脑上玩起了纸牌。正在我玩得兴起之时，外面冲进来一个人，大声斥问：“谁在控制大屏幕的电脑上打牌？现在整个广场的游客都在围观呢！”

@ **小风风** 世博会游人众多，很多场馆都得凭预约券入场。那天我参观一个热门馆，凭预约券还要排队三小时。突然一对母女强行插队，她们装傻充愣，无视众人鄙夷的眼神和劝阻。终于可以进场了，我们一一交上预约券，而那对插队母女竟压根不知道预约券的存在，只能当场被保安“请”了出去。见状，人群中爆发出雷鸣般的掌声……

@ **窘窘有神** 前天我和女友去世博会，突然她发现：手机没了。我便立刻拨打她的手机号，电话是通了，但始终无人接听。我不死心，继续打。良久，她的电话终于被人接了起来，只听那人小心翼翼地问道：“请问，是110吗？”我哈哈大笑，原来女友事无巨细总爱向我“求助”，所以便在手机里把我的号码存名为“110”。

（**推荐者**：江海生）

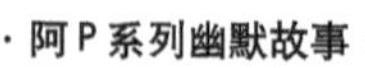

·阿P系列幽默故事·

阿P自驾游

□万里秋风

最近，年轻人都喜欢自驾游，周末去城市周边玩，长假就横穿几个城市，一路游山玩水，别提多滋润了。

“十一”长假临近，小兰却开心不起来，阿P车技不错，但家里只有两个轮子的电动车，自驾游是没戏了。阿P一听，立刻拍着胸脯说：“这不是小事一桩？老婆，即便你要天上的月亮，我也能把内裤穿在外面，变成超人，飞上天去摘给你！”那阿P有啥妙招呢？租车呗！

第二天一下班，阿P飞奔到一家租车公司寻找合适的车。果然，那里从捷达到奥迪，各种档次的车应有尽有，当然价钱也大不一样。比如：“十一”租七天，捷达一千块，奥迪三千块。阿P围着这些车转来转去，他连捷达都觉得贵，无奈砍了半天价，对方就是不肯降，他只好闷闷不乐地走出了租车公司。

刚出大门，一个男子就凑了上来，问阿P是否要租车自驾游，自己有私家车要出租。阿P好好打量了来人一番，只见他穿着名牌T恤，一副不差钱的模样。抱着死马当活马医的心态，阿P便随口问了起来：“啥车？啥价？”

T恤男打了个响指，指指身后的黑色奥迪：“就这辆，不要钱。”阿P一听，拔腿就走。T恤男赶紧拦住阿P，“兄弟，你跑啥？”

阿P指指自己的鼻子：“你看我阿P像傻子吗？这么体面的车你会白租给我？”

听完，T恤男解释了起来：原来他的车是安徽牌照，必须回安徽年检。“十一”过后，这车就得年检了，但他实在没空回去，因此就想找个去安徽自驾游的人，开回去交给他表哥。末了，T恤男还特别补充说："我观察了老半天，觉得你是个实在人，才敢找你的。"

这真是天上掉下了大馅饼啊！不过见T恤男火急火燎的模样，阿P又有了主意："我帮你把车开回安徽，还要自己坐飞机回来，这样我太亏了！"

T恤男忙问，为什么要坐飞机回来？阿P煞有其事地说："我老婆晕火车，只能坐飞机。"不等T恤男反应，阿P又挺挺胸脯说，"这样吧，你再出一千块机票钱。"

T恤男显然被阿P这种敲竹杠的行为惹毛了，他愤愤地说："还要我倒贴？算了算了，我找别人！"说着转身就走。

到嘴的鸭子怎能让它飞走？阿P一把拉住T恤男，涎着脸说："算了算了，我阿P就是舍己为人，乐于助人！我刚才是考验你呢，这车我租了！"

"我才担心你是不是骗子呢！"T恤男将信将疑，不过最终还是答应把车免费租给阿P。临走他还特意留下了阿P的身份证复印件、家庭住址等个人信息。阿P一一照办，当场开走了车。

阿P开着奥迪回了家，把街坊都镇住了。小兰也高兴坏了，抱着他连啃了好几口，阿P昂着头说："才知道你老公聪明啊！"

第二天，阿P就开着奥迪去上班了。离单位门口还有五十米，阿P就开始狂按喇叭。看门的老头赶紧来开门。进了院子，阿P还不忘斥责他两句："你怎么看的车位啊，一辆小奥拓占了最大的车位，你让我这么大个的奥迪停哪儿啊？"老头忙前忙后指挥阿P把车停进去。要知道以前，阿P骑电动车来上班，来得晚点就挤不进单位的车棚了，找老头理论，老头总说："靠墙扔着就行了，谁偷你的电动车啊？"

不到一天时间，全单位都知道阿P"十一"要开着奥迪自驾游去了。小兰那边也不用说，所有的小姐妹没有不知道她要和老公开奥迪自驾游的。

激动人心的“十一”长假终于来了，阿P开着奥迪车，载着小兰出了家门，他并不着急上路，而是绕着小区转了一圈，并故意按了好几下喇叭。小区里的人纷纷探头出来看时，阿P才满意地一踩油门，直奔高速公路而去。自驾游的感觉果然不一样，阿P一路上风驰电掣，看见捷达、夏利，一律一脚油门超过去。那感觉，怎一个爽字了得!

临近傍晚，小兰让阿P下高速找个旅馆，阿P却有别的主意:“不去旅馆。咱们把车停在服务区，就睡车里。这可是奥迪啊，看看这座位，放下来就是最高档的沙发床啊，比宾馆强多了！”小兰想想也对，这样真是又浪漫又省钱。

晚上在服务区，两人放平座椅，仰躺在车里。小兰说：“车里黑漆漆的，闷得慌。”阿P“嘿嘿”一笑，只听车顶一阵轻微响动，出现了透明的全景天窗，然后天窗敞开了，一阵清凉的夜风吹进车内，天空中繁星点点，美不胜收。

两人躺在柔软的座椅上仰望星空，小兰都快迷醉了！见状，阿P又说:“好戏还在后面呢！”说着变魔术一般拿出一瓶红酒，居然还有一枝玫瑰花。阿P清清嗓子，“小兰，你嫁给我这么多年，没怎么浪漫过，今天咱就浪漫个够！”小兰接过玫瑰花，激动得热泪盈眶，难怪那么多人爱自驾游，这人一到车上都变浪漫了。

喝完红酒，两人迷迷糊糊正要睡觉，忽然小兰警觉起来:“有人过来了！”阿P忙安慰她说:应该是个过路的，没人敢惹奥迪车主的。话音未落，一条黑影已靠近了奥迪车，还拿出一个小机器，连上钥匙开始一把把试着开门。

阿P大怒，听说过服务区里有偷过夜车的，没想到居然偷到自己头上来了！如果是平时骑电动车的阿P也就罢了，今天可是开奥迪的阿P，怎么咽得下这口气？他一把推开车门，揪住那小子大喊:“来人啊，抓贼啊！”

小偷猝不及防被阿P抓个正着，他做梦没想到，开奥迪的也会在车里过夜，这一般都是大卡车司机才干的事啊！很快，服务区里冲出人来，帮阿P报了警。

在派出所里，阿P精神饱满，慷慨陈词，大谈自己抓小偷的英雄事迹。警察做完笔录，又去检查车辆是否完好。这头，阿P言之凿凿地教育小偷:“年纪轻轻，偏要去做小偷！这回你惨了，我的车是奥迪，车门划上一道你得赔几千！”

这时，验车的警察走进来，朗声问谁是车主。

阿P挺着胸脯，挥舞着双手回答道:“我是！”警察看看他:“你真是？”阿P不高兴了:“我不是，难道你是？”没料想，警察说：“跟我去趟分局。”

阿P吓了一跳“这点事不用去分局吧，我还赶时间呢，那、那我不追究了，让他道个歉就行！”警察说：“你涉嫌买卖赃物。这辆奥迪车的行驶证是假的，车牌是假的，发动机号也明显被修改过。”阿P听了两腿发软，赶紧坦白交代 这车不是他的，是租来的。

于是，警察让他出具租车凭证，阿P又傻眼了：“我是在私人手里租来的，没有凭证。”警察说：“那总该有收据吧？”阿P红着脸说：“这车是白租给我的，车主不要钱。”警察把脸一板，说：“别废话了，回局里做笔录。”

到了警察局，阿P费尽九牛二虎之力，才解释清楚整件事情。警察又打电话给阿P的领导，了解了阿P平时的为人表现，总算相信他，也不追究他的法律责任了。不过警察告诉阿P，他是被人利用了，租车人一定是个惯犯，专门偷车改装，然后卖到外地。为了安全，他不亲自送车，而是骗人送车，阿P就是因为租车心切被盯上的。

阿P这才明白为什么T恤男会如此慷慨，他恨得咬牙切齿。小兰在一边也哭个没完，边哭边数落老公贪小便宜。阿P赌咒发誓：“别让我再看见那小子，否则我把他脑袋拧下来！”警察忽然说道：“你这么想报仇？我倒有个办法。前面就到安徽了，你按原计划行动，我们会暗中跟随，抓住来接车的人，把这个团伙一网打尽。”

阿P一听警察不追究自己的责任，还委以重任，忍不住挺挺胸脯，可一想到电视上的犯罪分子那副凶相，忍不住又缩了缩脖子，警察看出了他的顾虑，笑着说：“当然，这要你自愿才行，我们会保证你们夫妻的人身安全的。”阿P脸一红，梗着脖子说：“赴汤蹈火，在所不辞。”

隔天，阿P独自一人开车来到黄山脚下，开始打接车人的电话。接车人指挥他继续往前开，一直开到一个偏僻的停车场才让他停下。正在阿P心里不住打鼓的时候，两个大汉走过

来:“师傅,辛苦了,车交给我们吧。”阿P忙把车钥匙交给接车人。接车人开走了车,开始打电话:“车我接到了,你找的那傻子还挺高兴呢。”

接车人把车开到郊区,一个买主早已等候在此,正在两人讨价还价之时,警察从天而降将他们一起制伏。原来警方早在奥迪里装了GPS定位器和窃听设备。如此顺藤摸瓜,包括T恤男在内的整个偷车团伙很快就被一网打尽了。

阿P报了仇,尾巴又翘了起来,他洋洋得意地说:“看,我就是古代的侠客啊,出来游山玩水还能除暴安良!”小兰狠狠给了他一脚:“咱们交了那么多的高速费和汽油费,到现在玩没玩着,乐没乐着,光跟着你提心吊胆了。现在长假已经过了四天,除去坐火车回家的时间,哪还有时间玩!这叫什么自驾游啊!”

正在阿P被小兰骂得狗血喷头之际,当地警察局领导来了,把阿P的手握得生疼生疼的,还连声感谢阿P协助破案有功,说完递过来一个厚厚的信封,里面装着整整五千元的奖金。阿P接过信封半天才反应过来,他数也不数,将信封扔给小兰,意气风发地说:“老婆,去黄山玩,玩完了坐飞机回家!”

长假结束后的第一个工作日,出去自驾游的同事们都累得无精打采,只有坐飞机回来的阿P精神抖擞,大谈他旅途中的英雄事迹。同事连声惊叹,一些女孩还关心地问:“这该多危险啊!”阿P酷酷地一笑:“要玩就玩个心跳,其实从租车开始,我就知道那车有问题了,不过老子就是要看看他能怎么样……”

(**题图、插图**:顾子易)

·本刊信息传真·

阿P系列幽默故事征文

阿P系列幽默故事栏目开辟二十多年来,深受读者欢迎。阿P是个有多重性格的喜剧人物,他正直、朴实,却又染有许多不良习气;他自作聪明,却又往往事与愿违,弄巧成拙;面对屡屡受挫的现实,他却能自我解嘲,很有点阿Q的精神姿态,让人啼笑皆非。

为了把这个栏目办得更好,本刊再次面向全社会征稿,希望有更多的人来关注阿P,把您身边的阿P故事写得更精彩,更有现实意义和典型意义。

来稿方法:1. 从邮局寄发,请在信封上注明“阿P故事征文”字样,本刊地址:上海市绍兴路74号《故事会》杂志社,邮编:200020。2. 从网上传递,可寄以下信箱:wulun@vip.sohu.net,请在主题上注明“阿P故事征文”字样。凡已和我刊编辑有联系的作者,稿件可继续投给联系的编辑。

执著的越狱犯

□马凤文

伯雷是一个小偷，虽手法高明，但终究还是被抓进了监狱，判了两年徒刑。不过让伯雷欣慰的是，他所在的监狱实行非常人性化的管理，监狱长甚至偷偷告诉伯雷，如果不想在这里苦熬两年，可以越狱。

伯雷脸上波澜不兴，但心里却乐不可支，没想到自己还能遇上如此奇怪而幸运的事。

于是，伯雷便开始谋划如何越狱。他先试探性地向狱友打听这条不成文的规定。哪知狱友们听后都苦笑说“白痴，世上会有这么好的事吗？还是老老实实呆着吧。”

可伯雷不信邪，因为他向来做事执著，要不是因为上次行窃时对人家穷追不舍，自己也不会被抓。于是伯雷决定自己单干。

说来也怪，这所监狱的管理非常松散，每天都把犯人们放在外面晒太阳，只要不打架，干什么都行。

伯雷不管别人做什么，一心就想着越狱。不过他仍是非常谨慎的，同时也担心监狱长当初是在和他开玩笑，所以他把越狱的地点选在一个偏僻的角落里。

伯雷一直假装散步，沿着墙根慢走，边走边用手敲击墙壁，以判断墙的厚度。几次下来，伯雷终于发现了一面墙壁很薄。伯雷暗自高兴，便开始用平时吃饭的钢叉作为工具，用力挖墙。为了不被发觉，伯雷不敢多挖，每天只挖一点，伯雷相信，凭借自己的执著精神，一定会挖出一条生路来。

事实也确实如此，伯雷的越狱行为一直没被发觉。通过执著的努力，

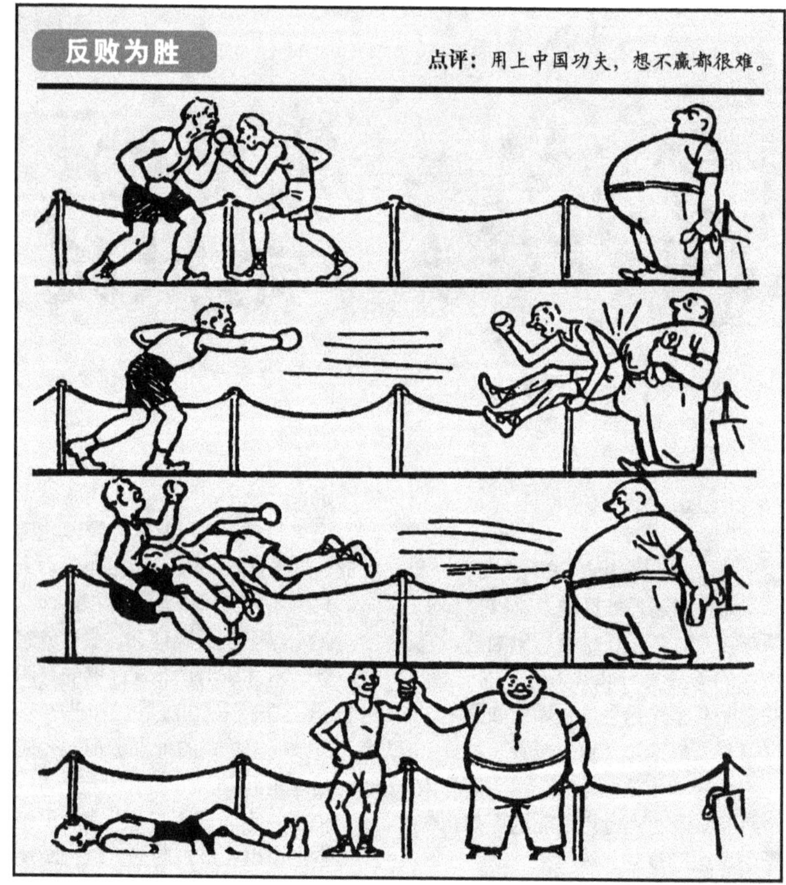

他终于在一年多后如愿以偿，挖出了一个可以逃走的洞。可惜，那些狱友们竟没一人敢于尝试，真是不幸！

伯雷想着，便把头探出了洞，接着整个身子也钻了过去。来到墙的另一面，伯雷发现墙上有一行字：如果越狱成功，别忘把洞补上。

伯雷不禁觉得好笑，正好地上有一些砖，便顺手把洞补好，然后心安理得地向前走去。

还没走出多远，伯雷却吓得目瞪口呆，原来他面前居然站着笑眯眯的监狱长。只见监狱长和颜悦色地说："这里是三年期监区，欢迎您的到来。"

音乐驯狮

□杨同锁

有个小提琴手，琴艺非常出众。他还有个拿手绝招：音乐驯狮。据说，不论外型如何凶恶、脾气如何暴躁的猛狮，听了他的琴音立刻就会安静下来，柔顺得像只小猫咪。

一个马戏团团长听说有这么个能人，非常感兴趣，便主动找到了小提琴手。他说："我们团里有三头狮子，都没驯养过，很想请您来现场表演音乐驯狮。"

小提琴手相当自信，他二话没说便答应了下来。第二天，小提琴手就带着琴来到马戏团。他站在一块空场地，请团长把狮子一头一头放出来。

于是，团长把第一头狮子放了出来。那狮子似乎关得不耐烦了，只见它一下蹿出笼子，接着就昂起头，朝团长咆哮起来，露出一口森森白牙。团长也算是驯兽员出身，但也吓得两腿打颤。

小提琴手见此情景，不慌不忙地拉起了琴。说来也怪，那狮子一听到音乐，竟像着了魔一样，闭上了血盆大口，乖乖匍匐在小提琴手脚边。

团长见状非常兴奋，赶忙把第二头狮子放了出来。同样，第二头狮子也毫不客气地朝团长长啸一声，可一听小提琴手的演奏，便立马软绵绵地躺到地上，眯缝着眼睛享受起音乐来。

一不做二不休，团长趁势把第三头狮子放出来。一出笼，这头狮子也是好一通龇牙咧嘴，不过这再也吓不倒团长了，因为小提琴手早已跨前一步，优雅地拉起了小提琴。然而这时，意想不到的事情却发生了。

第三头狮子居然毫不买账，它先是朝小提琴手咆哮，然后张开血盆大口，朝他狠狠咬去。

这下，前面两头狮子不干了，冲第三头狮子瞪眼怒斥道："你为什么咬这位音乐家？难道你不想欣赏美妙的音乐吗？"

第三头狮子不满地叫道："谁让他演奏的是古典乐，我爱摇滚乐！"

金口难开

□黎　静

有对夫妇老来得子，便把儿子宠上了天，不管儿子想要什么，他们都会满足。然而事与愿违，儿子却什么也不要。为啥？因为儿子今年五岁了，还不曾开口说话。

于是，这对夫妇赶紧到最好的医院，请最权威的医生，用最先进的仪器给儿子看病。好一通折腾之后，医生两手一摊，说：“这孩子没什么毛病。但他为什么不说话呢？”

医生苦思冥想片刻，又指了指自己的脑袋轻声说：“也许他脑子有问题，没有意识到自己会讲话。”

“你脑子才有问题呢！”孩子母亲马上气呼呼地顶了回去。

“不对啊，”孩子父亲也说，“我儿子看书、写字，都好好的呢。”

很快一年又过去了，孩子就要上小学了，可不管大人使什么招儿，他就是不开金口。

这天，母子俩坐在桌旁，闷声不响地吃着饭。妈妈先不管自己，忙着伺候孩子吃饭、喝汤。突然，那孩子用筷子敲起了碗。

“宝贝，你这是怎么了？要加饭？要吃菜？”但不管妈妈怎么问，孩子就是不停地敲着碗，还越敲越急，越敲越响。“乖儿子，你别吓唬妈妈呀！”眼瞧着孩子憋红了脸，妈妈不由急得满头大汗！

半晌，儿子却开口了：“妈！”

妈妈听得目瞪口呆，好半天没回过神来。“开口啦！你终于开口啦！”她一把抱住孩子，哽咽起来，“好儿子，原来你会说话啊，那以前你为啥一个字也不说呢？”

孩子闻言平静地说：“你们把我照顾得太周到了！我想要的东西，你们都给我了，即便我没想到的，你们也早早替我备好了。这样，我还有啥好说的？”

好半天，妈妈才想起来问：“宝贝，那你刚才为啥说话？”

“今天汤里忘记放盐了！”

472 2010 SEMIMONTHLY 上半月刊

欢迎登录本刊主办的“故事中国网”（www.storychina.cn）

笑话12则 …………………… 橙子星等 4

民间故事金库

做人还是本分些 …………………… 康靖儿 8

第一推荐

血液测试之后 …………………… 12

中国新传说

摸秋 …………………… 方冠晴 15

摆不脱的话费 …………………… 韩国成 21

那一块旧伤疤 …………………… 肖红亮 26

“蜘蛛精”和一百双鞋垫 ………… 王　辉 31

背上开花 …………………… 时英友 36

故事中国网文精粹

要命的手势 …………………… 向曙红 40

编读聊天室 …………………… 44

阿P系列幽默故事

阿P得奖 …………………… 左怀利 45

新新聊斋

请你住店 …………………… 谢丰荣 49

我的故事

把你的秘密告诉我 …………………… 张晓晖 53

银手指·金点子

三个愿望 …………………… 57

情节聚焦

回家的车票 …………………… 曾子建 59

最公平的不公平 …………………… 李景香 83

法律知识故事

比比谁更亮 …………………… 瓦　蓝 63

海外故事

这个工作真奇怪 …………………… 戴彦杰 65

中篇故事

有些路不能走 …………………… 梅永远 68

外国文学故事鉴赏

谁最聪明 …………………… 79

幽默世界

《倒霉的名字》等4则 ………… 韩春玲等 87

本刊信息传真

…………………… 25

STORIES

2010年10月

上半月·红版

社　长、主　编：何承伟

常务副主编：吴　伦

副主编：姚自豪（上半月·红版）

副主编：夏一鸣（下半月·绿版）

本期责任编辑：叶小萌

电子邮箱：xiaomeng.ye@gmail.com

红版发稿编辑：

姚自豪　郑继文　吕　佳　李天然（见习）

美术编辑：李宝强

电脑制作：郭瑾玮

通　　联：归依玲

本社办公室电话：021-64375030

上半月刊编辑部电话：021-64332325

下半月刊编辑部电话：021-64336469

（上海市绍兴路74号　邮编：200020）

主管、主办：上海文艺出版（集团）有限公司

出版单位：《故事会》编辑部

发行范围：公开

制作、发行总监：张　凯

电话：021-64313938

广告业务：上海故事会文化传媒有限公司

广告总监：张　淮

广告业务：021-34010383

广告投诉：021-64333738

广告经营许可证

沪工商广字3100320080016号

发行：中国图书进出口上海公司

·笑话·

球星签名

有一个英国球迷，在一次比赛中，得到了一位著名球星的亲笔签名。第二天，球迷又来索要签名，那球星疑惑地说：“我记得，好像已经给你签过名了。”

球迷激动地说：“是的，不过，我还想要一个。”粉丝如此热情，那球星也很高兴，他立即签好了名，说：“其实有一个签名就够了，你不需要那么多。”球迷非常固执地说：“不，我以后还要你的签名。”

那球星感动极了，问道：“为什么？”球迷说：“因为朋友跟我说好，只要有八个你的签名，就可以换一个贝克汉姆的签名了。”（橙子星）

（本栏插图：包丰一）

骚扰电话

办公室里新来了一个漂亮的MM，不知怎么的，从此后骚扰电话就不断了，正当大家一筹莫展时，隔壁办公室的小娟说：“我有办法。”

小娟先让他们办公室将电话摘机半天，下午，电话刚放好，铃声就响了起来，小娟通过来电显示确认是骚扰电话后，接起电话，用普通话说：“谢谢您的耐心等待，此电话已改为声讯台，如果您想找人聊天请按1，如果您想求医问药请按2，如果……”

没等小娟说完，对方已吓得挂了电话。（秋　树）

咨询

小林在一家银行大厅里负责处理转账业务，每天要接待很多人，而且有一些人总把他这儿当成咨询处，弄得小林不胜其烦，于是小林做了个“非咨询处”的牌子放在桌子上，心想：这样总该好些了吧？

不料第二天开门，每个前来咨询的人都先走到小林的桌前，问道：“请问，咨询处在哪儿？”（刘　立）

终于派上用场

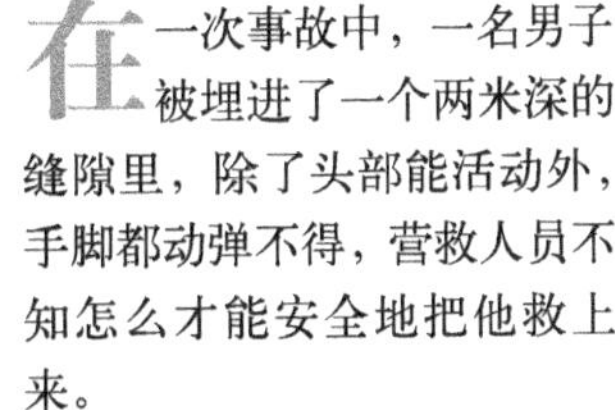

在一次事故中，一名男子被埋进了一个两米深的缝隙里，除了头部能活动外，手脚都动弹不得，营救人员不知怎么才能安全地把他救上来。

这时，那男子说“只要抓住我的一只耳朵，就能把我拉出来。”

营救人员无计可施，只好照做了，男子果然奇迹般地被救了上来。

现场记者问那男子：“你的耳朵怎么会有那么大的力量？”

男子苦笑着说“锻炼出来的。平时在家里，老婆一不顺心，就扯我的耳朵。”（郭卫阳）

肚子疼

舅舅带小外甥上街溜达，刚走到闹市区，小外甥就嚷嚷说肚子疼，要拉屎。这城里可不比乡下，哪能想拉就拉，得找厕所呀!

于是舅舅就赶紧拽着小外甥往前面走，可走了没多远，小外甥突然手指着前方，喊了起来：“那不是厕所吗？”

舅舅顺他手指的方向一看，那是一家药店，便说不是厕所，小外甥一听急了，大声说：“咋不是厕所？你没看见门上写着‘拉’吗？”

（吴水群）

挑小不挑大

有个女孩第一次去菜市场买黄鱼，因为没经验，就跟着别人买。她看到一位中年妇女尽挑个小的黄鱼，而且一看那人就是经常买菜的，于是女孩也跟着，挑了两斤个小的黄鱼。

结账的时候，中年妇女问女孩：“你的快餐店生意好吗？”女孩觉得莫名其妙：“谁说我是开快餐店的？”

妇女一脸疑惑“你这人真怪，不开快餐店，和我抢小的干吗？”

女孩不解地问：“开快餐店就要挑小的？”

妇女说：“还不是吗？一份套餐里要放一条鱼，当然要挑小的买。”

（江水碧）

·笑话·

告 密

儿子四岁，十分顽皮，晚上父亲打了他一顿。第二天早上，父亲出门时，被保安叫住了：“你打孩子了？”父亲一惊，他怎么知道的？门卫指指车屁股，上面贴了张纸条，原来是儿子告状了。

父亲到了办公室，同事一见就冲他笑：“你打公子了？”父亲一愣，他也知道？同事朝父亲的公文包指了指，原来包上被儿子贴了同样的纸条。

父亲下班后，去了岳母家，刚脱去外套，岳母就冲他嚷起来：“你这臭小子，怎么能动手打宝宝呢？”岳母一把从他的毛衣背后撕下一张纸条，纸条仍然是儿子留的，上面写着几个字——88打wo了。（李彦峰）

没打招呼

有一个少妇，想买一枚钻戒，因为价格昂贵，怕老公不答应，于是姐妹给她出了个主意：到了首饰柜台前，先跟老公说好，只试戴不买，戒指戴上去后假装取不下来，到了那时候，老公只能乖乖掏钱了。

当天，少妇拉着老公到了首饰店，在柜台前如法炮制。

老公果然松口了：“取不下来怎么办呢？那就买下吧。”

营业员听了，把少妇拉到一边，小声说：“这个方法很成功，很多女人都尝试过，不过，你得先和我打个招呼才行呀！”

少妇问：“为什么？”

营业员说：“你戴的是样戒，上面镶的不是真钻石，要是事先打个招呼，我就拿真的给你戴了。”

（张金平）

青春的流逝

丈夫新婚没多久，却常常很晚回家。这天深夜，他回到家后，发现桌上的饭菜很不新鲜，就斥责妻子：“你炒的这青菜能吃吗？蜡黄蜡黄的。”

妻子立刻回答：“你经常回家这么晚，当然不会知道，它们在我的锅子里也曾经‘青春’过。”

（橙子星）

遗产分割

老人临终前给三个儿子分配遗产。他对大儿子说：“老大，你媳妇快生小孩了，我把存折留给你。”大儿子感动地点点头。

接着，他对二儿子说：“老二啊，你马上就要结婚了，我把房子留给你。”二儿子同样感动地点点头。

最后，他对小儿子说：“老三啊，我最不放心你了，你到现在还没个女朋友，爸爸就把最宝贵的遗产留给你吧。”

小儿子心中窃喜，问：“爸爸，您要留给我什么啊？”

老人说：“我要把QQ号给你，好友栏里有一百多个年轻姑娘。”

（王灿海）

坐同一桌

有个年轻人去饭店吃饭，结账时拿到两张50元的消费券，消费券上有时间限制，而且规定每桌一次只能使用一张券，年轻人觉得很麻烦，就把券送给了同事。第二天，同事喜滋滋地对年轻人说：“昨天我去那家饭店吃饭，五个人才掏了70多块钱，多亏你那两张券。”年轻人吃惊地问：“两张券你一次全花了？”

同事自豪地说：“那当然。我们三个人坐一桌，另外两个人一桌。”年轻人不屑地说：“分开吃，多没气氛。”

同事神气地说：“我们这桌点完菜后，立即打包埋单，把券花出去后，拎着菜转身就坐另一桌去了。”

（李彦峰）

封条

丈夫出差回到家，突然见家里的门上贴着封条，顿时吓出一身冷汗，再仔细看看封条上的红色印章，却怎么也看不清楚。丈夫忙给妻子打电话，妻子低声说：“我正在开会，你撕了封条就可以进去了。”

晚上，妻子回到家，丈夫追问到底怎么回事，妻子说：“早晨找不到钥匙，没法锁门，又急着去开会，急中生智自写封条，找了个瓶盖盖了一个章——防贼进门。”

（植物女子）

做人还是本分些

□康靖儿

七里铺有户张姓人家，家有一女，名叫翠儿，年方十八。俗话说“一家有女百家求”，这话一点也不假，正因为翠儿长得模样出众，弄得方圆十里的年轻后生们梦寐以求，纷纷请媒婆前去求亲，其中也有不少是富家子弟和官宦人家，却都被张家拒之门外。

张家是七里铺的外来户，不过举家迁徙到七里铺倒是有些年头了。张老太早年丧夫，孤儿寡母相依为命，自己是既当爹来又当娘，一手将翠儿抚养成人，心有不舍，也在情理之中。

这天，张老太突然放出话来，说要开门招婿，不过开出的两个条件却简单得出奇：一是要学得一门手艺，不论旱涝都可度日；二是为人要本分，能够好生对待翠儿。一时间，前来说媒的媒婆几乎踏破了张家的门槛，最终，张老太选中了其中两人，一人是东庄的厨师福生，这后生不仅长得白净，而且聪明好学，厨艺出众；另一人是西庄的窑匠二奎，此人长得黑不溜秋，少言寡语，老实巴交，八棍子都打不出一个屁来。

经过媒婆牵线搭桥，张老太给两位后生提出了同一个要求，说是想尝一尝天台山上的莲藕，要求他们明天亲自去一趟天台山，亲手采些莲藕回来，然后来到张家，用各自采回的莲藕亲手做道滑藕片，待张老太亲自品尝之后，再谈求亲之事。

第二天午后，东庄的福生浑身是泥，背来一袋莲藕，洗了洗手和脸，他

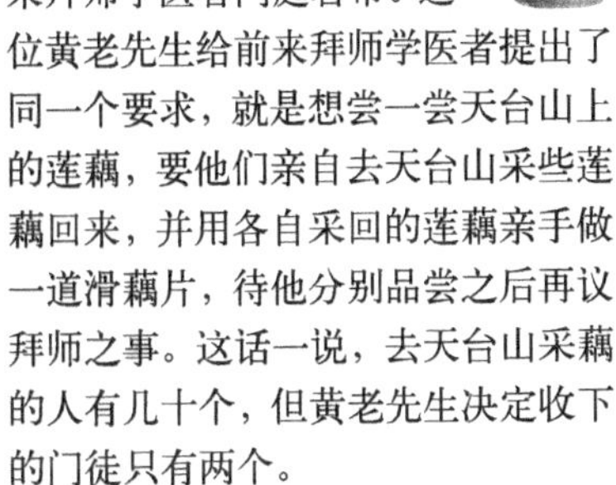

便亲自下厨做菜。说起做菜，当然是福生的拿手好戏，不过，这次做菜非同小可，福生不敢大意，几乎使出了吃奶的本事，做了一道色香味俱全的滑藕片。

至于西庄的二奎，他是直到黄昏时分才背来了一袋莲藕，不过，他浑身上下却是干干净净。按照张老太的吩咐，二奎也亲自下了厨，可他毕竟不善厨艺，做的滑藕片让人一看就没了食欲。

张老太尝过两人做的滑藕片后，没说谁好谁差，只是嘱咐他们回家静候消息，若是谁被相中为张家未来的女婿，三日之内必会让媒婆报个喜讯。

三天时间，对于两个后生来说，简直是度日如年。三天后的一大早，媒婆急急忙忙来到西庄二奎家报喜，大伙一听全傻了，尤其是福生，原本是信心满怀、志在必得，得知消息后一百个不服气，自己论手艺有手艺，论长相有长相，论口才有口才，哪一点不比他二奎强?

情急之下，福生来到张家讨要说法。张老太见了福生，并没有急于解释她这次择婿的理由，而是语重心长地给福生讲了个故事——

以前，黄安县城最大的药房名叫普济大药房，店主黄老先生，膝下没有一儿半女，所以，年过古稀的时候，黄老先生毅然决定招收一个门徒以继承家业，消息传出，一时前来拜师学医者门庭若市。这位黄老先生给前来拜师学医者提出了同一个要求，就是想尝一尝天台山上的莲藕，要他们亲自去天台山采些莲藕回来，并用各自采回的莲藕亲手做一道滑藕片，待他分别品尝之后再议拜师之事。这话一说，去天台山采藕的人有几十个，但黄老先生决定收下的门徒只有两个。

福生好生奇怪，他忍不住打断了张老太的讲话:“请问天台山的莲藕有什么特别之处吗？”

张老太呷了一口茶，不慌不忙地解释说:“其实，天台山的莲藕并没有什么特别之处，只是别处产的莲藕都

是七孔或九孔，唯独天台山上产的莲藕是十一孔。在中医里，十一孔莲藕被认作是一剂药方，性凉味苦，主补中焦，养神益气，是降火、止泻的上好偏方。也许一般人、甚至就连你们当厨师的都不会留意天台山的莲藕到底有几个孔，但黄老先生是中医世家，他当然知道哪种莲藕才是真正产自天台山，为了招收一个本分、忠厚之人继承黄家的医术，黄老先生才使出了这个办法。”

福生反驳道：“可是那天二奎带来的尽管确是天台山的莲藕，但也不能就此断定是他亲自上天台山采挖的呀，况且他全身上下没见一点泥，说不定是在菜市场上买来的呢？”

张老太笑了笑，说：“天台山离这里近二十里地，山高路远，车马不通，来回一趟也得一天的光景，而你却在午后就赶回来了，这怎么可能呢？天台山山高水恶，所产的莲藕性凉味苦，稍显酸涩，是很少有人用来做菜的，所以菜市场上很难买到。二奎从天台山采藕回来后，因为满身是泥，便回家换了衣服，但他的双手十指都呈紫色，这便是采藕留下的印迹。”

福生听了，顿时羞愧难当，因为那天他根本没有去天台山，而是午后随意在菜市场转了转，花高价买了一袋上等好藕。为了证明莲藕是自己亲自采挖，他故意浑身上下弄了些泥巴，没料到还是被张老太一眼识破。

张老太继续讲着黄老先生招学徒的故事：“其实，那天只有后来被招收的小徒弟采来的才是天台山的莲藕，其他前来拜师的，都是在菜市场买来的莲藕，但黄老先生见其中有一人品貌出众，聪颖过人，最后还是宽恕了他，破例将他招收为大徒弟。于是，师兄弟俩便跟着黄老先生学医，几年以后，黄老先生因病卧床，弥留之际，他决定将苦心经营的普济大药房一分为二，由两位徒弟分别继承。黄老先生辞世后，师兄弟俩便在城南、城北各自开了一家普济大药房。小师弟为人忠厚，待人诚恳，从不胡乱开药。而大师兄秉性不改，开药时短斤少两，用贵重药物时以假乱真，最后闹出人

命，吃了官司，病死狱中，后来，他的妻子变卖家当，带着尚未成年的女儿迁至乡下，买了几亩薄田，隐姓埋名，聊以度日，然而当今县城里最为红火的药房仍旧是普济大药房，店主仍是那位小师弟。"

"那位大师兄就是翠儿的父亲……"说到这里，张老太已是泪流满面，"翠儿的父亲临走前，再三叮嘱老妇，待翠儿长大成人，一定要给她找个为人本分的夫婿。"

就这样，翠儿最终果然和西庄的窑匠二奎成了婚。二奎虽然不善言语，但憨厚勤劳，小日子虽然谈不上富贵，过得倒是滋润。东庄的福生觉得二奎简直是走了狗屎运，心里一直愤愤不平，便存心找茬想整一整二奎。

一天，二奎挑着一担陶器来到东庄叫卖，福生说想买一只夜壶，恰好二奎当时挑的陶器里唯独没有夜壶，便答应下次一定给他捎来。所谓夜壶，就是男人晚上解手用的陶制尿壶，有点像陶制茶壶，一边有个把柄，一边有个壶口。

没过几天，二奎专程给福生捎来了一只夜壶，谁知福生看了看夜壶，嫌壶口太小，不要，说是要定制一个壶口大点的。二奎是老实人，果真烧制了一只大口夜壶，结果福生看了还是嫌壶口太小，希望再定制一个壶口更大的……如此三番五次，其实，福生压根儿就没打算买夜壶，他只是想捉弄二奎而已，结果夜壶烧了一个又一个，一个比一个大，烧制了几十个，全是超大口的夜壶！

二奎每次挑着担子走村串户，常有人指着那超大口的夜壶拿他开涮："二奎呀，你做个夜壶弄这么大一个口，谁用合适呀？哪会有人买呀？"二奎也只能如实告之："那是东庄福生定制的。"

自此以后，凡是福生相中了哪家姑娘、请媒婆前去求亲时，人家都像回避瘟神似的一口回绝。后来，福生打了一辈子光棍，但他一直没弄明白：自己咋就这么命不如人，连个媳妇都讨不上？

（**题图、插图**：安玉民　梁　丽）

血液测试之后

萨姆是一名销售经理，那天，他参加完酒宴后，便开车回家。途中，一辆警车拦住了他，原因是他的一个尾灯出了故障，警察走到他跟前，闻到他身上有一股酒味，要求他接受呼气测醉试验。

萨姆对着酒精测定仪吹了一口气，结果为阳性。

警察看着萨姆，问道："今晚你喝了多少酒？"

萨姆带着醉意，说："哦，警官，没喝多少，我就喝了一瓶葡萄酒，还有几杯杜松子酒和奎宁水……外加白兰地，也就两三杯白兰地，就这么多。"

"我明白了。"警察说，"能看看你的驾照和保险吗？"

萨姆怎么也找不到，警察于是把他带到了警局，让他待在一个小房间里，关上门走了。

萨姆在房间里坐下来，这时，酒已经醒了一半，他突然想起自己的新车，又想到如果酒后驾驶，驾照就会被吊销一年，更麻烦的是，如果没有了车，他怎么去做销售、见客户呢？想到这里，他懊悔不已。

就在这时，房间的门开了，两个大块头警察把一名男子推进了房间。这个男子穿着件T恤衫，T恤上写着："我恨熊！"上面画着一头熊，熊身上还戴着警盔。

警察关上门走了。穿T恤的男子抬脚踹门，然后把椅子摔到墙上。萨姆看着他，害怕起来，他可从来没有和罪犯关在同一间屋子里，而且那人看起来非常粗暴，萨姆挪了挪身子，坐在角落里，不想理会那个人。

可是，这时，那男子转过身，端

详着萨姆，却问道：“你好，先生，你犯了什么罪？”

萨姆垂着眼，轻声答道：“呃……酒后驾驶。”

男子表示同情地说：“噢，天啊！你的驾照喝丢了哟！还要支付约200英镑的罚款！”

萨姆垂头丧气地说道：“我知道，你呢？”

男子露出一脸的愤怒：“我？啥事也没有。我在街上散步，看见一群男子在群殴。后来警察赶到，抓了十几个人。他们抓我，是因为我的T恤，所以我被他们抓进来了！”萨姆说：“你比我还可怜。”

那男子想了想，又说：“我没有参与打架，他们查清楚了，明天一早，就会放我走的吧。”

萨姆听了，转而又露出欣慰的神情，不过想到自己要被吊销驾照，他又唉声叹气起来。

这时候，门又开了，进来一位警察，对着房里的人说：“萨姆，等会法医会给你来验血。”说完，把门关上了。

萨姆面色凝重，坐在角落里，一声不吭。

那男子看了看萨姆，说：“我有个主意，这几天我一滴酒都没沾，法医也不认识你，让他抽我的血去化验如何？”

萨姆听了一惊，立刻拒绝：“绝对不行！这……这……要不得的！”

那男子说：“想想吧——你的驾照，你的车，还有你的……”

萨姆接着说：“我的饭碗。”

那男子拍拍萨姆的肩膀，说：“你给我10英镑，让我假冒你验血，怎么样？”

萨姆想，如果让他验血的话，自己的车、自己的驾照和工作就可以安然无恙了，但是如果被查出问题来，后果岂不是更严重吗？萨姆犹豫不决起来。

就在这时，门被打开了。一个男人拎着黑包走了进来，然后从包里拿出了验血的器材，显然这个男人是一位法医，他是来给萨姆验血的。

他看了看房里的两个人，问道：

“哪一位是萨姆先生？”

穿T恤的男子立刻答道：“我是。”而萨姆却一言不发，睁大双眼，呆呆地看着他。

法医说：“好，你到这来。”

那名男子走过去，法医给他做了血液测试，然后看了看结果，对他说：“好了，回家去吧。”

“谢谢你，医生。”那男子回头又对萨姆说道，“哦，再见，伙计。祝你好运！”说完，法医与那名男子一起走了出去。

萨姆想把他们喊回来，但他没有。他明白，自己和穿T恤的男子换了身份，他明天早上就能出去了，于是，他安心地趴到桌上，睡着了。

第二天，等萨姆一觉醒来，一名警察站在他身旁，问：“你就是洛马克斯？”

“洛马克斯？”萨姆犹豫了一下，说：“呃……是的，我可以回家了吗？”

警察一脸严肃，说道：“回家？你还是去蹲监狱吧！”

萨姆惊呆了，他不明白自己做了什么事，于是问警察：“可是……我犯了什么罪？”警察气愤地看着他，恨恨地说：“拉倒吧，洛马克斯！你偷了一辆车，砸了一家珠宝店的窗户，撞了一辆警车，打了三名警察！你会在监狱里待很长时间的！”

萨姆一愣，脑袋里一片空白：“等等，请让我解释……”

三小时后，萨姆嘴里嚷着的，还是这句话。

（**翻译**：周家斌；**推荐者**：陈　雄）

（**题图、插图**：田　红）

红版编辑部各编辑邮箱：

姚自豪：yaobianji@126.com；
郑继文：zjw002@vip.163.com；
吕　佳：lujia411@yahoo.com.cn；
叶小萌：xiaomeng.ye@gmail.com；
李天然：chin_poet@163.com。

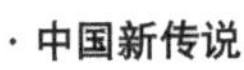

摸秋

□方冠晴

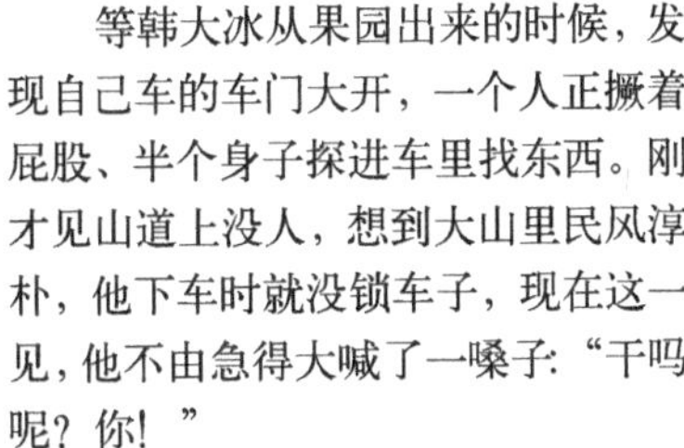

什么叫摸秋

现如今，农村人拼命往城里挤，城里人呢，不论有事没事，一到双休日自然往乡下去了。韩大冰是家果汁厂的厂长，这天周末，他开着小车，在乡间欣赏风景，转着转着，忽然，他发现山上有一个果园，由于职业的习惯，看到果园，他就想停下车，去果园里尝尝鲜。

等韩大冰从果园出来的时候，发现自己车的车门大开，一个人正撅着屁股、半个身子探进车里找东西。刚才见山道上没人，想到大山里民风淳朴，他下车时就没锁车子，现在这一见，他不由急得大喊了一嗓子："干吗呢？你！"

他这一喊，那人头都没回，抽身就跑，手里还抓着一只黑色的皮包，那包，就是韩大冰放在车里的，包里装有手机、信用卡，还有2000元现金。

这还得了，青天白日，这不是明抢吗？韩大冰拔腿就追，但那家伙显然是山里人，习惯走山道，上蹿下跳，像兔子似的奔跑，转眼间消失得没影了。韩大冰放眼望去，在那人消失的地方，绿树掩映下，露出几间青砖红瓦的屋子来，是一个村落。

"跑得了和尚跑不了庙！"韩大冰"哼"了一声，锁好车，就大步流星地往那村子里赶去。

村子不大，也就二十来户人家。在村口，迎面碰见一个赶着一群羊的老汉，六十来岁，戴着一顶破了边的遮阳帽。韩大冰气呼呼地将发生的事跟老汉说了，问他有没有看见一个拿小黑包的人进村。哪知道老汉一听就激动起来："你说什么？你说有人抢你的包，还进了咱村寨里？你这不是埋汰我们金窝寨人吗？我们金窝寨穷是穷，但民风可好了，大家都老老实实，本分做人，怎么可能有人做抢东西的缺德事呢？不可能！"

见老汉这么武断，韩大冰也没了好口气，问："怎么不可能？就是有人抢了我的包，还跑进了这个村子，难道我讹你们不成？"

老头眯缝着眼睛，问："那你告诉我，那人长什么模样？"

"模样我倒没看清，我只看到他的背影。"

老头皱着眉，说"你只看到他的背影，怎么算抢呢？人家背对着你怎么抢？那就只能算是偷了。我说呢，我们寨子民风那么好，怎么可能有人去抢呢？"

还有这样强词夺理的吗？这老汉真是煮熟的鸭子，嘴硬！

韩大冰气得反倒笑起来，问："偷与抢有区别吗？"

"那区别可大了。"老汉不慌不忙地从腰上取下别着的长烟杆，揉上一撮烟，点上了，这才说："偷嘛，就合理了，你远来是客，衣着光鲜，不偷你偷谁？"

韩大冰气坏了，为老不尊啊，一把年纪的人了，竟然说出这样的话，他怒道："你说这话是什么意思？偷是合理的？我衣着光鲜就该被偷吗？你这寨子是贼窝啊，没有道德准则吗？"

老汉笑了起来："年轻人，别生气，你听我将话说完，我所说的'偷'，可不是你理解的那个'偷'。我所说的'偷'，在我们这里不叫'偷'，叫'摸秋'。"

"还摸秋呢！"韩大冰嗤之以鼻，"就是叫'摸冬''摸春'也是偷！当婊子立牌坊，偷了人家东西就是偷，还什么'摸秋'呢！"

老汉不急不躁，将羊鞭往地上一插，索性在旁边的磨盘上坐下了，说"小哥你别急嘛，听我解释，那真的不是偷。"他一五一十地向韩大冰解释起什么叫摸秋来，解释了老半天，韩大冰总算明白了个大概：

原来，金窝寨有个传统习俗，就是谁要是羡慕别人地里的庄稼长得好，到秋收的时候，就可以趁主家不注意，偷偷地到地里去偷人家的庄稼，寓意是说，将人家这么好的庄稼偷到自己家来了，明年丰收的好运就会降临到自己家里，这个习俗就叫"摸秋"。摸秋的习俗还有一个讲究，就是，丢了庄稼的主家要寻，寻找是谁摸了自己的秋，寻到了，摸秋的人家要请主家吃饭，然后才将摸秋来的东西完璧归赵，送还给主家，这样，来年主家和摸秋者才会都有好收成。这种习俗传到现在，有些演变了，人们不仅仅羡慕别人地里的庄稼好，更羡慕别人有钱，所以现在的摸秋不仅仅是“摸”人家地里的庄稼，也“摸”些别的东西，譬如韩大冰放在车里的包……

韩大冰云山雾罩地听着，渐渐听出了个中的道道，问：“你的意思是说，人家拿走我的包不是偷，是人家羡慕我，来‘摸’我的‘秋’，最终，他还是要将我的包还给我？”

老汉一拍大腿：“对啰！你是城里人吧，脑子就是透亮，这不就明白过来了嘛？”

明白是明白过来了，韩大冰问：“但是，那‘摸秋的’要什么时候将包还给我呢？”

“你急什么嘛，我不是跟你说了，按照习俗，你得先找到那个摸秋的人。”

本来心情已经放松下来的韩大冰又急起来：“找到人家？我连人家的面相都没见到，怎么找？”

老汉微微笑了：“也是，你人生地不熟，哪里找去？罢了，我索性告诉你吧，摸秋的，是我那儿子喜田，你就随我去家里吧。希望你能将好运带给我家。”

白摸一趟秋

老汉的家在寨子的最西头，三间低矮的民房，屋内摆设陈旧而简陋，他说按照习俗韩大冰得在他家吃饭，安顿韩大冰在屋内坐下后，便去外面寻他的儿媳妇回来做饭。可别说，真到吃午饭时间了，韩大冰也感觉有些饿了，就耐着性子等着。

喜田媳妇不一会儿就回来了，灶上灶下地忙碌，一桌饭菜很快就做好了，虽说算不得丰盛，但可以看出，已经是倾尽家里所有了。喜田媳妇陪着韩大冰吃饭，却始终不见老汉和他的儿子喜田露面。直到饭吃过了，老汉才从外面赶回来。

韩大冰吃过饭正要急着赶路呢，便请老汉将他的包还给他，老汉一听不高兴了："你这小哥怎么这么着急？按照我们这里的习俗，你还得在我家住一宿。"

怎么又要住一宿？韩大冰不乐意了，他是真没时间。他只得向老汉解释，明天要上班，今晚得赶回去。

他这一说，老汉理解，但还是央求："按照习俗，你得在我家住一宿，这摸秋才灵验，你要不住，我儿子不是白白摸了一趟秋？你就好人做到底，帮帮忙吧。"

韩大冰是真的不能住，他开出价码让步了："这样吧，我不让你们白摸了一趟秋，我那包里有2000元现金呢，我不要了，给你们，你们只要将我的手机和信用卡还给我就行。"

一听这话，老汉生气了，眼睛瞪得溜圆，嚷开了："你这说的叫什么话？你将我们看成什么人了，好像我们贪你那点钱似的，那样我们不真成小偷了？放心，我们不贪你任何东西，包我一定会还给你，但得过了今晚！"

韩大冰也动了气："你这是强人所难！我告诉你，我现在就要我的包！你要是不将我的东西还给我，我可以告你们！"

见两个人顶起牛来，喜田媳妇只得上前打圆场，她可怜巴巴地望着韩大冰，说："大哥，你别生气，确实是我们不好，打扰了你，但我们也是没法子，你都看到了，我家有多穷，我家里人做梦都想改变现在的生活状况，能够发家致富，但我家这两年运气不好，前两年养鸡吧，碰到了禽流感，几百只鸡全死了，亏大了，今年养羊吧，又被狼叼去好几只，这不，我家喜田才想到摸你的秋，想沾沾你的好运气。要说这摸秋的习俗不一定能灵验，但这也是我们想过好日子的一份愿望呗，你就做做好事，让我们对好日子有点盼头吧。"

面对喜田媳妇那充满期待的目光，韩大冰有些不忍心了，自己也是过过苦日子的人，知道人在贫穷时对富有和幸福的向往是什么滋味，自己就真的忍心打破人家的那一点点梦想吗？罢了，不就是一下午和一晚上的时间吗，权当在这山村里散心了！

他最终让了步，答应在老汉家住一宿，老汉和喜田媳妇顿时欢天喜地起来。

下午闲着没事，韩大冰将车子开到村口停妥，便绕着村寨转了一圈，这金窝寨确实是个穷山寨，如今全国大多数农村地区都盖起了楼房，独独这金窝寨全是青砖红瓦的低矮民房，一间像样的楼房都没有。他又去寨子后面的山坡上转了转，几百亩的山坡荒着，杂草丛生。

韩大冰百无聊赖地混过了一下午的时光，到晚上，又在老汉家歇下了，老汉和他的儿媳妇热情款待他，晚饭后，韩大冰还是没见到老汉的儿子喜田。老汉解释说，这也是习俗，摸秋的人是不能和被摸的人见面的，他儿子躲外面去了。

真正的金窝

好不容易捱过一晚，天一亮，韩大冰就起床了，这下他可以拿上包离开了吧。

是可以离开了，老汉早已在堂屋里候着，见了他就递上了他的皮包，皮包完好无损，韩大冰打开包一清点，里面啥东西都不少。老汉这才送韩大冰出门，临分手，说了很多感激的话，说要是今年他家翻身了，日子过好了，他一定不会忘记韩大冰给他带来的好运等等，还请韩大冰今后一定再来金窝寨做客。

韩大冰敷衍几句就走了，他穿过寨子往村口走，经过寨子中央的祠堂门口，他发现祠堂的墙壁上贴着一张白纸，像大字报似的，纸上用毛笔写满了字，字迹歪歪扭扭，却粗重醒目，他一边继续往前走，一边不经意地瞟了两眼，就这两眼，他再也迈不了步了，驻足观看起来。

纸上是这样写的：

乡亲们，我今天下午一家家问过了，谁都不承认偷了韩老板的包。大家有没有想过，咱们金窝寨穷是穷，但祖祖辈辈没出过贼，可现在却出了这样的事，咱们金窝寨还抬得起头来

吗？我知道那个偷东西的人一定是咱寨子里的人，大概那人不好意思承认，也有可能舍不得把包交出来，要不这样，今天晚上，我在背后山坡上拴上我家的两只羊，你将那两只羊牵走，将韩老板的包挂在拴羊的树上，这样没人知道你是谁，韩老板的包里只有2000元现金，我的羊也能卖这么多钱，算我跟你换了……

韩大冰愣住了，这么说，自己的包还是被人家偷走的，根本没有什么“摸秋”。

他正在发愣呢，就听身后有脚步声，他一回头，就见喜田媳妇和老汉双双跑了过来，他俩一见韩大冰，顿时收住了脚步，看看韩大冰，再看看墙上贴着的“告示”，两个人双双脸红了。

老汉低下了头，再抬起头来时就一脸尴尬，嗫嚅着说：“等你出了门时才记起来这张纸没揭，所以就赶来了……看来还是来迟了啊，你现在都……让你见笑了。”

韩大冰双眼一眨不眨地盯着面前的这位老人，问：“没有什么‘摸秋’的说法对不对？拿走我的包的根本不是你的儿子喜田！”

“不是我的儿子喜田，喜田在深圳打工呢，不在家。”老汉直挠头，“不过，摸秋的习俗倒是真的有，只是，摸秋只‘摸’瓜果，不‘摸’别的。我不是想留住你、为你找回包吗，所以就……但是请你相信我，我们寨子的民风是好的，以前真没出现过偷东西的事，这是第一次。这次我说的是真的，没骗你。”

韩大冰郑重地点点头，说“我相信。”

喜田媳妇也走上前来，说“我爹贴出这张纸之后，晚上人家就将你的包交出来了。而且，那两只羊人家并没牵走。这说明，那个偷包的人也是一时糊涂，他最终还是没有贪财不是？”

韩大冰相信，这话也是真的，高尚的道德是能够影响人和改变人的。就在这一刻，他做出了一个重大的决定，他要在金窝寨投资，在山上开发一片绿色果园，有了这些淳朴的村民，再加上自己精湛的技术，韩大冰相信，不出五年，金窝寨就能真的成“金窝”了。

（题图、插图：刘斌昆）

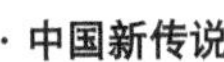

摆不脱的话费

□韩国成

张国龙是县老干部局的一名干部，他儿子是县党校的一名老师，最近，县里要招录副科级干部，考试的试卷就是他儿子牵头出的。因为这次考试非常重要，他儿子和其他出题的老师都被“关”了起来，于是，那些找不到他儿子的熟人、朋友就回过头来找张国龙，用迂回战术，希望弄到题目。

张国龙是个原则性很强的人，知道这些熟人的用意，他怕啊，让他找儿子，说出题目，那可是泄露国家机密，所以啊，他躲在亲戚新买的房子里，闭门不出。那些熟人找不到张国龙，就打他的手机，张国龙为难了：接吧，怕说漏嘴，不行；不接吧，得罪人，也不行，唉，怎么办呢？

张国龙的老婆叫大翠，她见张国龙盯着“嘟嘟”响的手机没辙，立刻呵斥起来：“一点小问题就把你难住了？”张国龙嘴巴硬，反击老婆：“就你能！他们要打，我有什么法子……不过，这倒是怪了，按说，我是他爹，可你是他妈啊，他们为什么光打我的手机、不打你的？”

大翠瞪了张国龙一眼，说：“一、我没有那么多的狐朋狗友；二、我的手机卡是新卡，号码外人不知道；三、最主要的是——我的手机该缴费了，可我故意不给手机缴费，这样，我的手机便停机了。”大翠鼻子里“哼”了一声，又去电脑前，在键盘上敲击了一番，然后跑到张国龙身边，说：“从现在起，我给你的手机安装个紧箍咒，你不用关机，你的手机不会再响了。”大翠说完，要去上班，交代张国

龙：如果有事情找她，就打她的小灵通。

大翠走了，张国龙瞪着两个眼珠子瞅着，等着手机响，可他整整等了一下午，一个电话也没打进来，一直到晚上，手机都没响，张国龙总算可以睡个安稳觉了。明天下午五点，考试就结束了，张国龙只要再熬一天就解放了。

第二天，大翠去上班前，笑嘻嘻地说："等考试一结束，我就把你手机上的紧箍咒解除，你的手机就又会响了。"张国龙待在家里，整整一天，手机都没响。到了下午考试结束的时候，手机突然响了，张国龙一看，是一个铁哥们来的电话，他赶紧接听，铁哥们在电话里破口大骂："混蛋！早不欠费晚不欠费，关键时候掉链子了？"

张国龙赶紧赔不是，问怎么了，铁哥们说自己的侄儿参加这次招录考试，想通过张国龙问一下题目，可打他的手机，却被告知欠费停机了，为了联系上张国龙，就给他的手机缴了200元话费，再打，还是停机，一直打，一直停，直到考试结束了才打通。

听了铁哥们的话，张国龙犯糊涂了，他说自己的手机里有100元话费，怎么会停机呢？铁哥们叫他查一下自己的手机话费，张国龙一查，这才真叫"不查不知道，一查吓一跳"，他的手机里竟然有16800元话费！

张国龙意识到问题出在老婆那里，便打大翠的小灵通，问那"紧箍咒"是什么玩意儿，大翠得意地说："叫你学习新科技你不学，哼！那紧箍咒就是'强制呼叫转移'，是服务商最新推出的服务项目，说简单点，就是把你的来电都转移到我的手机上，你的手机就不响了，不过，这两天，因为我的手机欠费停机，所以，谁打你的电话，都会听到服务小姐说手机欠费停机了，刚才到了五点，我把你的手机紧箍咒解除了，嘻嘻嘻嘻……"

张国龙又把铁哥们替他交话费的事情说了一遍，又问："我的话费怎么

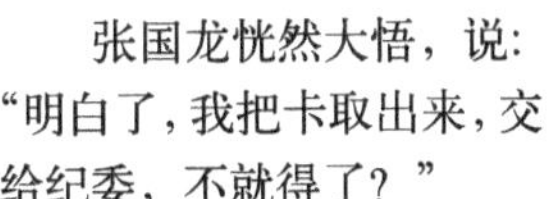

一下子多了一万多元？”

大翠想了想，说：“找你的人多呗！”

这个馅饼不能要

几天后，张国龙搬回自己家住，他一直觉得手机里多出的钱来得不地道，他想搞明白这算不算违纪，于是，他拨打了纪委领导的电话，领导请他到办公室来一趟，张国龙匆匆忙忙来到纪委领导的办公室，把手机放到领导的办公桌上，一五一十把情况说了一遍。

这位领导五十多岁，办事有点刻板，他听了张国龙的叙述，眉头皱了起来，慢悠悠地说：“你手机里的钱多了一万多元，不算小数字，我想问你一下——如果你儿子不负责这次考试的出题，你的手机话费会不会多？”

张国龙摇了摇头。

领导接着说“所以，你这一万多元的钱，是在你不知道的情况下收到的贿赂，按照规定，属于‘职务不当得利’，得上交或者罚没——主动交叫做‘上交’；不主动上交，被组织上没收了，叫做‘罚没’。”

张国龙一听，脸立刻白了，慌忙说：“我上交我上交……”

领导满意地看了看张国龙，点了点头，可张国龙把手一摊，说自己现在没有钱，领导又把目光落到了手机上。

张国龙恍然大悟，说：“明白了，我把卡取出来，交给纪委，不就得了？”

领导一愣，还没有表示什么，张国龙便打开了手机后盖，取出手机卡，恭恭敬敬地放到领导的办公桌上。领导看着手机卡，欣慰地笑了，夸张国龙原则性强，说要研究研究，决定一下怎么表扬和奖励张国龙，然后打了个收据，大意是收到张国龙交来手机卡一张，卡内所含钱款待查后核定。

张国龙把收据小心翼翼地放进口袋，高高兴兴地回家了。

张国龙回到家，见大翠已经下班，在做晚饭，他就胡天海地地吹了起来，吹自己把手机卡里的赃款送到了纪委，如何如何受到了领导的表扬。大翠一听，脸就绿了，骂道：“你傻啊，那卡里还有我给你缴的100元话费呢，这又不是赃款，你怎么也一起交了？”

张国龙一听，后悔自己没多想，只好安慰老婆：“这个，咱们再想个办法把这钱要回来，好不好？”

吃了晚饭，大翠被一个姐妹叫去打麻将，张国龙一个人待在家里。

一会儿，一个胖胖的铁哥们来找张国龙，一进门就直喘气，骂张国龙这几天不知钻到哪个老鼠洞里了，活不见人，死不见尸，害得自己给他缴了300元话费，也没打通他的电话。张

国龙忙赔不是，这胖铁哥们说：“别赔不是了，一看这光景，谁不知道你是躲起来了？算了算了，咱哥俩恩断义绝，你把我缴的话费退给我就得了。”说着，他从口袋里掏出交话费的单子给张国龙看。

张国龙看了看那单子，想说自己把卡交给纪委的事，可又怕这哥们骂他是用别人的钱给自己脸上贴金，而且这哥们把话已经说到这份上了，张国龙哪敢再开口？他咬咬牙，从口袋里掏出300元，给了这哥们。

胖铁哥们刚走，一个瘦铁哥们又来了，也拿来了单子，也说替张国龙缴了300元话费。

这时候，张国龙身上没钱了，没办法，他只得拿了自己的银行卡，跑到自动取款机上取钱……就这样，在不到两个小时的时间里，有43个形形色色的铁哥们找到张国龙索要话费钱，张国龙一共退出了11100元……

还是这么个馅饼

大翠打完麻将回到家，知道了铁哥们来要钱的事，气得要命，她指着张国龙的鼻子骂道：“这就是你的铁哥们，狗屁！他们给你缴话费，是为了叫你‘漏’题目，是叫你泄露国家机密，你没有给他们帮上忙，他们就又来问你要钱，这倒好，自己掏口袋堵窟窿了，你明天去找纪委领导，把卡要回来！”

张国龙唯唯诺诺地保证第二天把卡要回来，大翠这才叫他上床睡觉。

第二天上午，张国龙给纪委领导打了个电话，哭丧着脸说了昨晚铁哥们要钱的事情，说自己把钱还给了那些铁哥们，所以想要回上交的卡。

领导听了，立刻打断他的话，说：“从现在起，那卡，就是你拒腐蚀的实物，我们要把那卡展览出来，要用这样的典型教育大家！你说的事，我们商量一下，这样吧，你下午来一趟。”

下午，张国龙去了纪委，领导笑呵呵地拍着他的肩膀，说“我们上午开了个会，对你的表现进行了专题研究，决定奖励你，奖励数额是——你的卡里有多少钱，我们就奖励多少，我们查了，你卡里的钱是16800元，我们就奖励你16800元。我们的原则是——不能让老实人吃亏，你明白了吧？”

张国龙点了点头，站起身来，要走，领导又叫住了他，让他现在就去财务室把奖金领走，因为下次县里开表彰大会的时候，张国龙只是上台领个证书，那奖金不在会场发。

张国龙到财务室领了奖金，高高兴兴地回了家，他等着大翠下班回来，他要把那一摞钱举到她面前，晃过来晃过去，告诉她，纪委通过奖励的方式，又把那卡里的钱还给自己啦，还说要开大会表彰自己呢!

谁知道等大翠回到家，还没容张国龙开口，大翠倒先在张国龙脸颊上狠狠地亲了一口，她从口袋里掏出一张手机卡，说：“我去移动公司办了个‘挂失补卡’的手续，给你做了一张新卡，号码还是你原来的，你猜——这新卡里有多少钱？”

张国龙摇摇头。

大翠笑得直喘气：“还是16800元！你的老卡作废了，那老卡里的钱，就自动跑到这新卡里了……”

张国龙一听，顿时哭笑不得：看来还得去纪委，解决经济问题，唉……

（**题图**、**插图**：魏忠善）

· 本刊信息传真 ·

2010年中国最佳故事评选

为了繁荣故事文学、推动故事创作，2010年，故事中国网(www.storychina.cn)继续举办年度中国最佳故事评选。

评选标准： 在情节性、艺术性、思想性、文学性方面有突出表现，能够代表年度故事创作最高水平的各类故事作品。参赛作品分为中篇（8000字以上）、短篇（1000-8000字）、超短篇（1000字以下）三组。**参选条件：** 2010年1月1日至2010年12月31日期间在国内正规报刊（省级以上）发表的故事作品均可参加，不限题材、风格、篇幅。**参加方法：** 1、作者本人通过故事中国网的原创地带或人气写手板块提交作品；2、推荐别人的作品，需事先征得作者本人的同意，通过故事中国网的网文搜罗板块提交；3、各家故事报刊编辑部可直接向故事中国网推荐作品，推荐信箱：storychina@gmail.com。

年度最佳故事作者获得特别荣誉证书及奖金（中篇2000元、短篇及超短篇各1000元），所有优秀作品将结集出版《2010年度中国最佳故事》一书，并支付稿费。更多详情请登录故事中国网查看。

支持媒体：鳳凰網讀書 book.ifeng.com　搜狐读书 book.sohu.com

sina新浪读书

那一块旧伤疤

□肖红亮

意外的电话

郑大强是一位福将，他打过小鬼子，参加过解放战争和抗美援朝，身经百战。然而，被战友们称为福将的他，内心深处却有一块疤，每到人生的关键时候，这块伤疤便被人揭开，给郑大强一次次带来伤痛与侮辱，郑大强知道这其中有着说不清的事儿，他也就不愿意向人提起。

离休后，有时间了，他决定“治愈”这块伤疤，洗刷掉几十年来背负的伤痛与屈辱。可几年来他跑了全国十多个省，走访了一百多个部队干休所，事情却没半点眉目。

这天早上，郑大强接到一个电话，是老战友大李打来的，大李在电话中说：“老连长，告诉你一个好消息，当年与你一块儿跳车的黑子和小王还活着呀！”

郑大强激动得大声叫起来：“什么……活着？他们真还活着？”

“是啊，活着呢，黑子比你大几岁，现在有八十好几了，还很健康，小王年龄和你差不多，身体应该也没问题……”

郑大强急不可耐地打断大李的话：“是吗，真是太好了。他们在哪儿？我要去找他们，立马就去！”

“哎，老连长，别急嘛，听说黑子住在新疆，小王却在黑龙江。”大李叹了口气说，“我说，这事还得按程序来，我向军区首长报告后，军区组织部已经派人前往黑龙江和新疆了，他们肯定会从两位老战友那里了解到相关情况，相信你的那段历史，很快就会有结论了，你就安安心心地呆在家里，等待好消息吧。”

“好，好……”放下电话后，郑大强激动极了，他想，这事儿多亏了大李，怎么也该感谢一下才对，他忽然想起，大李喜欢收藏古董，昨天他路过古玩街时，看见有个店里摆了好多瓷器，那里面应该有古董吧。郑大强决定去那里看看，他慌慌忙忙套上外衣出门了。

意外的事故

郑大强到了古玩街，急切地走进一间瓷器店，说实话，他对那些古董一窍不通。他看见门口的那个青花瓷花瓶很像是古董，于是准备到跟前去认真看看。就在他离花瓶一步之遥的时候，那个仕女花瓶居然摇摇晃晃，“啪”的一声，落在郑大强脚边，摔了个稀烂。

听到响声，门前一个男人奔过来大声问：“怎么回事？怎么这样不小心呢！”郑大强抬头见在问自己，忙说：“不是我……”

那男人怪怪地看着他，说：“四周什么人也没有，不是你，还能有谁？”

眼见周围根本没别的人，郑大强知道这事没办法解释，好在他今天兴致很好，他不想为这事坏了好心情，于是他对老板说：“小伙子，虽然这不是我打烂的，但烂在我脚边了，我也该为此事负责，说吧，多少钱，我赔。”

店老板一听他如此慷慨，马上就和颜悦色起来：“其实那花瓶也不贵，你给500块钱算了！”

“什么？一个花瓶就要500块钱，你不是讹我吧？”

老板听了像吃了火药，嚷嚷起来：“讹你？老人家，实话告诉你，幸好那只是个仿制品，如果是古董的话，就是5万、50万都是有可能的……”

郑大强忙举起双手说：“好了，别说了，我这就给你拿钱。”说完，他就去掏口袋，掏来掏去，他愣住了，自己身上一元钱也没有，刚才走得急，他顺手抓了件晨练的衣服就出了门。

见他这样，店老板一脸不信任地瞅着他。郑大强平生最怕别人不信任的目光，于是他说：“不管多少钱，我都会赔你的，只是我现在身上没带钱，我马上跑步回去给你拿！”

店老板听郑大强这样说，有些不高兴了：“你还会来？给我送钱来？你把我当成三岁小孩了！”

郑大强心里也十分懊恼，明明想着买个礼物感谢大李，怎么就没摸摸兜里有没有钱呢！他和和气气地说：“我一定会把钱送来的，我原来是军分区的领导，不会骗你的，要不我叫司机开车给你送过来，最多半个小

时。”

听到这里，店老板突然“哈哈”一笑，说：“你是领导？你要是领导的话，我肯定就是司令了！现在这年头，冒充领导的人多的是！”

这时候已经围过来很多人，郑大强觉得又气又窝囊，说话的声音也就大起来：“我一会儿就把钱给你送来，你怎么就不相信我呢？”

店老板虽然觉得自己很有道理，但看老人真生了气，样子还很凶，说话的口气也软了不少：“大爷，你把我的花瓶碰砸了，我还错了？幸好那也只是一个仿制品，算我倒霉，钱我不要了，你该上哪上哪去吧。”

听到这里，郑大强更生气了：“你的意思是，宁可不要那500元钱，也不愿意相信我说的话？”

店老板说：“我请你走人，你还要咋的，再说，我凭啥相信你？”

郑大强气得浑身发起抖来，就在这时，从人群中挤出一个老人，一边从身上掏出几张百元纸币递过去，一边对店老板训斥道：“你这个年轻人，怎么可以这样对待我们的老司令呢？”

这回轮到店老板傻眼了，那个老人一生气，拉着郑大强离开了瓷器店。

这位帮郑大强给钱的老人姓刘，离休前是军分区医院的副院长，是郑大强多年的老部下。回家的路上，郑大强不停地给刘院长介绍花瓶摔烂的经过，他愤愤地说：“一个花瓶不就几百元钱的东西，可是，那小伙子咋就不信我的话呢？这不是钱的事，而是关系到我的信誉问题、人格问题、尊严问题、做人的……”刚刚说到这，后面的话噎在喉管里了，只见他身子突然一颤，昏倒在地。刘院长赶紧打了医院急救电话，把郑大强送到不远的军分区医院抢救。

诊断结果很快出来了，郑大强患的是脑溢血。医生看看昏迷的郑大强，低声对郑大强的老伴说：“他的年龄太大，又有高血压，手术已经不能解决问题了，准备后事吧。”

意外的结局

脑内的溢血虽然止住了，但郑大强仍昏迷不醒。整整一周过去了，他老伴悲伤地对围在病床前的儿女们说：“你爸爸就是个倔脾气，我知道，他一定在等那个消息，不等到还他清白的那一天，他是不会咽下最后一口气的。”

儿女一听老太太的话，十分诧异，问：“难道我爸爸受过什么不白之冤吗？怎么从没听他说起过？”

“你们的爸爸自尊心强，他怎么会对你们说起那说不明白的事儿？”听了这话，儿女们更好奇了，一个劲儿要让老太太讲讲到底是怎么回事，于是，老太太讲起了往事：

那是1944年秋天。郑大强带的连队突然遭遇了日本鬼子的主力部队，由于双方力量悬殊太大，他的连队很快就被敌人打散了，他与五个战友不幸成了日本鬼子的俘虏。日本鬼子将他们捆起来，扔进一节闷罐车厢，准备送到山西南部的煤矿去挖煤。

火车里面闷得让人喘不过气，突然，郑大强发现火车顶上有一线亮光，原来那是个被木板钉住的天窗。他对身边的战士黑子说：“想法把我手上的绳子解开，我们就能逃生了。”

黑子拼足全身力气，替他解开绳子，郑大强又替战友们一一解开绳子，并对他们说：“同志们，我们搭成人梯，扳掉天窗上的木板，爬到火车顶上，再想办法逃生，我们绝不能去给日本鬼子当苦力。”战友们说：“你是连长，我们都听你的。”

到了晚上，他们想尽办法，终于通过天窗爬到火车顶上，可是，火车速度太快，再加上四周漆黑一片，战士们有点害怕了，没有人敢往下跳。郑大强对大家说：“同志们，这是我们逃出鬼子魔掌的唯一机会，我首先带头往下跳，你们一个个跟着来，如果摔死了，等于在战场上光荣了，就算光荣了也比给鬼子当苦力强。如果命大死不了，我们就回部队继续杀鬼子！”说完，郑大强眼睛一闭，带头从车顶上跳了下去。

郑大强跳下后，头撞在一棵树枝上，当场就昏了过去。等他醒来时，已是第二天中午了。他忍着剧痛，在铁道两边查找，找了一两里地，也没有发现其他战友的踪迹。他想，也许他们已经安全地逃生了，自己得尽快找到部队才行，但处在敌占区，要找部队并不容易，再说部队正与日本鬼子打游击，没有固定的住地与营房，根本不好找。郑大强清楚地记得，他整整用了二十一天时间，才找到队伍。

当部队的首长看见他时，不由得吃了一惊，说：“你怎么回来了，还以为你们全部牺牲了！咋的，就你一个

人？”郑大强说：“还有四个战友,难道他们还没回来？”

首长皱着眉说：“没有！”

“怎么搞的？”郑大强也想不明白，就把事情的经过向首长作了汇报，首长听完后没有吭声。

后来发生的一件事，让郑大强知道这次的事并不简单。

就在他回部队的第二天早上，一位副团长给他拿了一些钱，让他进城去给部队买些急需药品。因为县城是敌占区，想在那里买到药并顺利地带出城，并不是件容易的事儿。不过，郑大强费了一番周折，总算在第三天下午买回了所需药品，可是，当他回到部队驻地时，却发现人去楼空，队伍不知去向。

他以为部队遇上了紧急情况转移了，决定继续找部队。走了一个多小时后，身后突然出现了两个战士。他忽然明白了：因为自己有二十多天说不清楚、没人能证明的经历，组织上正在对他进行考验。作为一个共产党员，他知道部队的纪律，所以他二话没说，心悦诚服地接受了考验。

本以为此事了结了，郑大强却没料到，这事成了他永远没法说清楚的历史问题，整整影响了他一生。

老太太讲完后，儿女们问道：“可是，如今又怎么能还他的清白呢？”

老太太张嘴刚要说话，就见门外进来了三四个人，其中一位是大李，只听他说：“老连长啊，我们来迟了，不过，你的清白终于得到证实了！”

另外三人是军区组织部的军官，他们齐刷刷地给昏迷的郑大强敬了个军礼，讲述了新疆的黑子和黑龙江的小王所做的证明。

据两位老人回忆：那天晚上，当他们从天窗爬到火车顶上时，一个个都吓傻了眼，只觉得那火车快得连人都站不稳，像是在飞。当郑大强跳下去后，另两名战士也跟着跳了下去。由于害怕，黑子和小王两人是手拉着手跳的，也许不该死，他们跳进了一个半人深的小水沟里，居然毫发未伤。他们找部队没找着，一个月后才遇到另一支队伍。那时正是抗日战争的关键时期，所有部队都欢迎一切有志于抗日的人士，而被日本鬼子俘虏的那一段，他们没对别人说过，也就没人知道这件事了。

讲完找证人的经过，一位军官冲昏迷的郑大强说：“老司令，坚强一点，争取再次渡过这个考验吧，您的两位老战友还说等春暖花开时，要来看您呢！”

让人想不到的是，一直昏迷的郑大强，这时居然有了反应，只见他嘴唇哆嗦着，想说什么，但什么也没说出来，眼角有泪花慢慢地溢了出来……当他咽下最后一口气时，脸上留下了淡淡的笑意。

（题图、插图：谭海彦）

·中国新传说·

“蜘蛛精”和一百双鞋垫

□王　辉

尤波是一名市报记者，前几日，由于连降暴雨，百田县发生了特大洪涝灾害，尤波第一时间到前方采访报道，通过众多解放军战士和社会各界积极抢险救灾，奋战了十多天，灾情终于得到控制。救灾工作结束后，尤波的工作也进入了尾声，就在他打道回府、途经城郊时，竟遇到了一件令人惊奇的稀罕事。

那会儿，一场大雨刚刚停歇，尤波的车子正好经过一个镇子，只见三五个人火急火燎地朝一个小胡同里跑，嘴里还吆喝着什么。尤波赶紧停车，下来打听，有人边跑边说：“快去看，刚才打雷，老梁家劈死了一个妖精……”什么？妖精？尤波一怔，拿过车上的照相机，撒腿就跑。

老梁家住的是个老院子，土墙老房，十分破败，尤波走进院来，里面已围了好些人，地上满是杂乱的麦秸秆。经过了解，尤波知道一个老太太住在这院里，事发时，她孙子正好也在，目睹了雷劈“妖精”的事，老太太的孙子也已经四十多岁了，很健谈，他告诉尤波：“哎呀，刚才那雨好大啊，电闪雷鸣的，我奶奶正在屋门口做鞋垫呢，突然‘咔嚓’一个炸雷，院里那个麦秸垛就炸开了，接着又‘咣当’一下，这么一个大东西就掉了下来……”说着，老太太的孙子端起脚下一个大搪瓷脸盆，盆里是一堆黑糊糊的东西，还耷拉下一只毛茸茸的大爪子……尤波赶紧对准镜头，“咔

嚓咔嚓”拍了好几张；接着，尤波仔细看了看，这是一个很大很大的蜘蛛，难怪看了的人说是“妖精”。

尤波又举着相机，拍了一些照片，这时，事实基本可以确定了，尤波就走出院子，上了车，回到了市里。

尤波原以为这件事就这么过去了，谁知过了一天，又有人打电话向他报料，打电话的是一个和尤波有联系的通讯员，那人先说了那件“雷劈蜘蛛精”的事，尤波说，这事他知道，那人沉吟了一下，话头一转，又说开了：“还有另外一件事，就是在雷劈蜘蛛精的那个院子里，住着一个老太太，她做了很多鞋垫，她家里人说，能不能把这些鞋垫送给我们解放军，你看，前一阵子我们的战士们抗洪救灾，日夜辛劳……”尤波一听，这事有戏，连忙驱车去了。

赶到那里，通讯员早就候着了，通讯员悄悄对尤波说：“你做做工作，看看这个新闻，能不能上日报的头版？”尤波一听，也不好推辞。他急忙下连队，他要拍几张老太太亲自送鞋垫的照片，战士们站成队列，等着来献鞋垫，结果没见老太太来，来的却是一个女士，捧着一大摞鞋垫过来了。

尤波问：“不是还有个老太太吗？怎么……”通讯员说“那老太太年纪大了，脑子又有病，来不了，我们临时找人替代一下，而且，老太太的鞋垫又破又旧，早没几双能穿的了，我们还临时买了些。”尤波也不好再说什么，只能这样拍了。

第二天，“日报”头版上就登出了这个新闻，并且是以很醒目的图片新闻形式，报道说：“日前，城区居委会一位大嫂心系军营，来到连队，为战士送上自己亲手缝制的鞋垫……”这段文字上面，配的照片就是那位年轻大嫂抱着一摞鞋垫为战士们分发的情景。应当说，这样的新闻发在解放军刚刚参加完抢险救灾的时候，又是“八一”前夕，影响还是不错的，也反映出人民群众对子弟兵的热爱之情。

也是在同一天，“晚报”上登出了那个“雷劈蜘蛛精”的消息，发的就是那男子手端脸盆的特写照片，边上还配了一句话：“7月18日雷雨之际，一户人家的麦秸堆遭到雷击，‘劈’出了一只硕大的蜘蛛。”明眼人看得出来，晚报上的这则“小花边”，不过就是为填充版面的，可有可无。

这两则新闻，或者说这两张照片，从表面上看，它们本来是毫无联系的，可偏偏还是被人联系上了，在哪？网上啊，可别小看现在的网友们，要是有人做了坏事被整到网上，他姓甚名谁，家住哪里，祖宗十八代，都会被查个底朝天！

话说网上有个很著名的论坛叫“蓬莱诡话”，以专门议论精灵古怪和奇闻逸事而闻名全国。不久，有网友就把那张“雷劈蜘蛛精”的照片传到这儿来了，帖子一发，网友们就开始跟帖议论，说蜘蛛精、蝎子精、蜈蚣精这些东西，要是长到一定年岁，老天就会不容它，就会天打雷劈……人们娓娓道来，津津有味。

前面这些说法都是“挺诡派”的，后面的有些跟帖却是“倒诡派”的了，这些网友从科学的角度出发，分析照片中的“怪类”是因为身上带有静电，所以才招来雷击，这么一说，“挺诡派”不乐意了，开始争论起来，争得急了，论得凶了，双方难免就互相谩骂起来。这时，一个叫“武松打虎”的网友突然出其不意，抛出了一个重磅炸弹，这个炸弹就是尤波同天发在“日报”上的那张照片。

“武松打虎”把“大嫂送鞋垫”的照片上传之后，便开始仔细分析起来：“从这位少妇的穿着和发型来看，这女的肯定是一个城里人，而且极可能就是街道办事处的女干部；我们再目测一下她怀里那一大摞鞋垫，少说也有上百双，一个人缝制这么多鞋垫需要多少时间？如果是她买的，那送这些鞋垫还有什么意义？所以，很有可能是记者和有关人士串通一气、在当前的特殊背景下‘秀’出这么个假新闻来糊弄社会！”

接着，这网友又把话题转到“雷劈蜘蛛精”上，他嘲弄道：“这位大记者先在日报上发‘拥军’照片，又在晚报上发‘精怪’新闻，白天说人话，晚上说鬼话，我们还在这儿争得头破血流的，那个‘雷劈蜘蛛精’的新闻还不一定是真是假呢！”

“武松打虎”的这个帖子刚刚发出来，尤波的一个同学小冯正好在第一时间看到了，这小冯在电视台工作，和尤波一直关系不错，在这之前他对“雷劈蜘蛛精”的事也很感兴趣，还来尤波这儿看了所有照片，并拷到了自己电脑里。小冯看到这个帖子后，马上打电话告诉了尤波，尤波赶紧去看那帖子，看着看着，就有点坐不住了。

有道是怕什么来什么，不久，麻烦就来了，不断有人打电话到报社来，求证这两件事的真假，“日报”和“晚报”是同一个老总，一气之下，老总就把尤波叫到主编室，狠狠地训了一顿。尤波狼狈之极，从主编室出来，自己扇了个嘴巴子：“好好的，叫你拍什么蜘蛛精！”

尤波正在郁闷，这当口，电视台的小冯跑来了，小冯笑嘻嘻地说：“好事来了，你先请客吧……”尤波哭丧着脸说：“我都快糊了，请个屁呀！一个‘雷劈蜘蛛精’惹出这么多破事来，我都恨不得那雷劈的是我！”

小冯“哈哈”笑道：“不就那一百双鞋垫子嘛！已经调查清楚了，那个

送鞋垫的女人，就是‘双拥办’的主任，嗨，人嘛，就这么回事，现在都给你弄好了，你们那版面编辑答应马上做一个更正启事，你想，一百双鞋垫子一个人短时间是做不出来，可人多了还做不出来吗？咱改成：‘城区居委会的大嫂们，心系军营；再特别强调一下，照片拍的只是‘一个嫂子代表’给战士们送鞋垫的情景。你看，就改这么几个字，纰漏不就堵上了？不就是个假新闻嘛，咱就让它假到底，逻辑上没错就行啦，我就不信检察院还会去查这样的好人好事！”

尤波一听，转怒为喜，说道：“办这事花了多少钱？”小冯说：“这你就别管了，我可不是为这点屁事来报功的，咱说正事……”说着，他打开了自己的手提电脑，从里面调出那些“雷劈蜘蛛精”的图片，尤波伸着脖子凑了上去——怎么，这“雷劈蜘蛛精”里还有什么正事？

这时，小冯说，近期，他们电视台要新上一个“传奇故事”的栏目，他已率先报了一个“雷劈蜘蛛精”的选题，并想请尤波帮忙来做编导，这些，主任都已同意了，要是能做得好，尤波就直接调到他们台来。

尤波一听当然很振奋，可很快就犯了愁：“就雷劈了一个大蜘蛛这么点事，我们还能做出什么文章来？难不成再整出一百双鞋垫子？”小冯“哼”地笑出了声，又从那些照片里挑出一张，点开，让尤波自己看。这一张，拍的是老院子里的那位老太太，镜头里的老人是那么安详，好像刚才“雷劈蜘蛛精”的事根本不是发生在她身边。小冯指着这张照片说：“你好好想想，那天的事有多玄，幸好雷打在那个大蜘蛛上，要是劈着这位老太太呢？而且，那些天可一直在下雨，他们就不怕雨水泡倒了老房子、砸了老太太？所以说，‘雷劈蜘蛛精’其实不过是个引子，我们真正要做的戏，是以人为本

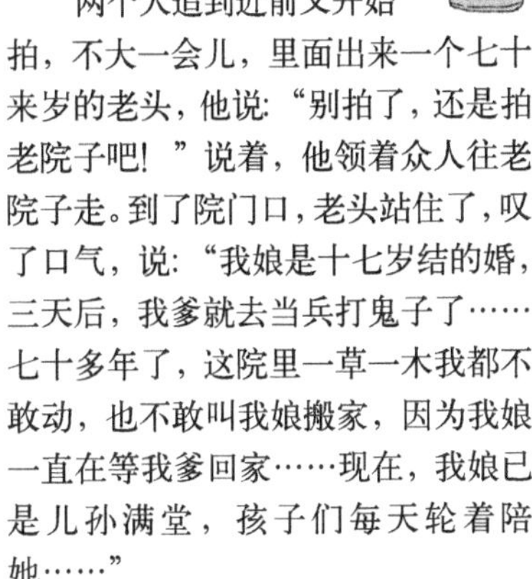

——是关于这个老太太的，也就是说，我们先围绕‘雷劈蜘蛛精’入手，充分吊起观众胃口；然后，再从产生蜘蛛精的环境入手，着力拍摄那个老院子，拍摄那个老太太的孤独生活；最后，要占据道德制高点，要质问老太太的那些儿孙们——为什么把老人孤孤单单地遗弃在这个破破烂烂的鬼地方？现在，舆论不正为‘雷劈蜘蛛精’的事闹得沸沸扬扬吗？我们要是趁热打铁做出这档节目，肯定能一炮打响！”

尤波这时如梦初醒，他不能不为小冯敏锐的职业眼光所折服，他连夜做出了文案，第二天，小冯往主任那儿一交，很快就通过了。

那天，尤波和小冯前往拍摄，天气很好，初期的摄制也很顺利，老太太的孙子还一直跑前跑后地指点着、配合着。等到差不多了，镜头就对准了老太太的孙子，尤波拿着话筒问：“我们都看到了，老奶奶是一个人住在这里的，相信你们子孙辈住的，一定比这好得多，为什么要让老人自己生活在这样一个破宅子里呢？”

老太太的孙子一听，愣了，他想不到尤波会说出这么一番话来，脸突然红了，嘟囔着：“让我爹说，让我爹说……”说着，他一溜烟地跑了。尤波他们两人扛着机器在后边追，那人跑了百十米，拐进了一个院落，那儿矗立着一幢漂亮的二层小楼，显然，这就是老太太“子孙辈”的家。

两个人追到近前又开始拍，不大一会儿，里面出来一个七十来岁的老头，他说：“别拍了，还是拍老院子吧！”说着，他领着众人往老院子走。到了院门口，老头站住了，叹了口气，说：“我娘是十七岁结的婚，三天后，我爹就去当兵打鬼子了……七十多年了，这院里一草一木我都不敢动，也不敢叫我娘搬家，因为我娘一直在等我爹回家……现在，我娘已是儿孙满堂，孩子们每天轮着陪她……”

拿话筒的、扛摄像机的全都被镇住了，话筒在抖，摄像机在颤，众人全都哑口无言。老头领着他们进了院子，坐在屋门口做针线的老太太看到众人便站了起来，镜头又照到了老太太的脸上，老太太满脸慈祥地笑着……

老头又从老屋里拖出了一只大麻袋，说：“多少年了，我娘没事就坐在屋门口做鞋垫。当年，我爹就是穿着这样的鞋垫走的……”说着，他从麻袋里拿出一双，镜头赶紧推进：鞋垫是双面绣的，正面绣着“喜鹊登枝”的画，背面绣了几个字，连起来就是——“打完鬼子，早点回来”。

这时，现场所有人的心都震撼了——那个年代，也不需要宣扬什么，那份情却是很真很真的……

（题图、插图：谭海彦）

背上开花

□ 时英友

这个世界上，有一种人叫作无名英雄，他们做了好事从不留名，也从不求回报，更不在乎名利，赵奇就遇到过这么一位“无名英雄”。

赵奇经营着一家修理店，一家三口生活还算宽裕。那天，天气特别炎热，赵奇给人修完空调后，往店里赶，走到路口时，看见修理店处浓烟滚滚，不时冒出火光。

不好！赵奇忽然想起了三岁的女儿菲菲还在屋里睡觉，他疾步飞奔过去，这时，街道上已围满了人，消防队员正在全力灭火。赵奇疯一般地往店里冲，却被两名消员队员给强拉住了，他拼命嘶喊着：“快救救我女儿，我女儿还在里面！”

得知屋里有人，消防队员立马冲进去救人，可是过了一会，两名队员却空手出来了，屋里一个人也没有。

一瞬间，赵奇万念俱灰，他“扑通”一声跪倒在众人脚下，央求人们帮他寻找女儿，就在这时，一个稚嫩的声音从人群中响起“爸爸！”赵奇抬头一看，正是女儿菲菲。他上前紧紧地把女儿搂在怀里，舍不得松开。

赵奇问菲菲：“你是怎么跑出来的？”

菲菲说：“是一个叔叔抱我出来的。”

“叔叔？叔叔长得什么样？有多高……”

赵奇想知道究竟是谁救出了女儿，可菲菲头摇得像拨浪鼓似的，啥也说不上来。

赵奇又提示菲菲："那位叔叔身上有什么好记的、特别的地方？"

菲菲想了又想，突然大声说道："我想起来了，那个叔叔背上开花了。"

"背上开花？什么花？"赵奇丈二和尚摸不着头脑，"傻孩子，背上能开出花吗？"

菲菲点点头说是花，可又形容不出来。

赵奇是个知恩图报的人，当晚，他跟妻子阿玉商量着要寻找女儿的救命恩人。妻子不置可否，说人海茫茫，去哪里找呢？赵奇想：凭自己的这点人脉，找人太有限了，如果借助报刊，范围可就大了。

第二天，赵奇去报社登了寻人启事，可是寻人启事登出一周后，他没有收到丝毫音讯，赵奇心有不甘，又去报社连续刊登了几天消息，还是杳无音信。

就在赵奇束手无策的时候，奇迹发生了。那天，阿玉到医院上班，没过多久就打电话给赵奇，说她们医院新进来一位病人，他的背上有花，说不准就是救女儿的恩人。

赵奇心里一阵狂喜，挂断电话直奔医院。到了医院，阿玉把他领进一间病房门口，里面有个小伙子正在换病号服，赵奇清楚地发现那个小伙子的后背上文着一朵硕大的荷花。

阿玉指着小伙子，小声地说："他名叫邵田，脾气古怪，有点自闭。"

赵奇听后，走进病房主动跟邵田打招呼，邵田却一脸冷漠，赵奇拿出报纸让他看看寻人启事，他也没兴趣，直截了当地问赵奇是那个小女孩的什么人，又问赵奇寻人的目的。赵奇说没什么目的，只想对那人说声谢谢。

邵田的态度这才有所缓和："那你就说声谢谢后离开吧，我不想当什么英雄，更不想出名，那点事不值一提。"

赵奇激动不已，一把抓住邵田的手："太谢谢您了，您是我们全家的大恩人啊，我都不知该怎么谢您才好……"

赵奇说个不停，邵田却不耐烦地打断了他的话："你已经说过谢谢了，没别的事，你可以走了！"

"这、这个……"热脸贴上冷屁股，赵奇好不尴尬，他还想了解一些详情，问问邵田的救人经过，可是邵田已经用被子蒙住头，不愿再多说一个字。无奈之下，赵奇只能退出病房。离开之前，他把自己的一张名片悄悄地放在了邵田的床头，他希望邵田日后能来找他。

事后，赵奇还想再去医院看看邵田，阿玉却不同意了，她说邵田是个怪人，明摆着是不想让人打扰，如果

再去的话，还得碰一鼻子灰。赵奇想想也是，就没有再去，不过他心里对邵田却是感激不尽。

一晃两个月过去了，这天周末，赵奇突然接到医院打来的电话，说他们接收了一个病人，从病人的衣袋里找到了赵奇的名片，有可能是赵奇的朋友，让他来医院一趟。

一路上，赵奇心里都在琢磨，会是谁呢？到了医院一看，不是别人，

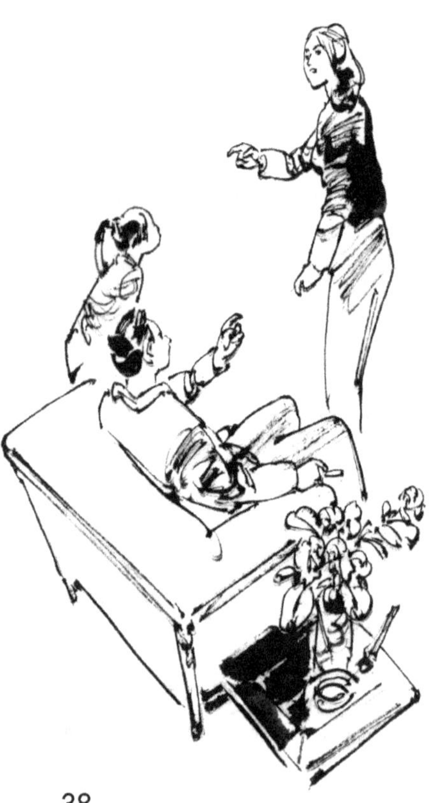

正是救过自己女儿的邵田。邵田身负重伤，昏迷不醒。医护人员说他是从四楼摔下来的，送他来的两个民工说是回去凑钱，却不再露面，如果再不交钱，邵田就可能被停药了。

赵奇听了，赶紧掏出身上仅有的几百块钱，说："你们千万别停药，我是他的朋友，我会想办法的。"交完钱，赵奇急冲冲地往家赶。

到了家里，赵奇简单地和阿玉说了事情经过，跟着就伸手向阿玉要银行的存折，阿玉愣住了，半天不动身子。

赵奇急了："邵田是我们家的恩人啊，恩人有困难，我们理应伸手相帮啊！"

阿玉皱着眉，说："我们的钱是存着买房子的，到时候要是打了水漂怎么办？我是说万一，邵田要是抢救不过来呢？"

赵奇听了，气不打一处来："人家当初救菲菲的时候，想过个人安危吗？打了水漂我也认了！"

阿玉见赵奇那么坚决，也来了气："那我就跟你说实话吧，邵田并不是救菲菲的恩人，当初我是为了安抚你，怕你再折腾，故意找他帮忙的！他只是一个民工！"

"什么，你说什么？"赵奇瞪大了眼睛。

阿玉郑重地说："我说的都是真的，你知道邵田对你为什么那么冷漠

吗？这都是我的意思，怕他说话多了，露出马脚……”

听了阿玉的话，赵奇一屁股跌坐在沙发里，半天没起来。思前想后，赵奇最终打消了去医院的念头，自己要报答的是救女儿的恩人，既然邵田不是，那就没必要过去了，可是第二天，赵奇去超市买大米，路过医院大门口时，还是忍不住走进了病房，他依然惦记着邵田。

邵田这时已经醒过来了，见到赵奇着实有些感动，他虚弱地笑着：“大哥，你不用来看我，其实，我不是你要找的人……”

赵奇点点头，说：“我都知道了，阿玉都告诉我了，可是你怎么会从楼上掉下来呢？”

邵田说：“这天天气很热，我趴着梯子粉刷外墙，鞋子被汗水浸湿了，脚下打滑，不小心跌了下来。”

赵奇不言语了，过了好一会才突然想起似的问邵田，背上的花是怎么回事。

邵田有些不好意思，红着脸说：“我女朋友叫荷花，所以我就在背上文了一朵大荷花，好天天想着她。”

说到这里，护士进来要给邵田换药，赵奇怕医护人员催着交医药费，于是借着打电话，匆匆离开了病房。

走出医院，赵奇心里沉甸甸的，一路想着邵田的事，不知不觉来到超市，买了袋大米带回家，到了自家楼下，赵奇发现电梯坏了。

他懊恼起来，只得扛起大米，爬起了楼梯。好不容易爬到八楼，赵奇已经累得大汗淋漓，衣服全都湿透了。

赵奇进了家门，把大米放好，这时，身后的菲菲突然惊喜地大叫起来：“爸爸，爸爸，你背上也开花了呀！”

“背上开花！”赵奇一激灵，转过身看着镜子里自己的后背，立马明白了女儿的话。

原来衣服被汗水洇湿后，贴在后背上，打起的皱褶很像绽放的花朵啊！

陡然间，赵奇想到了女儿说的“背上开花”的恩人，忙蹲下来询问女儿：“宝贝，那天叔叔抱你出来时，背上也是开的这种花吗？”

菲菲用力地点着头：“是这种花啊，他的衣服也湿了！”

这时候，赵奇全明白了，自己要找的恩人就是因救菲菲流下汗水、“背上开花”的人啊！

第二天，赵奇决定去医院帮助邵田。阿玉不解地问：“一个与我们毫不相干的人，你也去帮？”

赵奇点点头，若有所思地说：“帮，我要尽自己的一份力量去帮他，那个背后开花的人，不也是救了一个毫不相干的人吗？”

（题图、插图：刘斌昆）

要命的手势

□向曙红

有句话说得好:“傻瓜和聪明人都没有危险，真正危险的是两类人，一是半傻不傻，二是半聪明不聪明的。”就拿小水来说吧，自以为有些小聪明，好好的正道不走，竟干起了偷窃的行当，几次成功作案后，竟把自己当作“神偷”了。

这些天，小水盯上了高档小区的一户人家，经过半个月的观察，已经了解到这户人家的基本情况。平日里，这户人家进出的，只有两个女人，一个女主人，一个保姆，并没见到男人。女主人叫何娟，是个什么公司的部门经理，平日里小车出入，算是个有钱的主。

这天，何娟的那个保姆辞了工，又来了个新保姆。新保姆进门不一会儿，何娟就出门了。

机会来了！小水想：新保姆进门还没一个小时，对主人家的情况一无所知，正好利用！

女主人一下楼，小水就不慌不忙地上前按门铃。

门里的保姆应了声:“谁？”

“我，何亮！陈大姐，开门啊！”

新保姆倒很警惕，没开门，而是隔着门说:“这里没有陈大姐。何亮我也不认识，你找错门了。”

小水不耐烦了，嚷起来:“陈大姐，开什么玩笑？我的声音你也听不出来吗？我是何娟的弟弟，何亮！我姐让我上来拿文件，她还在底下等着呢，我可没时间跟你磨牙！”

有了何娟的名字垫底，保姆将门打开了。不过小水故意瞪着她，问:“你是谁？你怎么在我姐家里？”

保姆说:“我是保姆。”

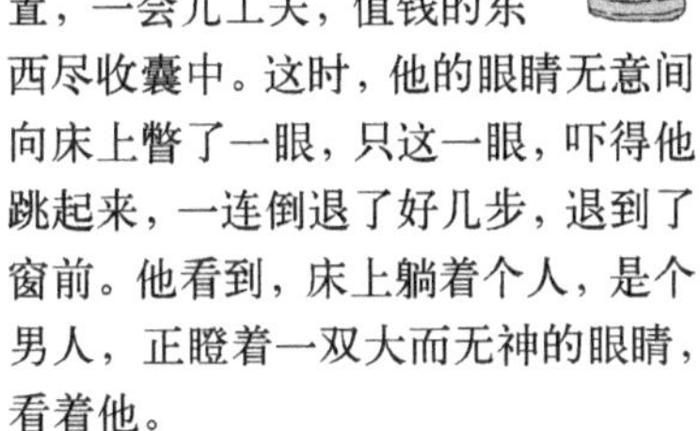

他装着恍然大悟的样子，拍起了额头：“你是新来的吧？”

保姆恭恭敬敬地点点头，这时，小水大步走进书房，然后从自己腰上摸出一个大信封来，这信封是他早就准备好了的，封了口，他拿着大信封转身就出了书房，往门口走，突然，他“叭嗒”一声，摔了个四仰八叉，人躺在了地上。

这一下保姆吓坏了，上前去搀他，小水恶狠狠地瞪着她，怒吼：“你怎么搞的？地板上怎么有水？”的确，地板上有一小块水迹，小水就是踩在水迹上摔倒的。

小保姆慌了：“地板我还没来得及拖。”她哪里知道，这水迹是小水的鞋底带进来的。

小水直呻吟：“哟，痛死我了，我八成是腿骨折了。”保姆脸红着，像个做错了事的孩子。小水将大信封扔到了小保姆的怀里：“我走不动了！你将这文件送给我姐，她在小区门口的车上等着呢。”

小保姆头点得像鸡啄米，接过信封就出了门。

小保姆跑走了，小水立即掩上门，笑了。他抬腕看看表，小保姆从这里下楼，跑到小区门口，再到找不到她的女主人而返回，这中间起码得花十分钟。十分钟，太宽裕了。

他当即就去了主卧室，主卧室里的窗帘遮严着，里面光线昏暗得像傍晚，他径直去了梳妆台的位置，一会儿工夫，值钱的东西尽收囊中。这时，他的眼睛无意间向床上瞥了一眼，只这一眼，吓得他跳起来，一连倒退了好几步，退到了窗前。他看到，床上躺着个人，是个男人，正瞪着一双大而无神的眼睛，看着他。

这家里怎么还会有个男人呢？他侦察了这么多天，没见男人进出呀！小水手捂着胸口，一颗心噗噗地跳。他真担心这男人会跳下床扑过来，但奇怪的是，床上的男人一点动静都没有，没说话，没起床，只有那双眼睛偶尔眨巴一下，而且眨巴得那么无力。

随着小水的眼睛渐渐适应了房间昏暗的光线，他终于看清这男人的面貌了。这男人瘦得只剩皮包骨头，脸色像白纸一样，出气多，进气少。小水的心一下子就宽了。这是个病得快要死了的病人，连说话和呻吟一声的力气都快没有了，他哪还会对自己构成威胁？

小水胆大了一些，往前走了一步，仔细看床上的病人，他发现，这病人脸部的轮廓，有点像床头墙上挂着的结婚照上的新郎。他问了一句：“你是——何娟的丈夫？”

男人眨巴了一下眼睛，接着，缓缓地抬起一只干枯瘦弱得像鸡爪子的手，艰难地往床头边上指了指。小水不明白这男人的意思，但他还是顺着男人手指的方向看去。这一看，他的眼睛立即瞪得像鸡蛋那么大，他发现一个东西了：保险柜！就夹在床和床头柜之间。自己刚才没适应房间的光线，没发现。小水的心扑扑地跳起来，看来自己是真的要发财了！只是，要打开保险柜得知道密码。他抬腕看了看表，时间才过去五分钟，还有五分钟可以利用。他希望利用剩下的五分钟，能从这病男人的嘴里掏出密码。他跨前两步，蹲下来看了看保险柜，然后，直起身来，面对床上的病人，“噌”地从腰间拔出了匕首，用匕首拍了拍男人的脸：“告诉我密码，不然……”

男人又睁开眼睛，看着小水，有些屈服了，缓缓地抬起手来，竖起了食指，接着，又将食指颤巍巍地勾了下来。

小水懂这手势：一根指头就是1了。食指勾下来，与拇指环成了一个圈，这就是0了。他继续看着，但男人再没动静了。

“1和0，保险柜的密码不可能只有两位呀！你以为我是开玩笑是吧？你要不说，我用匕首划你的脸了，你信不信？”

男人重新睁开眼睛，又勾着食指，小水看着，有些明白了：是0010！他赶紧蹲下来拨保险柜的密码，但是，还是打不开保险柜。

这男人的手势是啥意思，难道我连这么简单的手势都读错了？

小水重新站起来，盯着男人，压低声音恐吓：“再比划一遍！比划清楚点！”小水急起来，男人也急了，指了一下自己的嘴，又指了一下床头。小水顺着他的手指望过去，男人是指着床头柜呢，柜子上，有一部电话机。

小水蓦然明白了，这男人比划的不是10，而是110。他指了指自己的嘴，又指了指电话机，意思是要打110报警！这一下小水恼得吼起来：“你还敢威胁我，要报警？”他上前去就要用匕首划男人的脸。

就在这时，只听一声门响，小水蓦然转过头来，赫然发现，小保姆不知什么时候已经回来了，正站在房门口，惊恐地望着他。床上的男人又冲着小保姆做了同样的手势。

“1、0？”小保姆恍然大悟，“110！”她猛地转身就往外跑。小水赶紧追过去，但是，还是迟了一步，他才跑到门口，“咣”的一声，小保姆将门从外面关上了，尔后迅速地反锁了门，接着，小水就听到小保姆在门外用手机报警的声音：“110吗？我家里有歹徒……”

小水有些慌了，他知道110的速度，他必须现在逃出去。门，是没法开了，唯一的出路只有窗户。他拉开了窗帘，心就往下沉了一沉，是防盗窗，现在只有死马当活马医，他用力掰掰栏杆，放手一搏了。小水用力掰开栏杆，将头伸出去，就在这时候，110赶到了，警察将他从防盗窗里扯了出来，尔后，将他铐了起来，要带他离开，但这时，床上的病人又颤巍巍地举起了手，向警察打起了手势。警察们只得停下来，看着他。

他举起了一根食指，顿了一下，尔后，将食指勾了下来。为首的警察读着他的手势：“1、0。”病人痛苦地闭了一下眼睛，那意思是，错了。

他使出吃奶的劲，把食指伸直，尔后，弯下头两个关节，由于手指挺得太用力，整只手都颤抖起来。

一个警察看懂了，叫起来：“他这比划的不是0，是9！也许他太虚弱，前面比划的那些手势因为食指没有伸直，所以，我们误以为是0了，其实是9！”

病人眨了一下眼睛，以示赞同。戴着手铐的小水在一旁听了，悔恨得直咬自己的嘴唇，自己怎么就这么笨呢，没读出人家的手势，要不然，自己兴许搜出保险柜里的东西，早就远走高飞了，但是，不对呀！病人比划的兴许不是保险柜的密码，他没事将密码告诉警察干吗？

那个读出手势“9”的警察恍然大悟起来：“他比划的是119。”病人绝望地闭上了眼睛，一颗眼泪黯然从他的眼角滚落下来，一直流到了耳朵边，那是绝望至极、痛苦至极的表情。

为首的警察看着，也不解了：“同志，你到底想告诉我们什么？不是110，也不是119，那是什么呢？你说话好不好？”

“他要是能说话就好啰！”门口有人接腔，是女主人何娟回来了。何娟流着泪说：“他患肝癌已经半年多了，医生说没有治好的希望了，我们才放弃了治疗，回家养着。唉，都是喝酒喝的啊，喝成肝癌了。”

她在床边坐下，她丈夫又抬起手来，要比划手势，她流着泪将丈夫的手抓在自己手里，柔声说：“甭比划

编读聊天室：众手浇开故事花

河南省赵保峰：我是河南的一名宣传工作者，是《故事会》的热心读者，认识并喜欢《故事会》，是从一位写故事的朋友那里开始的。两年多来，每期《故事会》我都不落下，当我拿到一本新的《故事会》，我饭都顾不上吃，甚至有时觉都顾不着睡，一定要一口气把它看完。如今，《故事会》成了我生活中不可或缺的一部分，我为《故事会》里的精彩故事而激动着。

上海市吴慧慧：我是看着《故事会》长大的，至今已收藏了300多本《故事会》。8月中旬，正值上海书展期间，我又去《故事会》的展区，搜罗了一些前几年的《故事会》，并挑选了一些浓缩版的精品故事，如《快乐故事》、《外国悬念故事》，我都非常喜欢。希望《故事会》像大红灯笼一样，越办越红火。

黑龙江省宋行健：在《故事会》的栏目中，我最喜欢看“3分钟典藏故事”和“笑话”，而且每次拿到新杂志，首先翻阅的就是这两个栏目，典藏故事小而精致，却蕴涵深刻的大道理，这样的故事好记、好传，又能受到启发，真希望《故事会》能多推出这种类型的小故事；笑话大多数都比较有趣，而且每个笑话都像一个小故事，读起来特别轻松，我经常把《故事会》的笑话讲给同事听，他们每次都被我逗得哈哈直笑。

了，我知道，我刚才就是去问医生的，医生说，就让你喝最后一口吧，唉，苦了你了，让你戒了半年多。我这就满足你的愿望吧。”何娟将手伸向了床头柜，在床头柜上，电话机旁，有一瓶还没开封的酒。

何娟将酒瓶子的盖拧开，将瓶嘴凑近丈夫的嘴，男人颤巍巍地张大了嘴巴，满眼都放起光来，一口酒下去，他颤抖着嘴唇啧了啧嘴，满足地长长地吁了一口气，尔后，眼一闭，头一歪，断了气，但脸上的表情是安详而幸福的。

小水终于见了鬼似的大叫起来：“他比划的是19，幺九，要酒！他是在向我要酒喝啊！”天啊，他是不是将要酒喝作为交换密码的条件？要是当初自己给他喝了酒，他是不是就将密码告诉自己了？

小水痛苦地闭上了眼睛，一颗眼泪从他的眼角滚落下来。他作案从未失手，就因为他聪明绝顶，但他再聪明，也参不透一个酒鬼对酒的痴迷和贪恋啊！他第一次栽了，栽在酒鬼要命的手势上。

（题图、插图：魏忠善）

阿P得奖

□左怀利

阿P参加“布鞋杯”有奖征文大赛，获得了一等奖，根据大赛规则，他将得到价值五千元的奖品。媳妇小兰听到这个消息，不无遗憾地说：“这奖品要是现金多好。”阿P轻轻刮了一下她的鼻子，说：“你知足吧，这天上掉下来的馅饼，你还要挑剔呀？”

到了领奖这天，阿P按照报纸上公布的领奖方法，骑着电动车去了一家赞助企业。办好手续后，人家挺热情地问阿P：“奖品怎么带回去呀？”阿P开心地说：“没事，没事，我开着电动车哪。”人家一听就笑了：“知道什么奖品不？是我们厂新研制生产的布鞋，按出厂价每双十二块五，奖给您四百双布鞋，十几箱子的货呢。”

阿P一听头就大了，“你们不能奖点实用的？这四百双鞋，我穿到哪年哪月呀？”那人态度极好，说：“鞋子还不实用？再说了，我们还没收你个调税哩。”阿P想想也是，只好到路边租了一辆车，把布鞋拉回了家。

小兰在家正等着特大好消息，一看那么多鞋，立刻就嚷嚷起来：“怎么回事啊，这就是奖品呀？”阿P在路上已经有了主意，他得意地说：“这些鞋，我阿P能把它换成钱！”小兰望着这十几箱子的货，赌气地说：“那你就别上班了，卖鞋吧。”阿P一拍大腿，说：“夫人真是高人，与我想到一块去了。我要把鞋送到我妹妹开的商店去，让她代卖。”小兰一听笑岔了气：“你开玩笑吧？妹妹开的是蛋糕店，能卖布鞋呀？”阿P说：“能，咱也搞有奖促销，在门口设个专柜，买蛋糕送布鞋……”

阿P把布鞋送到妹妹开的蛋糕

店，可这种鞋式样太老，城里人根本不屑一顾，一个月才送出两双鞋。阿P一想，照这个进度十年也卖不完呀，不行，得走农村包围城市的道路！他让小兰找来两家的家谱，把上下三辈子的亲戚核实了一遍，终于查到一个在偏远农村开小卖部的表叔。阿P打电话同表叔商量，表叔很爽气，立马答应："没问题，布鞋在农村还是有市场的，赶紧送来吧。"阿P一听欣喜万分，当即租了一辆车，赶了大半夜的路，把布鞋给表叔送了过去。

了却了这件心事，阿P的心情无比轻松，当天夜里就做了这样一个梦：一双鞋卖它二十元，四百双鞋就是八千元，人山人海的农村集市上呀，人挤着人都在抢着买布鞋呢，那火爆的场面就如同城里人挤公交车一般。

转眼一个月过去了，表叔却一直没捎信来让阿P去拿鞋钱，阿P琢磨着，或许是表叔太忙，忘了送信？看来还得自己走一趟。阿P买上烟酒，满怀希望地赶到表叔的小卖部，一看，立刻目瞪口呆：那一箱箱鞋还在那儿放着。"表叔，这、这……"

表叔说："天太热，不是卖布鞋的季节，这些日子，只卖掉了八双。"怎么会这样呢？阿P问表叔："你是按多少钱一双卖的呀？"表叔说："加了点，我不能做亏本生意吧？"阿P连连点头："理解，只是你加了多少？"表叔哼哼哈哈，好半天才说："加了二十元，每双卖四十元。"阿P当时鼻子都气歪了，好家伙，这鞋价加得也太离谱了，你当皮鞋卖呀？

告别了表叔，阿P无精打采地来到村口车站，突然，有个五大三粗的汉子挡在他面前，阿P一看，原来是自己小时候的伙伴二子，只见他神秘兮兮地说："你托那些奸商卖怎么行啊？鞋的本钱又不是他自己的，他不着急。这无本的买卖，他能不把卖价提得高高的？卖一双赚一双，卖不了拉倒，你就等到猴年马月吧。"

听听二子的话，阿P也觉得是这么个理，可是，除此之外，别无它法呀！二子干咳了几声，压低嗓子说："这样吧，我正带着百十号人干建筑呢，你把鞋给我，我发给民工，也算顶一部分工钱。"

这倒是个不错的法子！可是，阿P还是有些不放心，说："那咱亲兄弟明算账，这鞋钱……"二子伸出一只手来，用劲地拍着阿P的肩膀，说："咱们是从小长大的哥们，这点钱还能出问题？等人家把工程款给我结了，我立马给你鞋钱就是。"阿P到这个时候也真没了办法，死马当活马医吧，回到城里，阿P找辆推车，到表叔处把鞋拉回来，送到二子的建筑工地上。

眼看春去秋来，二子一直没给阿P鞋钱，逼得阿P几乎天天打电话催问，二子总是说："快了快了，就这几天了。”阿P只好一等再等，小兰比阿P还要着急，催着阿P找上门去。

没办法，阿P便买上烟酒来到二子的家，二子在家正喝酒呢，阿P小心地问：“工程款结了吗？”二子大大咧咧地说：“倒是结了大部分，只是钱又被上家扣住了。这样吧，反正这鞋你也是白得来的，等明年秋天行吗？”

阿P一听气得直哆嗦：“这怎么行呢？我点灯熬夜换来的东西，怎么成了白得来的呢？你给不给，我阿P也不是省油的灯！”二子赶紧赔着笑脸，说：“要不这样吧，他们还欠我一些工程款，我把欠条给你，我想你阿P出马，什么事办不成啊？”

阿P被人一捧，有些飘飘然，他拿着二子给的欠条，找到欠工程款的面粉厂。厂长接过欠条，一看就说：“我们工程款早就结了，这是扣的质量保证金，要一年之后，工程没有质量问题才付。”阿P一听头又大了，再等一年，我头发都白了。阿P一想，他有个同学在局里当个小头头，干脆买点礼品，去找他帮忙吧。

事情七转八拐的，总算有人出面说话了，面粉厂的人就看在有关部门领导的面子上，回复阿P：“要想提前结账也行，来拉面粉吧。”阿P和小兰一合计，这也行，总比等上一年要好，小兰说：“这面粉是吃的东西，肯定比布鞋好出手。你不是有个文友在织布厂管后勤吗，找他帮忙，把面粉卖给他们厂子的职工食堂，不就换出现钱来了？”这可真是个好主意，阿P当即给织布厂的文友打电话，文友满口答应：“不就是几千斤面粉吗，送来就是，我们厂子的食堂，一天用量百多斤呢，没问题。”阿P又厚着脸皮问他：“能不能立刻兑现钱呀？”文友说话就结巴了：“这可没有先例，必须用完以后才行。”小兰算了算时间，说：“不过个把月的时间就能吃完了，咱也不差这几天。”

一个月后，阿P让文友把面粉钱结了吧，文友说：“我刚刚催过厂长了，只是最近厂子效益不好，临时抽不出钱来，再等等吧。”于是，阿P又陷入了焦急的等待之中。

可是没有想到，一个月后的一天晚上，阿P正和小兰看电视新闻，突然接到文友打来的电话，文友着急地说：“厂子的状况不妙，出口的一批布出了质量问题，赔大了。”阿P吓了一跳：“会不会倒闭呀？”文友说“说不准呢，你赶快来，看看有什么可以顶债的。”

阿P一听立时懵了：这都是些什么事呀，一年多了，这四百双鞋怎么卖来卖去换来的还是东西呀？小兰也埋怨阿P：“你这是得的什么奖，一分钱没见，反倒赔进去不少，还让人心里天天烦恼，真不如当初压根没这事呢。”阿P想想也真是，这哪是鞋呀，就是一个催命的。这织布厂要是破产了，咱们的鞋钱，也就是面粉钱，那可就打水漂了呀！

阿P和小兰急得一夜没合眼，第二天一早，立即租了一辆车来到织布厂。文友一看到阿P，他是一脸的歉意，直说对不起，立即悄悄地把阿P俩带到他们的仓库门口，指着一箱箱东西说：“趁法院还没查封，赶紧拉吧，货号很全的，随便挑，都是厂家进了我们的布不给钱顶来的货。”阿P忐忑不安地走进仓库一看，又好气又好笑，你猜怎么着，满仓库没别的，全是布鞋！

小兰傻傻地愣了半天，有气无力地问阿P：“咋办？”阿P一咬牙一跺脚，干脆地说：“拉！”

在回家的路上，小兰心事重重地问：“这事咋办呀？家里没处放，看着还闹心。”阿P突然胸有成竹地说“咱们直接送到市中路33号，一次性处理，人家全收了。”小兰一听有些吃惊：“你是不是气疯了，脑子没烧坏吧？”阿P神情变得严肃起来，说“你放心，我已经打过电话，这次一定一了百了！”

车子来到市中路33号办公大楼前，车还没停稳呢，人家就立即热情地迎了出来，好多人一起动手帮忙卸货，嘴里还不停地对阿P说着感谢的话。清点好件数后，一位干部模样的人对阿P说：“您尽管放心，我们保证按您的要求立即发过去，请您在登记表上签个名吧。”阿P接过那张登记表，看都没看就签上了小兰的名字。小兰已经弄明了事情的经过，她莞尔一笑，嗔怪道：“别光写我的名字呀，把你的也写上。”

阿P夫妻俩终于解脱了，无鞋一身轻嘛，阿P和小兰手挽着手，走在洒满阳光的回家路上。这时，阿P又接到一个短信：您年初参加“诚信杯”征文大赛的那篇文章获奖了。阿P赶紧发短信问：发现金吗？不一会，短信回复了，阿P看着短信，神情慢慢激动起来，他拿出一张名片，按上面的电话拨了过去，“红十字会吗？郝主任呀，我们还有东西要捐呢！”

（**题图、插图**：顾子易）

请你住店

□谢丰荣

有一个年轻人叫冬子，有一次外出途中遇上了倒霉事，钱包被偷了，身上只有几十元零钞。算了算，只有勒紧裤带，徒步走回家，至于晚上，只能是“蹲”别人的屋檐了，住店？那简直是做梦啰。

这天晚上，冬子来到了一个小镇，小镇上的人大都进入了梦乡，街上只有几盏昏黄的路灯照着，一阵阵阴冷的风雨，使冬子不得不裹紧了大衣。人一旦到了落魄时往往会尽想一些好事，冬子也是这样，他想到了上京赶考的穷书生在破庙中遇见了富家小姐，想到了夜宿荒郊的落难公子一梦醒来竟然睡在富丽堂皇的大宅院里……这不都是“聊斋”里的故事吗？

冬子一路走着，一路想着，抬头望去，见车站旁边有幢商厦，走去一看，那里已经有个人“蹲”在屋檐下，身子靠着墙，正睡得香呢。冬子走过去，没想到惊醒了他，冬子便冲他笑了笑，说：“朋友，作个伴好吗？”

冬子在他身边坐下来，想跟他挨近点，暖和一点，没想到那人连忙往旁边挪了挪，仿佛衣兜里有易碎物品似的。他问冬子：“看你穿得挺体面的，怎么会……”

“唉，遭贼了！”冬子满不在乎地说，“不过就今儿一个晚上了，明天嘛，就能到家啦！”

那人仍存有戒心，默默地盯着冬子。冬子走了一天路，又累又困，闭上眼睛便睡，正当他就要睡着时，那人却碰了碰他，问了一句让人听不懂的话：“兄弟，你要住店吗？”

冬子含糊地回答说“想！”从昨天钱包被偷之后，他一直在想，要是能住店多好呀，泡个热水澡，然后在干干净净的床褥上舒舒服服地一躺……可是光想有用吗？

“那——我看你不是坏人，就让你住一晚上吧！”

冬子一听，霍地一下坐直了身子，直瞪瞪地看着那人。路灯的光不很亮，但还是能看出他是个中年人，像农民工，脸上皱纹跟刀子刻的一样，很老实的样子，慈眉善目的。看神情，那人很正常，不像是在胡言乱语。冬子想笑：你自己还在蹲别人的屋檐，反而说要帮我住上店？不是脑子有病吧？冬子竭力忍住笑，装着认真的样子问："你的店呢？"

他一拍衣兜，随后立即想到了什么，赶忙小心地捂了捂衣兜，这时，从他的衣兜里传出了一个轻轻的声音："张仁贵，你拍什么拍！弄疼你二叔我了！听我说，别再让陌生人住店了，上回的教训还不惨吗？"

这一下，冬子的脑袋彻底晕了，怎……怎么会从他衣兜里发出声音来？莫非眼前这个叫张仁贵的是个"鬼"？这……这不成"聊斋"里的事了吗？冬子回头看了看四周，发现再无其他的人，风吹得树叶"哗哗"响，雨飘到脸上让人生起寒意，他的心"怦怦"直跳。

"不用怕！"张仁贵说，然后他把一只手伸进衣兜，轻轻地掏出来，摊开让冬子看。冬子一看，呆若木鸡：在他的掌心里，横七竖八地躺着十来个小人，有男有女，跟花生差不多大，一个个睡得正香，还能听到一阵阵细微的呼噜声。随后，张仁贵又伸手到另一个衣兜，又掏出十来个小人，其中有一个坐在他的掌心里，对着他骂道："张仁贵，你别学菩萨发慈悲了，别害了大家！上次你让一个小青年住店，他趁所有人熟睡的时候，偷了大家的钱跑了，你忘了？"

"二叔，我没忘……只是这个兄弟不像坏人，他有难处，所以……"张仁贵跟那个被称作"二叔"的小人商量，冬子看着眼前这一切，觉得真是不可思议。

那个"二叔"想了想，便向冬子招了招手，"好吧，让他跟我睡一个衣兜吧，我睡觉时会很警醒的。"

冬子一听，慌忙说"不"，因为他还没有弄清这是怎么一回事。

张仁贵见冬子满腹狐疑，便小心地将小人们揣进衣兜，然后就为他讲述起来。他说，他们是外地来的民工，一起出来挣钱，但租房的费用太高，大家花着心痛，恰恰他们那里有个世外高人，同情他们，就传授了一种缩身术，让他们每天晚上一人值班，其他人都睡进值班人的衣兜。虽然值班的很辛苦，白天要干活，夜晚又要负责大家的人身和财物安全，但毕竟人多，一个月才轮得上一两回。大家觉得这办法很好，已经这样过了一年，省了不少钱。

冬子听完，这才消除了疑虑，心里也痒了起来，想试试住这种"衣兜旅馆"的滋味。

于是，张仁贵冲着冬子默念一声咒语，冬子还没听明白念的是什么，却发现他一下变得小了，就像一颗花生那样大。张仁贵伸手在他面前摊开，让他走上去，然后手握着他，揣进兜里。冬子进了口袋后感到黑糊糊的，十分温暖，这下可好，不会再受风吹雨打了。

就在这时，冬子突然碰到了一个人的身子，随即又传来一个声音：“你决定住衣兜里啦？”这是二叔的声音，冬子“嗯”了一声，二叔又问：“可暖和吧？”冬子又“嗯”了一声，因为这里真的又柔软、又温暖。

“睡吧，大家都不容易！”二叔用手在冬子肩膀上拍了拍，冬子很感动，觉得他们的心真好，接着，一阵睡意袭来，他很快进入梦乡，这一觉真是踏实。

突然，张仁贵的身子剧烈一震，住在衣兜里的人全吓醒了，凭感觉，冬子觉得好像是有人将张仁贵摁倒在地，还有人捂住衣兜的口不放，看样子，是打劫的！

衣兜外面有说话声，听声音，来的是两个人，其中一个小青年对张仁贵说：“我找得你好苦呀！”

张仁贵一边喘气，一边说“是你？”小青年得意洋洋地说“没错，就是我！那次你让我住你的衣兜旅馆，反被我偷走你们几千元钱。农夫和蛇的故事没学过吧？我就是那条蛇，现在又来了，嘿嘿！”

这时，二叔在衣兜里大声对那个小青年说：“原来你又想住店，欢迎欢迎！张仁贵，你还不念咒语？别让哥们在外边受冷呀！”

张仁贵好像真的念起来了，冬子能从他身体的颤动上感受到他的嘴在动，突然，衣兜不知被谁捂住了，而且“捂”的气力还不小，衣兜里的人都动弹不得，冬子的喉咙也被掐着，喘不过气来。

这时候，只听小青年说：“老东西，你想叫他把我们变小，好抓起来、送公安局是吗？我可不上你的当！我早就知道了，你们的咒语，只有谁想住店时念才会灵验。”

二叔又说：“那你是准备抢钱啦？”

小青年没有隐瞒，说了声“是”，

二叔听了，振振有词地说：“可你知道，我们的钱都揣在各自身上，我们人才花生大，钱就只有芝麻大，必须等我们恢复正常人形后才能将钱给你呀！”

两个劫匪都不是傻瓜，他们清楚，一旦张仁贵把大家放到衣兜外，念动咒语，恢复人形，人多势众，对付两个毛贼可轻松多了，可不放他们出来，一直捂着衣兜，那也不是个事儿，他们要的是钱，衣兜捂着，钱从哪里来？

张仁贵见两个歹徒还是捂着口袋不放，便为难地问：“那你们想要我怎么样？”

小青年跟同伙一时没了主意，上次他是装作可怜，睡进了衣兜，然后趁人不备，悄悄掏空了大家的衣兜，爬到衣兜外边，等到第二天早晨，大家都出来了，张仁贵念了咒语，他的身子恢复正常了，然后撒开腿就跑，偷窃才算成功了，可现在他进退两难，既不能进衣兜搜钱，也不能让所有人出来再抢钱。

“那算了，我不要钱了！不过，你必须将缩身术教给我，因为我也想开这种衣兜旅馆！”小青年终于想好了，他说出了自己的要求。

张仁贵虽然憨厚，但也识破了小青年的用意，他说：“我才不教你呢，你开的一定是黑店，那得有多少人遭殃！”

小青年和同伙听了这话很恼怒，拔出刀子，架到张仁贵的脖子上，威胁他，昏黄的路灯光照着刀刃，闪着可怕的寒光……

就在这个时候，“咚咚咚”一阵声响，冬子他们十多个人全从张仁贵的衣兜里跳了出来，跳到了地面上，而且，他们全都很快恢复了原来的人形，人高马大，威风凛凛！小青年和同伙发了呆，顿时手足无措，大家一拥而上，围住两个歹徒，很快缴了刀子，用绳子将他们绑上。

张仁贵不解地问：“你们怎么出来的？”二叔“哈哈”大笑：“老话说，姜还是老的辣呀，是我悄悄通知他们，用随身带着的已经变小的刀子划破你的衣兜钻出来的。”

雨停了，天开始亮起来了，冬子他们将这两个歹徒扭送到了公安局。

事后，冬子向张仁贵、二叔和其他民工道别，感谢他们在他最困难的时候伸出援助之手。张仁贵说：“兄弟，出门在外不容易啊，如果以后你还遇到这种时候，别客气，来找我！”他给冬子留下了手机号。

二叔从兜里拿出一百元钱，放到冬子的手上，真诚地说：“你还要走一天才到家，没钱可不行！”

冬子的眼泪涌了出来，这一晚上，这一群人，这一个热乎乎的衣兜，是他永生难忘的……

（**题图、插图**：黄全昌）

把你的秘密告诉我

□张晓晖

我是个普通工人，工资不高，妻子嫌我没本事，在儿子3岁时，就离我而去，留下我带着儿子艰难度日。为了供儿子读书，我平时开销很省，也经常教育14岁的儿子：每一分钱都要花在实处。

最近，我常听同事说，他们的孩子在家里翻抽屉，找到了钱就乱花。我虽然还没发现儿子有这样的行为，但也觉得钱得放好，如果放在孩子容易拿到的地方，无疑有引诱儿子偷拿钱的嫌疑，可是，人总有疏忽的时候，那天要出差，我临上了车才想起来，刚才收拾东西，把200块钱搁在床头，忘拿了，由于时间紧急，我没有回去拿，另一方面，我相信，儿子涛涛虽然调皮，却是个诚实又有自制力的孩子。

一周后，我回到家，进卧室后，立刻愣住了，床头的200块钱不见了。这时，涛涛放学回到家，我立马喝住他，问他有没有拿过床头的钱。涛涛头摇得像拨浪鼓似的，然后喜滋滋地递上来两张考卷，一张是数学的，一张是语文的，全在95分以上。这对平时成绩不佳的涛涛来说，是个莫大的进步，我心头的火苗一下就被浇灭了。

可是这200块钱对我家来说，毕竟不是小数目，我表扬了他几句后，又严肃地问道："你真的没见过那200块钱？"涛涛一脸委屈地说："我没见过，爸爸，我早就做好孩子了。"

看着儿子诚恳的样子，不像是在说谎，我不由怀疑起来：难道家里进小偷了？或者我记错了？

让我没想到的是，过了两周，涛

涛交给我两张崭新的百元钞票，带着投案自首的口吻，说："爸爸，我错了，那天床上的钱是我拿走了，那是因为同学周源有急事问我借钱，我就借他了。"

我接过钱，吃了一惊："什么急事？要借这么多？"

涛涛满不在乎地说："在你眼里是大钱，在我那同学眼里可是小钱，他要买一辆500多块钱的遥控车，还缺200块钱，我就借他了。"

我啧啧不已："遥控车那么贵？你这同学真是个败家子！你以后少跟他来往！"儿子听了，很不以为然。

从那之后，涛涛每天都很晚回家，问他在干什么，他总说老师拖课，或者说要上晚自习。

有一天中午，我正在车间工作，同事叫我，说是涛涛学校的老师打电话来找我，我心里直嘀咕：该不会是儿子闯祸了吧？我急匆匆地接起电话，不料对方却语气平和，还表扬了儿子，她说："陆涛涛最近表现特别好，上次学校为灾区捐款，陆涛涛一下捐了100元，所以我代表学校向你们家长表示感谢。"

我听了先是一阵欣慰，可转而一想，又顾虑起来，这孩子，哪来的钱捐款呀？

等儿子回到家，我开始审问他，儿子先是不言不语，最后闪躲着眼神，支支吾吾地说："周源不想做作业，就想让我帮他做，他跟我说，每帮他做一次作业，就给我十块钱，于是我就答应了，我攒了这么多钱，都是帮他做作业赚来的……"

我一听，巴掌立刻举起来："臭小子，你这不是害人吗？怪不得你最近天天回来这么晚，原来是挣这份钱去了？"

儿子急忙哭着求饶"爸，我知道这不对，我早改了，再也不会这样做了。"我看他那副可怜兮兮的模样，训斥了他一番后，只好罢休。

此后，儿子果然按时回来，而且学习突飞猛进，期末考试时，居然挤进了班里的前三名。

这天，公司里举行年会，上司把他的儿子带来了，巧的是，他的儿子和涛涛是同班同学。饭桌上，大家闲聊着，自然就聊到了子女的话题上。这时，同事胖姐笑着对我说："小陆，你对儿子很民主呀，请家教老师居然让孩子自己去选。"

我一下子被说懵了，我什么时候为儿子请家教了？我只好问她："你在哪儿看到涛涛请家教的？"

胖姐说："就在天山路广场前，你儿子举着块小木牌，上面写着请中学家教呢！"

"哟，你儿子可真独立啊！"上司听了，不由夸起我儿子来，我尴尬地笑着迎合，心里却是一百个问号。

上司的儿子听到涛涛的名字，突

然嘟囔着嘴，喃喃地说：“陆涛涛，他运气可真好！”这话说得并不大声，却被我听到了，我就问他为什么，他却遮遮掩掩起来。

我留意到上司也很好奇，便趁他们父子背着我聊天时，以上厕所为由，躲在一个巨大的花瓶后面，偷听起来。

那孩子说：“陆涛涛本来学习挺差的，那次他花了200块钱，请同桌帮他作弊，居然没让老师发现，结果那次语文和数学考试，他都考得特别好。我们班有的同学正准备下次举报他呢，可奇怪的是，那天后，他却用功起来，上课认真听讲，也不开小差了，成绩直线上升，老师也经常表扬他。”

上司的儿子夹了口菜吃，又继续说：“后来他主动要求坐到我们班差生周源边上，我们才知道，原来他跟周源定了协议，每次考试帮周源作弊后，收100块钱的酬劳。光这个学期，他就挣了一千多块钱呢。他为了挣钱什么馊点子都想得出来，开始时是帮那些不爱做作业和低年级的同学做作业挣钱，后来，大概因为这样太累了，也太费时间，他就找了个家教，让这个家教做，他再从中提钱……”

我听了，脑袋突然“嗡”的一声，脸上涨红，羞得恨不得钻进地缝。这时，只听上司惊叹道：“哇，你这同学是个经商的天才呀！”

我气急败坏地回到家，正要好好收拾儿子一顿，却发现，他没有回家。最近他总是神出鬼没的，我每次问他去了哪里，他总是说出去玩了，我警告他不要玩得这么晚，他每次都乖乖答应了，可第二天依然照旧。我很好奇他最近在忙什么，压抑着满腔怒火，我决定先跟踪他去看看。

第二天，我跟平时一样，推着自行车出门，走了没几步路，就拐进一个街角，往家里张望，果然，不一会，儿子背着个书包，骑着自行车出来了，我跟在他身后，只见儿子来到了一家小餐馆，十分钟后拿着大大小小

的打包盒，离开了。

我下了车，以顾客的身份，问餐馆老板，我的儿子来做什么的。小餐馆的老板笑眯眯地说："这个小男孩特别懂事孝顺，他说家里有个生病的老人，要照顾，我看他很可怜，就帮帮他，让他每天来我们店打工两小时。"

照顾老人？我心里的疑团越来越大，这臭小子在搞什么鬼？

等儿子收工后，我跟踪他，来到一间小破屋，儿子进去后就没再出来，我怒气冲冲地来到那屋前，愤愤地敲门，压低嗓门吼道："陆涛涛，快开门，我是你爸爸！"

屋里沉默了几秒钟，随即门开了，只见儿子杵在门口，我二话不说，冲进了屋里，一看，顿时懵了，屋里有一位白发老人，那老人原来是我前妻的母亲，我曾经的丈母娘。她一直独自住在乡下，自从离婚后，我就没再去看望过她。

老人见了我格外高兴，她感激地说："涛涛把我接来了，那天，我打电话给你，是他接的电话，听说我病了，就非要把我接来。还得谢谢你，给他钱让我买药治病。"

我看着身边垂着头的儿子，心里顿时很惭愧，因为这些事，我根本不知道。我恍然大悟：原来儿子在学校作弊、做作业挣钱，是为了给老人看病。这孩子年纪小，却藏了这么多秘密。

我把听到的事都和儿子说了，儿子耷拉着脑袋，沉默不语。

我摸摸他的头，语重心长地说："儿子，不管怎么说，你照顾姥姥这么长时间，爸爸觉得你懂事了，但是你挣钱的方式是不正当的，害人也害己，你明白吗？"

儿子抬起头，对我说："我原本以为，好好学习，成绩提高了，既能当好学生，又能帮人作弊挣钱，后来我知道这是不好的行为，我再也不干这事了。"

老人一脸疑惑地看着我，问："怎么，我看病的事，你不知道？"

我顿时语塞，儿子看了看老人，又看看我，低下了头："爸爸，我知道你恨妈妈，不愿意管姥姥，可是姥姥是妈妈的妈妈，我得管，而且我现在是光明正大地挣钱了。"

老人总算弄明白怎么回事，心里一阵酸楚："难为你了，孩子，还养着我这个没用的老太婆……"

儿子哭得更伤心了："我想妈妈，我照顾好姥姥，将来妈妈总会知道，她就会回来了。爸爸，妈妈就是嫌你没钱走的，我将来挣许多许多钱，这样妈妈就会留在我们身边永远不走了，我们一家人永远不会分离了。"

说到这里，我们三个人哭成了一团……

（**题图、插图**：张恩卫）

三个愿望

从前,有一个不太富有的男人,娶了一位漂亮的妻子。一个冬天的晚上,他们坐在火堆旁,谈起了他们认识的那些有钱人的幸福生活。

妻子叹气说:“唉,如果我能够想要什么就有什么,那该多幸福!”

丈夫赞同地说:“我真想生活在古代,说不定能碰上一位好心的仙女,满足我想要的一切。”

就在这时,他们的房间里突然出现了一位非常美丽的夫人,她挥挥手里的魔棒,说:“我就是一位仙女,我刚好听到了你们在聊天,我可以满足你们提出的三个愿望,但请记住,只有三个愿望。”

仙女说完就消失了,这一对夫妇却犯起难来。妻子说:“如果让我来决定,我觉得没有什么东西像美丽、富有和品德那样好。”

丈夫想了想,说:“可人有了这些也难免疾病、忧伤,还可能会夭亡呢,还是企求健康、快乐和长寿更明智。”

“如果生活穷困潦倒,长寿又有什么用?”妻子反驳说,“说真的,仙女应该答应给我们十二次许愿的机会。”

丈夫说:“没错,不过还是让我们仔细想想哪三件事是我们最必需的,再去请求仙女。”

于是,夫妻两人坐在火堆旁,绞尽脑汁地想了起来。想着想着,妻子有点饿了,她拿起火钳,在火堆里拨了拨,随口说道:“好旺的火呀,我真想有一根一米长的香肠当夜宵吃,我们可以把它放在火上烤熟。”

她的话音还没落,就从烟囱里掉下来一根一米长的香肠。

丈夫一看,气得跳了起来:“该死

的馋鬼！这就是你许下的第一个愿望？要一根倒霉的香肠？现在我们只剩下两个愿望了，我真是要被你气疯了，恨不得那根香肠长到你的鼻子上。”

话刚说完，这个男人就意识到事情不妙了，因为他说出了这第二个愿望，香肠立刻跳起来，粘到了可怜的妻子的鼻尖上，她怎么使劲都拽不下来。

妻子哭喊道：“我的命好苦啊，你希望香肠长在我的鼻子上，你真是个坏蛋！”

丈夫赶忙安慰她：“我向你发誓，亲爱的，我没想到会这样，可我们该怎么办呢？我打算向仙女企求大富大贵，然后我会给你做一个金盒子，把你和香肠藏起来不让人看见。”

妻子一听，勃然大怒：“你给我说话当心点，如果要我鼻子上顶着这根香肠过一辈子，我就去死！我说到做到。我们只剩下一次许愿的机会了，把它留给我吧，不然我就从窗户跳出去！”说着，她跑过去打开窗户，丈夫一看，连忙喊道：“好吧好吧，我随你的便，你想提什么愿望就提什么吧。”

“好吧。”妻子说，“我希望这根香肠落到地上。”

瞬间，香肠落地了，缓过神来的妻子对丈夫说：“仙女捉弄了我们，可她没错，也许我们富有了也不会比现在更快乐。别奢求那些不属于我们的东西了，既然我们许愿得到的东西只有这根香肠，不如吃点儿香肠来当宵夜吧。”

丈夫认为妻子的话挺有道理，他们高兴地烤着香肠，吃起宵夜来，再也不为他们原来打算企求的那些东西而自寻烦恼了。

“银手指”点评：“三个愿望”是民间故事中常出现的母题。不知道为什么，神仙赐给凡人愿望时，总是三个三个地给，而且三个愿望之间常常相互关联，环环相扣。

在这类故事里，往往有一个贯穿全篇的关键性道具，把三个愿望串联起来，比如本篇故事里的“香肠”：第一个愿望，香肠出现了；第二个愿望，香肠粘到了鼻子上；第三个愿望，香肠落地了，人物的心态也随之发生了改变。

我们写故事时，常常犯一个毛病：写着写着，就把之前的道具忘了，这就像第一个愿望要香肠，第二个愿望却去要啤酒一样，不但浪费了道具，更模糊了故事的主线。有一位剧作家说过：“第一幕挂在墙上的枪，必须在最后一幕开响。”写故事也是这样，如果设计出了一个好的道具或细节，就要把它用足，让它起到集中情节、激化矛盾的作用。

(**原著**：〔法〕博蒙夫人;**整理**：顾　诗)

(**题图**：田　红)

回家的车票

□曾子建

有这么一首歌，人们耳熟能详，歌词是这样写的："找点空闲，找点时间，领着孩子，常回家看看……"眼看长假到了，出门在外的儿女，要忙着回家了。陈东是个外来打工族，他也想回家，可一直没有动身，原因很简单，今年他不但没多赚钱，还欠了点债，现在哪有脸面回家呢？

陈东琢磨着，要想回家，只有一个人能帮自己，那人名叫大傻，是陈东的老乡，住在另一个城市，他虽然名为大傻，其实精明得很。上次陈东向他借钱，他就坦白地说："说实话，借钱，一分也没有，男人就该靠自己赚钱。这样吧，你来找我，我带你去大干一票，保你衣锦还乡！"陈东当然知道大傻干的那些不正当行当，所以并未动心，但眼下却忍不住了，大傻一直混得不错，自己跟他去干一票，就可以风光地回家，有何不可？再说，自己也不贪多，只做一次！

那天下午，给大傻打完电话后，陈东就背着简单的行李，一路小跑，去了长途汽车站。上了长途车后，陈东左顾右盼，看见一个漂亮女孩旁有一个空位，那位置很不显眼，他立刻坐了过去，想蒙混逃票过去。

开车前，他给大傻发去一个短信"我身上没钱，你可以来中转站接我吗？"大傻住的城市离这里挺远的，需要转一次车才能到。大傻很快回了短信"我这里走不开，你自己想办法吧，实在没办法了，再给我打电话。"

此时，售票员已经开始卖票了，陈东干脆窝在角落里抱头闷睡，不知

不觉，竟然睡着了，等他一觉醒来，车刚好到站。他摸摸手机，还在，身上的东西一件也没落下，心中不禁暗喜，显然，售票员漏过了他，他当下起身，飞速下了车。

下车后，陈东才发现天色已晚，由于当时急着出门，没有考虑到时间，去大傻那的长途车早就没了，得明天早上才有。

陈东懊悔不已，眼下天寒地冻，自己又身无分文，唯一值钱的就是手机，可是这东西是用来联系的，千万不能卖，如此一来，晚上怎么度过？

无奈之下，陈东只好再联系大傻，大傻听后“嘿嘿”一笑：“你真让我失望，亏你还是个男人，这么没用，到我这也干不了大事呀！我指点指点你吧，现在不是天快黑了吗？你找个单身女子跟着，在人少的地方，抢掉她的包，不就有钱了？你抢到路费后来我这，我才敢包你发财呀！”说完这些，大傻就把电话给挂了。

陈东也觉得自己别无选择了，可抢劫这东西，他实在不会，也没这个胆量。

这时，下车的乘客已开始四处散去，陈东鬼使神差地跟在了一位妇女的身后，妇女一手拖着个大行李箱，一手挎着个小包，看样子是跟他坐的同一班车。十多分钟后，妇女进了一条小巷，陈东紧张地跟了上去。小巷里除了他与那个妇女，再无第三个人了。

陈东心里直哆嗦，腿也不敢加快半步，这可是抢劫啊，而且，对一个手无缚鸡之力的妇女下手，我还算个男人吗？

顿时，陈东打消了抢劫的念头，他停住了脚步，正想转身离开，突然，异状出现了：小巷边上的胡同里冲出两个青年，其中一个迅速扯住了妇女手中的挎包，另一个则对着妇女推了一把，妇女“哎呀”一声，跌倒在地，手里的挎包已到了青年手上。

“抢劫啊，抢劫！”妇女正好面对着陈东，嘴里大叫着。

陈东一惊，当下一个跨步，本能地向两个逃跑的青年追去，奈何他身上背着包，又不熟悉地形，很快就被甩掉了。在巷子里四处寻找，毫无收获后，陈东又回到了车站。

他在车站思量着晚上该在哪歇息，于是向门口的小吃摊老板打听：“老板，车站里晚上有没有免费睡觉的地方啊？”

老板热情地答道：“有啊，候车室嘛，虽然小，睡觉倒无妨，就是冷，而且不太安全啊，那里贼多，这不，刚才保安就捉到一个贼，还是个女贼，漂亮得根本不像贼！”

“女贼？”陈东随口问道。

“是呀，很漂亮的一个女娃，住在车站的旅馆里，刚出来买东西就被逮住了，现在正被关在车站保安室。”老板用手指了指西南方一间灯光透亮的房间，“喏，就在前面那个房间里，听说是抢劫犯的同伙。”

陈东一下来了兴致：莫非就是刚才抢妇女包的劫匪？他大步流星地往车站内走，来到了保安室外，朝窗子里看去，保安室里有几名保安站着，一个中年妇女坐着，正是先前小巷遭遇抢劫的那个妇女，还有一个年轻漂亮的女孩，正微低着头抽泣，那女孩很面熟，陈东想起来了，她就是长途车上邻座的那个女孩。

一名保安神情严肃，正在审问那女孩：“姑娘，说实话吧，那三个抢劫的跟你什么关系，他们现在人在哪里？”另一名年轻保安在边上劝道：“现在说还来得及，等会公安局的人真要来了，就晚了！”

年轻女孩开口说话了，却依旧低着头，不停地抽泣着：“我说了，我不认识他们，我和他们没有关系。”

“胡说，你明明认得他们，我在车上看得一清二楚，你和那三个男贼是串通好的。”妇女转头又跟保安说道，“这贼娃嘴硬着呢，你还让我先别报警，我看早该叫警察来，把她抓去审问，她才肯说。”

听这对话，陈东心里有了底：妇女遭遇抢劫后，就来找保安，正好遇上这个年轻女孩，巧的是，她在车上又看到了女孩和劫匪在一起，于是就先把女孩控制起来逼问了，可是，那三个劫匪是怎么回事？明明只有两个啊！她不会把自己也算进去了吧？

想到这，陈东脑子不由“轰”了一声，这可不行，自己得进去跟他们解释清楚。

这时，年轻女孩又开口了：“我说过很多遍了，我真的不认识他们，我是见过他们中的一个，当时我就坐在他身边，看到他给别人发的短信，说他身上没钱，后来又装睡了，我猜想他身上可能真的没钱，又见他年纪和我差不多大，不像是坏人，就把他的票一起买了。我从头到尾

都没和他说一句话，更不知道他是哪里人，叫什么。”

“开玩笑，不认识的人你给他买票？那个人跟了我很久，说不定你们在车上就打上我的主意，准备抢我了。”妇女的叫声很大，硬生生地将陈东前进的脚步喝住了：现在进去万一解释不清怎么办？岂不是羊入虎口？可是，这女孩是好心帮自己，自己怎能不去帮她开脱呢？可万一被那妇女一口咬定自己就是劫匪，不是更糟糕了吗？

犹豫良久，陈东最终还是悄悄退出了车站，找到一处墙角，睡了一夜，这一夜，他翻来覆去地怎么也睡不着，倒不全因为环境太差天气太冷，而是因为他的脑海里总浮现着女孩哭泣的面孔。

第二天，陈东起得很早，他打定主意，要为女孩开脱，他坚定地向车站保安室走去，却听保安说，女孩已经被送往派出所了。在保安的陪同下，他又匆匆赶到派出所，面对民警的审讯，陈东一五一十交代了详情，民警突然大喝一声：“老实点，这不是编故事的地方。”

陈东看了看楚楚可怜的女孩，对民警说：“你先放了这个女孩吧，她真是无辜的，她仅仅是帮我买了一张票，根本就不认识我，不信你们可以调查，一查就清楚了，她和我一点关系也没有。”

民警一边在审讯陈东，一边派人对女孩与陈东的身份展开调查，一个多小时后，女孩终于被证实是无辜的，在民警的一再道歉后，女孩被释放了，而陈东却没那么幸运，妇女一再肯定，他是劫匪之一。女孩临走时，陈东突然叫住她，说：“呃，那张车票可以留给我吗？”

女孩迟疑了一下，从包里取出一张车票，交给他，沉默片刻，轻声说道：“我希望你可以改正。”

陈东微笑着点点头，女孩红红的双眼，也露出了笑意。民警不禁叹气道：“现在的年轻人呀，唉！”

女孩走后没多久，民警押着两名犯人进了警察局，当看到那两名劫匪时，陈东不禁乐了，他们就是昨天傍晚，抢夺妇女挎包的两个青年。很显然，没过多久，陈东也被释放了，释放后，民警帮陈东解决了一顿午饭，还帮他买了回乡的车票。

陈东回到家乡，已是长假前一天了，虽然他身无分文，心情却非常好。节后数天，正当他准备外出好好工作时，大傻盗窃被捕的消息传到了村里。听到这个消息时，陈东不禁摸出女孩的车票，会心地笑了。

当然，陈东一直没有见过那个女孩，但那张车票，他却一直好好地保存着，因为，那是一张回家的车票！

（**题图**、**插图**：佐　夫）

比比谁更亮

□瓦　蓝

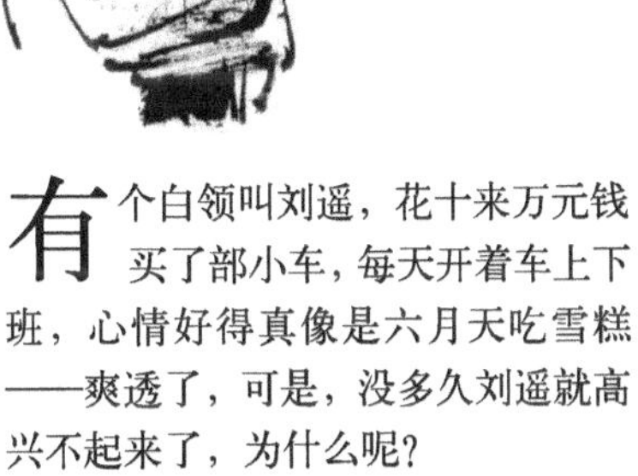

有个白领叫刘遥，花十来万元钱买了部小车，每天开着车上下班，心情好得真像是六月天吃雪糕——爽透了，可是，没多久刘遥就高兴不起来了，为什么呢?

因为刘遥上班的地方离城区有几十公里，现在冬天黑得早，下班回来经常要开夜车，可是，晚上和别的车会车时，对方的车灯雪亮雪亮，自己的车灯相比之下就像萤火虫，他根本就看不清前面的路，有两次他差点就将车开下了路基，把他吓出了一身冷汗。

同事老张是老司机了，他得知了刘遥的苦恼，呵呵地乐了。老张说其实这很简单，只要去换一对车灯就行了。

见刘遥不明白，老张解释说，现在很多司机都嫌原装的车灯亮度不够大，纷纷换上了大功率的氙气灯，氙气灯的亮度是普通车灯的好几倍，晚上会车时就不会吃亏了。

刘遥明白了，于是，他把车开到维修行一问，车灯的确可以换，不过，灯的价格可不低，少则三五千一对，贵则上万元，刘遥有些犹豫，可是想想晚上会车时差点被别人的车灯晃到路边的田里去，他咬咬牙掏腰包换了一对进口的最新型氙气灯。

还别说，这对氙气灯也的确亮，无论对方是什么车，刘遥再也不担心晚上会车时看不清眼前的路，也不用为开夜车而烦恼了。

一个周五的晚上，刘遥下班后驾车回家，一路上他仍然大开前灯，旁若无人地往前冲，雪亮的灯光吓得相遇的车纷纷减速给他让道。这时，一辆小车也亮着耀眼的白光远远地疾驶过来，丝毫没有减速相让的迹象，刘遥心里一动，这家伙看样子对他的车灯亮度十分自信，今天就和他比一比，看看谁的车灯更亮、更牛气！

两辆小车是在一段带点弧形的路段上相遇的，谁都没有换近光灯，也没有减速，两辆车呼啸着擦身而过，很显然，对方的车灯还是没有刘遥的亮，刘遥得意地把油门一踩，继续赶路了。

第二天，刘遥和妻子准备到岳父母家里过周末，刚上车，就被两个交警拦住了，他们要求刘遥打开车灯。刘遥不知出了什么事，当他刚将大光灯打开，两个交警互相看了一眼，立即要刘遥去交警队接受调查。

到了交警队，刘遥才知事情搞大了。

昨天晚上，和刘遥在弧形路段会车的那部小车的司机，因为被刘遥的车灯照得睁不开眼睛，车子失控冲出路基，掉进了路边的河滩上，小车车身严重变形，司机身受重伤，根据司机的描述和城区入口处收费站的监控录像，交警连夜排查，最后确认刘遥难逃干系。

刘遥听罢交警的讲述，这才想起昨晚与那辆小车会车之后，从后视镜里似乎看到对方的车子有些异常，当时他没在意，想不到最终出车祸了，但再一想，他很不服气，说："我又没撞没碰那辆车，他出了车祸，跟我有什么关系？"

没想到交警严肃地说："当然有，你非法改装大功率车灯，就是违法行为，对他人的夜间行车造成了严重的安全隐患，这场车祸与你的车灯有直接关系，你当然要负责了。"

"这个，这个……"刘遥还想申辩，交警一句话就把他吓得哑口无言——"如果警方认定你有肇事逃逸行为，那么你的麻烦还会更大……"

律师点评：

《道路交通安全法》第四十八条规定：在没有中心隔离设施或者没有中心线的道路上，夜间会车应当在距相对方向来车150米以外改用近光灯……机动车在夜间通过急弯、坡路、拱桥、人行横道或者没有交通信号灯控制的路口时，应当交替使用远近光灯示意。由此分析，《比比谁更亮》故事中的刘遥违法改装大功率车灯，且在夜间弧形路段会车时，没有按照上述规定操作，那么，无论是否直接撞车，刘遥都应根据其过错程度承担相应法律责任。

（题图：刘斌昆）

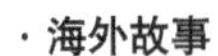

这个工作真奇怪

□戴彦杰

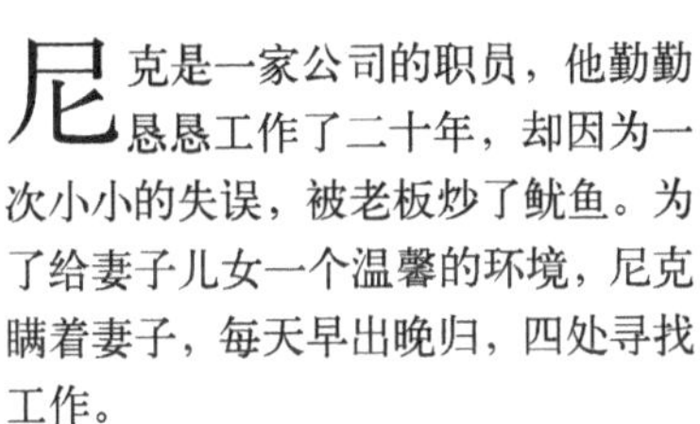

尼克是一家公司的职员，他勤勤恳恳工作了二十年，却因为一次小小的失误，被老板炒了鱿鱼。为了给妻子儿女一个温馨的环境，尼克瞒着妻子，每天早出晚归，四处寻找工作。

这天，尼克依旧没有找到工作，眼看天色已晚，他不知所措，一个人坐在公园的长椅上，就在他绝望的时候，一个穿着黑衣的中年男人出现在了他的面前。

中年人坐在长椅的另一侧，他手上拿着三顶帽子，看着尼克，说："你在找工作？"

尼克点点头，说："是的。"

中年人淡淡地说："我有个工作，不知道你愿不愿意干？"

尼克正在为自己的生计发愁，见眼前这个中年人愿意给他工作，他的眼神又明亮了起来："什么工作？只要是我能办到的，我都愿意去试试！"

中年人冷漠的脸上看不出表情："其实很简单，只要你在每周的星期一、星期三和星期五的下午一点，穿上你现在这件衣服，分别戴棕色，灰色和黑色的帽子出门，到马维尔大道走一圈，然后回到这里，我就给你300英镑。"

尼克瞪大眼睛看着中年人，这么简单的工作，就可以拿这么高的薪水，尼克的心都要跳出来了，可转念一想，他心中又掠过一丝不安，这钱那么容易就拿到手，似乎有些不太对劲，可是，眼前的这位中年人，似乎不像什么坏人，更何况自己现在迫于生计，思虑再三，他决定接下这个奇怪的工作。

尼克爽快地对中年人说："好吧，我可以做这份工作。"

中年人满意地点点头："那从下周一开始吧，希望你能按时完成任务！这是三顶帽子，你拿好了。"说完，中年人起身，离开了公园。

周一很快就到了，这天，尼克按时戴上棕色的帽子来到了马维尔大道，令他疑惑的是，大街上一切都如同往常，并没有什么奇怪的事情发生。尼克若有所思地在街上漫步，他不知道中年人为什么要让他这么做，不一会，他走完了马维尔大道，来到公园。令他欣慰的是，中年人已经在公园的长椅上等着他了。

中年人露出难得的笑容，对尼克说："你今天表现得很好，不要忘了，明天要戴灰色的帽子！"

"好的。"尼克顿了顿，一脸疑惑，"只是我想知道，我做这份工作是为了什么？"

中年人干笑了一下："你就别问这么多了，别忘了300英镑，好好干吧。"

尼克没有问出个究竟，想到这份工作似乎没什么危险，而且再做两天，就能拿到300英镑，他也就不再追问下去。

星期三那天，尼克按照中年人的要求，在下午一点戴上灰色帽子来到大街上。这天的天气似乎比往常冷了许多，街道上的路人很少，尼克戴着帽子，匆匆走过了马维尔大道，很快又回到了公园。可是那天，那个中年人没有出现。

很快周五到了，尼克有些激动，因为今天可以拿到收入，晚上可以给孩子买一些好吃的。下午一点，尼克戴着黑色的帽子，和前两天一样，顺利地走过了马维尔大道，回到了公园。

尼克四处张望了一下，发现中年人已经在公园的长椅上等他了。中年人从上衣口袋里拿出一个信封，对他说："你来得很准时，这是你的报酬300英镑，收好了！"

尼克兴奋地接过钱，这时，中年人又说道："只是这个工作还没有结束，你愿意继续干下去吗？"

尼克听了一脸喜悦，他激动地说："当然！"

中年人叹了口气，喃喃地说："那好吧，我也希望你能一直做下去！"

尼克听了，不觉疑惑起来：希望我能继续做下去，这是什么意思呢？难道自己的工作随时都有可能终止吗？等尼克回过神的时候，中年人已经离开了。

就这样，尼克还是和以前一样，按时戴上三种不同颜色的帽子，来回于马维尔大道和公园之间。每周，中年人都会给尼克300英镑。

一转眼，四周过去了，那天，尼

克来到公园，却没有见到中年人，他只好在长椅上等了一个多小时，只见中年人匆匆走了过来，他的脸上有些哀伤。

中年人把300英镑交给尼克后，缓缓地说道："以后，你就不用再戴帽子出门了！"

尼克听了，不禁失望起来，急忙问中年人："为什么？"

中年人面色凝重："你的工作做完了，我的任务也完成了。"

尼克还是不解："你的任务？先生，在这个工作结束的时候，我想弄明白，为什么请我做这份工作？"

中年人见尼克认真的表情，叹了口气，缓缓说道："好吧，其实，我这么做是因为一个孩子！"

"孩子？"

中年人点点头，继续说："是的，这个孩子叫维特，他被确诊得了绝症，只有一个多月的生命，他有一个心愿，就是想见见最疼爱他的爷爷。维特的爷爷有个习惯，每周的星期一、星期三、星期五都会去马维尔大道走走，每次都会轮流戴棕、灰、黑三色的帽子，因为这三顶帽子是维特送他的。"

中年人沉默了一会，尼克问他："那维特的爷爷呢？"

中年人的语气更为沉重："维特的爷爷在不久前去世了，因为维特的身体状况也不好，所以，这件事，家人一直都瞒着他。"尼克恍然大悟："原来你是让我假扮维特的爷爷，可以满足他的愿望？"

中年人会心地笑了："是的，维特因为病情恶化，无法行走，所以只能在马维尔大道旁的医院住院部趴着窗户，看到你一次次走过这条街道。说实话，你的身材和外貌，跟维特的爷爷很像，所以，那天我会选择你来做这件事！"

尼克若有所思地说："原来是这样，那维特现在在哪？"

"他在昨天中午，已经离开了这个世界……"

尼克心中掠过一丝悲伤，但是，他觉得有些欣慰，因为在这短暂的一个月里，他居然能为一个即将离开这个世界的孩子，做了一件有意义的事。

走之前，尼克似乎想起了什么，他起身，将那300英镑返还给中年人："我想，这钱我不能收，谁会拒绝一个孩子的请求呢？不过，我有件事想要请你帮忙，我想在孩子的墓前送一束花。"

中年人抿了抿嘴，说："可是，我并不认识那个孩子，我也是听医院的朋友说起的。"他说完起身，便离开了。

尼克被中年人的话镇住了，目送他离开……

（**题图**：佐　夫）

·中篇故事·

人贵在有两种品质，一种是有自知之明，一种是能知错就改，有自知之明的人比比皆是，但是在面对人生重大错误时，能真正改正的人却寥寥无几……

有些路不能走

□梅永远

1. 风波乍起

人生有很多定律，其中有一条“彼德定律”，它是这么说的：“很多人爬到了梯子的顶端，却往往发现梯子搭错了地方。”梯子搭错了地方怎么办？这个道理，很多人没有想过，田万春也没想过。田万春是美术学院的毕业生，文绉绉的，戴着一副眼镜。有一次，他到野外写生，正是在这次写生途中，他想明白了上面说的这个道理。

那天，田万春在腾冲县境内完成了写生，天色已晚，他沿着荒凉的公路走了很久，终于找到了一个简陋的小旅馆歇脚。小旅馆坐落在一个丁字路口，还兼营着饭店的生意，但从那块破破烂烂的招牌来看，这里的客人就像五更天的星星一样稀少。

田万春背着大大的画夹子走进了小旅馆，店老板咧开大嘴笑了：“怪了，今天的客人扎堆了。”听这话，今天旅馆里意外地住进了不少人。

在狭小的房间里，田万春翻来覆去睡不着，他已经很累了，但是满肚子的心事在打转儿，闹腾了很久，正当有了一些睡意的时候，忽听门外传来一阵窸窸窣窣的响动。

田万春竖起耳朵听了一会儿，外边又安静下来，等到田万春刚想睡去，一阵金属摩擦的刺耳声音又赶跑了他的瞌睡虫。田万春忍不住了，他蹑手蹑脚地爬起来，走到门边，猛地拉开门，还没来得及喊一嗓子，忽然看到一个胖胖的身影，从隔壁房间门前慌慌张张地跑开了。

这一夜，尽管再也没有听到异响，田万春却睡得很不踏实。第二天一早，他揉着满是血丝的眼睛，疲惫地背着画夹子走下楼。楼下是旅馆的前台，也是饭店的厅堂，几张饭桌前已经三三两两地坐了些吃早饭的人。

田万春左右环顾了一下，后来在一个皮肤黝黑的中年人身旁坐下了。天气很热，那中年人却还穿着长袖衬衫，田万春有些奇怪，仔细打量了一下，发现那人的左手是一具假肢。这时，那中年人停住筷子，也一脸戒备地看着田万春，田万春有些不好意思了，这样盯着残疾人的假肢是不礼貌的，他赶紧向大嘴店老板点了一份早餐，其实也没得选，只有过桥米线。

客人有些多，米线上得很慢。田万春的对面坐着一个留平头的小伙子，穿着一件马来西亚风情的花褂子，也在等早餐，正无聊地东张西望。

终于，那“花褂子”忍不住找田万春搭话了：“嘿，老弟，搞绘画呢？”

田万春看了他一眼，腼腆地点点头。花褂子带着艳羡的表情，感慨地说道：“我一见到你们这些搞艺术的，就羡慕，有气质啊！哎，老弟，能不能把你的大作给我欣赏一下？”说着，花褂子便伸手来抽田万春的画夹，田万春一把抱住画夹子，紧张地说：“你想干吗？”

花褂子有些不屑地说“老弟，看不起人了不是？别这么小气么，看一下又没什么大不了的，你们搞艺术的，别那么清高了，画是要靠人来欣赏的，再好的画，没人欣赏，还不是废纸一张？”田万春脸有些红了，周围的客人听了花褂子的话也纷纷转过头来，看着两人，这时，花褂子又伸过手来，想拿画看，田万春犹豫了一下，从袋子中抽出画夹子，摊在桌子上，打开，让花褂子看。

里面是一张张浓墨重彩的油画，堆积着厚厚的颜色，极饱满，很鲜亮，但就是看不明白画的是什么。花褂子看了半天，翻到最后一页，他终于忍不住了，指着画页下方的标题——《失忆的女人》，口中嚷道：“这到底画的是什么？怎么会是个女人？我看，是一碗西红柿蛋花汤倒差不多。”

他这么一说，店堂里的客人不由得哄笑起来。田万春很愤怒，但也很无奈，他轻轻地合上了画夹子，懒得再和花褂子说话，花褂子依然不依不饶地说：“这也能算画的话，我一天能画一百张，就是我小时候画的地图也比这个强。”

两人说话的时候，田万春右座那个有点残疾的中年人一直在冷眼旁观，这时，他突然将筷子轻轻拍在桌

面上，忍不住说了一句："这叫抽象画，你懂不懂？"

田万春看了一眼中年人，笑了一下，目光中有些感激，中年人也微微一笑，满脸的皱纹，也舒缓了不少，这是一个很沧桑的中年人，应该有过许多不寻常的经历。

那个花褂子的嗓门却大了起来："还抽象画呢？抽筋还差不多，一点都不像还能叫画吗？"中年人有些恼怒，刚想说话，却被田万春拉住了，田万春低声说："大哥，谢谢你，别跟这人一般见识，他不懂。"

田万春说话的声音虽然小，但还是被花褂子听见了，他猛地站起来，扯着嗓子喊"怎么，瞧不起人不是？我不懂，就你们懂，了不起，上天啦？"吃饭的客人都被吸引了，一个个伸长脖子看热闹。

很明显，花褂子似乎是在故意寻衅、无理取闹，田万春觉得这人简直是不可理喻，便不再理他，店老板也赶紧端着托盘跑过来，口中吆喝道："哎，天热，大伙消消气，来来，吃米线了。"花褂子也不再纠缠，端起一碗米线，吃得"哧哧溜溜"直响。

这时，中年人问田万春："你还是个学生吧？"

田万春笑笑，说："我是美术学院的，已经毕业了，出来写生的。"

中年人的笑容舒展了开来："真好！"忽又黯然说道，"我那个不成器的儿子，要是有你这么懂事就好了。"

一场风波平息后，客人们便自顾自地忙着吃自己的早饭。

2. 剑拔弩张

客人们吃完早饭，陆陆续续地开始退房赶路，这毕竟只是个歇脚的地方。这时，一个胖子拎着一个编织袋挤到前面，对店老板说："老板，我有急事，先帮我把房退了吧！"

其实，因为房间设施很简单，退房手续就更简单，连查房都不用，直接退了押金就完事儿。胖子很快拿到钱，大步流星地往门外走去。

突然，一个声音尖叫道："你不能走！"随着这一声喊，只见一个头发卷曲的年轻人惊恐地冲过来，胖子拔腿想跑，"卷发"猛地扑过去，死死地抱住了胖子的小腿，卷发口中还语无伦次地喊着："钱，我的钱……他偷了！"这时，大家才注意到，卷发身上还挎着一个被划开的旅行背包。

胖子恼怒地一脚踢开卷发，吼道："你放什么屁？"

田万春倒是记得，刚才就是胖子和卷发坐在角落里的那张板凳上，如果卷发的钱丢了，胖子的嫌疑自然最大，而且昨晚，那个鬼鬼祟祟的身影，和这个胖子也有几分相似，看来，这个胖子有问题。

卷发爬起来，盯着胖子："你敢打

开袋子让我看看吗？”

胖子一抖满脸的横肉，狠狠地说：“你有什么权利看我的袋子？”说着，就要朝门外走去，突然，一边冲出一个人，飞快地关上了旅馆的大门，又拴上门闩，正是那个店老板，他依然是脸上赔着笑，说：“老板，先把事情搞清楚，再走也不迟啊！”

旅馆里骚动起来，还有七八个客人，有人在检查自己的包裹，有人问卷发丢了多少钱，还有人让胖子打开袋子。田万春没有说话，紧紧抱着手里的画夹子，默默地观望着事态的发展，他旁边的那个中年人，也很冷静地旁观着。

胖子不愿意打开袋子，卷发忍不住了，冲上去抢那编织袋，却被胖子抓住衣服领子，一把摔在地上。卷发坐在地上，号叫着：“你还给我，我那都是公款啊，弄丢了我也活不了啦！”饭店里一片混乱，看起来这个卷发丢了不少钱，客人们纷纷逼视着那个胖子。胖子不干了，对着店老板厉声喝道：“赶快开门，我还有急事！”

店老板拍了拍胖子的肩膀说：“你的袋子我们确实也没有权利翻看，为了证明你的清白，我看还是报警，让警察来处理好了。”说着，他瞟了一眼站在吧台旁的老板娘，老板娘心领神会，抓起电话就要拨打110。

突然，胖子像一只受惊的兔子冲了过去，他肥胖的身体竟然如此敏捷，三步两步就窜到了吧台前，从编织袋中掏出一把消防斧，狠狠地砸在电话机上，一声脆响，塑料碎片飞得到处都是。

所有人都惊呆了，老板娘更是捂着脸躲进了后堂。

胖子举着消防斧，凶相毕露地说：“谁敢挡我的路？”

店里刚才还很喧闹，此刻都安静下来，大家都被镇住了，连刚才激动的卷发，也没有了声息。胖子嘴角挂着一丝轻蔑的微笑，得意地说道：“赶紧把门给我打开！”

店老板脸色苍白，但还是抖抖索

索地把着大门，忽然，一个声音喊道：“我们这么多人，还打不过他一个人吗？”话音未落，突然，说这话的人又发出一声尖利的喊叫，众人回头一看，只见刚才那个花褂子，手里握着一柄长长的西瓜刀，正架在一个旅客的脖子上：“妈的，大家看看，谁想出头，这就是下场！”说着，他手中的西瓜刀一划，那旅客的胳膊上被划了一个大口子，鲜血一下子涌了出来，那旅客大叫一声，吓得面如土色，浑身像筛糠一般。

没想到这个花褂子居然是胖子的同伙，其他旅客顿时呆住了，大家弄不清店里还有没有潜伏的歹徒，一时间都噤若寒蝉。

田万春紧张地抱着画夹子，本来白皙的脸庞更显得苍白了，倒是那个中年人还是那副严肃的表情，紧锁着眉头，看不出是不是害怕了。

胖子径自朝大门走去，店老板抿着嘴，一言不发地闪到一旁，胖子用力拔开门闩，一脚踹开大门，冲着花褂子抖了抖手中的编织袋喊道：“撤吧！”

看着那沉甸甸的编织袋，花褂子面露喜色，便尾随着胖子，迅疾走出大门……

3. 欲罢不能

说时迟那时快，一辆银灰色的面包车“嘎”的一声停在小旅馆门口，面包车的车牌已经被纸板遮挡了，司机从车里探出头来，喊道：“快上车，快上车！”看来，这是胖子的同伙来接应了。

这时，一直呆坐在地上的卷发忽然惊醒了，他猛地爬了起来，发疯似的扑上去，抱住了胖子手中装钱的编织袋，口中喊道：“你们不能拿走我的钱，那都是公款啊，我还不起的啊！”胖子一脚将卷发踹开，卷发滚到一旁，又爬起来，继续扑向钱袋，又被花褂子一脚踢倒。卷发没有住手，又爬起来要去抢钱袋子，花褂子眼中凶光一闪，握紧了手中的西瓜刀……

田万春终于看不过去了，他腾地冲出大门，举起手中的画夹子，劈头盖脸地朝花褂子砸去。花褂子猝不及防，一下子被打懵了，待他回过神来，狠狠一刀劈了过来，田万春下意识地举起手中的画夹子一挡，西瓜刀将画夹子一下劈成两半，余力不减，劈在田万春的肩膀上，这一下，顿时鲜血四溅。田万春倒在地上，那边，卷发又被胖子揍得趴在地上动弹不得。

花褂子咬牙喝道：“你们别逼我，杀个把人，我眉头都不会皱一下！”一屋子的人顿时吓傻了，没有一个人敢出去帮忙。

田万春却又爬了起来，他抓着手中已经被劈成两半的画夹，两眼似乎要喷出火来。这时候，胖子已经登上面包车了，花褂子正要上车，却看见愤怒的田万春又向他扑来，便扬起了手中的西瓜刀，他正要动手，忽听一声大喝："住手！"左手残疾的中年人站了出来，他一个箭步冲到前面，飞起一脚踹向花褂子。花褂子后面就是面包车，无处躲闪，结结实实挨了一脚，他恼怒地举起西瓜刀劈向中年人，中年人敏捷地一侧身，躲过这一刀，没料到他这一闪，正好闪到面包车车门处，只见车内的胖子举起斧头，一道寒光闪过，狠狠地一斧子，劈在中年人的左臂上……

中年人的左臂应声而落，"咕噜噜"滚进面包车内，未见鲜血喷溅，因为那是一具假肢。中年人一愣，花褂子也不想延误时机，趁着这个当口，赶紧跳上车，拉上车门，面包车一阵轰鸣，绝尘而去。

旅馆的门前是个丁字路口，面包车没有沿着大道前行，而是拐上了那条坑坑洼洼的岔路。

面包车跑远了，屋里的人才陆陆续续走了出来，店老板要替田万春包扎伤口，田万春冷冷地拒绝了。田万春和中年人把呻吟着的卷发扶了起来，走到一旁坐下来，和那群旅客保持着一段距离。

旅客们大都很尴尬，也不知道说什么。这时，店老板走了过来，对田万春说："我们已经报警了，要不，我们先送你们去医院，这边，留给警察去处理吧！"

中年人和田万春互相包扎着伤口，中年人瞟了店老板一眼，面无表情地说："我不去医院，我要去追那几个歹徒！"

一旁的卷发止住呻吟，也喊了起来："我也要去追，他们抢走了我那么多钱，全是公款，可要了我的命啊！"

于是，三个人毅然决然，去追赶那几个人……

4. 各有心事

虽然三人都受了点伤，但不是特别严重，那个卷发看起来很虚弱，但

走起路来还行，卷发感激地说："谢谢两位，肯这么帮我，我真是不知道说什么好了。"

中年人板着脸说："我不是要去帮你，我是去找回自己的假肢。"

卷发不住地点头说："那也要谢谢你们，刚才救了我。"

田万春插话道："这位大哥，你为什么带这么多钱出行呢？"

卷发犹豫了一下，叹了口气，说："唉，我是一家农资公司的会计，去外地收了一笔货款回来，当地不方便存款，我就带了现金回来，没想到半道上出事了。"

田万春继续问："丢了多少钱？"

卷发挠了挠满脑袋卷曲的头发，懊恼不已地说："32万啊！"

田万春慨叹道："这么多钱啊，难怪你这么不要命也要把钱抢回来，不过，你也太不小心了，早就被他们盯上了，昨晚我好像就看到那个胖子要撬你的门。"

三人一路上走着，说着，急匆匆地走了一段，两旁依然是荒僻的山丘。失去左臂的中年人走在前面，有些不习惯地甩着胳膊，田万春忽然问道："大哥，我知道一条假肢不便宜，但是也不至于为了这个，非要去跟那伙亡命之徒拼命啊！"

中年人停住了脚步，转身说："老弟啊，我知道你是个好人，刚才我就叫你不要来的，犯不着要你去冒险的，只是这条假臂对我，有着不同寻常的意义，我一定要把它找回来。"

中年人沉默了一会儿，说起了往事："我从小是个孤儿，到处流浪，经常偷人家东西，也经常被人追打。有一次，我在包子铺偷了几个包子，那个狠心的老板一刀扔过来，砍在我的左臂上。我跑掉了，躲在一个桥洞下，伤口发炎溃烂，又发着高烧，没人管没人问，快要死的时候，一个老人救了我，我叫他吴叔，他是个孤寡老人，他收养了我，用那少得可怜的救助金，把我养到十八岁，还教我画画。吴叔最喜欢画画，可是我十八岁那年，吴叔不能再画画了，他失明了，因为白内障，他放弃了手术，他用所有的钱，为我配了一条假肢。失明后的吴叔重重地摔了一跤，没多久就走了，吴叔走的时候说——‘孩子，吴叔只能给你一条胳膊，你要活出个人样来。’后来，我装着吴叔给我的那条胳膊，踏踏实实地做人，经常在这一带跑点生意，后来还娶妻生子了，我想，吴叔在天之灵也应该得到宽慰了。”

中年人长叹一口气，继续说“可惜的是，我那孩子不争气，不好好上学，整天在社会上混，前不久因为参与打架，把一个中学生打残了，我们好说歹说，赔礼道歉，那家人同意私了，要我拿出30万，我所有的家产都赔进去了，还远远不够，如果筹不够钱的话，我儿子免不了坐牢，他这一辈子就算完了，现在，都快把我愁死了。那条胳膊，不仅因为吴叔的缘故，而且我还要靠着它去挣钱，去救我儿子，你们说，我能没有它吗？”

田万春和卷发听了中年人的故事，心情都显得很沉重，半天一言不发，三人默默地走了一段路，最后还是中年人打破了沉寂，他对田万春说:“老弟，说说你的画吧，以前吴叔教我画画，学的就是油画。我看你那幅《失忆的女人》，虽然看不太明白，但是应该对你有着非常的意义，否则，你不会因为那个歹徒砍坏了你的画，而那样生气的。”

田万春突然有些紧张起来，脸也红了，中年人笑了起来:“不想说，就不说嘛……”

田万春嗫嚅着说:“其实……其实也没什么，我爱上了一个女孩，她出车祸了，好了之后却失忆了，再也不认识我了，我很伤心，所以画了那画。”三个人又沉默了一会儿，继续朝前走着，田万春忽然问:“大哥，他们开车，我们走路，你说我们能追上他们吗？”

中年人自信地说“不用担心，这一带我很熟悉，前面会有一段山路，那段山路前些日子塌方，应该还没有修好。”听了这话，田万春和卷发都很振奋，不由自主地加快了步伐。

走了一段路，他们终于看到了那段塌方的山路，一大片山体滑坡，将山脚的道路盖了个严严实实，汽车除非插上翅膀，否则是没办法过去的。

可是，他们并没有看到那辆银灰色的面包车，难道面包车真的插上翅膀飞走了？

5.淌着的血

地上的泥很硬，只有一些老旧的车辙印，中年人一筹莫展地站在那里想了半天，最后，他带着田万春和卷发往回走了一段，终于发现了端倪。

山脚下有一条河流，一直顺着山势蜿蜒而过，在道路的一处，他们看见了车子滑向河道的痕迹，难道那三

个歹徒出了车祸？看起来并不像，他们顺着车辙，在河边找到了船停靠的痕迹。

中年人有些沮丧地说："看来这些歹徒是蓄谋已久的，他们早打算好了在这里脱身，他们也了解地形，预先准备好了一条船，来接应开不过去的车子，这样，即使警车追过来，也是毫无办法了。"

三个人都很失望，讨论了一下，中年人还是决定追下去，塌方的道路，人是可以走过去的，还可以继续沿着河岸，去找那几个劫匪。

于是，三个人又开始了追逐，追了没多久，三人就在河边发现了那条被丢弃的船，船不大，但是开上一辆面包车绰绰有余，船上也没有什么东西，放了好几块板，方便汽车上下船的。

中年人锁着眉头说："不好了，他们开着车，从这里出去，很快就会到一个四通八达的集镇，到了那里，鱼入大海，哪里找去？"

三个人一急，就开始四处寻找，也就在这时，他们看见了一处触目惊心的场景——

前方有两个人躺在地上，地上一大片血迹，有些已经开始凝固了，空气中都弥漫着浓浓的血腥气。这两人中有一个很胖，他的肚子上被捅了好几个窟窿，好像已经死去了；另一个穿着一件马来西亚风情的花褂子，但花褂子已经被血染透，变成了一件红褂子，看不清伤势，但那人还没死，在大口地喘着气。没错，这就是那两个劫匪：胖子和花褂子，他们怎么成这个模样了？

三人走近一看，中年人倒吸了一口凉气，说："真狠啊，他们一定是内部火拼，另外的人想吞了钱，所以把这两人害了。"

田万春早已吓得脸色惨白，根本不敢看躺在血泊中的两个人。中年人和卷发小心地走近几步，卷发忽然兴奋起来，他看见胖子身下还压着那个编织袋，旁边还散落着几张被血染红的钞票，难道钱还在里面？尽管希望不大，卷发还是冲了过去，小心翼翼地把手伸到胖子血糊糊的身下，去掏那个编织袋……

突然，意外的情形发生了：那个花褂子颤颤巍巍地弓着身子爬了起来，手里还握着那把西瓜刀，看那架势，他是要举起刀来往卷发头上砍……这时，中年人猛地冲上去，一脚踹掉了花褂子手中的西瓜刀，就在那一刻，恐怖的一幕发生了：失去了形影不离的左臂，中年人一下子没掌握住平衡，脚下一滑，仰天栽倒在地，中年人正好跌在胖子的右边，那里恰恰有一把消防斧，正被胖子的手紧紧握着，可怕的锋刃正指向天空，只听"扑哧"一声，斧子插入了中年人的后脑，一声凄厉的呼号，响彻了山谷……

田万春发疯一样冲了上去，中年人十秒钟不到就停止了呼吸，他最后只说了两个字：“儿子……”

卷发手中抓着那个空空的编织袋，看着眼前的情形，呆若木鸡地站在那里，编织袋不停地往下滴血，重重地砸在地上。

田万春搂着中年人，不停地哭，他快要崩溃了。

花褂子又颤抖着想爬起来，试了几次，都跌倒了，最终再也没有爬起来。

地上大片的血迹继续向四周蔓延，有胖子的，有花褂子的，也有中年人的，田万春甚至不知道中年人的姓名，就眼睁睁地看着他离开，中年人一直紧皱的眉头终于舒展开来，只是神情好像很落寞，失去了左臂，他显得很孤独……

6. 可以回头

田万春和卷发费了好大力气，把中年人的尸体背出了这条荒僻的山间公路……

接下来的几个月内，又发生了很多事。

首先是劫匪落网，劫匪们发生了内讧，砍死了胖子和花褂子的另外两个劫匪，私吞了那一大笔钱后，并没有逍遥多久，当天，他们就在公路上被巡逻的警察抓获了。警察起先并不知道他们抢劫，只是例行检查车辆，然后以贩毒的罪名把他们抓了起来，当时劫匪们百般申辩，但证据确凿——遗落在面包车的那具假肢里，塞满了海洛因，于是，警察马上把他们控制了起来，当然，后来查实这假肢不是他们的，但很快又发现了他们抢劫的事实。

假肢是中年人的，所以，中年人其实是个毒贩，他巧妙地利用自己的假肢来贩毒，所以当假肢丢在面包车上时，他才那样急切地要追回。

然而，中年人说的有关假肢的故事却是真实的，即使是在临死的那一刻，他一定对他的假肢也充满了眷恋。田万春想替中年人取回假肢，警方不允许，说那是证物，但警方还是相信了田万春的话，田万春说：“他是个好人，他救了我和卷发，这一定是他第一次贩毒，他想救他儿子，他是没办法，才走上这条路的，可惜这是条绝路，可惜他再也没有机会回头了。”

第二件事，是劫匪落网后，卷发去了公安局，但他不是去取钱，他是去自首的。卷发确实是个会计，那笔钱确实也是公款，但他不是因公出差，而是私自卷了公司的货款出逃，最终被几个劫匪盯上了，后面便发生了旅馆里的抢劫案。

卷发说：“我错了，别人拼命救我，我不能再这样错下去了，这是条绝路，好在我还能回头。”

第三件事，田万春去探望了一个男孩，男孩叫小勇，前不久因为打架斗殴致人残废，被判了两年，田万春说：“我是你爸爸的朋友，今后我就是你的哥哥，你的路还长着呢，现在回头来得及，要好好走下去，要活出个人样来。以后，我会照顾你的。”

最后一件事是这样的：某个晚上，田万春把他的抽象画都烧了。卷发说谎了，中年人说谎了，其实田万春也说谎了，他并没有一个因车祸失忆的女友，他只有一个已经和他分手的女友，女友嫌他穷和他分手后，田万春发誓要挣一大笔钱，扬眉吐气，让曾经的女友后悔。

一次次失败后，急功近利的田万春找到了一个快速挣钱的方法，他通过多次研究，最后成功地将毒品融进绘画颜料。于是，田万春使用掺了毒品的颜料作画，画成一幅幅浓墨重彩的油画，然后准备携带着这些画抵达目的地，再通过化学方法将毒品提炼出来，转卖给他人，所幸，这只是田万春的第一次，当然，也是最后一次了。

田万春在日记中这样写道：“有些路，是不能走的，一旦误入，赶紧回头，因为那是条绝路，我还有机会回头，可惜，有些人，再也没有机会回头了……”

（题图、插图：杨宏富）

根据美国作家劳伦斯·威廉斯的作品改编

谁最聪明

强尼是个流浪儿，十岁那年，他被一个名叫杰克的盗贼收留，从此，过上以偷窃为生的日子。

这天，强尼潜入一家五金店，偷了一把漂亮的锁，却被巡逻的警官逮个正着。

这时，店主卡斯楚听到动静，从里屋跑出来，见到眼前的情景，自然明白是怎么回事，不过，他没有让警官带走强尼，而是为孩子解围起来："警官先生，这个男孩并没有拿我的东西。"

警官不耐烦地摇着头，说："别耍我，卡斯楚先生，我明明看见他从架子上拿的！"

卡斯楚点点头，说："是的，不过您误会了，是我叫他拿的。"

卡斯楚轻松地编造了一个谎话，可是警官并没有放开男孩的手。他大声地对卡斯楚说："卡斯楚先生，你知道吗？他叫强尼，是恶棍杰克收留的孤儿。如果你现在不提出起诉，那是在害他。你应该很清楚，而且比其他人更能明白——做小偷的后果。"

卡斯楚回想起自己的过去，他也经历过偷盗的生活，而且，那样的生活使他很懊悔，想到这，他宽容地笑了笑，说："警官，我不想对一个孩子提出任何起诉。"

警官突然打断他的话："你以为，这么做是在给小孩子一个机会吗？因为他只有十四五岁？我告诉你，大错特错了！你只是让他再回到杰克那个恶棍身边，让那个恶棍再教他更多犯罪的伎俩罢了！我们这一带的情况你是知道的，流浪儿们把杰克视为英雄，而杰克却把他们教成不良少年，而且唆使他们犯罪。总之一句话，还是你自己决定。如果是杰克本人，难道你也要袒护他吗？”

卡斯楚脸上的笑容顿时失去了大半，他轻轻地说：“不，我绝不会袒护杰克的，但是，强尼是冤枉的，是我叫他去拿锁的，却被你误认为小偷了。”

警官不想再做任何争辩，他冷峻地瞪着卡斯楚，过了几秒后便放开强尼，转过身子走出店门。

房间里只剩下卡斯楚和强尼了，强尼怯生生地看着卡斯楚，并松开手腕，把锁乖乖归还到卡斯楚的手上，说：“对不起，先生。”

卡斯楚笑了笑，然后对强尼说：

“你喜欢这个？不过，这只是一个普通的锁头。”

卡斯楚把锁拿起来，继续说：“把你的鞋带借我。”

强尼乖乖地弯下腰，解开左边鞋子的鞋带，交给卡斯楚。

卡斯楚拎起鞋带，检查了一下带有金属片的一端，把它夹在手指中间，像夹铅笔那样，然后他把鞋带的这一端穿进钥匙孔里，用手指轻轻挑动了三四下，只听“啪”的一声，锁头就开了。

强尼惊讶地探过头来：“嘿，你怎么弄的？”

卡斯楚回答：“别忘了，我是一个锁匠！”

小男孩的表情立刻改变了：“嘿，你不只会开锁吧！我记得杰克提起过你，我本来以为他是哄我的，他说你以前是保险箱大盗，而且是最伟大的保险箱大盗！”

“以前的兄弟是这么称呼我的。”卡斯楚冷冷地说着，并顺手把东西整理了一下，然后对强尼说，“强尼，我们来谈个交易如何？刚刚我已经对你略施小惠了。我需要一个孩子来替我看店，一天三小时，放学以后来，星期六则是全天。我每小时付七角五分，你想不想做？”

强尼脸上原本好奇、惊异的表情顿时消失了，转而变为不屑一顾的神色：“你还是把机会留给那些呆小子

吧！如果我要钱的话，我知道该怎么去弄，才不要整个礼拜为了工作而操劳呢！”

卡斯楚笑了，这个孩子很聪明，一下子就能识破他的计策。他接着说：“而且，如果你找不到门路，你的朋友杰克也一定能帮你，对吗？”

说到杰克，强尼露出崇拜的神情：“没错！他是最聪明、厉害的！”

卡斯楚听了，立刻露出轻蔑的笑容：“最聪明、最厉害？那好，我给你看样东西。”

卡斯楚从柜子底下拿出一本泛黄的活页本，强尼看着这本本子，满脸疑惑，接着卡斯楚把本子摊开，放在桌上，本子上写有几个大字——《保险柜大盗之手册》。

顿时，强尼的眼里露出了光芒：“这是……偷盗的宝典吗？”

卡斯楚微微地笑着，说“是的，我所知道的各种技巧都写在里面了，不过，我不会犯傻，把本子中的奥秘告诉给你的，本子里的技巧就连杰克都一无所知，曾经有专家用了二十年的时间请我传授，我都没答应呢。我想，等我死后，再把这本本子出版，那时，一夜之间，每一个人，包括小偷、大盗、锁匠等等，都会知道。当然，只要每个人都知道了，里面的技巧也就不是秘密了。”

强尼若有所思地摇摇头，说：“唉，你本来可以继续做大盗，大捞一票的，为什么不……”

“大捞一票？”卡斯楚插嘴说道，“没错，我算过一笔账，我一共偷过三十万美元，可是，那是我花二十年的时间，学技术、掌握功夫才偷到的。这些钱平均除以二十年，每年再扣掉一半的开销，到最后，我每年只能存下二千美元，但是按照现在的情况，这家五金店的收入比那个好多了，去年我赚了超过三倍的钱。”

强尼说：“你其实可以赚更多的。”

“是吗？”卡斯楚苦涩地笑着，说，“我忘了告诉你，我当中被关了二十三年，如果再加上这二十三年，我的平均收入更是大大降低了。”

强尼一脸疑惑：“二十三年……你怎么会被捉呢？”

卡斯楚幽幽说道：“人算不如天

算啊！迟早会有出错的一天。越早犯错就越容易回头，没有人是绝顶聪明的。强尼，你不是，你的朋友杰克也不是。”

强尼又露出一脸固执的神色：“那是你认为的，你不知道世上还有许多聪明的人，因为他们根本不会被抓。”说完，他扬了扬头，气呼呼地朝门口走去。

第二天晚上，大约深夜一点钟左右，一个黑影偷偷潜入卡斯楚的五金店，里屋内，警官已经埋伏了两个晚上了，他手握着左轮枪，轻轻地走上前，趁那黑影还未来得及拿到活页本之前，将黑影逮捕了。

隔天下午，卡斯楚正在看这本活页本。强尼放学经过店前，被卡斯楚叫住了，他慢慢地走近柜台。

卡斯楚说：“我听说杰克搬走了，搬进市立监狱去了。现在，终于逮到这个大傻瓜了。他破门而入就是想偷这本活页本的。”

强尼点点头，静静地看着卡斯楚。

卡斯楚接着说：“他大概以为这本小本子里有什么大秘密吧？记得我好像跟你说过一个关于偷盗手册的笑话。其实啊，现在谁不晓得，像我这样的人怎么可能把偷盗的技巧写下呢！如果写了，岂不是引起人们邪恶的念头了吗？其实，我这本活页本里面全是账单。”

强尼用敏锐的眼睛盯着卡斯楚，在他的眼中流露出一种与过去完全不同的眼神，那是一种崇拜、尊敬的眼神，他喃喃地说：“也许，大部分的人并非如想像中的那么聪明吧！”

（**题图、插图**：谢　颖）

您手中有没有得意之作？本刊辟有二十多个原创性栏目，如中国新传说、我的故事、情感故事、16岁故事、海外故事和中篇故事等；您读到或听到什么有趣事可以和大家一起分享吗？3分钟典藏故事、开卷故事、财富故事、第一推荐、外国文学故事鉴赏和快乐辞典等都是本刊推荐性栏目。热忱欢迎来稿，可从邮局寄发，也可从网上传递。邮寄地址：上海绍兴路74号《故事会》杂志社，邮编：200020；如为电子邮件，本期责任编辑信箱：xiaomeng.ye@gmail.com。

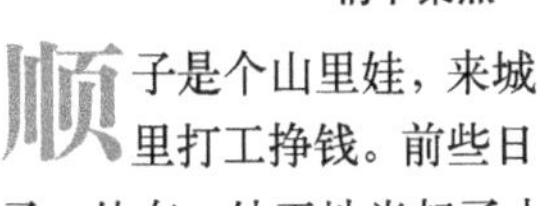

最公平的不公平

□李景香

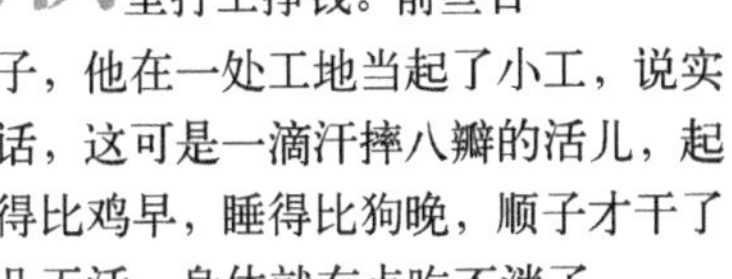

顺子是个山里娃，来城里打工挣钱。前些日子，他在一处工地当起了小工，说实话，这可是一滴汗摔八瓣的活儿，起得比鸡早，睡得比狗晚，顺子才干了几天活，身体就有点吃不消了。

工地的厨子老刘头是个热心肠，每天盛饭时，都把顺子的饭盒舀得满满的，可是好景不长，老刘头因摔断了腿，得休养几个月。于是，包工头又领了一个瘸腿厨子来。这厨子姓周，听说以前在部队上干过活，是个伙头兵，还是个功臣，他的衣服上始终戴了一枚奖章。

第一次开饭，周瘸子就给大伙来了一个下马威。他吐口唾沫，嗓子扯成了男高音:“大伙都排好队，男人往前凑，女人排后面去！快快快，速度要快，吃饭都不积极，脑袋一定有问题！”原来老刘头当厨子的时候，大伙哪有排队这事啊，谁来就先给谁舀上呗，回想一下，老刘头待大伙多好啊，现在这周瘸子简直就是一个后妈！

顺子也很纳闷：吃饭排队把女人们排后面，让老爷们先吃，这是什么道理？可顺子又一想，包工头说过，在工地上要搞好团结，别有事没事就闹矛盾，否则会扣半个月的工钱。顺子想到这，强压住了胸中怒火。

晚上吃过饭，可能是顺子喝卤水喝多了，半夜渴醒了，他左右寻了半天，发现暖瓶里再没半滴开水，就寻到了伙房里。他看到木板子上有几个番茄，那火红的颜色十分诱人。顺子想都没想就拿了两个，没嚼几下就填到了肚子里。正想走，他一想，反正在厨房偷吃东西已经犯了条规，吃一个是吃，吃俩也是嚼，干脆肚皮一个都收拾得了，于是，顺子又伸手捏了剩下的番茄，刚出门就看见周瘸子的人影往这里过来了，顺子吓得拔腿就跑。

只听周瘸子像只疯狗一样叫唤："你给我站住！是哪个臭小子？竟敢来伙房偷东西，不要命啦？"

顺子在心里直骂：你这挨枪子的死瘸子，竟然骂我，不就吃了几个破番茄吗！顺子没有停下脚步，他知道要是让包工头知道了这事，自己半月的工钱就打水漂了，于是他一溜烟跑进了宿舍。

第二天一早，包工头找到了顺子，问："番茄是你吃的吧？这月工钱扣你一半，再让我发现一次，你就卷铺盖滚蛋！都像你一样往厨房里钻，老子不让你们这些吃货给吃瘫了啊！"

顺子心里嘀咕：世上没有不透风的墙，这事准是周瘸子告诉了包工头。于是，出于报复，顺子跟包工头提了意见，把周瘸子让女人排后面的事说了一遍。

当天晚上，周瘸子用勺子敲打着锅沿，喊道："开饭了开饭了，大伙排好队啊！男人们排后面，老头和女人往前凑！赶紧的赶紧的……"

大伙听了很纳闷，这时工友王大力凑了过来，对顺子说："瞅着没？周首长这是改变了作战方针，当起好人来了，不知葫芦里卖的什么药……"

顺子自然明白是怎么回事，他心里直乐：你周瘸子也有怕的时候！

可过了一天，周瘸子又把排队规则给改了，这回是挑几个人往前凑，中间排的是壮劳力，排在最后的还是那些没力气的妇女。

顺子面色铁青：好你个周瘸子，趁包工头不在，又换队形啦！可是，

他又想到，虽然周瘸子是整天烟熏火燎的厨子，但他手里可握着吃饭用的勺子啊，谁得罪了他谁就填不饱肚皮，顺子只好屋檐下低头，忍了。

这一天，顺子蹲着吃饭，可能是蹲久了，他猛地站了起来，只觉得眼前发黑，就一个趔趄栽了下去，正巧周瘸子在他旁边走过，这一撞把他胸前戴的奖章给碰了下来，你说巧不巧，顺子一脚正好踩在奖章上！奖章瞬间变了形，周瘸子疯一样地捡起来："你小子不想活了！"说着，一把抓住顺子给提了起来。顺子被吓着了："不就一个破牌吗？我给你买个不行吗？"

周瘸子猛一使劲把顺子扔了出去："到哪里去买？这是我在部队立的三等功争来的！"

为一个破牌子，周瘸子就把顺子一顿臭骂，顺子哪能咽下这口气，他悄悄找王大力商量，要好好整周瘸子一番。顺子从外面的商店买来几颗图钉，趁周瘸子熟睡的时候，悄悄把钉子放在了他的一只鞋子里。王大力捂着嘴小声乐着说："顺子你真够狠啊，本来人家右腿就瘸，你还往右边的鞋子里放钉子。"顺子咬咬牙："谁让他那么霸道！这叫残上加残！"

第二天一早，顺子就瞪大眼瞅着周瘸子的鞋子，他真想听听周瘸子猛地喊出一嗓子"哎哟"，顺子在心里美美地想，这一声比女高音还要出彩哟。

到了中午的时候，周瘸子却像个没事人一样，来到厨房，他把脸一拉，嗓门又上去了："吃饭了吃饭了！女人排后面，男的滚前面！"

轮到给顺子盛饭的时候，周瘸子把勺子往上一挑，只盛了半勺菜汤。

顺子立马火了："人家都是一勺菜汤，凭什么就给我半勺，你这不是欺负人吗？"

周瘸子挑一挑眉："做了亏心事，你自己心里明白！"

顺子再也忍不住，一下跳了出来："周瘸子，好，明人不说暗话，那图钉是我放的！"说完，他扭身一溜烟奔向了厨房，不一会儿晃晃悠悠抱来了一台秤。

顺子脚一跺："今天周瘸子你给我们讲清楚，你平时吆五喝六的也就算了，但吃饭排队得有个顺序吧，你叫女人们排后面是为啥？咱们都讲好了，你吃饭是按什么顺序排？是按块头大小咱就上秤算算，按年纪大小，咱就拿出身份证瞅瞅……”

周瘸子咂咂嘴：“你小子力气不小啊，能一口气把秤给抱来，你有力气多使在工地上，别废话，吃饭，不愿吃的滚蛋！什么公平不公平，按老子说的来！”

顺子听了更气了：“大伙都是一个嘴一张肚皮，饭少吃了都难受，你为啥今儿一套明儿一套排个破队！你是想过过你的首长瘾吧？在部队里被别人领导，现在想充大人物领导别人……”

周瘸子轻轻摇摇脑袋：“顺子你瞅不上我没啥，但我对得起自己良心。那次你到厨房偷吃番茄被罚钱，是因为我买的番茄是想给厨子老刘头熬粥做个偏方，治他腿伤的，你一吃，老刘头又得多遭一天罪。”

周瘸子顿了顿，又说“公平？什么叫公平？我觉得对得起良心就叫公平。原来我在部队的时候，我的老班长就教我，吃饭的时候，要把女兵排在后面！知道为什么吗？因为就算厨子的手艺再好，做出的大锅菜也会沉底，稀的永远在上面，稠的永远沉下面！等男兵们把稀的喝得差不多了，女兵就可以吃上稠的菜，但我们部队也有意外，到了包水饺的时候，女兵是排前面的，因为掌勺的师傅，会挑出最好看、最大的饺子给女兵，留给我们老爷们的是那些瘪的、破了肚的饺子！今天，我把我们炊事班的‘不公平’带到了工地上，希望它一直不公平下去！别看我人粗话糙，但我很了解你们的情况，队里的老李和王伯血压高，每次吃饭我会先给他们盛菜，因为下面的菜味咸盐多会吃坏了身子。有两个丫头是南方人，喜欢吃甜，我把她们排后面，然后往锅里撒把糖……”

顺子突然想起，女工们饭盒里的菜确实比较稠……

（**题图、插图**：谢　颖）

倒霉的名字

□韩春玲

人要是倒霉，连名字都和自己过不去，就说王建华吧，几个月前，他认识了一个女孩，两人挺谈得来，感情也是坐着火箭登天似的直线上升，一转眼，就到了领结婚证的神圣时刻。这时，女孩冷不丁地提出一件事儿，要王建华去派出所把名字改了。

王建华眯缝着小眼，傻傻地盯着女孩，怀疑自己听错了。女孩倒是很平淡，说："改名不为别的，就是因为我的前男友和你重名，这名字我听着别扭，你要不改，这证就别领了。"

王建华拗不过女孩，只好乖乖地去了派出所，把名字改成了"王天成"。按说这下该顺理成章地去民政局了吧，哪知女孩的前男友突然回马枪杀回来了，那女孩也不知吃了啥迷魂汤，两人竟然又和好如初了。

这事对王天成打击不小，一连几个月，他都没有动过相亲的念头，但总不能打一辈子光棍吧，三个月后，王天成重新振作精神，又开始相亲生涯。一转眼，女友又找到了，又到领结婚证的神圣时刻了，这几天，王天成心里一直不踏实，不等女友说，他自己就试探着说："亲爱的，你觉得我的名字怎么样？"

女友一愣，随即就笑了，说："挺好的，挺好的。"

王天成长长地吁了一口气，仿佛在自言自语："唉，这回好了，总算不用改名字了。"

女友不解，问道："此话怎讲？"

王天成见说漏了嘴，只好把上次改名字的事儿一五一十地说了出来，没想到女友听后，说："这一次随你，改不改都成。"

王天成一下子僵住了，结结巴巴地说："你、你前男友也叫王天成？"

女友抿嘴一笑，说："他倒不叫王天成，其实，有件事儿我一直没敢告诉你，我还带着个两岁的男孩呢，你和他重名。"

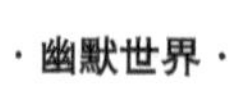

打死也不接

□千小霞

张三是个司机，可因为“酒后开车”和“开车接电话”，被几个老板炒了鱿鱼，这不，这次他又找了个老板，这老板针对张三的毛病，定下两个规矩：一、开车前不能喝酒；二、开车时不许接电话。

这天，张三正和朋友在一起喝酒呢，老板打来电话，叫张三立刻开车来家接他到公司，于是张三赶紧出发。张三是个沾酒就脸红的人，到了那里，看见老板出来了，怕被老板看见自己喝酒后红红的脸，他赶紧低下头，竟忘了替老板拉开车门，但他清楚地听到“噗”——那是拉开后车门的声音，随即又“噗”的一声关上了车门，于是，他脚踩油门，飞快地驶向公司。

张三正一心一意开车呢，手机却猛然响起，他的心一下揪了起来：这酒已经喝了，这电话说啥也不能再接了，老板就在后面坐着呢，想到这里，张三就装作没听见一样，他也没回头看——喝酒后红着脸呢，只是一个劲地开车。

这一路上电话不停地响，张三就是不接，总算到了公司，他松了一口气，想等老板下车后再接电话，可是，过了好半天，也没听见老板下车开车门的声音，他实在憋不住了，就拨了拨后视镜，偷偷地向后面瞄了一眼，这一瞄不打紧，发现车后座空空如也——老板竟不在车上！

张三顿时吓坏了：天哪，老板呢？

这时，手机又“嘟嘟”地响起来了，张三拿出手机一看，竟然是老板打来的，从老板的怒吼声中，张三总算明白了：刚才，老板拉开车门正要上车，忽然想到有个文件忘家里了，于是又“噗”的一声关上车门，返身去拿，可张三却把车开跑了，老板赶紧打电话，没想到张三就是不接……

大明相亲记

□左文萍

有个大龄男青年叫大明，在恋爱的道路上屡屡受挫，一怒之下，他干脆养了只金毛犬，和自己作伴。

一天，大明在网上看到一则消息，翡翠公园周末举行相亲活动，大明来了兴致，立即报名。到了周末那天，他便带着爱犬来到公园。公园里美女如云，大明正寻思着怎么主动出击，忽然，有人拍了一下他的肩膀，大明回头一看，是一位美女。她身材窈窕，粉面如花，笑吟吟地看着大明说："先生，我想请你到那边坐一会行吗？"大明腿都酥了，赶紧鸡啄米似的点头，心里乐开了花。

两人走到长椅边坐了下来，这时候，金毛犬很不识趣地跟了过来，大明赶紧对它瞪起眼睛，无声地做着口型说了三个字："滚远点！"金毛犬很委屈，瞪着一对大眼睛，就是不走。

美女却不介意，招手让金毛犬过来。金毛犬得令，立刻冲过来，在美女脚边摇头摆尾，一副谄媚状。美女很开心，问大明，狗多大了，喜欢吃什么，是不是很调皮等等。大明见美女的注意力集中到了狗身上，有点失落，但还是一一作了回答。美女又逗了金毛犬一会儿，忽然正色道："我们谈谈正事好吗？"

大明一听，内心很激动，知道重要的时刻要来了，觉得自己应该主动点，就鼓起勇气说："不管你说什么，我……都答应。"

美女吃了一惊，然后笑了："真的吗？你太好了！"大明有点不好意思地点点头，然后低下头看着别处。过了一会，美女忽然把一张照片伸到了大明眼前。大明定睛一看，只见上面有一只狗，看上去还挺面熟，仔细一看，原来也是一只金毛犬，头上还系了个蝴蝶结。

美女有点不好意思地说："这是我们家妞妞，今年一岁了，我想给她找个对象，一直没见着合适的……真是谢谢你了。"说罢，美女亲热地摸着金毛犬。

爱上粉丝

□云　玲

刘喜是个文化人，也出过几本书。最近他老往一家羊汤馆跑，因为他呀，爱上了羊汤馆里负责收银的那个姑娘。

刘喜很腼腆，羊汤喝了半个月啦，愣是没好意思和姑娘搭上一句亲热话，时间一长，他被爱情折磨得够呛，渐渐有些憋不住了。

这天晚上，刘喜在羊汤馆里喝了一瓶又一瓶啤酒，酒壮人胆，他准备鼓起勇气，走上前去向姑娘表白一番。

突然，他看到姑娘正在津津有味地看一本书，书的名字是《爱的明天》，而作者正是刘喜!

这么说来，这姑娘还是他刘喜的粉丝呢，刘喜大喜过望，他信心百倍，豪情万丈，酝酿了一下情绪，大踏步地朝姑娘走去，然后激动地握住姑娘的手。

姑娘被刘喜突如其来的举动，吓得惊慌失措，挣扎着大叫起来："你干吗？"

刘喜笑吟吟地说："小妹，你看的是《爱的明天》吧？你觉得这本书怎么样？"

姑娘被问得莫名其妙，不耐烦地说："还可以……这跟你有什么关系？"

刘喜信心满满，一把合上姑娘手上的书，举起书背面印的照片，嘿嘿一笑，说："你仔细看看，他是谁？"

没想到姑娘白了他一眼，一手翻开刘喜手上的书，举起书里夹着的一张照片，一本正经地说："你仔细看看，他是谁？"

刘喜眼珠子都快瞪出来了，那张照片上是一个长相俊美的小伙儿。

姑娘盛气凌人地说："他可是我的男朋友！"

（**本栏题图、插图**：顾子易　王　俭）

473 2010 SEMIMONTHLY 下半月刊 10月 STORIES

欢迎登录本刊主办"故事中国网"（www.storychina.cn）

笑话13则 ……………………………… 周金玲等 4

阿P系列幽默故事

阿P当"演员"……………………………… 天宗健 8

故事中国网文精粹

火车大劫案 ……………………………… 陈新星 12

快乐辞典 ……………………………… 14

微博故事 ……………………………… 16

中国新传说

我想和你聊会儿 ……………………………… 黄　胜 17

举起你的小手 ……………………………… 王应良 21

镜头之下 ……………………………… 张　维 25

一诺万金 ……………………………… 唐雪嫣 29

新新聊斋

古墓里的争吵 ……………………………… 王　军 34

16岁故事

和我一起玩网游 ……………………………… 马凤文 39

外国文学故事鉴赏

非法闯入 ……………………………… 42

法律知识故事

迟到的悔悟 ……………………………… 刘金龙 45

3分钟典藏故事 ……………………………… 48

民间故事金库

说句吉祥话 ……………………………… 赵守玉 51

情感故事

亲不亲 一家人 ……………………………… 蓝月光 55

海外故事

被抛弃的女孩 ……………………………… 楚横声 59

传闻逸事 微雕王 ……………………………… 曹景建 63

中篇故事

贪婪的代价 ……………………………… 钱　岩 68

情节聚焦

天才外科医生 ……………………………… 李　华 81

我的故事

最后一关 ……………………………… 辛春华 82

漫画故事 ……………………………… 85

幽默世界

《打官司》等5则 ……………………………… 黎　静等 86

本刊信息传真 ……………………………… 11、47、80

—STORIES—

2010年10月

下半月刊·绿版

社长、主编：何承伟

常务副主编：吴　伦

副主编：姚自豪（上半月·红版）

副主编：夏一鸣（下半月·绿版）

本期责任编辑：夏一鸣　黄美舟（见习）

电子邮箱：piggybank81@sohu.com

绿版发稿编辑：

朱　虹　杭　帆

见习编辑：

刘迎曦　颜轶超

美术编辑：李宝强

电脑制作：郭瑾玮

通　　联：归依玲

本社办公室电话：021-64375030

上半月刊编辑部电话：021-64332325

下半月刊编辑部电话：021-64336469

（上海市绍兴路74号 邮编：200020）

主管、主办：上海文艺出版（集团）有限公司

出版单位：《故事会》编辑部

发行范围：公开

制作、发行总监：张　凯

电话：021-64313938

广告业务：上海故事会文化传媒有限公司

广告总监：张　淮

广告业务：021-34010383

广告投诉：021-64333738

广告经营许可证

沪工商广字3100320080016号

发行：中国图书进出口上海公司

·笑话·

便宜的大衣

一位夫人走进一家皮草行，打算买一件皮大衣，可就是嫌价格贵，挑选了大半天，她什么都没买。最后，这位夫人盯着售货员问："到底什么样的皮大衣最便宜？"

售货员显得不耐烦了，说："依我看，袋鼠皮大衣最便宜。"

夫人很好奇，接着问："为什么？"

售货员说："因为做口袋的钱都省掉了。"

（周金玲）

（本栏插图：包丰一）

花花公子

一个花花公子对未婚妻忏悔说："结婚前，我要把我以前不忠的事情都告诉你。"于是便一五一十地告诉了未婚妻，未婚妻很大度，接受了他的忏悔。

过了三天，花花公子又对着未婚妻说："结婚前，我要把我以前不忠的事情都告诉你。"未婚妻感到很奇怪，说："你不是已经告诉过我了吗？"

"是啊，"花花公子说，"不过，那是截止到三天前发生的事，这三天又有新的了。"

（白胖胖）

合理使用

妻子对丈夫说："亲爱的，我买了一块丝料，准备给你做根领带。"说着把丝料展开来给丈夫看。

丈夫看后，竖起大拇指说："老婆真好！不过，一根领带好像用不了这么多丝料啊。"

"是的，"妻子笑着说，"我想用剩下的边角料，给自己做条连衣裙。"

（康女霞）

回到现实

一位教师到一个偏远的山村学校教书。第一堂课，他给同学们讲解什么是现代科学。他还谈到人类如何登上月球。讲完这些，他对同学们说，有什么问题，尽可以提问。

“老师，”一位学生问道，“我们村什么时候能通公共汽车？”

（贾平子）

语重心长

在大学生伦理道德课上，教授语重心长地宣讲爱情、婚姻、家庭的意义。一个学生问道：“教授，您的话听起来都很有道理，可为什么人家都说：‘婚姻是爱情的坟墓’？”

教授大声回答：“如果没有婚姻，爱情将死无葬身之地！”（邹庆玲）

如此懒人

这天，一对小夫妻在逛街，看见路边有不少人在排队擦皮鞋。妻子叹了口气说：“唉，有了这些懒人，擦皮鞋的人生意还真是不错。”

丈夫说：“他们懒，我可不懒！”

妻子鄙夷地对丈夫说：“你有什么不一样？你的皮鞋还不是我擦？”

丈夫满脸堆笑地说：“当然不一样，我有个好老婆。我就是不拿出来给他擦，就照顾你一个人的生意。”

（旭日升）

新式打法

有位小保姆到商店买樟脑丸，她对售货员说：“师傅，请给我拿十包樟脑丸。”

售货员惊讶地说：“买这么多樟脑丸干什么？”

小保姆把嘴一撇，说：“我们主人家蟑螂太多了。”

售货员搞不懂了，问：“那跟樟脑丸有什么关系？”

“你不知道，”小保姆解释道，“我用樟脑丸砸蟑螂。昨天手气不好，砸了三包，才砸死了一只蟑螂。”（吴　鲁）

·笑话·

我想离婚

有个技术兵决定要退伍，被长官叫去谈话。

长官问他：“你为什么要离开军队？”

技术兵说：“长官，我已经订婚了，我希望有个姑娘照顾我。”

长官想要改变技术兵的主意，说：“其实部队就是你的妻子。她给你衣服穿，给你提供食物和房屋，把你的身体养得这样棒，而且还时时陪伴着你……说，你对部队还有什么要求？”

“我想和部队离婚，长官！”

（张重速）

还得养

一个男士爱养宠物，但妻子却非常讨厌宠物，夫妻俩因此有矛盾。终于有一天，妻子大发雷霆，将所有宠物全都处理了。男士心里难过，便向朋友诉苦。朋友表示很同情，然后关切地问：“以后再也不养宠物了吗？”男士无可奈何地答道：“不，母老虎还得养。”

（张　笑）

事出有因

丈夫是足球运动员，要到基地封闭训练一段时间，临走时他对妻子说：“我平时有许多球迷来信，我不在家了，记得把收到的信寄给我。”

可一个月过去了，丈夫一封信也没收到。他感到很奇怪，就打电话问妻子：“为什么不把我的信寄给我？”

妻子显得很冤枉，说：“我正要问你呢！你为什么把信箱上的钥匙带走了？”

丈夫连忙道了歉，表示马上把钥匙寄回去。

又过了一个月，丈夫还是没有收到信。正好基地放假，丈夫便风风火火赶到家，开口便问妻子是怎么一回事。

“我有什么办法呢！亲爱的，你寄回来的钥匙也锁在信箱里了。”

（沈光汉）

必须用嘴接

父亲带着儿子到邻居家做客。邻居家有条特别机灵的狗，只要给它扔吃的，它总能左蹦右跳地用嘴接住。儿子拿着袋饼干，一会儿往狗左边扔一块，一会儿往右边扔一块，和狗玩得不亦乐乎。

回到家，儿子吵着跟父亲说："我也要会接饼干的狗，快给我买！"

父亲不同意，儿子绷着小脸，不肯吃饭。

父亲赶紧哄道："儿子，要不爸爸陪你玩吧？"

儿子想了想说："那好吧，不过我给你扔饼干，你必须用嘴接。"

（贵　港）

羡慕什么

领导是个自我感觉良好的人，这天，他问下属："小赵，告诉我，大家常常议论我吗？"

小赵点点头，说："是的，大家一直在议论。"

领导得意地继续问道："真的吗？他们羡慕我的职务？我的能力？我的口才？"

小赵摇了摇头，说："都不是。"

领导好奇地追问道："那他们羡慕我什么呢？"

小赵低下头，想笑又不敢笑地说："你的秘书。"（罗智敏）

不是开玩笑

有个公子哥去一家理发店理发，他发现给他修指甲的女郎长得温柔可爱，于是便邀请女郎一同去吃饭、唱歌。

"谢谢您的邀请，"那女郎一本正经地说，"不过，我已经结婚了。"

公子哥说："没关系，我想他是不会介意的。"

"也许他不介意，"女郎说，"你自己问他好了，等会儿他要给你刮脸呢。"

（瑞贝卡）

（本栏目欢迎原创作品、翻译作品。来稿可从邮局寄发，也可从网上传递。如为电子邮件，请发以下信箱 piggybank81@sohu.com）

阿P当“演员”

□天宗健

阿P到城市打拼，他在城郊的李家寨租了一间小房子，一个多月过去了，工作没找到，钱却用光了。房东盯在他屁股后面催房租，还威胁阿P：“再不交就卷铺盖走人吧！”

阿P好歹也在江湖上混过，现在居然混成这样，于是，便有了一种虎落平阳的感觉，无奈之下，只好每天出去找工作。

最近，阿P终于找到一份临时的工作，在一部电影里当群众演员，扮演一个交警。这份工作既累钱又少，可一分钱逼死英雄汉，阿P已经顾不上了。那天拍完戏，天已经黑了，因为半夜还要接着拍，所以阿P是穿着剧组的交警服回家的，他穿过一条马路，突然听到一声喊“喂，请站住！”抬头一看，前面站着个交警。阿P不知出了什么事，刚要开口，就见身边“嗖”的一下驶过一辆摩托车，那摩托车在交警面前停下了。

原来不是让我站住啊！阿P有些好笑，边走边朝那边望去。只见交警朝摩托车主敬了一个礼，说道：“先生，你的证件！”原来是交警查车啊，阿P明白了。

那摩托车主支支吾吾，就好像牙疼似的。交警见摩托车主拿不出证件，就说：“对不起，既然没有任何证件，那只好先把摩托车扣下了，回头你拿着证件到交警队去。”

摩托车主一听，赶紧说好话讲情，还掏出香烟“同志，请抽烟。”交警摆了摆手。摩托车主又掏出钱包，说道：“这样吧，我有急事，你就别扣车了，我情愿交50元罚款，不要票，怎么样？”那交警又摆了摆手。摩托车主无可奈何，只好推着车灰溜溜地跟交警走了。

哎呀，这交警真了不起啊，阿P好羡慕。突然，一个灵感从他脑中闪过：自己每天被那些拍片的人呼来唤去像孙子似的，今天何不趁穿着交警服的机会耍耍威风！阿P决定扬眉吐气一回。

阿P住的地方是市郊，他往路边一站，过了好半天才见对面开过来一辆货车，阿P把手一伸，那货车停下了，他学着真警察的样，上前敬了个礼，说道："先生，你的证件。"

司机赶紧下车，恭恭敬敬地递烟、说好话"同志，我有驾驶证，"说着把驾驶证掏了出来，"不过营运证忘带了，请你多多关照。"

阿P心里乐了，好嘛，可逮着此人的软肋了！阿P脸色严肃地说道："知道法律吗？我们是法治国家，违法必究，先把这车扣下，回头你拿上那个……什么证到交警队去领车。"

司机听得莫名其妙，但又不敢多问，只是一个劲求饶"同志，别这样，我们是长途，这一耽误就……要不……要不你罚点款怎么样？"

罚款！阿P眼睛一亮，老子干一天活累死累活，却赚不到几个钱，如今这小子有软肋，他主动要给钱，不拿白不拿！阿P故作严肃地说："那好吧，你态度好，坦白从宽嘛，就罚100。"

如今跑长途的司机，都是走过三关六码头的，阿P这番话，司机也看出问题来了，但毕竟自己是人生地不熟，他不想添更多的麻烦，马上掏出100元，还加了句"我不要票。"

收下钱，阿P把手一摆示意放行。此时，正好有只野狗穿过马路，司机一脸怒气，"呸"朝地上吐了一口痰，狠狠地说道："当心明天挨枪子！"一边骂，一边上车远去。

这一次就挣了100块，阿P好不快活。可是没多久，他心里害怕起来。毕竟刚才是头脑发热，现在冷静下来，那句"当心明天挨枪子"的话怎么也挥之不去。阿P这才记起冒充警察是违法犯罪的，如果让人家逮住

了，那是要坐牢的呀。

一想到坐牢，阿P的腿软了。就在这时，他愣住了，在十几米的前方，正站着一个交警，而且与他四目相对！

坏了，刚才的事他肯定都看到了，这回真是要挨枪子了！阿P大吃一惊，他看到那个警察也睁大了眼睛，眼神很警惕。阿P想撒腿狂奔，但腿已经软了。那个交警看了阿P一会儿，突然扭头走了。

这天晚上，阿P在出租屋里看电视，只见电视里播出了一条新闻，说近期有市民反映，在城郊有人冒充交警拦路罚款，使过往司机苦不堪言，请市民提供线索。

阿P越听越怕，完了，事情还真闹大了！那个交警肯定想放长线钓大鱼，才没当场抓我，这下我该怎么办啊？

第二天，阿P不敢上工去了，他害怕一出门就撞进警察布下的天罗地网里。一连几天，阿P都是躲在屋里。时间长了，阿P顶不住了，不吃不喝要饿死人的啊。阿P就悄悄地打开门，身子没出去，头先出去了，像小老鼠出洞似的，左看看右看看，确认安全了才走出门，直奔小卖部。

阿P快到小卖部时，就见前面有一个穿着休闲装的人，这人怎么那么面熟？阿P仔细一打量，不由得大吃一惊：此人竟是那天看见的交警，更可怕的是，那个交警也发现了阿P，眼神比上次更加警惕。

天啊，看来警方真是盯上自己了，现在改派便衣了。阿P顾不上买方便面了，赶紧扭头溜回出租屋。一进屋他就关上房门，大口大口地喘气。过了一会儿，阿P将房门打开一条缝儿，偷偷向外望去，完了，完了，那个便衣正站在出租屋不远处的地方，警惕地四下张望，一看就知道是在寻找目标。

这天晚上，阿P怎么也睡不着，天快亮时，他迷迷糊糊地做了一个梦，梦见自己被警察逮住了，五花大绑地押赴刑场，头颈里插着一个“斩”字牌。其中一个警察拿着一把枪，对着他扣动了扳机，“啪”，子弹迎面飞来……

“啊！”阿P大叫一声，从梦中醒来，伸手摸一摸额头，全是冷汗。再照照镜子，镜子里的阿P蓬头垢面，状如乞丐，连他自己都差点儿认不出来了。这时的阿P是后悔不已，他真的明白了，犯法的事是绝对不能做的!

这样过了几天，阿P再也过不下去了，这哪是人过的日子啊？我不就是假扮交警骗了100元吗？要杀要剐来个痛快的。阿P思前想后，决定投案自首。

第二天，阿P便去了当地派出所，把自己如何鬼迷心窍，如何穿警服拦路罚款的事情全都交代了出来。民警一边记录一边点头，阿P交代完自己的事情后，如同卸下了沉重包袱，觉得浑身轻松。

民警记录完后，对他说："唉，明知道违法还要做！你们这真是……"话未说完，从隔壁房里又出来一位民警，对审问阿P的民警说："小王，问完了没有，问完了先给他们办个手续。"说着，拉出来一个人。

阿P一看那人，不禁目瞪口呆：那人竟然是跟踪他的便衣。奇怪，这便衣怎么也做了违法的事？

民警小王见了，对阿P解释道："他和你一样，也是冒充交警拦路罚款，后来看见穿警服的就胆战心惊，这不，两次碰到你，也以为你是警察，他被警察盯上了，弄得吃不下饭，睡不好觉，最后选择了投案自首。他呀，跟你住在一处，都是李家寨的。"

啊！两个人都以为对方是警察，这真是人吓人吓死人啊。阿P明白了事情的经过，真是哭笑不得，还好，我们都是悬崖勒马，要不今晚真要在牢房里过夜了。一想到这儿，阿P为自己的选择而洋洋得意，竟忘了自己还在派出所呢……

（**题图、插图**：顾子易）

·本刊信息传真·

阿P系列幽默故事征文

阿P系列幽默故事栏目开辟二十多年来，深受读者欢迎。阿P是个有多重性格的喜剧人物，他正直、朴实，却又染有许多不良习气；他自作聪明，却又往往事与愿违，弄巧成拙；面对屡屡受挫的现实，他却能自我解嘲，很有点阿Q的精神姿态，让人啼笑皆非。

为了把这个栏目办得更好，本刊再次面向全社会征稿，希望有更多的人来关注阿P，把您身边的阿P故事写得更精彩，更有现实意义和典型意义。

来稿方法：1. 从邮局寄发，请在信封上注明"阿P故事征文"字样，本刊地址：上海市绍兴路74号《故事会》杂志社，邮编：200020。

2. 从网上传递，可寄以下信箱：wulun@vip.sohu.net，请在主题上注明"阿P故事征文"字样。凡已和我刊编辑有联系的作者，稿件可继续投给联系的编辑。

火车大劫案

□陈新星

有个秘书叫张强，生性谨慎。这次，张强坐火车出差，从上火车开始，他就塞上了耳机，不和旁边的人搭讪。火车开了大半天，突然，一个小伙子凑到张强旁边，伸手摘了他的耳机，把张强吓了一大跳。

小伙子先开口问张强："你知道这列火车上曾经发生过一件非常轰动的大劫案吗？"

张强被这个陌生人摘了耳机，正觉得莫名奇妙，于是愤怒地摇摇头说："不知道！"然后又准备戴上耳机。

这个小伙子连忙拉住张强的手，然后说："你别以为我在跟你开玩笑！就是这一列火车！我清楚得很，我上次来也是坐的这列车，也是这个床位！你看，这里还有我做的记号呢！"看张强没什么反应，小伙子继续说，"你肯定想问我是怎么知道的，哈哈，我告诉你，没有人比我更清楚那件事了，因为我就是当事人之一啊！"

"其实事情的经过非常简单。当时已经是晚上了，卧铺车厢的旅客都在睡觉，突然听见有人大喊'抢劫啊'，很多人都被惊醒了，但是当时大家都睡得迷迷糊糊的，都没有及时地做出反应——除了我。"

"本来火车就很单调地开了一天了，一天里我也没有和任何人说话，脑子有点僵硬，再加上晚上火车还在不断地摇，弄得我一直昏沉沉的。但是听到呼叫声后，我及时地擦了一点风油精，一下子就跳了起来，比其他乘客都快。"

"然后我跑到声音传过来的地方，

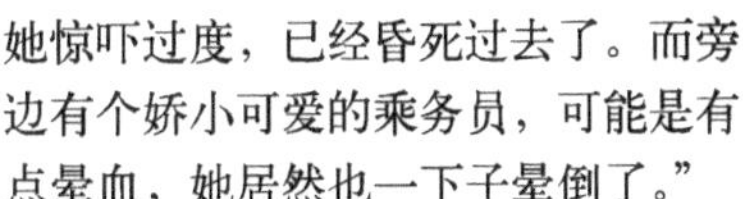

果然看见有一个蒙面强盗，非常可怕，简直就像是拍电影一样——还好那家伙手里只有刀、没有枪，但是也够可怕了，对吧？然后我就跳上去和那家伙进行了殊死搏斗，他妈的，他还真强壮啊！”

一向懒得和陌生人搭讪的张强此刻已经十分专注了，他问小伙子：“然后呢？”

“打了几下，我居然被他按倒了，眼看他就要用刀来捅我。我的妈呀！当时的情况真是千钧一发！”

小伙子停下不说了，然后喝了一口水。张强急了，忙问：“快说快说，然后呢？”

小伙子擦了擦嘴角的水，然后得意地说：“还好我急中生智，摸出刚才那瓶风油精，用食指和拇指一拨，很熟练地就把盖子打开了，然后我把风油精往那家伙眼睛里面一戳！嘿嘿，你也猜到结果了吧？”

张强竖起大拇指，“你真行！真惊险啊！能听见你的这段经历，我感到很荣幸。刺激过后也挺伤神啊，好了，我睡觉去了。”

“别别别，故事还没结束呢！”小伙子要继续话题，“这个时候，乘务员和列车长赶过来了。我朝他们挥了挥手说：‘不用担心，这家伙已经被我制住了！’乘警也围了过来，把歹徒抓住了。”

“手电筒一照，我们才发现那个被抢劫的乘客刚才被歹徒割伤了，虽然伤口不大，但她惊吓过度，已经昏死过去了。而旁边有个娇小可爱的乘务员，可能是有点晕血，她居然也一下子晕倒了。”

张强急切地问：“然后呢？她最终没有事吧？”

“你看，一下子晕倒了两个女人，如果没有我，她们俩可能还真有生命危险呢！”

张强还以为小伙子要继续说下去，但小伙子却忽然不做声了。

“怎么，你没有英雄救美？”张强不禁问。

“当然救了啊，这还用说吗？”小伙子有点诧异地看着张强，好像张强问了一个很弱智的问题一样。

张强还是感到好奇，又问：“怎么救的？胸部按摩？人工呼吸？”

“你怎么回事？”小伙子更加诧异了，“用得着那样吗？兄弟，我看你文质彬彬的，应该是个聪明人啊！难道你还没有听懂我在说什么？”

张强犹豫了一下，又回想了一下，最后不得不承认：“确实不懂……”

“你难道没注意到，一开始我用了风油精，中间也用了风油精？最后我肯定还是要用风油精啊！”他一边说，一边从包里掏出一大堆风油精来，“兄弟，买一瓶吧？效果非常神奇……”

（**题图**：安玉民　梁　丽）

某大学教授的搞笑言论

◆ 今天心情不错，点个名。你们发完信息告诉那些在寝室睡觉的同学了吗？发完了是吧？一会儿再给他发一条，就说老师没带点名册。

◆ 你们毕业以后都是什么？可能是：CEO、CFO、UFO……什么的。

◆ 我对待睡觉的同学，通常只用一招，就是上到一半的时候我们就悄悄地换教室，等那些睡觉的同学醒来就会发现，眼睛一闭一睁，老师没了。

◆ 你们又不理我了是不是？我上的不是课，是寂寞。

◆ 不要拿自己的弱点跟别人的优点做比较，那样你会很自卑，就比如说不要跟门口的老大爷比蹬三轮车，你肯定比不过人家，要跟他们比数学……当然，有些同学可能连数学都比不过人家。

◆ 同学们要是觉得自己智商太高，我可以推荐给你一个很好的降低智商的方法，那就是看电视，尤其是连续剧。

◆ 坐好不要说话，一会儿我们玩个游戏——点名。

◆ 你们应该感谢上课不来的同学，因为正是有了这些同学的存在，你们及格的几率大大增加了。

◆ 现在你们要努力啊，要考研，硕士读完念博士，博士读完念博士后，然后再努力一把，争取跑到博士前。

◆ 有同学说我有性别歧视，可是我不歧视男性，不歧视女性，我歧视中性，你可以说我不够包容。

（**推荐者**：包歙高）

影视名词解释

◆ **导演**：假戏真做的人。

◆ **封镜**：结算出场费的时间。

◆ **剪辑**：删除精彩镜头的过程。

◆ **上映**：“炒作”结束。

◆ **男演员**：美出个性或丑出特色的男人。

◆ **女演员**：永远年轻、绯闻不断的女人。

◆ **巨片**：导演把所挥霍的巨资转嫁给广大观众的电影。

◆ **喜剧片**：可笑的电影。

◆ **古装片**：历史真的重演了。

◆ **动作片**：舞武结合的表演艺术。

◆ **动画片**：当今的“小人书”。

◆ **科教片**：濒临灭绝的珍稀电影品种。

◆ **言情片**：哭出笑容、笑出眼泪的影片。

◆ **枪战片**：新式武器的一次展出。

◆ **科幻片**：唯一无法检验真伪的影片。

◆ **怀旧片**：年代久远的黑白相册。

◆ **贺岁片**：春节期间没来得及炒熟就端上桌的一道菜。

（**推荐者**：黄官桥）

动物房奴们的烦恼

- **袋鼠：** 人要有无私的精神，我的房子，尽管产权归我，但使用权永远都是孩子们的。
- **乌龟：** 不要嫉妒哥，你们只看到我这座大别墅的洋气，哪知道我当个“房奴”负重的艰难。
- **田螺：** 晕，你们虽然艰难，但总有出头的一天，哪像我，自从购了这套房，藏头缩身，不知何时才有抬头露脸的那一天。
- **甲壳虫：** 还是咱好，不贪大求全，自给自足，一生无负担，生活很轻松。要问我为啥这么惬意，那是因为，咱有房，不求人。
- **刺猬：** 谁要动我的房子，我就跟他拼命，别把刺猬不当狠角。
- **河蚌：** 生活压力太大了，每天除了工作就是工作，足不出户是我们生活的常态，你以为谁都想当“深宅男”和“干物女”啊，不是为了饭碗，谁不想奔向大自然的怀抱啊！

（**推荐者：** 史历久）

宝宝拒上幼儿园的理由

最伤心的理由： 我家的宠物喵喵死了。
最可怜的理由： 幼儿园里想玩的玩具老是抢不到。
最荒诞的理由： 外星人要入侵地球，我要给奥特曼加油！
最委屈的理由： 我得了流行性感冒，我想上幼儿园，老师让我爸爸不要带我来。
最孝顺的理由： 我要给爷爷祝寿，不然爷爷会不高兴。
最崇高的理由： 我本来要去上幼儿园，路上碰到一个老婆婆过马路，我就学习雷锋叔叔扶她过马路，过了一个马路，又过了一个马路……结果天就黑了。
最丢面子的理由： 昨晚东西吃太多，弄得肚子痛，今天只想上厕所，不想上幼儿园。
最体面的理由： 先去小学里看看是怎么一回事，以后上小学就不慌了。
最逃避现实的理由： 今天轮到我给小朋友们讲故事，我怕讲不好。
最数典忘祖的理由： 有的时候，幼儿园里没意思，还是去动物园看猴子更好玩。
最拍马屁的理由： 我来幼儿园，老师要很辛苦地照顾我。我不上幼儿园，老师就可以休息休息。
最讲求公平的理由： 某某某请过好几次假，我一次都没请过。

（**推荐者：** 龚劳言）

·微博故事·

军训趣事一箩筐

@ 你们先走 军训最怕半夜里拉练，经常弄得又困又乏。那次是凌晨2点，我们经过一大片绿化带，教官接到“情报”，说有敌人空袭，赶快隐蔽。我们“哗”地四散分开，冲进灌木丛中卧倒。后来，警报解除，继续赶路，一检查，却发现少了很多人，教官命令我们立刻寻找，结果发现那些人在卧倒的时候睡着了。

@ 持枪女侠 一次，我们军训练习列队，一只喜鹊落在队伍中间，然后就像首长检阅似的走来走去。教官看见了，命令我们不许动，自己则蹑手蹑脚地去抓喜鹊，动作活像个偷地雷的。可那喜鹊呢，也不飞走，和他捉起迷藏来。就在此时，有个女生居然出了个奇招，拿出了雀巢巧克力去喂喜鹊吃。结果惹恼了教官，以“私藏零食罪”罚跑三圈！

@ 定格的微笑 记得军训打靶时，前一组打完，等对面的报靶员报完靶，后面的一组才能准备射击。一次，我的一个同学，拿着枪趴在那里等报靶员报靶，对面山顶正好落下一只小鸟，该同学就偷偷瞄准那只小鸟，只听“砰”的一声！几个报靶员同时卧倒，嘴里还不停地叫：“别开枪！别开枪！”

@ 形体训练课 我们军训是在冬天，半夜教官拉我们出去排队，我们冻得直哆嗦。教官问：“大家冷不冷？”众人回答：“冷！”教官说“冷，那就跑两圈！”吃一堑，长一智。第二天晚上，教官又把我们拉出去站队，又问我们冷不冷，众人心领神会地回答：“不冷！”教官面不改色地说道：“不冷啊，那就给我站军姿，半个小时！”

@ 地铁一号线 军训很辛苦，那天训练结束，哥几个正一步步往宿舍挪，突然，身后传来了一声响亮且干脆的“立正！”哥几个立即挺直腰板，两手紧贴裤缝，双眼平视前方，一排人直挺挺地横在马路中央。过了几秒钟，没有看到教官走上前来，却从背后传来一阵女生的狂笑——我们被女生耍了。

@ 女强人 很怀念当初军训的那段时光。排长对我们很好，中午最热的时候，偷偷带我们去阴凉地休息，没想到撞上连长，我们都捏了把汗，担心排长被骂，更担心不能继续休息。只见排长跟连长打哈哈解释说：“我正在教她们练习坐姿。”

@ 珠圆玉润 记得大学军训，睡我上铺的那哥们儿喊口号上瘾了。一天半夜，这哥们儿喊了一声“向右转！”然后，他自己在床上翻了个滚。再然后，他从左边摔下去了。教官知道此事后，评价道“精神可嘉，不过，怎么会连左右都没搞清楚呢？”教官为此郁闷了好几天。

@ 等待成功 军训时，寝室里有好多蟑螂。一天，我和室友齐心协力踩死了三只，正要清理，教官突然进来了，说是要检查我们毯子叠得是否规范。好像不太满意，就拿了我的毯子铺在地上，给大家做示范。等教官叠完以后，我发现地上三只死蟑螂只剩下一只了。我的心一下子凉了，军训期间就再没敢盖那毯子。 （**推荐者**：许 唯）

我想和你聊会儿

□黄 胜

欢迎来聊天

苏东大学毕业后，很长时间没有找到工作，这天，他看到报上有什么“男陪聊”的招聘广告，想了一晚上，第二天硬着头皮去应聘，没想到一举成功。

更让他没想到的是，“聊”了几次后，他就尝到了甜头。他善听会说，加上外形英俊帅气，在这一行如鱼得水，深受女客户们的欢迎。

一天中午，苏东正在午休，突然，手机响了，他拿起来看了看，是一个陌生号码，心中顿时暗喜，肯定是来业务了。从事这一行当后，他最盼望的就是手机响，因为跟运营商有协议，只要接电话，就有钱赚。

苏东按下接听键，热情地说：“您好，欢迎您找我聊天！”

对方“啊”了一声，好像很吃惊，问：“你说什么？”

苏东一怔，难道不是找自己聊天的？就问：“请问，您找谁？”

对方很不见外，说：“我就找你啊。我就是想找人聊几句话，随便拨了一个号码。”

苏东有些好笑，这也太巧了吧？看来这位客人是不好意思承认自己找人陪聊，他也不说破，就说：“那你找我就找对了，非常欢迎你给我打电话。别说聊几句，聊几百句、几千句也没问题。”

对方听了，却不说话了，苏东并不着急，他的电话按时间收钱，不怕等到明天中午。

停了有半分钟，对方小心翼翼地问："你没挂电话吧？"

苏东说"当然没有，只要你不挂我就不挂。"

对方好像很意外，很感激地说："谢谢你愿意听我说话。"

苏东笑道"我当然愿意，我就是干这一行的，靠陪人聊天吃饭啊。"

对方吃惊地问："真的？还有陪人聊天这一行？"

从接电话起，苏东心里就开始盘算怎样动员对方面聊了，因为见面聊收费高。于是，他说："当然，如果您愿意，我们还可以见面聊聊，就像朋友一样，想聊什么就聊什么。"

对方迟疑了一下，道："那倒不必，我这样跟你聊几句就很满足了。好了，今天就聊到这吧，再见。"说完，不等苏东反对，就迅速挂了电话。

苏东看了看时间，不到三分钟，自己根本赚不了几毛钱，心中甚是沮丧：这人怎么就聊几句废话就挂机了？

恼人的电聊

第二天中午十二点半，苏东又被电话铃音吵醒了。一看号码，还是昨天那个电话。对方第一句话是：你好，还是我。苏东高兴地说，您好！对方第二句是：你今天过得还好吧？苏东以为对方要找话题聊天了，回应说还好，您呢？对方说：我也好，谢谢你关心。能和你聊天真高兴，再见。然后居然又挂断了电话。

这个电话连一分钟都不到。

接下来，连续一个多月，那个女人风雨不误，每天中午十二点半，都会准时给苏东打电话电聊。她要么说说天气，要么随便问候几句，但绝不会超过五句话，时间不超过两分钟，就会迅速说再见，然后挂断通话……

每天的午休时间，都要接这样一个莫名其妙的短电话，苏东简直要崩溃了：这哪里是陪聊，简直就是骚扰啊！

苏东决定放弃这个客户！

这天中午，电话又准时响起，苏东接通电话："你到底要干什么？"他的声音很严厉，对方的声音变得怯怯的："不干什么，就是想和你聊一会儿，你不是说欢迎我给你打电话吗？"

"现在不欢迎了，以后不许再打我的电话，别打搅我！"苏东恶狠狠地说完，就按下了停止键。

不料，几分钟后，手机又响了，还是那个号码。苏东愤怒地按下接听键，呵斥道："怎么还打呀？你神经病啊？"

对方说"我不是神经病，我就是想和你聊会儿。"沉默了一下，她问："你有时间吗？你能不能来我家一趟，我想和你见面聊一聊。”

苏东大是意外——自己绞尽脑汁想动员对方面聊，没想到对方竟然主动提了出来。

意外的面聊

按照对方提供的地址，苏东来到一个高档僻静的小区。苏东按响门铃后，等待开门的过程中，他的心跳禁不住有些加速：开门的会是个什么样的女人呢？年轻吗？漂亮吗？

门开了，苏东愣在那里——他怎么也想不到，开门的竟是一个满头鹤发的老太太！看年纪，没有八十，也七十出头。老太太和蔼可亲：“你就是小苏吧？快进来。”

苏东走进屋，有些手足无措。以往找他的女客户，大都是三四十岁左右，也有更小的，但绝没有超过五十岁的，此刻面对这样一位老太太，确实有些超乎他的想象。这样的岁数，他喊阿姨都有些不妥，应该喊奶奶了。他一时不知说什么才好，支吾道：“阿姨……你的声音真是年轻啊。”

老太太请苏东坐下，为他倒了一杯水，然后难为情地说：“小苏，打扰你那么长时间，我今天才知道让你生气了。所以我请你过来，想当面给你道个歉。你放心，我会按你聊天的价格付钱的。”

苏东疑惑地问：“阿姨，你为什么每天中午都要给我打电话啊？”

老太太掏出手绢，擦了擦眼角的泪，“对不起，我那是习惯了，以前，我都是在这个时间跟我儿子聊几句的。”

原来，老太太的儿子一家三口五年前移民去了美国，她成了空巢老人。开始，一般是儿子隔几天打个电话问候一下，但老太太呆在家里没什

么事，想儿子、孙子了，就主动打电话过去。后来，就发展到每天都要通电话。其实也没什么事，她太孤独了，就是听听儿子、孙子的声音。越洋电话比较贵，所以每次几句话后，老太太就要挂断电话。

但去年，老太太的儿子一家不幸遭遇车祸，命丧异国他乡。老太太再没有其他亲人，孤零零一个人住在这栋房子里，除了孤独，还有对儿孙深深的思念。每天，她仍会习惯地守在电话旁，期待电话铃响起来。当然，她等来的总是失望……

老太太给苏东打电话的那次，纯属巧合：那天，她的手边刚好有张报纸，刊登着苏东所在礼仪公司的陪聊广告，上面有几个联系电话。老太太并没有看广告内容，只是看到有电话号码，忍不住随手拨了其中一个，恰好是苏东的手机号……

老太太向苏东解释完后，感激地说："小苏，谢谢你这些日子接我的电话，你放心，我以后不会再打搅你了。"然后，她从抽屉里拿出二百块钱，放到苏东手里，"这是你今天跟我面聊的费用，够不够？"

此时的苏东，听完老太太的故事，眼窝发热，心里发酸，有一种想哭的感觉。他强忍住泪水，把钱塞回到老太太手里，认真地说："阿姨，欢迎以后您继续给我打电话，不过……打那个电话比较贵。这样吧，我另外给你一个号码，你可以每天都打给我，不管什么时间都行，我一定会陪你聊上几句……"

过了些日子，市电台开通了一档叫做"跟你聊会儿"的老年人爱心服务节目，主持人正是新加盟电台的苏东。

很快，这档节目就成了老年朋友们的最爱。

晚报上还为这档节目刊登公益广告：各位大叔、大妈、爷爷、奶奶们，如果你们觉得孤单，想跟人聊会儿，那么，请拿起你手边的电话，拨打我们的热线……

这个热线完全是免费的……

（**题图、插图**：刘斌昆）

举起你的小手

□王应良

一个周五的中午，徐鑫骑着自行车到村头买东西，沿途看到的是一望无际的鱼塘，很多城里人专门开车跑来这里钓鱼。他一看，心里一动：我傻不傻，怎么守着这么好的资源不利用？同学可以一分钱不花请我吃饭，我也可以一分钱不花请他们钓鱼呀？

说干就干。下午放学前，徐鑫在讲台上，对着一教室的学生问："哪位同学家里养了鱼？请举起你的小手！"同学们一听，"刷"的一下，就举起了好多只小手。其中一个叫东子的男生手举得最高，徐鑫就问他："你家鱼多不多？"东子说："多！一伸手就可以抓一条。"

徐鑫听了很高兴，就交代说："你回家跟你爸说一声，老师明天要带朋友到你们家玩。"说完，徐鑫又看着同学们问，"哪位同学家里有车？请举起你的小手！"

这次只有一个叫小胖的孩子举了

哪里有鱼塘？

徐鑫是师范学校的毕业生，这天他到市教育局报到，一拿到通知书，心就凉了半截：他被分到一个叫鱼塘角的小学，那可是最最偏远的郊区。

工作了一段时间，徐鑫一直因为工作地太偏僻而不开心，因此，他提不起工作热情。好不容易熬到周末，正巧有同学聚会，徐鑫马上赶回城里，和大伙儿在一起喝酒、唱歌，好不快活。结账时，做东的同学一个电话叫来一个学生家长，大包大揽地把单埋了，徐鑫在一旁都看呆了……

手，徐鑫就对他说：“你回家告诉你爸，老师明天想用一下你家的车，叫你爸明天早上七点把车开到校门口等我。好，现在放学！”安排好了这些事儿，徐鑫兴奋地挨个给同学们打电话，请他们周六来钓鱼。

怎么不见车？

周六，几个城里的同学背着钓鱼的装备，一大早准时来到了鱼塘角小学。可是，徐鑫他们几个站在校门口，眼望穿了，腰站酸了，一直等到七点半，还不见小胖的爸爸开车过来。同学们你一言我一语地就开始发牢骚了：“徐鑫，你这个老师当得真失败，这家长也太不把你当回事了！”

徐鑫尽管心里十分恼火，但还是佯装笑脸，道：“这乡下人不比城里人，没啥时间观念，再等会儿肯定能来！”说完，他走到旁边从口袋里掏出手机，拨了个号码。电话一拨就通了，徐鑫压着怒火，没好气地问：“喂，请问你是小胖的爸爸吗？我是徐老师，你怎么还没来……来了？我就在校门口，怎么没看见你？”

正说着，只见一个黑瘦的汉子手里拿着一个手机，一边说着话，一边从校门口对面的树荫下，满头大汗地跑过来。徐鑫迎了上去，问：“你就是小胖的爸爸？怎么现在才来？”

小胖的爸爸抹了一把脸上的汗，赔着笑脸解释说：“徐老师，对不起！我……我早上六点半就来了，你是新来的老师，我在对面早就瞧见了，就是没对上号，所以……”

徐鑫摆摆手，也懒得和他唠叨，就看了看马路对面，却没发现车子，顿时，火又腾地冒了出来，虎着脸问道：“你怎么光人来了？车子呢？”

“来了，来了……”小胖爸爸连忙回身一指，说，“你看，就在对面停着呢！”徐鑫顺着手指一看，一下子傻眼了：只见一辆东风大卡车，正停在对面的树荫下，而且还是加长的。

徐鑫的脸一阵红一阵白的，心想：这下脸丢大了，怎么跟大家交代啊！可事已至此，也没有办法了，他只好硬着头皮带同学们爬上这辆臭烘烘的大货车，一路轰隆隆地向东子家驶去。

这样能养鱼？

幸亏东子还算机灵，早就在村口候着了。一见他们下车，东子就笑吟吟地迎上来，亲热地叫了一声：“老师好！”然后就拉着徐鑫的手，蹦蹦跳跳地往家里引。

一进门，东子就高兴地说：“徐老师，你们先坐会儿，我爷爷知道你们要来，出去打酒买菜去了。你们看是玩纸牌，还是玩麻将？我这就去准备。”

徐鑫连忙拦住他说：“东子，老师

不玩这个。你家的鱼池子在哪里？你就带老师去钓鱼吧。”

东子一愣，说：“老师，我家没有鱼池子，怎么钓鱼？”

徐鑫一听，心往下一沉，赶紧追问：“东子，你昨天不是说，你家养了好多鱼？”

“是啊，我家真的养了好多鱼，就在后院，我带你去看。”说着，东子又拉起徐鑫的手，急忙地往后院闯。徐鑫知道，乡下很多人家在后院挖小池塘，虽然小了点，将就一下也行。

可是，一来到后院，却是满院的花草，徐鑫正要问，东子指着墙根一个偌大的玻璃鱼缸，喜笑颜开地说：“这都是我爷爷钓的，吃不了，就养着。”说着，他上前伸手往鱼缸里一抓，就抓起一条活蹦乱跳的大鲫鱼，举在手中，说：“老师，我没骗你吧，这鱼多不多？伸手就能抓一条。”

这下徐鑫彻底傻眼了，一张脸顿时涨得通红，过了好一会儿，才回过神来，冲着东子吼道：“你这个孩子，咋这么傻？你家就是这样养鱼的，你举个啥手？”

东子被这一声吼，吓得一哆嗦，手里的鱼掉在地上蹦得老高，委屈得眼泪快要掉下来了。旁边的几个城里同学见此情景，一个个捂着肚子笑得前仰后合。徐鑫又回身朝着他们一声吼：“笑什么笑？看别人出丑就这么好笑？”说完，气冲冲地掉头就走。

手能随便举？

正在这时，东子的爷爷提着酒菜，笑呵呵地从外面走进来。徐鑫一看，当场就愣住了，真恨不得找个地缝，马上钻进去。原来，东子的爷爷他认识，是学校的一名退休老校长，前不久的九九重阳敬老节，徐鑫还和他在一起开过会。

老校长笑着拦住徐鑫的去路，

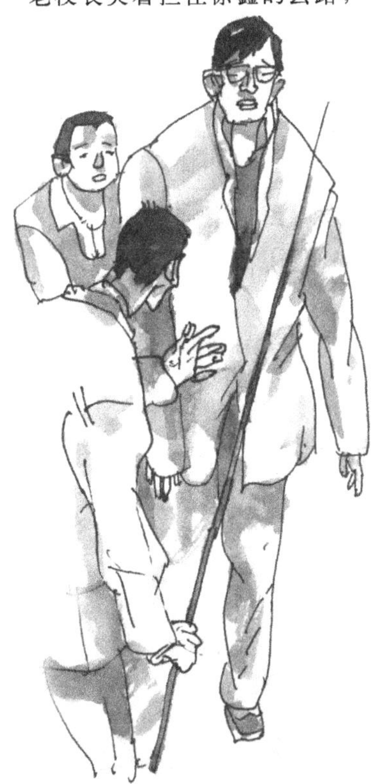

说“小徐老师，怎么一来就要走啊？”此时的徐鑫，肠子差点悔青了：自己怎么这样糊涂，连学生家长的底细也不摸清楚，现在不仅在同学面前出了丑，还把丑丢到学校了！他红着脸，支吾道：“我……我们还有事儿，不打扰啦！”

老校长一看他的脸色，就明白了，忙说：“别走啊！昨天东子一回来，就跟我说了，这孩子实诚，没明白你的意思，但我懂。你放心，我都安排好了，保证让你们高兴而来，满载而归！”说着，老校长放下手中的菜，又从墙角拿起一根钓竿，带着徐鑫他们来到村外的一口鱼塘边。

这口鱼塘也是徐鑫班上的学生家的，他们早就在鱼塘边把热茶热水准备好了，连钓鱼的饵都备齐了。没想到这口鱼塘的鱼真多，徐鑫他们把上好饵料的钓钩往水里一丢，浮子还没停稳，就有鱼上钩。看着几个同学高兴得哇哇大叫的样子，徐鑫的脸色才慢慢地缓和过来。没到两个小时，他就发现同学们的网兜都快塞满了，连忙见好就收，起身告辞。

老校长却一把拦住他，说：“已经到中午了，怎么能走呢？家里的饭菜都准备好了。”盛情难却，徐鑫他们只好又回到老校长的家里。同学们一边喝着鲜美的鱼汤，一边兴致盎然地讨论着今天的鱼为什么这么好钓。

老校长听了，端起酒杯，笑眯眯地问：“想知道为什么吗？”同学们不约而同地点了点头。老校长看了徐鑫一眼，说：“你知道吗？我昨天去跟那位学生家长打招呼，说你要来钓鱼，他就从昨天晚上起，宁可让池塘里的鱼饿着，也没投进一粒饲料。”

徐鑫听了，惊讶地“咦”了一声。老校长接着又说：“我知道，小胖的爸爸今天开着一辆大卡车去接你，你有点不高兴；可是你知不知道，他今天本来要送货去深圳的，可他为了接你，就把这几千元的生意推了。”

这下，徐鑫有点坐不住了，他没想到自己在课堂上让孩子们随意一举手，就给家长添了这么大的麻烦，不禁面红耳赤地说：“老校长……对不起……我……”

老校长摆了摆手，打断他的话，说：“不！没什么对不起的，乡下人实诚，老师有事找他们，他们高兴还来不及，咋会怪你们？”说着，老校长放下酒杯，叹了口气又说，“不过，作为一个老教书匠，我还是要说你几句，教师是个神圣的职业，在课堂上让孩子们举起小手，那可是为了‘传道受业解惑’呀！咋能让他们为了这样的事儿，随便举手呢？我们当老师受人尊重，可也要自重啊！”

徐鑫和他的同学们听了，一个个红着脸低下了头，再也说不出话来……

（题图、插图：谭海彦）

镜头记录下了真实，还有真情……

镜头之下

□张　维

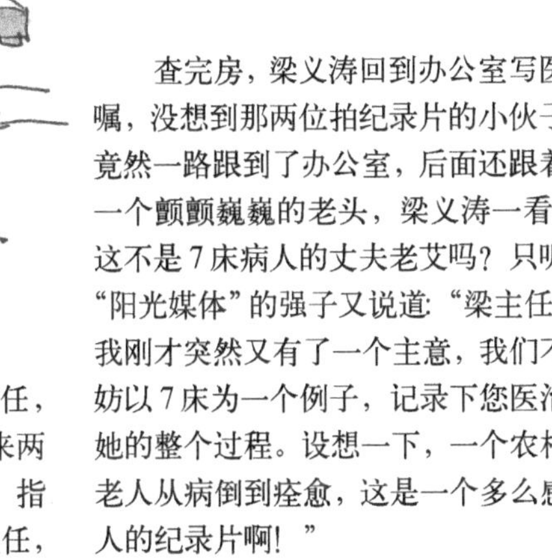

梁义涛是人民医院的外科主任，这天他在查房时，突然进来两个小伙子，其中一个扛着摄像机，指挥的那小伙子自我介绍说："梁主任，您好，我是'阳光传媒'的强子，今天我们要做一个'高尚医风医德、和谐医患关系'的纪录片。"说完，他还扬了扬胸前的工作证。

梁义涛定睛一看，果然在那工作证上看到了"阳光传媒"的字样。他对着强子说："既然这样，那你们拍吧。"然后，他对着一旁的病人家属说，"准备一下吧，没啥情况，后天就做手术。"

查完房，梁义涛回到办公室写医嘱，没想到那两位拍纪录片的小伙子竟然一路跟到了办公室，后面还跟着一个颤颤巍巍的老头，梁义涛一看，这不是7床病人的丈夫老艾吗？只听"阳光媒体"的强子又说道："梁主任，我刚才突然又有了一个主意，我们不妨以7床为一个例子，记录下您医治她的整个过程。设想一下，一个农村老人从病倒到痊愈，这是一个多么感人的纪录片啊！"

梁义涛被他这么一说，激起了医生的责任感和使命感，频频点头。他又拿出7病床的病历，问那病人的老伴说："老艾，你们家属同意吗？"

"同意同意，"只见老艾把头点得和鸡啄米似的，"只要老太婆身体好，我什么都同意！"

强子对这个答复显得很满意，他继续采访说："梁主任，这个病人没有参加新型农村合作医疗，像这种情况

大概需要多少医疗费呢？”

梁义涛的目光从病历上移到了强子脸上，他说：“果然是专业人士，这么快连她没有加入新型农村合作医疗也知道了？如果一切顺利，大概需要四万吧！”

强子微微一愣，很快又从这个病人情况出发，问了很多具体的问题。

第二天一早，梁义涛刚到医院，就发现老艾和强子又带着摄像机等在门口了，他忙问：“有事吗？”

老艾似乎很为难，他吭哧了半天，才说：“梁主任，和您商量一下，老太婆的手术能拖后一天吗？”

“为什么？”

老艾支吾了半天，他瞄瞄摄像机镜头，为难地说：“我们还没筹够钱。”

梁义涛略一思索，说：“那你筹够了，跟我说一声，我好安排手术。”

老艾眼泛泪光，连连点头说谢谢。

毫无疑问，这样感人的一幕也被镜头记录了下来。强子满意地点点头，说：“梁主任，还有个事儿，就是手术那天，摄像机能不能进手术室？”

“不行！绝对不行！”梁义涛很干脆地拒绝了，他又补充道，“首先，手术室里是无菌操作，你们安排人进去不现实；再者，手术时有个摄像机在旁边晃来晃去的，万一影响手术，出了差错谁负责？”

强子很失望地“哦”了一声，不久后就和老艾一起离开了办公室。

两天后，老艾终于筹够了手术的钱。手术很成功，病人术后恢复得也相当不错，十多天后，病人就出院了。安排病人出院那天，梁义涛回顾了这些天自己在镜头下的表现，虽说不上尽善尽美，但这种资料，无论拿到什么地方，让什么人看，都是说得过去的。

随着病人出院，强子也仿佛人间蒸发了。慢慢地，梁义涛也就把纪录片这事儿给忘了。直到两个月后，他去参加一个酒会，这事儿又发生了变化。

那天席上坐着一个“阳光传媒”的人，据介绍说是公司公关部的于经理。于是梁义涛又想起了那部纪录片，便和这位于经理攀谈起来。

谁知于经理听后，当即说“不可能，我们公司从来没有安排这样的活动。”

怎么会呢？梁义涛把拍摄纪录片的事儿一五一十地说了一遍，末了说：“对了，那个导演应该叫强子。”

于经理说：“‘阳光传媒’所有工作人员，我都熟悉，没有叫强子的导演或者制片人。我觉得，肯定有人在造假，可问题是，他们造这样的假有什么用呢？”

第二天来到医院后，梁义涛翻到

了强子当初留的一个电话号码，打过去，是强子接的电话，梁义涛开门见山便说："我是人民医院的梁义涛。你那个纪录片的事儿是假的吧？"

强子在那边一愣，随后说："哦，是梁主任呀。我们没有造假呀！"

梁义涛生气地说："我都知道了，你就不要再说谎了，说说看，你为什么要冒充'阳光传媒'的人来拍我？"接着，他就把遇上"阳光传媒"的于经理的事儿说了出来。

可电话那头，强子还是坚持："梁主任，当初拍纪录片的事儿，的确是真的。"

看见强子还是嘴硬，梁义涛真是气不打一处来，他生气地说："你不想说就算了。"他正要挂电话，强子却说："梁主任，您别挂电话。其实7号病床的病人是我妈。我们是农村的，我们就想能省一点是一点，但又怕您、您怠慢了我妈。因为我们在医院里一没有亲戚熟人，二拿不出钱来送红包。我一个朋友是搞婚礼录像的，他帮我想了这个法子，我又何尝想这样做……"

梁义涛还真没想到会听到这样的回答，不过他又纳闷了："强子呀，你妈病都治好了，你还有啥可怕的，为什么刚才还要支支吾吾不肯说出实情呢？"

强子长叹了一声："梁主任，我妈的病复发了，明天要去你们医院复诊，一开始我还想用那个办法，可没想到被您识破了。前几天我们东借西凑才凑了几千元，您就行行好，尽量让我们少花点，行不行？"

梁义涛听后愣了好久，说："这样吧，明天来的时候，你们再扛上那台摄像机，还是和以前一样，接着拍。"

这下轮到强子纳闷了，他疑惑地说："梁主任，您在和我开玩笑吧？"

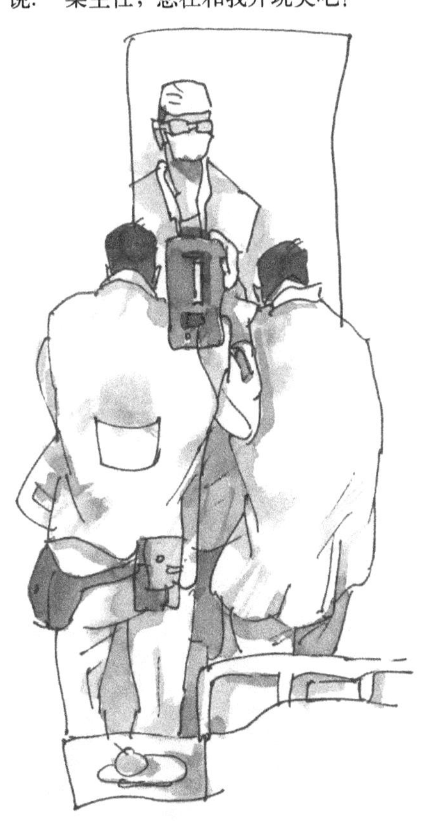

梁义涛严肃地说道："我怎么会开这种玩笑？！强子，我只能这么和你说，这事儿我也是突发奇想，成功与否我也说不准，但请你相信，我这样安排是为了你们好，也许能减轻一些你们的负担。还有，你把上次的录像带也带来吧。好了，我还要去查房，明天来了再说吧。"

挂了电话，思虑再三，强子还是决定听从梁义涛的建议，再租一次摄像机。

第二天强子带着妈妈来到医院，刚把她安排妥当，就赶上梁义涛查房。梁义涛安排完检查项目，然后看了看旁边的摄像机，又特意嘱咐了一句："强子，好好拍，说不定能帮上你们大忙。"

就这样，强子又一连拍了四五天，这期间，他倒是问过梁义涛几次为啥要继续拍纪录片，可每一次梁义涛都说："先等等再说吧。"

虽然强子搞不清梁义涛这样做的目的，不过凭感觉，他觉得梁义涛是在帮他。

到了第六天，梁义涛突然找到了强子，并要走了所有的录像带。

当天下午，一个人来到病房里，他找到强子，并说"我是'阳光传媒'的，我找你有点事儿。"

强子心里顿时打起了鼓，不过思索片刻后，他还是跟着那人来到了走廊里，他正要为自己冒名顶替的事情赔礼道歉，那人却取出一个信封交给他，并说："你拍的录像带我都看了，我们决定买下这些资料，这是四千元。"强子怔了半天，说："难道是梁主任……"

那人继续解释说：最近他们想搞一个关于农民医疗的专题节目，梁义涛得知这个消息后，极力推荐强子一家，说他们有一定的代表性，今天中午，他又带着录像带找到了于经理。末了，那人还说："你也许不知道，梁主任今天有个手术，足足站了四个小时，可一下手术台，他就立刻赶过来了。"

强子心中涌起阵阵暖流，他说："梁主任一准是知道我们没钱拿药了，所以才那么着急让我继续来拍片的。"说完，他捏着手里的信封，哽咽了起来……

（**题图、插图**：谭海彦）

一诺万金

□唐雪嫣

喜中大奖

金强和大马是一对好哥们儿，人称“金戈铁马”。由于工作忙，两人最近一段时间没有联系。这天快下班的时候，大马接到金强的电话，金强问：“忙什么呢？马哥？”

大马说正准备回家，问金强有什么事，金强说：“非得有事才能找你啊？我就是想你了，问候一声。”

大马笑骂道：“少说好听的，是不是想找马哥蹭饭吃？”

只听金强夸张地说：“马哥要请我吃饭，那我可就先谢谢了。我听说龙城饭店刚收了一些林蛙，咱们去尝尝鲜吧。”

大马心里咯噔一下，这小子嘴还真馋啊。林蛙的确是美味中的美味，但是价格也高得惊人，一盘林蛙至少也得两百来块。可是金强既然张了嘴，怎么也不能伤了他面子，大马痛快地答应了。

大马赶到龙城饭店的时候，金强已经等在门口了。他还是嬉皮笑脸那副德性：“马哥，没想到你这么给兄弟面子，先谢谢了。钱带得够不够啊？”

大马无奈地瞪了他一眼：“你嫂子掌控财政大权，我三个月才攒了四百块私房钱，你给我省着点吃。”

金强搂着大马肩膀进了饭店，一看桌上的菜，大马脑袋就大了。桌上面已经摆了八个菜，松鸭、笨鸡、林蛙……个个都是价格不菲的硬菜。他左右看了一眼，见服务员不在，赶紧小声说：“小金啊，这……四百块钱能够吗？”

金强哈哈大笑起来：“马哥，今天我做东，刚才跟你开个玩笑你也当真了？其实今天是我要请你。”

大马惊讶地看着金强，说“你小子哪来这么多钱？中大奖了？”

金强一拍大腿：“马哥，你真神，还真让你说中了。我中了大奖，三万！哈哈哈……”

看着金强得意的样子，大马愣住了。他知道金强一直在买彩票，但怎么也没想到他居然能中这么多。金强从口袋里掏出一张彩票，小心翼翼地放在桌上，对大马说：“你看看，我就差最后两个号，要不然就不是三万，而是五百万啊，我咋这么不幸啊。”金强长吁短叹起来。

大马又好气又好笑，不轻不重地打了他一拳：“人心不足蛇吞象，你小子够幸运的了，别不知足啊。”

言而有信

两人兴高采烈地喝起酒来，一直喝到东倒西歪，金强才送大马回家。大马准备上楼的时候，金强突然一把拉住大马，一拍脑袋说：“瞧我这记性，马哥，你还记得以前我跟你说过的话吗？”

“你说过什么话啊？”大马问。

金强不高兴地说：“什么脑袋啊你？我以前就说过，有朝一日兄弟我要是中大奖了，至少分你三分之一，还记得吧？”

大马疑惑地看着金强，忍不住问：“你想分我一万？”

金强拍着胸脯说：“男子汉大丈夫，说到就要做到，再说这些年马哥你没少照顾我，兄弟嘴上不说，都记在心里呢。只可惜今天中的不是五百万，要是五百万，呵呵，马哥你就可以辞掉工作了。”说完，他拿出一沓钱塞进大马的口袋。

大马的酒一下子全醒了，好朋友中了奖，吃顿饭花个千把块钱还真没什么，但这是一万块钱啊，他怎么能说拿就拿？他急忙掏出来往金强手里塞，金强急了：“马哥，是不是不拿我当兄弟？你信不信我把这钱全撕了？”

大马心里感动，但他觉得自己真不能要这钱。可看金强不依不饶，他还真有点头疼，索性来一着激将法。他把脸一沉：“你小子挺有能耐啊？你把钱撕了给我看看？”

金强愣了，直直地看着大马，突然一转身，坐上出租车走了。

大马终于松了口气，回到家，跟老婆小丽一说这事，小丽也十分感慨，早就知道金强这小子仗义，但没想到这么仗义。两人正说着话呢，外面有人敲门，大马开门一看，外面是一个陌生的小伙子。小伙子问：“请问你是马志彬马大哥吗？”

马志彬是大马的名字，大马点点头。小伙子笑着说：“我们是送货公司的，有一位金强先生委托我们把这台手提电脑和数码相机送给你，说是给他侄子的，麻烦你签收一下。”说着一摆手，他身后的一个人递过来两个盒子。

大马的儿子前些日子考上了大学，跟他说想要电脑和数码相机。他这些日子跑了好几家商店，所以对牌子和型号都很熟悉，一下子就判断出这两样东西至少一万块。他真没想到金强用这种方式来兑现他当初许下的诺言。

他想让送货的把东西送回去，但小丽说话了：“大马，人家一片诚心，收下吧，再不收就伤人心了。”

大马犹豫了一下，在送货单上签了字。

造化弄人

第二天下午，大马给金强打电话，想请他来家里吃顿饭。可奇怪的是，金强支支吾吾说有事去不了。大马觉得不对劲，以金强的性格，现在他肯定四处招摇，意气风发，怎么听起来有些萎靡不振呢？他想起昨天晚上两人喝酒的时候，金强说今天去领奖金，难道是奖金出了什么问题？

他又打电话给金强，可金强手机居然关了。大马觉得事情有点不妙，急忙赶去金强家。金强不是本地人，他在本地大学毕业后找了工作，跟一个同学合租了一个单元居住，境况跟大马不好比。大马来到金强家，是金强的同学开的门，一见是他，小声说：“马哥，你赶紧劝劝他吧，这小子今天让人一顿笑话，快气疯了。”

大马觉得这事跟中奖有关。他进了屋，首先看到地上的碎纸屑，然后看到拼命灌酒的金强。他上前夺过酒瓶问：“小金，你怎么了？”

金强抬头见是大马，赶紧说：“没什么，马哥你怎么来了？”

金强的同学小声说："你就别瞒着掖着了，跟马哥你还不说实话？"他转过头对大马说，"马哥，这小金盼中奖盼疯了，错把上一期的彩票看成了这期的，还以为中了三万块，结果去领奖时才知道闹了个大笑话。"

大马一下子就明白了，昨天金强误以为中了奖，便拿出自己的存款迫不及待地兑现诺言，可今天知道搞误会了，他这是在上火呢。大马哈哈大笑起来，一把拉起金强："你一个大男人心眼咋那么小？没中奖就没中奖呗，这次就当演习，下次中奖就有经验了。走，咱哥俩喝酒去。"

金强臊得满脸通红，可还是跟着大马去了饭店。趁点菜的工夫，大马给小丽打了个电话，没一会儿，小丽送来了一万块钱。金强哪好意思要这钱啊？坚持说这是他给大马儿子的礼物，无论如何不能收钱。大马叹了口气说："兄弟，你有这心意，我和你嫂子就已经很感动了。你刚上班没几年，这一万块差不多是你全部积蓄吧？咱们跟亲兄弟没啥区别，你就别打肿脸充胖子了。你还认不认我这个大哥？你信不信我把这钱撕了？"

听大马拿自己说过的话取笑自己，金强不好意思地接过那一万块钱，笑着说："马哥，打肿脸充胖子的事咱不干，不过你记着，我欠你一万块钱，早晚我得还你。"

大马一拍桌子，说："行，一万块，等你发财了你记得还给我。"

其实大马还是很看好金强的，金强年轻，有学历有本事，还有灵活的头脑，只是缺少一个发展的平台。只要有机会，他应该能成大事。

兄弟情深

这件事情过了没多久，金强所在的那家小企业倒闭了，金强决定离开这个城市。临走之前，大马为他饯行，问他以后有什么打算。金强叹了口气说："其实我早就厌倦了给别人打工，希望自己能够干一番事业。但家里穷，帮不上我，我自己也没有启动资金，空有两膀子力气没处使啊。马哥，我早就看好了一个项目，用不了多少钱就能搞起来，不到一年就能回本，肯定能赚大钱，可惜啊……”

金强端起酒杯一饮而尽，放下酒杯的时候，手不经意地掠过眼角。大马眼尖，看到金强巧妙地把眼里的两点泪光抹去。大马不由得有些难过，他想了想问：“小金，你真那么有把握吗？你需要多少启动资金？”

金强肯定地点点头：“我绝对有信心，因为我考察这个项目已经有半年了。当时还以为十万块很容易借，谁知道这年头想借钱这么难啊。”

大马轻轻点了点头，不再说话，又陪金强喝了几杯，便早早散了。回到家，大马跟小丽说了这件事情，说想听听小丽的意见。小丽笑了：“你呀，你想帮他就痛痛快快地说呗，还遮遮掩掩地干吗？”

大马也笑了，说：“老婆，你也知道小金的为人，而且他又有能力，我相信他看好的项目不会错的。再说那次中奖的事情，更让我看出这小子的本质，还有他对我这个大哥的感情。这笔钱咱家能拿得出，要是不帮他，这辈子我都觉得欠他份情。”

小丽说：“那就帮，我也觉得他值得帮。”

第二天，大马给金强送去十万块，金强用这笔资金开始创业。第一年，他给大马送去五万块，说这是他的投资分成；第二年送去了十二万；第三年送去了二十万……大马再也不是那个三个月才能攒四百块私房钱的男人了。

到了第五年，金强已经赚了几百万，那年春节他去大马家拜年，酒过三巡，他收起嘻嘻哈哈的样子，规规矩矩地敬了大马和小丽一杯酒，他说：“马哥，嫂子，如果没有你们，可能现在我还是一个为生活奔波的打工仔，我这一辈子都感激你们。但是有一件事情在我心里压了五年，我今天必须说出来。你们还记得我中奖的那件事情吗？”

大马笑呵呵地说：“当然记得，要不是通过那件事情，让我们看出你的仗义，我们还不敢一下子拿出口挪肚攒的钱来帮你呢。”

金强感慨地说：“我要说的就是那件事。马哥，恐怕你到现在也不知道，其实那件事情从头到尾都是我策划的，那是一个骗局。”

大马和小丽一下子惊呆了。只听金强继续说道：“那个时候我一直想自己创业，但是苦于没有资金。我曾经想过向你们借钱，但我清楚地知道，虽然我们交情不错，但那可是十万啊。我不用一件大事来感动你们，你们会毫无保留地信任我吗？我一直寻找感动你们的机会，恰巧那期中奖

□王　军

古墓里的争吵

黑驴蹄子

民国的时候，有个军阀军饷不够了，可他却一点不着急。为什么呢？他心里有底。都说靠山吃山，靠水吃水，他这是盯上了后山脚的一座古墓。据说这座墓是清朝一位王爷的，此人死于战场，陪葬的金银财宝无数，宝贝挖出来正好能招兵买马。

说干就干，这个军阀派了几个工兵半夜去炸墓，很容易就炸开了墓口。可当工兵们下去的时候，竟然跳出了七条穿清朝官服的僵尸，对着工

的号码是我上一期买的号码，我灵机一动，先拿出千把块钱请你吃饭，又买电脑和相机，为的就是让你们相信，金强是一个轻财重义的男人，是一个值得信任的爷们儿，为以后你们能帮我埋下伏笔。”

大马愕然地张大了嘴，好半天才说：“好家伙，原来你是演戏给我们看啊，不过小金，如果当时不把电脑、相机还给你，你不是亏大了吗？”

没等金强说话，小丽没好气地推了大马一下：“人家金强敢用那样的办法，当然早就料到你一定会把东西还给他的。”

金强长叹一声：“当年那么做，我也是不得已而为之，因为想获得别人的信任太难了，幸好我成功了，否则的话……”

金强的眼睛里透出一丝茫然，没有说出后面的话，而大马和小丽，都不约而同地沉默了……

（**题图、插图**：刘斌昆）

兵卡脖子的卡脖子，搂腿的搂腿。其他人对着僵尸开了火，没想到机枪和手榴弹都伤不了僵尸分毫，敢情这僵尸是刀枪不入。军阀见状也没办法，只好另外想法子筹军饷。

军阀走了，可是当地老百姓依旧没有太平。自从这七条僵尸在炸墓口时被弄醒，每到有月亮的晚上就出来活动，把附近的老百姓吓得够呛。却说村子里有个后生叫王二愣，生来胆子就大，抱着为民除害的念头，想除掉这七条僵尸。王二愣有个三叔，年轻的时候以盗墓为生，用行话说叫“倒斗的”，王二愣就讨教这位大行家来了。

三叔已经听说过军阀盗墓的事，他告诉王二愣，说这王爷家里修墓的时候一定是请高人了，高人把王爷同一起战死的七个官员葬在一起，还施了法，把官员变成了刀枪不入的僵尸，目的就是替王爷守墓。所以活人不进墓没事，一进墓僵尸就会扑上来。

王二愣就问：“难道就治不住这僵尸吗？”三叔诡秘地一笑：“照我的师傅说，人死了魂魄被封在尸体里，就形成了僵尸。只要用黑驴蹄子一砸它的脸，僵尸的魂魄就会离体投胎。僵尸总是在有月亮的晚上出来，等他们出来，你就照我说的做。”王二愣说：“三叔，你干脆自己直接去收拾僵尸吧！”三叔摇摇头说：“我已经金盆洗手了，这事只能你一个人去做。”

王二愣刨根问底道：“为什么必须是黑驴蹄子？别的不成？”三叔一摊手：“我哪知道啊？反正当年我带的就是这个，僵尸见了只有躲的份儿。”

说干就干，三叔领着王二愣到张屠户院门外，说要买黑驴蹄子。张屠户说“二位来得正好，我上午刚宰了一头畜生，四个蹄子卖了仨，你们拿走最后一个吧。都是邻居，钱就不要了。”

两人拿了黑驴蹄子回家，觉得就一个有点少。不过王二愣有办法，找根麻绳把黑驴蹄子系起来，打算当流星锤使，扔出去还能收回来。正好当晚就有月亮，王二愣一个人到古墓边的树上躲起来，等僵尸们出来离开后，用铲子扩大入口，哧溜一声就钻进了墓里。

王二愣下了古墓，打着了火折子一瞧，下面只有七口空棺，其他什么都没有。这个时候，就听墓口那儿，扑通扑通跳进来七条僵尸。王二愣也不害怕，抡起黑驴蹄子“噗”地一声就砸过去，正好砸中第一条僵尸的脑门。万没想到的是，僵尸一点事没有，它一转戴官帽的脑袋，好像有点纳闷，砸自己的是什么啊？黑糊糊的。

僵尸不害怕，王二愣害怕了，气得直骂三叔大话害人，这驴蹄子根本不能治僵尸！他把蹄子一扔，扭头往墓深处跑。可这墓太小了，眼见七条僵尸一跳一跳的要来个铁壁合围，他急中生智，跳进一口开着盖的棺材，然后自己盖上棺盖，想着躲一会儿算一会儿。

再说三叔回到家后，寻思着今晚凶险，侄子回来得给他压压惊，于是又上张屠户那里去了，他打算买点酒肉。这回他直走进院里，一眼就见院墙上挂着张新鲜的马皮，心里不由咯噔一下，忙问张屠户："你家今天宰的是驴还是马啊？"张屠户说："马。""那您给我的蹄子是啥的？""当然是马的，驴蹄子那才多少肉，还是马蹄子肉多，我得照顾你老邻居不是？"

三叔一听脑袋就是一炸，自古以来哪有用马蹄子治僵尸的？他也顾不上跟张屠户争吵，撒腿就往古墓那里跑，他这辈子无儿无女，一向是把王二愣当儿子看的啊。

古墓争吵

三叔毕竟年纪大了，走一阵歇一阵，到古墓那里天都亮了。这时就见一个人影晃晃悠悠，从墓口里出来，正是王二愣。三叔这个高兴，忙对侄子说："张屠户错把马蹄子给你了，怎么，就这也把僵尸治住了？"王二愣气不打一处来："我说怎么不好使啊，可以说没治住，也可以说治住了。"这叫什么话？三叔听着直犯迷糊，王二愣索性坐在地上讲了起来。

话说王二愣当时躲进棺材后，没想到僵尸们竟然不找他的麻烦了，他在棺材里听见外面僵尸在叽里咕噜地说话，虽然音调怪异，但也勉强听得懂。就听一条僵尸说"各位年兄，这黑东西看上去挺稀罕的，有必要上缴国库，暂时就归本大人保管。"另一条僵尸说："张年兄，上缴国库是应该的，但该归我保管。论官衔这里我最高，瞧我的官服没有？绣的可是仙鹤，一品大员啊。”

首先发言的僵尸不乐意了，声调有些急：“刘年兄，按本朝规定，文官胸口的补子是一鹤二鸡三雀四雁五鹇六鹭，你的仙鹤是比我的锦鸡大，但我的顶子可是珊瑚，比你的水晶顶子高两级啊。”第二条僵尸有点气急败坏：“我朝向来是重服饰，轻顶子，这个黑东西我要不要无所谓，但是谁级别高一定要说清楚！”这两条僵尸眼看就要吵上了，没想到第三条僵尸又插了进来：“两位大人且慢，我这里还有朝珠呢，你们怎么没朝珠啊？没朝珠的人连五品都不算，哼哼。”其他僵尸也不甘示弱，这个说自己有黄马褂，那个说自己有三眼花翎……

王二愣躲在棺材里越听越乐，心说你们就吵吧，最好忘了我才好。不大工夫外面劈里啪啦响成一片，敢情互相打起来了。不过这些僵尸都是刀枪不入，再打也不疼，所以一打就没完没了。时间一长，棺材里的王二愣直发困，不知不觉竟睡着了。等他醒来，天光已经从入口里透进来，那七条僵尸倒在地上，一动不动，看那个互相扭胳膊拧腿的劲头，这架还没打完。他连忙爬出棺材，这才飞也似的逃出了古墓。

三叔越听越糊涂，僵尸会说话会吵架就罢了，可是里面怎么没有王爷的棺木？还有僵尸身上的顶戴花翎，在清朝来讲是等级森严，万万不会错的，现在倒好，来了个东北招牌菜——乱炖。

糊涂归糊涂，不过有一件事是好消息，就是这些僵尸白天都不会动。三叔立刻带王二愣回村，亲自买了两头黑驴，亲眼看着张屠户杀驴取了蹄子。然后在大白天钻进古墓，把七个黑驴蹄子塞到不会动的僵尸嘴里，然后重新封起来。

要说这黑驴蹄子还真灵，从此这些僵尸就没有再钻出古墓来，大概都投胎去了。王二愣对三叔佩服得五体投地，这一天他家的母猪一窝下了七只小猪，心里高兴，就打了酒请三叔来喝。没想到两人刚一端酒杯，王二愣老婆就跑来了，说七只小猪不好好吃奶，明明十个奶头可它们都争最大的一个，结果咬起了架！

惹祸根苗

等三叔和王二愣跑到猪圈里，七只小猪已经你咬我我咬你，互相咬死了。王二愣一家就指望卖小猪过活，眼见这个场面他老婆都要哭出来了。王二愣看看三叔，心里就打了个突，心说正好是七只，又是不停吵闹，会不会是那七条僵尸投胎来的吧。三叔没言语，不过心里也是七上八下。

过了半个月光景，张屠户家又出了件稀奇事。他家的母羊一胎产下七只小羊，这个产量够大的。谁知以后

更稀奇，这七只小羊吃奶倒没啥，等到吃草的时候，因为草槽个头小，每次只能一只羊来吃，结果小羊们又打起架来了，一打还就下死手，不多久，全死了。

这下王二愣再也坐不住了，村子里大伙儿本来就穷，哪经得起这个折腾啊。他去找三叔，求他无论如何想个办法，让这七条僵尸不要再闹了。三叔说干脆去古墓附近勘查勘查吧，看看盐从哪里咸，醋从哪里酸，说不定找出古墓和僵尸的来由，也就能找到治法了。

三叔一个人出去转了一天，乐着就回来了：“我问了古墓附近一个八九十岁的老人，原来是很简单的一码事儿啊，赶紧带家伙跟我走！”王二愣跟着三叔来到古墓，又挖开入口，两人钻进去。之后三叔把僵尸们身上的顶子、官服、朝珠等统统扒下来，一边扒还一边笑：“哪有麻布做的官服，木头染色的顶子和朝珠啊，二愣子，给我烧掉！”

自打烧掉这些东西，村子里就再没有古怪事发生了。后来王二愣就问三叔，究竟这是怎么回事啊？三叔哈哈一笑：“那位老人说，这个墓里葬的不是王爷，而是七个唱戏的。因为死的时候兵荒马乱，家属一时间找不到殓服，就把他们生前穿过的行头官服胡乱套上了。这就是惹祸的根苗啊，这七位官服加身，顿时觉得高人一等，说话做派都像极了阳世的官员，连投胎都不愿意了，结果就成了僵尸。问题是这官服是随便套的，服饰顶戴花翎都不配套，这才动不动就争个先后次序，等级高低，连投胎以后也不安生。现在一股脑儿烧掉他们的官服，看他们再给咱们神气！”

王二愣摇摇头说：“都成僵尸了，还惦记着当官。这样吵来吵去，投胎也投不好，活不是个好人，死不是个好鬼，应了那句‘鬼迷心窍’，真是想不开啊！像咱爷俩这样多好！嘿！自在！还能为民除害！”

（**题图、插图**：张恩卫）

（本栏目欢迎来稿。来稿可从邮局寄发，也可从网上传递。如为电子邮件，请发以下信箱：piggybank81@sohu.com）

和我一起玩网游

□马凤文

江玉是一位单身母亲，和正上初中的儿子小明相依为命。为维持生计，江玉开了一家小旅店，叫“母子旅店”，这一富有感情色彩的名字，果然吸引了不少旅客。

这天一早，江玉刚送走最后一位客人，小明就在房间里叫起来：“妈妈，陪我玩会儿游戏，我的任务无法完成了！”原来小明已经辍学近半个月了，现在除了玩网游，几乎什么都不顾。江玉听得头皮发麻，气呼呼来到儿子的房间，伸手就把电源拔掉。小明不甘示弱，重新插上电源，大喊大叫：“不要管我，不然我就跳楼去！”

江玉简直气疯了，刚要动手教训儿子一顿，这时有人敲门，江玉开门一看，原来是小区的片警小张。江玉赶紧请他进来，小张摆手说：“不用了，我有件事要通知你，最近有两个杀人犯逃入我市，公安局让开旅店的留心点，发现异常情况一定要及时报案。”江玉不敢大意，连声答应。

送走片警，江玉来到小明房间，叮嘱他精神点，小明含糊地答应，然后便不耐烦地朝她挥挥手让她离开。

临近中午时分，有个高个子男人上门打听住宿，江玉见只有他一个人，与片警小张说的情况不符，这才放下心来，帮他安排了房间，还介绍说这里安全，可以上网，价钱便宜。高个子眼睛一亮，非常高兴地住下了。

高个子刚住下，忽听隔壁房间传来喊杀声，他吃了一惊，悄悄来到门

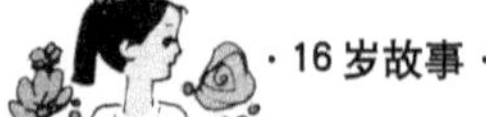

外，只见小明正在电脑前玩游戏，画面色彩艳丽，打斗场面激烈，看得他直咽口水。半晌，他鼓起勇气推门进去，问小明："我们一起玩好吗？"小明正发愁没人和他配合，欣然同意，说道："这是日本进口游戏，特别精彩，保你喜欢！不过你得先注册一个账号。"高个子眼睛盯着游戏画面，恨不得立时玩上。小明让他拿出身份证，他想都没想便拿了出来，小明赶紧按着提示帮他注册，可刚把号输进去，系统便提示是错号，连续几次都是如此。小明不耐烦地拿过身份证登记簿，从其中选了一个才注册成功。

注册完毕，小明让高个子到隔壁房间上网，两人来个对打。这是一款自由PK游戏，由于小明级别高，高个子一上来便被小明砍得人仰马翻……

小明正玩得两眼发光，突然门"通"的一声被一脚踢开，高个子冲了进来，满脸怒气，问道："你为什么总杀我？"

小明笑着说道："怎么样，不是我的对手吧？"

高个子愤怒不已，两眼冒火。小明赶紧说道："大哥不要生气，我可以给你充值，这样你就可以更换高级装备了。"

高个子被小明杀得眼红，听到"充值"两字才平静下来。这时江玉突然进来，她早被两人的叫喊声气得头晕脑胀，先是对小明一阵痛骂，然后对高个子说："这位先生，求求你不要再和他玩了，他还是孩子啊。"

小明看看高个子，又看看妈妈，忽然拿起身边的扫把，口中大叫："你要是再来打扰，我就打死你，快出去！"说着，举起扫把便朝江玉狠狠地打去。江玉被儿子追打得无处可逃，只好哭着推门跑了出去，小明这才罢休，让高个子到隔壁继续玩游戏。

果然，高个子换了高级装备，战斗力大大提升，高个子兴奋得狂叫不止。忽然，高个子发现自己又不是小明的对手了，心里着急万分，只好又来找小明。小明笑着说："是不是又打不过我了？好，我再给你充值。"

高个子对游戏意犹未尽，头点得如鸡啄米，然而，点卡已经用完了。高个子非常失望，可小明比他还失望，好不容易来个玩伙，岂能轻易放过？他对高个子说道："你等我，楼下就有卖点卡的，我马上就买回来。"

说着，小明在游戏中找到一个任务，说道："这个任务我做了很长时间，你帮忙做下去吧，就看你的了。"

小明去买点卡，高个子坐下来继续游戏，发现那个任务确实有挑战性，便兴致勃勃地玩了下去。

一会儿工夫，"咣"的一声门被撞开了，高个子以为是小明回来，回头一看，顿时吓得面如土色，原来是片警小张，身边还站着江玉和小明。看到民警，高个子仿佛被浇了一头凉水，完全清醒过来，一下瘫坐在地。小张上前便把高个子铐起来，小张对江玉说道："他就是逃窜到我市的杀人犯。""你不是说是两个人吗？"小张忙说，"对不起，我们刚接到情报，因发生矛盾，他的同伙已被他杀了，幸亏小明报案及时，否则后果不堪设想。"

小张好奇地问小明是如何判断此人是犯罪分子的。小明不无得意地说："开始我并没有怀疑过他。他在游戏中不是我的对手，竟然大喊大叫来找我报复，而且目露凶光，正常人谁会这样？这时，我忽然想到我让他注册游戏账号时，他几次输入的身份证号都是错的，那是一家实名注册网站，正常人谁会用假身份证呢？何况今天早晨妈妈告诉我说有两个杀人犯到了本地，让我们开旅店的留心点，我起了疑心，便故意把妈妈打出去报警，可妈妈很久没回来，很显然她并没明白我的意思，于是我说点卡没了，便以买点卡为由出去报了警。"

听到这有意思的判断，小张对小明说："你很聪明，也很勇敢，今天多亏了你，希望你以后好好学习，长大了一定会成为一名警察。"

民警走后，江玉还心有余悸，她把小明搂在怀里，后悔地说："儿子，都是你太任性了，万一发生危险，妈妈可怎么办啊？"

小明不无骄傲地说："可你会游戏吗？还不是我用游戏拖住了他？"

第二天，小明竟出人意料地背上了书包，江玉吃了一惊，问："你这是干什么去？"

小明笑着说："你没听警察说吗？我长大了也能成为一名警察，游戏玩累了，我要上学去啦！"

江玉简直不敢相信这是事实，没想到经过这一番劫难，竟让孩子长大了。

（题图、插图：刘斌昆）

么事，想儿子、孙子了，就主动打电话过去。后来，就发展到每天都要通电话。其实也没什么事，她太孤独了，就是听听儿子、孙子的声音。越洋电话比较贵，所以每次几句话后，老太太就要挂断电话。

但去年，老太太的儿子一家不幸遭遇车祸，命丧异国他乡。老太太再没有其他亲人，孤零零一个人住在这栋房子里，除了孤独，还有对儿孙深深的思念。每天，她仍会习惯地守在电话旁，期待电话铃响起来。当然，她等来的总是失望……

老太太给苏东打电话的那次，纯属巧合：那天，她的手边刚好有张报纸，刊登着苏东所在礼仪公司的陪聊广告，上面有几个联系电话。老太太并没有看广告内容，只是看到有电话号码，忍不住随手拨了其中一个，恰好是苏东的手机号……

老太太向苏东解释完后，感激地说："小苏，谢谢你这些日子接我的电话，你放心，我以后不会再打搅你了。"然后，她从抽屉里拿出二百块钱，放到苏东手里，"这是你今天跟我面聊的费用，够不够？"

此时的苏东，听完老太太的故事，眼窝发热，心里发酸，有一种想哭的感觉。他强忍住泪水，把钱塞回到老太太手里，认真地说："阿姨，欢迎以后您继续给我打电话，不过……打那个电话比较贵。这样吧，我另外给你一个号码，你可以每天都打给我，不管什么时间都行，我一定会陪你聊上几句……"

过了些日子，市电台开通了一档叫做"跟你聊会儿"的老年人爱心服务节目，主持人正是新加盟电台的苏东。

很快，这档节目就成了老年朋友们的最爱。

晚报上还为这档节目刊登公益广告：各位大叔、大妈、爷爷、奶奶们，如果你们觉得孤单，想跟人聊会儿，那么，请拿起你手边的电话，拨打我们的热线……

这个热线完全是免费的……

（**题图**、**插图**：刘斌昆）

步枪，胸口都燃烧着极度的仇恨……

有道是人算不如天算，就在莫顿将要扣动扳机的一刹那，突然，只听到一阵狂风拔地而起，还没等到他俩反应过来，巨大的山毛榉竟轰然倒下……

莫顿醒来后，发现自己已瘫倒在地，他沮丧极了，他的两条腿给大树死死地压着，两只胳膊呢，一条麻木了，另一条则卡在树枝之间，动弹不得，虽然他大难不死，却休想挪动半分，只能等别人前来救援了。

他转眼再看查尔斯，又不禁笑了，为什么？查尔斯就在他身侧，一两米远，看样子也还活着，但跟自己一样，也被压在树下。

这时，查尔斯也发现了莫顿，只听他格格格笑了起来："莫顿，难道你还没死？你被偷来的林子逮了个正着，咎由自取，真是老天有眼啊！"

"闭嘴！什么偷来的？这是我的林子！"莫顿立即反唇相讥，"等一会儿，我们的人就会赶过来救我脱险，你呀，就一边呆着吧。我要告你在我的林区偷猎，这就是活证据！"

查尔斯沉吟片刻，然后平静地答道："你能肯定有人救你？告诉你，我们的人马上就过来救我。等我脱身后，我再赏你几条枝干。不要急，我会将吊唁信送至府上的。"

莫顿笑了："多谢提醒！只不过，还不知道谁先死呢？你是非法偷猎，我就不必向尊府送什么吊唁信了。"

两个人你一言，我一语，相互斗嘴，谁也不买账。

不过，他们心里都清楚，自己的人可能很长时间才能找到自己；而且谁的人先到，全靠撞大运。

莫顿猛然想起，衣兜还有一只扁酒壶，于是，就用那只麻木的手，费劲地掏了出来，然后，又用了九牛二虎之力，把盖子拧开，将酒灌进喉咙里。时值深冬，又是在户外，还一直飘着零星小雪，酒一下肚，就如一团火在燃烧，他的感觉一下子好多了。

莫顿看着查尔斯，有点怜悯似的问："我把酒壶扔过去，你够得着吗？里面可是好酒咧，一块喝几口吧，我可不在乎谁先死！"

查尔斯咽了一下口水，说："不行，我的眼睛给血糊住了，什么都看不到，"停了一会，他又毅然答道，"不过，我从来不跟我的敌人共饮。"

半小时过去了……

森林既冷又黑，狂风从枝干间呼啸而过，像鞭子一样抽打着两个人。莫顿想，今晚幸亏还有查尔斯陪在身边，还能说说话。如果自己一个人突遭不幸的话，可能早就丧失生存的希望了。这时，他感到复仇之火似乎已经悄然熄灭。

莫顿咳嗽了几下，然后对查尔斯说："朋友，我改变主意了，如果你的

人先到，你想怎样就怎样吧。”

“那要是你的人先到呢？”

莫顿真诚地说：“如果我的人先到，我会让他们先救你出来，把你当我的客人对待……”

好长时间过去了，查尔斯没有搭话，莫顿以为他可能疼昏过去了，急得叫了起来：“查尔斯，查尔斯，你可不能睡着啊！”

“我没睡！”查尔斯终于开口了，说，“是的，今晚如果能活着，就一笑泯恩仇；当然，即便死了也值得。说真的，我一直恨你，到你的林区打猎是假，挑衅是真。可你刚才还请我喝酒，我也改了主意了……莫顿，我也愿意成为你的朋友！”

有一段时间，两人都沉默不语，

翻来覆去地想着这次戏剧性的和解，以及将会带来的奇妙的变化。两人都暗自祈祷自己的人先到……

终于，莫顿打破了沉默，他对查尔斯说：“我们喊人救命吧！”

查尔斯道：“好的，我们大声喊，来，一、二、三！”

两人抬高嗓子一起喊。

然而，除了风声，没有一点回应。

他们又沉默了几分钟，莫顿突然兴奋地大叫起来：“我看见有人穿过树林过来了！”

两人扯开嗓门再次大喊。

莫顿叫道：“他们听见了！他们停住了，现在他们看见我们了，他们正从山上朝我们奔过来！”

查尔斯问：“他们一共几个人？”

莫顿道：“看不太清楚，九个或者十个。”

查尔斯神情有点黯淡，道：“那肯定是你们的人，我只带了七个人出来。”

莫顿高兴地道：“是吗？他们正拼力奔过来，真是好样的。”

查尔斯问：“是你的人吗？”

“是不是你的人？”见莫顿没有回答，查尔斯再次耐不住性子地问。

“不是！哈哈！”莫顿突然笑了起来，笑声是那么的恐怖。

“他们是谁？”

“一群狼！”

（题图、插图：佐　夫）

迟到的悔悟

□刘金龙

这天，打工仔尹春回到出租屋时，眼前的情景把他吓呆了：只见自己的父亲脸色煞白，左手打着绷带，衣服上全是血渍。尹春问了好半天，才问清楚，老父在工地出了工伤事故，左臂被砸伤，也不知伤到骨头没有。尹春急着说："那您赶紧上医院呀。"老父叹了口气，说："老板怪我自己不当心，不肯先支钱。"

尹春来不及去追问是谁的责任，急着说："今天是我们公司发工资的日子，我去取钱，然后咱们去医院。"说完头也不回，一口气跑到银行。

一到银行，尹春将卡插进ATM取款机，一看，工资竟然没到账！尹春站在取款机前打电话到公司一问：公司说最近资金周转有点紧张，要拖延两天。尹春捶胸顿足，急得团团转，转着转着，冷不丁发现旁边取款机的屏幕上有行字"请继续"。尹春凑近一看，发现是个马大哈取完钱忘拔银行卡就走了。尹春见四下无人，试探性地按了一下"查询"键，这真是不看不知道，一看吓一跳，卡里竟然有5万块！尹春心里忐忑不安，眼下自己需要钱，有了钱就可以送老父上医院了。最终，邪念战胜了理智，尹春迅速将5万块钱转入自己卡里。

回到家，尹春底气足了，对老爸说："爸，走，我带你去医院。"老父以为儿子取到了工钱，他心酸地摇摇头，说："你这点钱不够的。"尹春得意地拉开提包："你看，我发财了，走

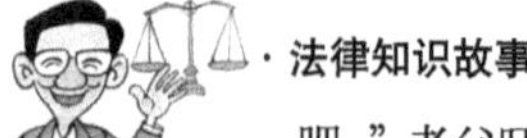

吧。”老父吓了一跳：“这、这是哪来的？偷的？抢的？”在老父严厉的追问下，尹春只好把真相和盘托出。

听完尹春的话，父亲一下子愣住了，眼里流露出从没有过的失望与愤怒，好一会，老父抬起惨白的脸，大声吼道：“儿子啊，你怎么这么糊涂啊！这是犯法啊，赶快退回去！”尹春不敢正视父亲的眼睛，但他又不甘心，低头说道：“爸，你以为拿别人的钱我心里就会好受吗？可是我实在没办法啊！这个世界就是这么不公平，我的工钱，老板说拖就拖，而你受伤了，你们公司却没人管你！我看这卡主钱这么多，只怕也是黑心钱，你就同意先救个急吧！”

“啪”，老父给了儿子一个耳光，他彻底被激怒了：“逆子！我再说一次，我绝对不做昧良心的事！更不能做犯法的事！送回去！如果你不送回去，我报警抓你！”由于激动，老父一下子昏了过去。

尹春长这么大，没见过父亲这样愤怒过，他有些害怕了，辗转反侧了一个晚上，终于理智战胜了邪念。第二天一早，尹春就去了那家银行，把5万元钱交了出去。

后面的事情就有些出人意外了。尹春竹筒倒豆子，将事情讲清楚，然后就准备回家了。谁知银行工作人员拦住了他的去路，说：“你等一下，我们要给公安机关打个电话。”尹春当时就傻了，“我，我怎么啦？我犯了错，但不是改了吗，干吗要惊动公安局？”银行工作人员严肃地说：“事情没这么简单……”

经过调查取证，检察机关对尹春提起公诉，法院审理后认为，尹春以非法占有为目的，冒取他人信用卡，依法构成信用卡诈骗罪，鉴于尹春有自首情节，且能主动归还赃款，从轻判处有期徒刑两年缓刑三年，并处罚金2万元。

听到这个结果，尹春惊得目瞪口呆，他老父也蒙了，尹春一开始确实是做错了，可后来不是将钱还回去了嘛，也没有给社会，给他人造成实际损失，这为何还要判刑？带着这样的疑问，尹春的父亲咨询了律师。

律师经过了解，解释道：尹春拿到失主遗忘在ATM机的卡时，不存在犯意，但尹春开始操作ATM机取钱时，他的主观故意已明确，就是非法占有他人的财物，也就出现了“犯意”。属于《刑法》196条3款“冒用他人信用卡”的行为，定为信用卡诈骗罪是正确的。另外，就是因为尹春不法行为后的种种积极补救措施，才获得从轻减轻处罚的机会。如果尹春取完钱后没还回去，就会被判处五年以上十年以下有期徒刑，后果将更严重。

律师点评：

《刑法》第二百六十六条规定，诈骗公私财物，数额较大的，处三年以下有期徒刑……数额巨大或者有其他严重情节的，处三年以上十年以下有期徒刑……根据最高人民法院有关规定，个人诈骗公私财物3万元以上的，属于“数额巨大”，但主动退赃属于“有悔改表现”，在量刑时可以作为从轻处罚的条件。故事《迟到的悔悟》中我们看到，尹春因急需用钱而一时心生贪念将他人卡中5万元占为己有，其行为已构成“诈骗”既遂，后经父亲教育及时退款并主动投案自首，则显然有悔悟表现，有从轻、减轻情节。再根据其是初犯、认罪态度好、主观恶意较小、及时回头、未给社会造成实际损害等情节综合分析，在应当判予适应刑期前提下给予缓刑处罚较为妥当。

（**题图**、**插图**：刘斌昆）

·本刊信息传真·

法律知识故事征文启事

本刊推出的“法律知识故事”，通过发生在我们身边的、短小而具体的个案，生动、形象地宣传法律知识。这些知识注重现实性、实用性，真正起到解剖一个案例、明白一个道理的作用。

为鼓励作者深入生活，写出高质量的法律知识故事，我刊决定面向全国征文，优秀作品除在《故事会》发表并参加评奖外，还将结集出书。

本次征文也欢迎读者和法律界人士提供相关素材、案例，一经录用，即付稿酬。

来稿方法：1. 从邮局寄发，请在信封上注明“法律知识故事”字样，本刊地址：上海市绍兴路74号《故事会》杂志社，邮编：200020。2. 从网上传递，可寄以下信箱：wulun@vip.sohu.net，请在主题上注明“法律知识故事”字样。凡已和我刊编辑有联系的作者，稿件可继续投给联系的编辑。

谁最优秀

澳大利亚前总理霍华德需要一位专机飞行员。空军推荐了三名优秀飞行员，国防军司令要亲自为总理筛选一位。

第一位优秀飞行员被誉为空难的克星，司令在询问有关飞机和飞行的一些基本情况时，他对答如流。

第二位飞行员曾多次排除空中险情。他不仅出色地回答了司令的提问，而且还提出自己的工作计划。他的出色表现征服了所有在场的人。

第三位叫杰克逊，当司令对他进行提问时，他没有立刻回答司令，而是焦急地上前向司令低声说了几句。

司令听后立刻转身对秘书交代了任务。20分钟之后，秘书回来了。司令听完秘书的报告后，当即决定：杰克逊为总理专机飞行员。

从级别、荣誉、名声等各个方面看，杰克逊都不占优势，可司令为什么偏偏选定了他呢？

原来，杰克逊向司令说的是："我们三个人来面试路过机场的跑道时，看到有一架飞机正在做试飞前的准备。听那发动机的声音，我感觉有严重问题。如果这样试飞，后果不堪设想，请司令马上派人去了解情况。如属实，请推迟试飞。"

结果证明，杰克逊的判断是完全正确的。司令感慨地说："看一个人，不仅要看他处理事故的能力，更要看他防患未然的能力。"

（**推荐者**：黄永康）

命运与绳索

山里住着一家猎户。父亲是个老猎手，他在弥留之际，指着墙上挂着的两根绳子，断断续续地对两个儿子说："给你们两个一人一根……"还没说出用意就咽了气。

安葬了父亲，兄弟俩继续打猎生涯。然而，猎物越来越少，二人的日子艰难地维持着。一天，弟弟与哥哥商量："咱们干点儿别的吧。"

哥哥不同意："咱家祖祖辈辈都

是打猎的，还是干老本行吧。”

弟弟没听哥哥的话，拿上父亲给他的那根绳子走了。

他先是砍柴，用绳子捆起来背到山外换几个钱。后来他发现，山外人很喜欢山里的一种野花。从此以后，他不再砍柴，而是每天背一捆野花到山外去卖。几年下来，他盖起了自己的新房子。

哥哥依旧住在那间破旧的老屋里，还是干着打猎的营生。由于常常打不到猎物，生活越来越拮据，他成天愁眉苦脸，唉声叹气。

一天，弟弟来看哥哥，发现他已经用父亲给他的那根绳子上吊了。

给你一根绳子，你当如何？任何一件东西的意义取决于用它的人。有些人拿着好东西，整天抱怨命运不济，却不知道手中拥有的，就是上天给自己的帮助。

（**推荐者**：刘子远）

高手对面才是高人

两个年轻拳击手是好友，常在一起比武，交起手来不相上下。由于他们没有名气，所以只能应征当陪练作为营生。

一天，他们在报上看到两份招聘广告，两人决定了各自的归宿：一个走进武馆，一个迈入豪门。

走进武馆的那个是给拳王当陪练。说是陪练，开始的时候，他只不过是一个流动的肉体沙袋罢了。在拳王疾风暴雨般地出击下，他如丧家之犬般灰头土脸。好在他意志坚强，打倒了再爬起来，并且闪避的步法愈加灵活，有时也逼得拳王手忙脚乱。

迈入豪门的那个是给一名爱好拳击的公子哥当陪练。这个富家子弟练拳击虽说有些玩票的性质，却也相当认真。拳击手把他打倒一次，便会获得一份不薄的奖金。这个拳击手不免豪情万丈，左右开弓，将公子哥频频“放倒”。

走进武馆的那个“被人打”，薪水却低；迈入豪门的那个“打别人”，报酬却高。

一年后，两人一起参加一个全国性的拳击大赛。擂台上，两人狭路相逢。只一个回合，给拳王当陪练的那位便把给富家子弟当陪练的那位击倒。

其实，各自对手的高低，早已注定两人的输赢。高手对面才是高人。

（**推荐者**：李孝直）

（**本栏插图**：田　红）

中国邮政发行畅销报刊

时政财经

参考消息
环球时报
新华每日电讯
经济参考报
南方周末
21世纪经济报道
第一财经日报
中国经营报
中国新闻周刊
半月谈
南风窗
环球人物
瞭望
瞭望东方周刊
商界
财经
第一财经周刊
看天下
中外管理
中国企业家
销售与市场
领导科学
投资与理财

文化综合

中国剪报
报刊文摘
法制文萃报
文摘报
每周文摘
文摘周报
读友报
生活文摘报
作家文摘
文萃报
良友周报
特别文摘
读者系列
特别关注
青年文摘系列
故事会
演讲与口才系列
领导文萃
意林系列
格言系列
中年读者
时代邮刊
新华文摘
新传奇
读报参考
小说选刊
中外文摘
世界知识
文史参考
半月选读

老年健康

益寿文摘报
老年日报
老年文摘报
健康文摘报
中国老年报
医食参考
健康指南
家庭科学•新健康
保健与生活
大众医学

家庭生活

健康时报
生命时报
家庭医生报
中国电视报系列
37°女人
知音系列
家庭
三联生活周刊
家庭医生
人之初
东方女性

青少教育

中小学生学习报系列
（小学生学习报
中学生时事政治报
中学生阅读）
幼儿画报
婴儿画报
嘟嘟熊画报
小哥白尼系列
课堂内外系列
儿童文学系列
我们爱科学系列
作文与考试系列
喜羊羊与灰太狼
父母必读

时尚杂志

电脑报
体坛周报
知识博览报
淘宝天下
中国国家地理
电脑爱好者
世界博览
汽车之友
时尚系列
中国科学探险
女友系列
知音漫客

说句吉祥话

□赵守玉

从前，有一个小伙子，傻不愣登的，不过，他虽然脑子缺根弦，但干起活来却不比别人少一样。平时他给同村的王员外家打短工，王员外也乐得使唤他。

却说这一年除夕，家家都忙，王员外家更忙。傻子早上要忙到听见鸡叫，晚上忙到听见鬼叫。这不，这天，他刚直起腰来，就被东家撵到了柴房去抱柴草。他一边揉着眼，一边嘀咕着来到柴房外，一脚踹开柴房门就进去了，忽听到眼前一阵响动，他再睁开眼，只见一男一女正在地上纠缠在一块儿。天哟，他们竟然不怕冷，居然啥也没穿。女的他认得，是王员外家的丫头小红，男的是王员外请来教儿子读书的何先生。何先生一把扯过傻子，瞪着大眼珠子，压低声音威胁他不许向任何人说。傻子呢似懂非懂，点了点头，临走又扭过头问了一句："你俩干啥呢？"

傻子心里总觉得是个事儿，把柴草送进伙房后，就昏头昏脑地撞到了王员外跟前，擦了擦鼻子说："过年了就是新鲜，人不怕冷了，还像蛤蟆一样抱对儿。"王员外一愣，便问他是怎么回事儿，傻子一五一十地把早上看到的事说了一遍，王员外的脸当时就紫了，把何先生叫来，劈头盖脸就是

两耳光，一通臭骂之后赶出了大门。傻子糊涂了，看来这学蛤蟆抱对儿好像很不好。于是，他壮壮胆子问王员外："他们到底是干啥呢？"

话还没说完，王员外便一脚踹了过来："滚，你这个傻货！"

不管傻不傻，老娘还是要照应的，傻子有一个瞎老娘，平时，他对老娘可孝顺了。傻子忙完活计，天已经黑了，便急匆匆离开王家，回到了自家那间破草房。刚一推开门，傻子便发觉屋里多了一个人，正是那个何先生，他两眼瞪得还像牛蛋那么大，正死死地盯着自己。

"是我傻儿子回来了？"瞎眼娘问道，"你的一个朋友正等你呢。"

傻子点点头，看了看何先生："何先生，你好像很生气呀？"

何先生咬着牙，笑了笑："我没生气。过年了，有件事儿要托你去办。一会儿你把那东西给王员外家送去。"说着用手指了指外面那一大堆干柴。

"送到哪儿？"

"过年送什么东西，不能让人看到，这样他们打开礼物后才能高兴。你一定悄悄把它送进去，送到王员外的祭祖堂，然后你再去你碰到我的地方。"何先生说着拿出一个火折子，用手做了一个点燃的姿势。

"我还没吃饭呢，我吃完饭再去呗！"傻子傻呼呼地说。

何先生眼睛里掠过一丝杀气，从袖子里抽出一把尖刀，朝着傻子瞎眼娘脖子上比划了一下："你现在就去，一定要快，太慢了就都等不及了。快去！"

傻子吓了一跳，他答应一声，接过火折子，胡乱塞进腰间，冲出门外，抱起干柴，一溜烟儿向着王员外家跑去。一路狂奔，终于到了王家。

可傻子一抬头，光顾跑了，没注意方向，竟然稀里糊涂地跑到了王家侧墙外。他本想转到正门，可一想何先生说的话，便打消了这个念头，把干柴从墙头扔了过去，然后紧跑几步翻过院墙，跑进了王家院内。院子里灯火通明，傻子辨别了一下方向，抱起干柴，直奔祭祖堂而去。祭祖堂里烛影跳动，王员外刚刚走出来，一眼看见了傻子，不由一愣："傻子，你来这里干什么？"

傻子一愣，这才向腰里一摸，跑得太快了，火折子不知道掉到了哪里，而且光顾着跑，怀里的那抱干柴也掉得只剩下了十几根。他"扑通"一声跪倒在地，双手举起干柴"给老爷送柴来了！"

"送柴？"王员外一愣，继而笑容爬上了眉梢，"送财！好，送得好！"上前几步，双手把那十几根干柴接了过去，命人拿来一两银子，赏给了傻子。

傻子两手攥着银子，一口气跑回

家:“何先生,你那礼物老爷乐乐呵呵收下了,还给了你一两银子!”说着把银子递了过去。

何先生一愣,急忙询问傻子到底是怎么回事儿。傻子原原本本地把刚才的事儿说了一遍,何先生气得差点儿没抽他一个嘴巴,他狠狠地咽了口唾沫,指了指屋角的那把斧头:“去,拿着它去给王员外拜年!记住:一定要从正门进,碰着什么砍什么。这样就没人敢拦你!”

傻子看了一眼让他腿肚子都转筋的尖刀,答应一声,拾起斧头,扭头就跑。上次跑错了方向,跳墙摔了一下,到现在屁股还有些隐隐作痛,傻子算是记住了这个教训,心里不停地念着“走正门,走正门”,一抬头,正门到了,迎面就是两个黑糊糊的石狮子。傻子记起了何先生的吩咐,抡起斧头砍了过去。“咔嚓”一声,斧头把砸在了石狮子上,木柄砸断了,傻子急忙捡起斧头,可只剩下了一个头。几个下人闻声赶来:“傻子?你要干啥?”

“我要见老爷!我给老爷送斧头!”傻子大喊大叫起来,由于没有把,斧头已经抡不起来。

“怎么回事儿?”王员外闻声走了过来。

“老爷,我给您送斧头来了!”傻子运足了力气说道。

“送斧头?送福头!福头到了我家!好!”王员外眉开眼笑,双手接过斧头,又让人取过一两银子,赏给了傻子。

傻子双手捧着银子,一溜儿小跑冲进家门:“何先生,老爷又赏你了!”

何先生又是一愣,急忙问发生了什么。当他听完傻子老老实实地讲述后,不由皱起了眉头,他上上下下打量着傻子,心里起了疑问:“怎么这么巧,他多嘴多舌,我本想让他去闹王家,王员外一生气处置他,好解我心头之恨,还让王家过不好年。

可他竟然鬼使神差般地一一化解了，是不是他根本就没去王家或者……”想到这儿，何先生把那二两银子交给傻子，“去，把这送给王员外，就说让他留着装棺进材！”

傻子没说话，接过银子呼哧带喘地跑到了王家，此时王员外还在前院，一见傻子又转了回来，不禁问道："你这次来又是要干什么呀？”

“老爷……我给你送银……祝你……什么棺……什么材啦……”傻子想了半天也没想起那句话到底是咋说的。

而王员外早已高兴得眉飞色舞："送银——送人！好呀，人生在世，不就是图子孙后继有人吗！你送得好！你肯定是祝我升官发财，其实是要送我王家能升官发财之人，送得好，赏！”

在王员外的吩咐下，下人送来了五两银子，交给了傻子。

傻子刚要转身，王员外叫住了他："傻子，这除夕三送，可都是大吉大利，送得巧送得妙，你就是回到娘胎里再转世也想不出这拜年法儿来。说，是谁教你的？”

“是何先生。老爷，他肚子里光光，怀里光光，两手光光，啥都没有，比狗舔得都干净。”

王员外一愣："你是说他现在还饿着肚子？还让你把这银子什么送给我拜年。”

“他就在我家呢！”傻子点了点头，“我肚子比他还饿呢！”

“看来这何先生还是对我感恩的，肚子里的确有些墨水。小红也只不过是个丫环，事已至此，嫁给他也无所谓，而且还能让他留在我家为我子孙教书。”

王员外想到这儿，一摆手："傻子，你和他们一块儿去把何先生接回来，告诉他，我同意把小红嫁给他为妻，我王家永远留他为教书先生，我还要为他操办婚礼！”

傻子答应一声，和几个下人兴冲冲地回到了自己的家，向何先生说明一切。一头雾水又大喜过望的何先生跟着他们来到王家，而此时小红也已经被放了出来，打扮一新，迎接何先生。何先生和小红互相对视一眼，“扑通”一声跪倒在王员外的面前，磕头感谢他的大恩大德。

王员外扶起他们两人，命下人取来十两银子作为贺礼，告诉他们，出了正月就给他们成亲。

何先生谢过王员外，把那十两银子送到傻子面前："谢谢老弟给我上了一课！看来愿别人吉祥，自己才能吉祥啊！”

（题图、插图：黄全昌）

（本栏目欢迎来稿。来稿可从邮局寄发，也可从网上传递。如为电子邮件，请发以下信箱：piggybank81@sohu.com）

亲不亲一家人

□蓝月光

古怪的遗嘱

周良学的是美术，毕业后正为找工作发愁。这天，表舅老乔的律师找到他，说："老乔去世了，给你留了一份遗嘱。"周良接过一看，遗嘱上有这样一段话："兹把我在清风镇临街的房子送给周良，前提是周良必须接替我的工作，一定要画够一千张遗像才能从事别的工作。"

表舅一辈子没有结婚，无儿无女，但他把房子留给周良还是有点奇怪，因为在亲戚中，周良是和他关系最远的一个。更怪的是，表舅还让他画够一千张遗像，这是为什么呢？

周良问律师，律师说他也不知道老乔这样做的原因，他把房门钥匙交给周良，就走了。

在周良印象中，表舅是一个古怪又倔强的老头，小时候他曾来他家串过亲戚，正是那满屋子的画像吸引了周良，以至于他后来选择了上美术院校。

这样，周良眼前就有了表舅"介绍"的工作，又有了住处。于是，周良来到清风镇，找到表舅家，拿出钥匙正要开门，猛然感到身后一束怪异的目光射向他。目光来自于一个黑瘦老头，他站在表舅家街对面的门口，手中拿着一把铁锹。周良向他点头微笑："大叔您好，表舅把房子给我了，以后咱们就是邻居了，还请多关照。"老头从鼻子里"哼"了一声，弯下腰铲垃圾。周良看到他把垃圾都铲到表舅家门口，小山一样的垃圾几乎挡住门，周良忍住火气再次说："大叔，把垃圾铲到别处吧，影

响我出入。”老头不理他，铲得更起劲了。

周良摇摇头想，算了，自己刚来，以后再搞好关系吧。他走进屋子，屋子里家具简陋，墙上挂着表舅的遗像。

周良安置好后就打开店门开张了。还真有人拿着黑白照片来让他画。画遗像的都是人已经死了，或者马上要断气了，这也是遗风，清风镇的人都喜欢手画的遗像。周良画好后，来人满意地走了。周良送客人出门，刚返回院里，突然一截砖头从院外砸过来，要不是周良躲得快，砖头就砸他头上了。砖头落地，周良看到上面还沾满了狗屎。紧接着，门口就响起了老头的破口大骂：“老乔你阴魂不散，猪狗不如，你不想我好，这小子也别好！”

从乡邻口中，周良得知老头叫老曾，接下来的日子，老曾一见到他就吐唾沫、大骂，而且还往他门上抹狗屎，周良实在忍无可忍，拦住他问：“曾叔，咱们为什么不能做一对好邻居呢？”“谁跟你做好邻居，啊呸！”

周良就问别的街坊邻居到底是怎么回事，没想到人们一听他问这个，没有一个人肯回答，都迅速走开了。周良更是好奇，表舅就很古怪，又有一个这样古怪的邻居，他们之间有什么过节，以至于老曾会把仇恨转移到他身上呢？

撕毁的遗像

周良的生意很不好做，这不，他到这里半年了，也才只画了三张遗像。突然有一天，他在国外的一个同学联系上他，让他成立一间民间艺术工作室，专门收集有民间特色的东西，同学负责把作品销往国外。这是个千载难逢的好机会，可周良却发愁了，表舅的遗嘱上写得很清楚，他只有画够了一千张遗像才能从事别的工作，照眼下的情况，一千张遗像还不知要画到猴年马月呀。

周良毕竟是年轻人，脑子活跃，表舅让画遗像，并没有说不能画同一个人啊，对，就画表舅的遗像，一天画几张，用不了多久就画够了。周良正在为自己的聪明暗自得意，律师来了，律师好像已经料到他要这样做，他看着满墙的老乔遗像说：“我是来告诉你的，画同一个人不行！”

活人不能让尿憋死，周良很快又想出一个办法，到殡仪馆免费画遗像！周良带上相机去了殡仪馆，逝者家人一听说是免费画的，没有不答应的道理。这一下，周良有得做了，他拍完照就在家里画，挂得满墙都是黑白遗照，他家的房门正对着大街，过路的人看到这么多遗照，都被吓了一跳。

这天，周良正在专心画着，老曾突然闯进来，把一墙的遗像撕了个稀烂。多少天的努力就这样化为乌有，周良能不气嘛，他再也顾不得涵养，和他大吵起来。吵架老曾可不是周良的对手，他在学校里参加过多次辩论会，回回都是状元，老曾被气得浑身哆嗦，他指着周良：“你……你……”猛然，身子一个趔趄，倒了下去。

周良眼疾手快，他跑上去扶住老曾，叫道：“曾叔，你可别吓我啊，门口这么多乡亲都看着呢，我可没动你一根指头。”

周良赶紧把老曾送到镇卫生院，医生说病人是生气引发血压升高，幸好没有大碍。

周良思考了一夜，都是因为自己的到来才把老曾气病的，他决心去跟这个古怪的老头好好谈一谈。

难解的心结

周良提着营养品进了老曾家门，老曾正在做画框，这些年他无聊的时候就替人装裱字画，由于技术精湛，因此老曾的这个特长也是远近闻名，镇上集日时也换来一些生活费。老曾一看是他，气就不打一处来，怒声道：“你走，少来这一套。”

周良说：“曾叔，我是诚心想和你做好邻居的。”“诚心？我看你是诚心想气死我！你天天挂那么多遗像，这明明是在咒我嘛。”周良明白了，原来老曾是迷信这个啊，他说：“曾叔，为了您晚年的幸福，我决心不画遗像了。”“真的？你肯为我放弃继承你表舅的房子？”“和您的健康比起来，别的什么都不重要，我现在就回去收拾东西，明天就搬走。”周良走了出去，留下满脸不相信的老曾。

第二天，周良带着行李正要离开，老曾突然进来了。老曾说：“你真的要走？不后悔？”“我已经决定了，不会后悔。”老曾叹了一口气，眼圈红了：“这个老乔，他和我斗了一辈子，死后还找你继续对付我，没想到还是你这后生看得开。”老曾让周良坐下，给他讲了一段尘封了30多年的往事。

当年，老曾的妹妹看上了老乔，但曾家认为老乔太穷，又是画遗像

的，没出息，说什么也不同意这门婚事。妹妹被逼着嫁给别人，结果在出嫁前一晚上吊自杀了。曾家和老乔也从此结下了仇恨。后来老曾先是生意败落，接下来儿子掉到井里淹死了。老曾找了个阴阳先生，先生说，曾家的霉运全是因为对面老乔画的遗像，如果老乔再画下去，曾家还会出事。老曾去求老乔不要再画了，可老乔对心上人的死还记恨在心，哪肯丢下吃饭的家当。不久，真应了阴阳先生的那句话，老曾的妻子又出事了，她在一个傍晚投井自尽了。因此，老曾恨不得把老乔千刀万剐。镇上的人不说，是因为同情老曾，不想提起往事让老曾伤心。

“曾叔，其实我觉得阴阳先生的话不可信，那都是封建迷信呀。”周良说。

“我也知道，可我就是恨老乔。更可气的是，他临死竟想死后和我妹妹合葬，你想，我能答应吗？我们又发生了争吵。我嘲笑他，死了就再也不能气着我了。谁想到，这家伙竟想出用房子做砝码，找人替他画遗像继续和我斗，他知道一千张遗像至少要画上几年，那时我早被活活气死了。”

听了这些话，周良更是不安了，他说：“对不起曾叔，我要知道是这样的，我说什么也不会来这里，我这就走。”“别走，你继续画吧，我什么也没有了，活一天算一天吧。”老曾伤感地说。

周良说：“如果不走也行，我打算在清风镇租个房子，成立一间民间艺术工作室。我看您装裱字画的手艺一流，以后我负责画画，您负责装裱，咱俩合作，把我们的作品销到国外，您看行不？”“真的？”老曾的脸上露出一点喜气。“我不骗您，我表舅这里不能住了，咱去找一间合适的房子吧。”周良说。

“不用找了，这房子还是你的。”律师说着进来了。他今天是来监督周良画遗像的，刚才的话他在门外都听到了。律师又拿出另一份遗嘱交给周良，上面写道：“如果周良能够化解乔曾两家的仇恨，他可以无条件地继承房子。”律师说，其实老乔早就后悔了，只是面子上让他不肯认错。

周良的工作室成立了，老曾的装裱手艺真是一绝，画框上的雕刻栩栩如生，他们的作品在国外很受欢迎。清风镇是传统的小镇，家家户户都会做传统手工艺品。后来，周良扩大经营范围，让大家的作品都走出了国门。

令人意想不到的是，老曾竟主动提出让妹妹和老乔合葬。周良摘下墙上老乔的遗像时，竟在遗像后掉出老曾妹妹的遗像，老曾突然哭出了声：“我们都是亲戚呀，怎么会闹了一辈子？”

（**题图、插图**：谢　颖）

·海外故事·

被抛弃的女孩

□楚横声

大千世界，无奇不有。这天，大名鼎鼎的康曼公司贴出了一则奇怪的招聘信息。上面说，公司要招聘一名二十至二十八岁的女助理，只需工作一个月，即可得到十万美金的报酬，但应聘者需要有天使的容貌、魔鬼的身材、视死如归的勇气和出众的驾驶技巧。

这则招聘启事立刻引起了轰动，无数自以为符合条件的女人纷纷报名，经过层层筛选，有个叫凯瑟琳的漂亮女人杀入了最后一关。论身材、容貌，凯瑟琳一点都不逊色于好莱坞影星，而且她驾驶技术一流，只要能通过公司老板卡特的面试，她就可以得到这份奇怪的工作。

这天，凯瑟琳走进卡特的办公室，卡特拿起遥控器按了一下，墙上的大屏幕亮了起来，播放的正是凯瑟琳和其他几名候选人的赛车录像。卡特指着屏幕说："你在第三个弯道超车时速度太快，如果不是你够幸运的话，现在已经车毁人亡了。我想问一下，难道你不在乎你的生命吗？"

凯瑟琳淡淡地说："为什么要在乎呢？失去了爱情，我的生命还有什么意义？"

卡特审视着凯瑟琳的脸，试探着问："对不起，你失恋了？"

"是的。"凯瑟琳的表情依然淡漠，但她的语气里却透出无法掩饰的哀伤，"我曾经拥有这世界上最美好的感情，曾经是这世界上最快乐的女人，可如今他却抛弃了我，这世上再没什么值得我留恋的了。"

卡特不敢相信地问："为什么会这样？你这么棒的女孩，什么样的男人会舍得离开你？"

凯瑟琳冷冷地答道："请不要再提这件事，我只想知道我被录取了吗？"

卡特没有回答，他带着凯瑟琳来到停车场，只见那里停着一辆顶级跑车。两人坐进车里之后，凯瑟琳才惊讶地发现，在卡特和她的座位之间，隔着一道坚固的铁丝网，更奇怪的是，她坐的是副驾驶的位置，可她脚下居然设置了油门和刹车。

"你知道德拉普集团的老板莫里尔吗？"卡特兴奋地说道，"我们是朋友，当然也是对手。这半年当中，我和莫里尔进行过两次飚车比赛，结果一胜一负。无论是勇气还是技巧，我们两个人不相上下，所以我特别设计了这种前所未有的车来和他进行第三次比赛。这种车只能由两个人驾驶，一个人负责方向盘，另一个人负责刹车和油门，为了防止作弊，还在两个人的中间安装了铁丝网。我一定要取得这次比赛的胜利，但我需要你的全力配合。记住，千万不要胆怯，只要我让你加速，哪怕前面是万丈悬崖，你也不能有丝毫的犹豫，懂了吗？"

凯瑟琳的脸上浮起一丝红晕，她没有说话，却坚定地点了点头。

"那好，我们现在就配合一次。"卡特说着发动了车辆，凯瑟琳踩下油门，车子轻快地蹿了出去。刚开始，两人的配合有些生疏，但没多久便默契起来。在车子即将驶出市区时，一个

骑摩托车的壮汉从对面驶来，卡特突然一打方向盘，直朝那人撞去，同时命令凯瑟琳加速。不料，凯瑟琳不但没加速，反而一脚踩下了刹车。

车子猛地停下了，那个壮汉擦着车子飞驰而过，然后转了个弯绕回来，疯狂地叫骂着，挥着拳头走过来。卡特的保镖们立刻从后面的车上跳下来，截住了壮汉。卡特阴沉着脸对凯瑟琳说："为什么不听我的指令？你应该知道，我有世界上最好的律师，检查官先生也是我的好朋友，就算撞死他，我也不会受惩罚。"

凯瑟琳愤怒地瞪着卡特，说："我可以不在意自己的性命，但我决不会拿别人的命开玩笑。你这是谋杀。"

卡特恍然大悟，他不屑地说："我只是想试试你的胆量罢了，看来，我选错了方式。不过，一会儿到了盘山路，希望你不会让我失望。"

很快，他们就来到了盘山路。这

条盘山路地势起伏，落差大，弯路多，超速行驶极其凶险，但卡特追求的就是那种飞驰在死亡边缘所带来的快感。在卡特的指挥下，凯瑟琳一点点加大油门，车子简直就像飞起来一样，即使是以卡特的胆量也觉得一阵心悸。他偷偷地看了一眼凯瑟琳，只见凯瑟琳的脸上透着一股兴奋之意，好像十分享受这种极速的快感。

这时，一个急转弯出现在不远处，按理应该减速了，但卡特却低声喝道：“加速、加速。”凯瑟琳奇怪地看了卡特一眼，毫不犹豫地踏下油门，就在车子即将冲出弯道的危急时刻，她突然觉得车子不受她控制，竟然奇迹般地减速，然后停止了。

“哈哈哈……”卡特爆发出一阵欣喜的狂笑，“凯瑟琳，现在我终于相信我找对了人，你果然不把生死放在心上！恭喜你，你被正式录取了。”

凯瑟琳疑惑地望着卡特，问道：“你那边还有一个刹车？”

“是的，这个刹车就是对你勇气的最后测试，你通过了，我们的比赛将在一个月后进行。”说到这里，卡特露出嘲笑的表情，“可怜的莫里尔不相信美女也有不怕死的胆量，为了找一个真正有勇气的女人，他竟然从监狱里弄出来一个三十多岁的杀人犯，哈哈哈……难道他庆功的时候要和那个丑八怪合影吗？”

一旁的凯瑟琳没有说话，只是静静地想着什么。

接下来一个月的时间里，卡特和凯瑟琳每天都在进行训练，相互之间越来越默契，最后卡特满意地对凯瑟琳说：“我觉得你的脚就好像长在我身上一样，这次比赛我们赢定了。”

转眼就到了正式比赛的日子，卡特和莫里尔的机械师相互拆掉了对方驾驶位置的刹车系统，然后比赛正式开始了。莫里尔的搭档就像卡特说的那样，是一个丑陋而凶悍的女人，比

赛一开始，他们就跑在了前面，一路领先向山上冲去。

卡特紧跟在莫里尔后面，眼睛紧紧盯着前面，不时地发出指令，但不知为什么，今天凯瑟琳好像状态不佳，几次可以超车的机会，都因为她反应不及时而被错过。就在卡特怒气冲天的时候，凯瑟琳平静地问道："卡特先生，我觉得你给我十万美金很不公道，可以重新出一个价钱吗？"

卡特这才明白，刚才不是凯瑟琳状态不佳，而是她故意不使出全力，企图向自己勒索更多的钱。他真想把凯瑟琳拉出去丢到车轮底下，将她碾得粉碎。但他还要靠凯瑟琳帮他赢得比赛，现在他必须稳住这个该死的女人。于是，他痛快地问道："你想要多少？五十万美金？"

"不。"凯瑟琳露出一种奇怪的表情，缓缓地说，"我是说，或许我可以不要钱。"

卡特一下子怔住了，他突然觉得事情好像脱离了他的控制。只听凯瑟琳突然转移了话题，说道："卡特，其实这种赛车方法是我发明的，我故意将它贴到了网上，就是为了让你能够看到它，并且采用这种新奇的方式。你知道为什么我要这么做吗？"

卡特大吃一惊，不由自主地问道："为什么？"

凯瑟琳的脸上慢慢流下了泪水，她轻轻地说："因为我的男朋友抛弃了我……"突然，她狠狠地踩下了油门，车子猛地向前蹿出去，卡特大惊失色，紧紧盯着前面的盘山路，只见莫里尔的车突然沉落下去，原来前面就是长达几公里的下坡道，一个能把速度发挥到极致的最佳路段。

凯瑟琳哽咽着把油门踩到极致，一双眼睛失神地望着前面，喃喃地说道："迈克尔，我不许你抛弃我，我马上就可以去见你了，我将完成我的誓言，杀死卡特和莫里尔，为你报仇。"

卡特如遭重击，脑子"嗡"的一声，他隐约记起，三个多月前，他和莫里尔在大街上飚车时，撞死了一个叫迈克尔的年轻人。他的律师和检查官朋友帮他摆平了这件事。他曾听说，迈克尔有一个漂亮的女朋友，难道那个女孩就是凯瑟琳？

一股巨大的恐惧向卡特袭来，他疯狂地大喊起来："迈克尔的死不怪我，是可恶的莫里尔，是他一定要和我在大街上飚车……"

卡特拼命地转动方向盘，可是这段路太窄，他无法避开前面莫里尔的车，只听一声巨响，他的车头顶在莫里尔的车尾，莫里尔的车被顶得横了过去，随即像一个玩具在路上翻滚起来。而剧震之下的卡特手一扭，车子脱离了公路，带着可怕的加速度，向悬崖冲去。就在车子冲下山崖的一瞬间，他听到凯瑟琳得意的大笑声……

（**题图**、**插图**：佐　夫）

微雕王

□曹景建

再次争雄

清朝末年，京城有个微雕名家叫孔铭石，他醉心刀工、颇有建树，但近些年因为身体状况欠佳，他整日里闭门谢客，躲在城郊的家中细心调养。

这一日，孔铭石正在小憩，大弟子李沧匆匆赶来，上前禀报道："师父，有一位自称内务府吴大人的人要拜访您。"孔铭石一惊，微微颤声说道："十年了！唉，该来的还是要来……沧儿，帮我更衣。"

师徒俩步入客厅，那吴大人一见孔铭石，忙拱手寒暄："久闻孔爷大名，近日亲见，果然非同凡响啊！"孔铭石微微一笑："大人过奖了！"说完，便开门见山地问道，"请问大人所为何事？"

吴大人点点头，从口袋里掏出一块如手肚般大小的翡翠轻轻放在孔铭石手中，说道："孔爷，内务府来找你，想必你也知道，何必明知故问？十年限期已到，此次我是奉老佛爷之命来请你出山，再次参加微雕王的争夺。"

孔铭石叹道："多谢老佛爷的厚爱！但老夫年事已高，不想再争了。"

吴大人哈哈大笑："听老佛爷讲，当年你可夸下海口，立誓十年后夺回'微雕王'的称号，没想到当年名震京师的孔爷如今竟吓得临阵脱逃……"

没等吴大人说完，李沧怒目圆睁，大声喝道："不可辱我师父！"说着，跨步就要上前争执。孔铭石的脸色早已如绛枣一般，他一把拉住李沧："不可无礼！"

吴大人却步步紧逼道："本次争夺微雕王，还是你和欧阳琼一决雌雄，你不会是惧怕你的师弟吧？”

听到此话，孔铭石一拍桌子道：“不参加并不是怕他，而且我从来就不怕他！”

一看激将法有用，吴大人又继续说：“实不相瞒，欧阳琼他也想再次证明技艺确在你之上。前几天，我已到他府上送了一块同样的翡翠。对了，他还托我给你带来一根头发。”说完，打开一个锦囊，从里面取出一根细发丝。

孔铭石取过头发，忙拿过放大镜仔细观看，只见头发上竟刻着一只折了翅膀的凤凰。此时，孔铭石胸口剧烈起伏起来，喘着粗气说：“欧阳琼你辱我太甚，此次我一定要和你比个高下！”接着，他冲吴大人一抱拳，“大人请说，如何比法？”

吴大人说道：“实不相瞒，老佛爷身体大不如前，一名高僧说需《金刚经》护体。这不，她老人家把最心爱的一对翡翠拿了出来，就是想让人把《金刚经》刻到上面，方便随身挂带。”

移心别恋

孔铭石闻听，微微一惊，目光盯着那块晶莹剔透的翡翠，良久，才定下心来：“好，我一定全力以赴。请问此次比赛规矩如何定的？”

吴大人呵呵一笑：“和上次一样，请问孔爷……”

孔铭石看了一眼身旁的李沧：“你先回避一下。”李沧听后，知趣地拉上房门，立身在外等候。

送走吴大人后，李沧问道：“师父，刚才您和吴大人在屋内所商何事？”孔铭石却不回答，而是细细抚摸那块翡翠，自言自语道：“真是一块极品好玉，温润不腻，面平无瑕，色纯烁光，真是难得一见的良材！可惜啊，十年前同样材质的宝贝，我却没有好好珍惜……”

李沧听人说过，十年前太后让师父和师叔欧阳琼二人分别在一颗如豆般大小的宝石上雕刻十二只凤凰，并说谁雕的好，她就亲赐一枚玉扳指，并封为“大清微雕王”。当时的孔铭石名动京城，根本没把比自己小十几岁的师弟看在眼里，可没想到，欧阳琼这个初出茅庐的小子竟然一举击败了师兄。

自从那时起，孔铭石便把京城的房子卖掉，搬到城郊来了。有人说，他是没脸留在京城了，也有人说，他潜心创作去了。

孔铭石轻轻地把那块翡翠放好，对李沧说道：“很多事你不知道。十年前我雕最后一只凤凰时，手轻微地抖了一下，把一只翅膀雕坏了。当时我觉得即使这样，师弟的瑕疵肯定比我还多。可你师叔竟然雕得完美无缺，凤凰个个活灵活现，比我的有神色多了……”

“师父，您别说了！”李沧悲痛地说道，“这些年您卧薪尝胆，时刻想着再和师叔一决高下，久而久之，您都抑郁成疾了……”

“这次本来不想再争夺了，可你看欧阳琼故意送来的头发丝，他实在欺人太甚！为了尊严，我一定尽力而为！”孔铭石激动地说。

第二天，孔铭石让李沧拿几颗黄豆来，开始躲在书房内照着《金刚经》刻写，可是写了没有一个时辰，便悲怆地把工刀扔到地上，捶着自己的胸口，长叹一声：“我心已衰，看来没有翻盘的机会了！”说完，眼角流下一行泪来。

此后几天，孔铭石情绪更加低落。这日下午，李沧见师父伏在案上，一边写，一边哭。他赶忙向前，一看师父正在写遗书。“您这是在做什么啊？”李沧突然跪倒在地，抱着师父的腿。

孔铭石一见李沧，赶忙把遗书揉成一团，极力掩饰。李沧心里知道：师父是怕再次输掉比赛，才万念俱灰，想到了死……

从此，李沧更加小心服侍师父，一有空就陪着他说话解闷，加以开导。这天，李沧从城里回来，兴奋地说道：“数日不去城中，竟不知稀奇事儿真多，现在全京城最轰动的人物儿就要数福庆王爷了。这王爷去了趟国外，回来后大发兴致，要学什么洋人，搞个长跑运动会，而且布告上说，谁要是得了第一名，就奖励五万两白银！”

孔铭石听了，若有所思起来。

过了几日，久未出门的孔铭石竟然精神焕发，每日早早起来，绕着院外偌大的田野跑起了步，而且一跑竟不可收拾。

半个月过去了，李沧见孔铭石一心扑在长跑上，不再理会雕刻之事，便提醒道：“师父，吴大人的事您打算

怎么办？”

此时，孔铭石一心想拿长跑冠军，他摆摆手说道：“先参加完运动会再说。告诉你，我未跟你师公学雕刻前，可干过咱大清的驿站兵勇，当时一般的快马都跑不过我，什么加急战报之类的，都是我从小路送到京城来的。”

重在雕心

一个月后，福庆王爷的运动会果真在城郊的一片跑马场召开了。孔铭石面对众多参赛选手，当仁不让，一路领先，如愿以偿地获得了冠军。福庆王爷面对众人，当场把一张五万两的银票交到孔铭石的手上。

所有人都没有想到，当年威名赫赫的微雕名家多年不见，竟然在赛场上目睹了他的风采！

回去后，孔铭石对李沧说“为师要闭关几天，你吩咐家人，万万不可打扰！”

七日之后，孔铭石出来时，已经面容憔悴，人也瘦了一大圈。他把李沧叫到书房，捧出那块吴大人交给的翡翠，长舒一口气道：“大功告成，你马上就进城去内务府找吴大人。”

李沧忙拿过放大镜，细细观察起来，只见整个翡翠通体已被刻上了密密麻麻的工整小楷，字距、行距分明，字体苍劲清新，通篇看去，无半点缺漏瑕疵，真乃雕中绝品。

“师父，这简直堪称完美，您是如何做到的？”李沧惊叹之余，禁不住问道。

孔铭石叹了口气，神情凝重地说：“说来话长，你知道十年前我为什么会输吗？当年按比赛规则，谁要是输了，他雕的便是次品，要赔偿雕材万两白银。比赛时，我一直记挂着这事，心中有碍，下刀就凝滞，一不留神就出了差错，结果我倾家荡产，才还上了那些钱财。唉，什么比赛啊，那是为了名利而赌身家性命啊！不过，自从我得了

福庆王爷的奖金，就不怕和吴大人立下雕坏翡翠要赔偿的契约了。雕刻时更觉坦然，下刀如有神助。”

“哦，我明白了，当时您故意把我支走，是和吴大人商量赔偿事宜吧。”李沧恍然大悟道。

“没错。现在你赶快去宫中把吴大人找来，我要亲自把作品交给他。”

李沧领命而去。下午归来时，却沮丧地说：“咱们在城郊还不知道，前日太后老佛爷已经归西，后来我又在宫门口托熟人打听，他们都说内务府根本就没吴大人这个人，我又提老佛爷举办微雕王争夺一事，他们笑称，‘大清现如今自身都难保，哪来如此闲情！’”

正当孔铭石疑惑之际，却听得“咚咚咚”一阵敲门声，开门一看，正是吴大人来访，跟在他身后的还有一人，竟然是多年杳无音讯的师弟欧阳琼！

“师兄，别来无恙？”欧阳琼抱拳道。

见这二人前来，孔铭石虽有些吃惊，但也猜到欧阳琼是来示威的，他微微点了点头，说：“我想师弟已经把《金刚经》雕好了吧，这次有几分胜算？”

欧阳琼摇了摇头，把右手从长衫里面伸了出来。孔铭石一看大惊，只见师弟四个手指全被截断了。

此时，吴大人上前一步，拜倒在地“师伯，请受小侄一拜，其实我是欧阳师父的弟子啊！半年前，师父上山采石料，不慎跌入山谷，把手摔成了重伤，从此不能再拿笔雕作……”

原来欧阳琼受伤后，他不想让本门技艺失传，便想让师兄把微雕发扬光大。后来他又听说，师兄当年和自己争夺微雕王不成，积气成疾，当下十分感慨，故而设下此局，让弟子扮成皇宫之人，激师兄再次重整旗鼓。而且，为了让师兄没有后顾之忧，欧阳琼委托好友福庆王爷召开运动会，把自己平生积蓄拿出来当作奖金，又安排其他选手不许超越孔铭石……

良久，孔铭石才醒悟过来，他双眼含泪道：“师弟，你这又是何苦呢？”

欧阳琼叹口气说：“师兄啊，激你长跑是其次，经由长跑锻炼你的心脏，让心跳恢复平稳才是目的。要知道，微雕的最高境界是刀随心行，心动而刀停，刀趁心跳间隙，快速下刀，绝活可成。可自从十年前你输给我之后，闷气窦生，心跳加快，这样是无从下笔的，也雕不出好作品来。”

听到这里，孔铭石拉起师弟的手，激动地说道：“你这是在雕心啊！这才是微雕的最高境界。请你放心，我一定潜心研习，广收门徒，把这门技艺传于后世！”

（**题图、插图**：黄全昌）

·中篇故事·

俗话说好酒红人面，财帛动人心。那镜面上点点铜锈，斑斑花纹，往小处说，是一面古铜镜，而往大处讲，就是白花花的银子啊……

贪婪的代价

□钱 岩

1.一面铜镜

安乐村有个木匠叫李大发，几年前，他进城去挣大钱，没想到一次登高干活，不小心跌落下来，小命虽然保住了，却摔断了一条腿，成了瘸子。从此不能外出打工挣大钱，只好凭着一门手艺，走街串巷给人家打打门窗，修修农具什么的，挣点小钱花花，但比起种田还是好得多。

李大发有个徒弟叫小雄，今年十七岁。小伙子人长得壮壮实实，为人也厚道本分，就是因为小时候生病，造成了脑子不大灵光。念了几年书，可识下的大字还没有一箩筐。书不能再念了，出去打工吧，做父母的又不放心。于是，小雄的父母就找到李大发，求他收下小雄当徒弟，让儿子学一门手艺，让他找个饭碗。

李大发很高兴地收下小雄当徒弟。他心想，这孩子虽然脑子不灵光，可有力气，自己以后做活就有了帮手。更重要的是有了小雄，出门就能让小雄骑摩托车带他，这比自己一瘸一跛地奔波，那可方便多了。

这天，李大发带着徒弟小雄到蒋村给蒋有财家打纱窗。到蒋村要过一条小涧，小雄在搬摩托车过涧时，裤管上蹭了不少泥巴。上岸后，李大发让小雄去水边把裤管上的泥巴洗干净。小雄来到水边，洗着洗着，突然兴奋地叫了起来：“师傅，我捡到了一块铜巴巴！”

起初，李大发对徒弟的叫唤并没在意，可等他看到小雄手里的东西，顿时两眼放光，他要过来仔细一瞧：天啊，这哪是什么铜巴巴呀，瞧这钮，瞧这花纹，还有那镜面上点点铜锈，明明就是一面古铜镜嘛！电视台《寻宝》一类的节目，李大发那是经常看的。昨晚，他就看了一期，上面就展示了一面和这差不多的古铜镜，专家说了，一面就是好多万啊！这傻徒弟真的有傻福气。李大发忙问小雄："你是怎么发现这东西的？"

小雄咧嘴一笑，说："我去洗泥巴，就这么随随便便在土里一抠，就把它给抠出来了……"

李大发爱不释手地抚摸着铜镜，心里就盘算开来了：这宝贝怎么会出现在这涧边土里？他估摸也许哪一次发大水，冲毁了山里的古墓，把它带到这里的。这么一想，李大发激动了，他想，这宝贝可不能落到傻徒弟手里。于是，李大发问小雄："小雄，你知道这是什么？"

小雄得意地说"我知道，这是铜呢。卖给收破烂的，一斤能卖十几块钱！"

听小雄这么一说，李大发心里可美了：傻徒弟不识货，这就好办了，昧下这古铜镜，我李大发就真的发大财了！想到这，李大发便对小雄说："小雄啊，我们马上要到人家家里去打纱窗，带着这铜巴巴不方便。再说了，我们在干活，万一这铜巴巴被人家顺手拿去了，都没法知道。这样吧，那儿有棵老榆树，你在那刨个坑，把这铜巴巴先埋在那，晚上我们回来时，再把它给挖出来，这样安全些。"

小雄想都没想，说："行，我听师傅的。"说着就拿了把斧头，走到老榆树下刨了一个坑，把古铜镜埋了进去，然后又细心地把土恢复成原样。李大发在一旁看着，笑道："小雄，你以后卖了这铜巴巴，得记着给师傅买包烟。"

小雄咧嘴一笑："师傅，卖了钱，我俩对半分。"

师徒俩来到蒋有财家打纱窗，因为两人心里有喜事，干起活来特别来

劲。一旁的蒋有财见了大为惊讶，这跛木匠原来干活可都是慢吞吞，一天活要拖成两天，这样既蹭饭又蹭工钱。今天倒好，两天的活，这师徒俩一天就给干完了。晚上蒋有财准备了酒饭，师徒俩说有事急着要回去，连晚饭也没吃。蒋有财乐了，心想：向来都是跛木匠占人家便宜，今天，他跛木匠把便宜给我占了。

再说，这师徒俩急冲冲赶到涧边那老榆树下，小雄停了摩托车，拿上斧头就去挖。可挖了好一会，也没发现他早上埋进去的铜巴巴。小雄哭丧个脸，对李大发说："师傅，我埋在这儿的铜巴巴，让人给偷了！"

李大发听了着急地说："怎么可能呢？明明是埋在这儿，当时又没人看见，怎会被人偷了？"李大发指挥小雄再把坑挖大点，挖深点。可是任凭小雄把坑挖得很大很深，就是不见铜镜的影子。

2.何人抢先

其实，李大发的着急是装出来的。小雄咋会挖不到早上埋下去的铜镜，他早就心知肚明了。原来，师徒俩在蒋有财家干活时，李大发曾借口上茅房，躲在那儿给老婆穆珍打了个电话，要她马上到蒋村的涧边，把他埋在老榆树下的古铜镜给挖回家。李大发在电话里一再叮嘱老婆，千万不要跟人说这事，挖的时候，也不要让人看到。为了把方位介绍准确，他可费了不少口舌，直到手机没电了，他才不得不停止，可是这一天他人在干活，心一直念着古铜镜，总担心老婆笨，能不能把古铜镜挖回家？现在，他见小雄挖不着古铜镜，一颗心总算放进肚子里：看来，老婆把古铜镜挖回去了。

于是李大发从口袋里掏出二十块钱，递给小雄，笑道："小雄，挖不着就别挖了，一块铜巴巴，让人偷了就偷了吧。师傅给你二十块钱，算是赔你。"

小雄挖不着自己埋的铜巴巴，正沮丧着呢，见师傅要赔他二十块钱，顿时喜笑颜开，扭扭捏捏地接了钱，还道了谢，然后把摩托车搬过涧，载上师傅，一路欢快地向村里驶去。

李大发一回到家，就把老婆拉到一边，笑道："老婆，你把铜镜挖回来了？我真担心你挖不着呢，可急坏我了。快把铜镜拿出来让我瞧瞧！"

老婆没好气地说："瞧什么瞧！我说瘸子，没事你在那埋个破镜子干什么？还支使我去挖，挖又挖不着，这不是拿我开心嘛！"

李大发听了，吃了一惊"什么？没挖着？去了怎么可能挖不着？难道你没去？"

老婆嘴一撇说"那么远的路，我又这么胖，一个破镜子，我没去。不过，我打电话叫我弟弟长胜骑车去了。可他后来打电话对我说，没挖着什么铜镜。我打电话想跟你说，谁知你手机没电……”

李大发一听气得浑身哆嗦，指着老婆骂道：“跑上几里路就要你的命啊？让你不要告诉任何人，让你自己亲自去挖，你偏不。笨猪，你就是一头没用的笨猪哇，你、你……”李大发说不下去了，顺手给了老婆一个大嘴巴。

老婆无端遭到丈夫的打骂，这种委屈她什么时候受过？顿时哭喊着扑向李大发，又抓又打。李大发腿不好，哪里是高大肥壮的老婆的对手，很快就被老婆打倒，老婆骑在他身上，又是捶又是掐，此时的李大发是招架无功，还手无力，很快就伤痕累累了。

老婆打累了骂累了，就瘫在一旁，继续边哭边数落李大发。李大发挣扎着从地上爬起来，捶胸顿足道：“哭？你还好意思哭？你知道那古铜镜值多少钱？好多万啊！这下好了，鸡飞蛋打啦，到手的财宝没了！我就不明白，我们平时对你这个兄弟不薄呀，他咋这么没良心，要独吞下我的古铜镜？”

听李大发说那古铜镜要值好多万，老婆不哭了，埋怨道：“你说那铜镜这么宝贝，那你为什么不把它放在身上？埋在路旁再要我去挖，你发的是哪门子神经？李大发，你才真正是一头笨猪！”

没办法，李大发只好把小雄捡到古铜镜，他想据为己有，于是骗小雄把古铜镜埋在路旁的过程说了。老婆知道了真相，也后悔得不得了。不过她还是不相信她弟弟会是那样的人。李大发不屑道：“切，你以为你弟弟多么高尚？本来就是一个手脚不稳的人！何况又是面对一个值好多万的财宝，他能做到不贪心？说实话，别说他，你做不到，就是我也做不到！”

老婆道：“那我现在就给我弟弟打电话，要他把铜镜还给我们。”说着爬起身，准备给她弟弟打电话。

李大发阻止了老婆打电话说：

“你看见你弟弟把铜镜挖回家了？现在只要他不承认，你是一点办法也没有。再说了，这事可不能闹得满城风雨。本来这铜镜应该属于小雄的，要是闹开来，让小雄的父母知道了，这好多万的财宝，你弟弟得不到，我们也得不到。”

老婆问：“那我们现在怎么办？”

李大发说：“办法肯定是有的，只是不知道是不是能成功。老婆，来，在我脸上再狠狠地抠两下。越重越好！”

这下，老婆倒不忍心下手了。老婆不肯抠，李大发只好自己动手，把自己的脸抠得鲜血直流……

3. 探宝溺水

李大发来到小舅子穆长胜家，那样子可把穆长胜吓了一大跳：“我说姐夫，你这是怎么啦？”

李大发长叹一声：“唉，和你姐吵架了。你瞧，这脸，还有这身上，几乎、几乎就没有一块好肉了……”说着说着，抹开了眼泪。

穆长胜见状，忙安慰道：“姐夫，你消消气，我姐这脾气实在是坏，明天我去好好说说她。只是，好好的你们吵什么架呀？”

“这事说起来和你还有点关系。”李大发顿了顿说，“今天早上，我去蒋村蒋有财家去做活，在涧边泥里捡到了一面古铜镜，带在身上不方便，就就地挖了个坑埋下，然后打电话要你姐去把它挖回来。谁知你姐懒，不愿去，后来她打电话要你去挖。唉，你去了，却说没挖到。就为这事，我和你姐打起来了。”李大发边说边盯着穆长胜看。

穆长胜听了哈哈大笑道：“就为这事？一面破铜镜？你俩打得头破血流？这也太不值了！讲出去还不笑掉人家大牙！”

李大发心里这个气呀：这王八蛋，侵吞了我的古铜镜，还装着没事样！李大发强压住心头的怒火，说道：“我说兄弟，你是真糊涂呢，还是揣着明白装糊涂呢？我就不相信电视台《寻宝》栏目你就一期也没看过！什么破铜镜？那可是古董，值好多万！明白跟你说吧，我埋古铜镜时没有人知道，给你姐打电话是躲在蒋有财家茅房里打的，也没有人知道，你姐没有跟任何人说只跟你说了，要你去挖，你怎么可能就挖不到呢？”

穆长胜听姐夫这么一说，明白了，气得跳了起来，大喊道：“真是无事不登三宝殿，敢情你是怀疑我挖出古铜镜，然后昧下来不给你？亏你做姐夫的想得出来？你兄弟我是这样的人吗？”

李大发心里冷笑道：你穆长胜是什么样的人，我李大发当然清楚。三年前，自己刚买的一部手机，不就让你来我家顺手牵羊了？后来你姐为你打圆场，说见你喜欢，她便作主送给了你。扯蛋！你们把我当傻瓜了。之所以自己不说穿，那是家丑不可外扬！

李大发心里这么想，仍旧继续劝道：“兄弟，你摸着良心说，我和你姐待你不薄吧。其实都是一家人，本来就不该分什么你我。我只是想对你说，那面古铜镜，真的是个宝贝，卖个好多万不成问题。铜镜要是真在你手里，你言一声，姐夫帮你联系买家，卖了钱我俩一人一半。这一点你要相信，毕竟姐夫比你见多识广……”

还没等李大发把话说完，穆长胜就气急败坏地吼起来：“你给我滚，我没有挖到你的破铜镜，谁要是挖着了昧下，谁不得好死！你也别在我这儿废话了，还是回家做你的春秋大梦去吧！”

李大发被赶了出来。走在路上，他悔得肠子都要断了：一面铜镜，好多万啊，这可不是一个小数字。李大发心想，自己怀疑被小舅子挖走了，可小舅子都赌咒了。如果不是小舅子挖走的，那又会被谁挖走呢？

李大发便又仔细地把事情过上一遍，看看问题出在哪个环节上。当时小雄埋铜镜时，除了他俩可没有任何人，小雄自始至终也没有把这事告诉任何人，这个环节应该没有问题。自己躲在蒋有财家茅房里给老婆打电话，当时茅房里除了他，就只有苍蝇了，这个环节应该也是……突然，李大发像被电击了一般，天啦，这个环节有问题！原来他们这农村，很多人家茅房都很简陋：埋下一口大缸，中间搭上一块厚木板，再在上面砌上一堵墙，这样茅房就分成两部分：一边留个门供男人进出，一边留个门供女人进出。当时李大发躲在茅房里给老婆打电话，男人用的这边是没人，但不能担保女人用的那边就没人！如果女人用的那边有人，那自己给老婆说的话，就会让人家听得清清楚楚了。

想到这，李大发心惊肉跳了。如果女人用的那边有人，只能是蒋有财的老婆周桂花了。因为蒋有财家儿子

媳妇都在外面打工，就他和老婆在家。李大发再一想，觉得他打过电话从茅房出来后，好像发现蒋有财的老婆是出去了一段时间，回来后满脸喜气。埋铜镜的地方离她家不远，不要半个小时就能打个来回。看来，极有可能是周桂花赶在自己小舅子来挖之前，已经把铜镜给挖走了，所以，小舅子没挖着。

李大发决定不回家了，连夜赶到蒋有财家去，躲到他家窗户下去偷听。李大发觉得如果真是蒋有财老婆偷挖了铜镜，难保她不说。如果确准铜镜是被周桂花偷挖了，就冲进去找她要。这可是好多万的宝贝啊!

由于天黑，再加上腿不方便，李大发跌跌撞撞用了差不多两个小时才赶到蒋有财家。李大发悄悄潜伏到蒋有财的窗户下偷听。让他沮丧的是，屋里没一点儿动静，好像蒋有财夫妻都已经睡下了。李大发不死心，决定坚持再坚持，就在这时，突然听到一阵脚步声由远及近传来。见有人路过，李大发决定先躲一躲。他见窗前不远处就有一个不大的草堆，他就绕到草堆后面，钻了进去，还特意拽了几把草盖在自己身上。

那脚步声在蒋有财家门前停了下来，后来好像又转到草堆前，李大发紧张起来。但紧接着他闻到了烟味，又看到了火光。啊，草堆竟然着火了！而且也惊动了睡在屋里的蒋有财夫妻，他们叫喊着要往外冲。这下李大发慌了，赶忙从草堆里爬出来，他想跑，可腿不好跑不了。他想要是被人家发现了，肯定认为是他放的火，这以后自己就没脸见人了。好在草堆紧挨着一口水塘。李大发赶忙悄悄溜了下去，把个身体都浸在水里，只露一个头。此刻他紧张得大气都不敢喘，双手死死地拽着塘岸边一棵小树的根。

火没烧起来，让蒋有财夫妻三下两下给扑灭了。扑灭了火，蒋有财夫妻俩骂骂咧咧好一会儿，才进了屋。李大发庆幸自己没被发现。等到没人声时，李大发想拽着小树根爬上岸，谁知一用劲，小树根竟断了。没想到这水塘岸很陡，水很深，李大发不会水，腿又不好使，还没来得及喊一声“救命”，人就像个秤砣，一下沉到了塘底……

4.不翼而飞

再说这天晚上，蒋有财和老婆把白天为李大发备下的酒菜，美美地一阵大吃大喝，喝得脑袋发晕，手脚发软，就早早地睡下了。直到草堆突然起火，才把两人惊醒。等救了火，两人睡不着了：自家的草堆，好端端的怎么就起了火？要是在白天，还可怀疑是小孩子恶作剧，可这是在深更半夜呀！蒋有财越想越纳闷。他恐慌地对老婆周桂花说：“谁这么促狭，夜里放火烧我家草堆？烧草堆事小，要是放火烧我们屋，那还得了！你说说，我们在村里村外又没得罪过什么人，更谈不上有仇人，这是怎么一回事呢？”

老婆想了想，突然捂着嘴笑了起来。蒋有财见了，很生气：“你还有心思笑！是不是晚上酒喝多了，你脑瓜让酒精烧糊涂了？这可是有人放火烧咱家草堆！拜托你老婆！”

老婆不笑了，接着她一声长叹道：“唉，以前我们是没得罪什么人，也没仇人，但从今天开始，我们就有了。我笑，就是因为我知道放火烧我家草堆的人是谁！”

蒋有财忙问老婆：“是谁？”

老婆肯定地说：“跛子木匠李大发！”

蒋有财不相信道：“我们和跛木匠没什么瓜葛啊？他干吗放火烧我家草堆？你说话要有根据！”

老婆说：“我可不是瞎说。好吧，告诉你事情真相，我刚才笑，你以为我真的是神经病呀。今天，跛木匠上我家来打纱窗，中途我去上茅房，听见跛木匠在那边压着嗓门打电话，出于好奇，我就偷听了。原来，他是在给他老婆打电话，要他老婆赶快到涧边一棵榆树下，把他埋在那儿的一面铜镜挖回家，说那是个宝贝，还叮嘱他老婆千万不要告诉任何人，挖的时候也不要让任何人看见。你说，这秘密我要是不知道就算了，知道了我要不抢先去把它挖回家那就是傻瓜了。好在那地方离我家不远，于是我就悄悄跑去，把那铜镜给挖回来了。我估计跛木匠回去见老婆没挖着铜镜，后来他就怀疑上我，但又没确切证据，于是为了发泄，他就夜里跑来放火，烧了我家草堆……”

“原来还有这么一回事！”蒋有财听老婆这么一说，惊得眼珠子都要掉到地上了。于是他责怪老婆道，“这么大一件事，为什么不早告诉我？”

老婆不屑道：“今天告诉你，明天陈凤那妖精就知道了！我现在都后悔跟你说了这事！”

一见老婆说起陈凤，蒋有财就蔫了。陈凤是村上一个寡妇，蒋有财年轻时，曾和陈凤谈过恋爱，后来由于陈凤父母的反对，两人最终没能走到一起。几年前，陈凤的丈夫因病去世后，出于同情，一些重点的农活，蒋有财就去帮她做做。谁知他老婆心眼比针眼还小，吃醋了，怀疑他俩是旧情复发，为此和蒋有财没少吵闹，这让蒋有财焦头烂额。说真的，他蒋有财这么大岁数了，谁不想过个安稳日子？平心而论，他和陈凤真的是很清白的。

此时蒋有财急切地想看铜镜，就不停地哀求老婆，要她把铜镜拿出来给他看看，并发誓不跟任何人说。老婆被缠着没法，当然也为了显摆一下自己，便从枕头底下摸出铜镜，递到丈夫手中。蒋有财接过铜镜，眼睛一亮，感叹道，“老婆，这真的是一件宝贝啊，和电视上播的那些宝贝一样，真的要值好多万！”蒋有财越说越兴奋，感慨道：“我父母给我取名叫蒋有财，可这么多年来，一直是个穷光蛋。现在，我终于有财了，名副其实了！哈哈……”

蒋有财正得意呢，没想到老婆一把从他手中夺过铜镜，冷笑道：“你蒋有财现在仍然是个穷光蛋！这铜镜是我的，与你没关系。我还不知道你蒋有财，一肚子花花肠子，要是你真的有钱了，还不和妖精陈凤私奔了？”说着又把铜镜塞到枕头底下。

蒋有财还想仔细看看铜镜，可他老婆就是不给他看，任凭他怎么求也不行，还乱扯他和陈凤的关系。蒋有财心里气得鼓鼓的，嘴上却说：“我们是夫妻，你的不就是我的？嘿嘿，你不让我看，我也不想看了。只是我想告诉你，最好那铜镜不要放在枕头底下压着。这东西都是古人压在头下陪葬的，你这么压着，不吉利，我俩睡着了，好像就是俩死人！”

他老婆本来就很迷信，听丈夫这么一说，慌了，忙把铜镜从枕头下掏出来。她琢磨这东西不该放在枕头下面，那把它放哪儿呢？她左思右想之后，找出一块布，把铜镜包上，放进装衣服的柜子里。边放边警告蒋有财：“这是我的铜镜，不准你动，更不准你把它偷了送给妖精陈凤！否则，我就和你拼命！”

蒋有财生气道：“这怎么可能！你真当我是傻子啊！”

第二天一早，老婆眼一睁，就想到铜镜，她要做的第一件事就是打开衣服柜子，查看一下铜镜。谁知，她把手伸进柜子，摸了半天，也没摸着铜镜！她慌了，冲着睡在床上的丈夫哭着喊“蒋有财，你给我起来！不得了了，我的铜镜不见了！”

5.为镜轻生

蒋有财睡得正香，突然被老婆吵

醒，心里很是气恼。他揉着睡眼，不高兴地说："大清早的，大呼小叫的干什么！那铜镜昨晚你不是亲自把它放在衣服柜子里嘛，难道长翅膀飞了不成？你再好好找找！"

老婆为了找铜镜，把柜子里的衣服全都拿了出来，又是摸又是捏，结果，衣服扔了一地，柜子翻了个底朝天，就是没有铜镜的影子！

见老婆找不着铜镜，蒋有财从床上一跃而起，说："是不是夜里有小偷进屋了？你再看看，你的黄金首饰，还有家里的钱什么的，还在不在？"

老婆忙去检查自己的黄金首饰和家里的现金存折，发现这些东西一样也不少。也就是说，除了铜镜，她家没有其他任何损失！更让她感到蹊跷的是，家里的大门一直好好地锁着，门上也没有任何撬动的痕迹。

蒋有财也感到疑惑不解，自言自语道："这事就怪了，小偷是怎么进屋偷走我老婆的铜镜的呢？"

此时，他老婆突然像明白了什么，只见她双手叉腰，冲着蒋有财冷笑道："蒋有财，你别跟我演戏了，快把我的铜镜交出来！"

见老婆怀疑上了自己，蒋有财真是哭笑不得，他苦着脸说："老婆，怎么可能是我偷去你的铜镜？我偷你的不就等于偷我自己啊！我俩是夫妻，什么时候分家了？你不会是丢了铜镜，把脑壳弄坏了吧？"

老婆不屑道："这不是明摆着的事！家里就我们两个人，门窗都好好的，小偷不可能夜里进屋！我的铜镜不见了，你说，不是你偷的是谁偷的？如果硬说是小偷偷的，那这个小偷也是你开门把他放进来的。"

真是一把黄泥抹在裤裆里，不是屎也是屎了，蒋有财觉得自己有口也说不清了："你说我偷了你的铜镜，那我把铜镜放在哪？这么贵重的一面铜镜，肯定放家里了，放家里怎叫偷？"

"你当然不可能放在家里，你有好地方放的。我这就去妖精陈凤那儿，让她把我的铜镜还我。要是不还

我，我就和她拼命！”老婆边说边起身去开门，她要到陈凤家去闹个天翻地覆。

这时，天还没大亮，很多人还在睡梦中。蒋有财忙上前阻止：“姑奶奶，你行行好，要闹就在家里闹，别到外面丢人现眼好不好？再说，人家陈凤老实本分，又是个好面子的人，你这样编派人家，还让不让人家活？”

老婆冷笑道：“自己男人死了，勾引人家男人，这叫老实本分好面子？现在，你们又合伙偷了我的铜镜，我再不闹，人家还不笑话我现世没用！蒋有财，你别拦着我，只要你把偷去的铜镜还给我，你就是和妖精私奔，我以后也不拦你！”说着挣脱蒋有财的拉扯，气势汹汹地冲了出去。

蒋有财气坏了，追了上去，一把揪住老婆，老婆拼命想挣脱，结果被蒋有财摞倒在地上。老婆爬起来继续跑，又被蒋有财拽住摞倒。如此反复了三四次，老婆跑不了，就躺在地上，呼天抢地地哭起来：“你们这对狗男女合伙害我，我不想活了！我不想活了……”

蒋有财气得浑身哆嗦，指着前面的水塘对老婆说：“你想死，这水塘又没盖子，你跳，我保证不拦你！”

老婆绝望地看了看蒋有财，突然从地上爬起来，真的就一头跳进水塘……

蒋有财只是气头上说的话，没想到老婆还真的跳进水塘。老婆不会水，很快就沉了下去。蒋有财顾不上多想，忙跳下去救人。

蒋有财在水里只扎了两个猛子，就找着了人。找着了人，蒋有财就拼着命把人往岸上拖。拖上岸再一细瞧，蒋有财一下就吓昏了过去：明明跳下水塘的是老婆周桂花，他拖上来的却是跛木匠李大发……

6.竹篮打水

由于出了人命案，很快惊动了警方。警方经过调查，了解事情的全过程，同时排除了与铜镜有关的两条人命他杀的可能。

现在最关键的是：一，谁放火烧草堆的？二，必须找到这面铜镜。已知接触到铜镜的几个人，除了小雄，李大发死了，周桂花死了，蒋有财因老婆投水自尽，悔得撞墙弄得头破血流被送到乡卫生院，现在精神已近崩溃。还有没有人接触到这面铜镜呢？细心的警方终于在蒋有财家发现了他家那落满灰尘的床肚底下，有人爬动的痕迹！蒋有财夫妻没有爬过床肚，很显然，爬到床肚底下的人肯定是为了铜镜而来，警方提取了指纹，经过分析，迅速出击，终于把正准备从家里出逃的穆长胜堵在屋子里。穆长胜企图跳窗逃跑，结果没跑掉，反而把腿摔断了。警方从他身上，搜到了一面铜镜……

穆长胜被抓到后，为了争取坦白从宽，来了个竹筒子倒豆子，很快把一切都招了。

原来，穆长胜的姐姐要他去挖他姐夫埋在涧边老榆树下的铜镜，他没挖着，本来他是无所谓。谁知他姐夫李大发竟怀疑他挖到了，昧下来不给他。穆长胜被冤枉了很是生气。不过，得知这古铜镜值好多万，心里非常后悔。这天夜里，他怎么也睡不着了，心想：我要是得到这铜镜，卖上个几十万，那我后半辈子可就能吃香的喝辣的了。只是，姐夫埋下的铜镜我没挖着，那是谁在我之前把它挖走了呢？

穆长胜左思右想后，觉得问题极有可能出在姐夫在茅房偷偷给姐打电话上，那电话肯定被人偷听了。他认为偷听电话的极有可能是蒋有财，或者是他的老婆周桂花。

想到这儿，穆长胜翻身起床，他决定连夜赶到蒋有财家，把铜镜偷到手。好在蒋有财家他熟悉，他和蒋有财的儿子是初中同学，他曾到蒋有财家玩过好几次。当他来到蒋有财家门口，发现进不了门，于是便想出放火烧蒋有财家草堆，引他们出来救火，自己趁机溜进屋，躲到他家床肚底下。果然，如他所愿，蒋有财夫妇出来救火了，而且得知果然是周桂花挖走了他姐夫的铜镜！当他在床肚底下看到周桂花把铜镜藏进衣柜的时候，喜得他心花怒放。他耐心地等蒋有财夫妻睡着后，从床肚底下悄悄爬了出来，从衣柜里偷走那铜镜，然后又悄悄把门带上。本以为自己做得神不知鬼不觉，可穆长胜哪里想到，他放火烧草堆的时候，他姐夫就躲在草堆里，后来又滑到水塘深处淹死了。他哪里想到，第二天早上周桂花发现铜镜没了，怀疑是丈夫偷了，后来竟发展到跳水塘自杀……

坦白完后，穆长胜痛哭流涕道：“我只是贪心，想偷了铜镜卖钱，我姐夫的死，跟我放火烧草堆是有点关系，但绝对不是我有意的！周桂花的死，那更是与我无关。你们可不能把这些罪名都安到我头上啊，请政府给

我做主！”

可是，从穆长胜身上搜获的铜镜，稍微有点收藏知识的人，一眼就能看出这是一件赝品，而且还是一件拙劣的赝品。难道李大发、周桂花，还有穆长胜之流，都是财迷心窍，费尽心机就是为了这件不值钱的所谓“古”铜镜？

警方不放过丝毫破绽，找来小雄，让他辨认，小雄看了，忙摇头说不是，因为他捡的那铜巴巴很旧，最多只能卖二十块钱。这块铜巴巴比他的要新，估计能卖三十多块！他还说，他捡的铜巴巴，二十块钱师傅已经给了，他不可能再要别人家的铜巴巴了。听小雄这么说，警方便继续追问穆长胜。

穆长胜虽然百般狡赖，但在事实面前，最后还是低下了头。他用一面不值钱假铜镜换下自己偷来的古铜镜。他把假的带在身上，真的埋在自家院子里。这样，一来如果案发，可以减轻自己的罪行，二来昧下这古铜镜，后半辈子就真的能吃香的喝辣的了。他本以为自己做得天衣无缝，谁知还是让警方识破了他的诡计。更让穆长胜没想到的是，他绞尽脑汁藏下的古铜镜，经专家鉴定，还是赝品，是民国初年的仿品，同样不值几个钱！

这真是贪心作祟，一个个机关算尽，到头来都是竹篮打水一场空！

（**题图**、**插图**：杨宏富）

·本刊信息传真·

2010年中国最佳故事评选

为了繁荣故事文学、推动故事创作，2010年，故事中国网(www.storychina.cn)继续举办年度中国最佳故事评选。

评选标准：在情节性、艺术性、思想性、文学性方面有突出表现，能够代表年度故事创作最高水平的各类故事作品。参赛作品分为中篇（8000字以上)、短篇（1000-8000字)、超短篇（1000字以下）三组。**参选条件：**2010年1月1日至2010年12月31日期间在国内正规报刊（省级以上）发表的故事作品均可参加，不限题材、风格、篇幅。**参加方法：**1、作者本人通过故事中国网的原创地带或人气写手板块提交作品；2、推荐别人的作品，需事先征得作者本人的同意，通过故事中国网的网文搜罗板块提交；3、各家故事报刊编辑部可直接向故事中国网推荐作品，推荐信箱：storychina@gmail.com。

年度最佳故事作者获得特别荣誉证书及奖金（中篇2000元、短篇及超短篇各1000元)，所有优秀作品将结集出版《2010年度中国最佳故事》一书，并支付稿费。更多详情请登录故事中国网查看。

支持媒体：鳳凰網 讀書 book.ifeng.com　搜狐读书 book.sohu.com　網易讀書 book·163·com　www.news.cn 新华网 NEWS www.xinhuanet.com 新华通讯社主办

sina新浪读书　

　腾讯读书 BOOK.QQ.COM

天才外科医生

□李 华 编译

这天深夜，急救医院送来一个急诊病人，男性，四十岁左右，身份不 明。据说被发现时，他浑身是血倒在路上。护士赶紧报告值班医生。

医生一听跳了起来，一边穿上白大褂，一边跟随护士急匆匆赶到治疗室。他给患者稍做检查，心里已经一清二楚，凭自己的医术，是无法救治这个病人的。他问护士:“这么严重！是怎么回事？”

护士小声答道:“听救护队员说好像是车祸，肇事车逃跑了。”顿了顿，又说，“怎么办？要转院吗？”

“转院？”医生沉吟片刻，说，“现在转到哪儿都无法收治。我知道，国外有家专科医院可以做这个手术，可眼下时间担搁不起啊。”

“那怎么办呢？”

医生想了想，叹了口气说:“没别的办法了，只好拜托杰克博士了！”

说起这个杰克博士，在本市医学界褒贬不一，他是个“天才外科医生”，但始终没有医师执业执照。护士小声嘀咕道:“据说他没有医师执业执照，如果被外界知道，我们医院会名誉扫地的。”

医生打断她的话:“没什么比生命更重要！”

“可我们怎么能找到杰克呢？”

“别急，”医生说着，拿出手机，转过头，露出难得的一笑，只见他志得意满地对护士说，“我是想着也许会有这么一天，所以嘛，特意记下了。”

一会儿，医生便找到杰克的手机号码，拨通了电话。

治疗室一下子静了下来。

突然，急诊病人的口袋里响起了“嘟嘟”声，而且，声音越来越响……

（**题图**：安玉民 梁 丽）

□辛春华

最后一关

两年前，我留学回国，恰逢一家知名跨国企业要招聘一名高层管理人员，待遇优厚。我抱着碰运气的想法，报名应聘。

经过近乎苛刻的初选、笔试、面试，只有四名符合条件的应聘者过关斩将，进入最后的决选。我也幸运地成为其中之一。

决选的项目很特殊，是安排在一个户外运动俱乐部的运动场，这个运动场建于群山之间，场内有池塘，有沟壑，有峭壁，有涧溪，风景非常秀美。

到了那里，我们才知道，老总是要我们从这里出发，沿着赛道前进，通过几道关卡，最先到达终点者胜出。

接下来，我们换上了公司提供的运动服，我背后的号码是“2”。

比赛开始后，大家争先恐后地往前飞奔。

凭着多年坚持健身打下的基础，我和4号对手一路领先，在经过“过独木桥”“穿越迷魂阵”“跨越涧溪”“雷阵取水”四道关卡后，已将其他两名对手甩在了后面。

第五关也是最后一关，项目是攀崖。不过，这次需要攀登的山崖并不高，只是一面三米多高的垂直峭壁，崖上没有绳索垂下来，崖壁也滑，手脚均无着力之处，除非是蜘蛛侠，才可能徒手爬上去。上崖的唯一办法，就是助跑到崖下，跃起用手抓住崖顶边沿，然后靠臂力将身体拉上去。当然，这需要极好的身体素质。

所以，等我来到崖下的时候，看到的是这样一番场景：峭壁之上，站着的是公司老总，只要能上去握住他的手，梦寐以求的职位就能到手；而峭壁之下，是神情沮丧、一筹莫展的4号。

4号本来在弯腰呼呼喘息，发现我赶到后，连忙打起精神，往后退了几米，然后深吸一口气，再一次地助跑，跳跃，这一次，他的手指尖差几公分就能够到崖顶了，然而，还是失败。

我不敢怠慢，深吸一口气，提足向峭壁冲去，但我奋力跃起后，指尖却距离崖顶足足有十几公分的距离。接下来，我又尝试了两次，仍未成功。我冷静下来，明白凭个人能力，是难以成功的。怎么办呢？我环顾四周，灵机一动，有了主意，立马跑到旁边搬来一块大石头，放在崖下，这样多堆几块，即可搭成台阶，就能轻松踩着上崖了。不过，我刚放下石头，就看到旁边的4号满脸讥笑，那意思好像是：这法子我早用过了。果然，崖顶的老总开口了：“这一关不能借助石头、木棍等工具，只能靠人来完成，是人的力量！”

我又是沮丧又是不忿，心说你们这是选经理还是选运动员啊？不过，这话没敢说出口，因为既然自己和4号都上不去，后面的两个对手身体素质更差，肯定更没希望，到时候大家都上不去，自己还是有机会的，万万不可此时得罪老总。

大概4号也是跟我一样的想法。接下来，我和他分别又尝试了一次后，对看一眼，摇头苦笑，然后就放弃了，坐下来静待后面两个对手到来。

崖顶的老总也不着急，优哉游哉地欣赏着四下的风景。

半个小时后，1号和3号一前一后，几乎同时赶到了，两人均是满身泥水，十分狼狈。看到困在崖下的我们后，两人满脸诧异，大是意外。显然，两人落后太多，本来都以为自己毫无希望了，没想到，对手都被困在了第五关的关卡下。

他俩明白了面前的形势后，立即奋力攀爬、纵跃，当然，均以失败告

终。我和4号在旁边笑吟吟地看着他们碰壁，等他们尝试失败后，4号说：“你们俩趁早不用试了，咱们谁都不可能上去的。”

说完，他又抬头对崖顶的老总说：“张总，我们都上不去，那就应该看谁最先到达第四关谁就获胜。”

我一听，立即表示反对：“我看应该另出一道题目，我们再比一次，这才公平。”

老总的目光在我们四人脸上一一掠过，摇摇头，固执地说：“对不起，没有其他选择，这就是最后一关，谁能上来我选谁，要都上不来，我就一个不要！”

我忍不住说道：“你这明明就是刁……为难我们……”话未说完，我突然住了嘴，因为我吃惊地看到，1号竟然靠着崖壁蹲下身子，回头招呼3号：“你快过来踩着我的肩膀上去吧。”

崖高三米多点，踩着另一个人的肩膀，上崖并不是太难！

一时间，不光我，连3号本人都愣了——1号此举显然是把机会拱手送给了3号。

3号略一犹豫后，点点头，走过去抬脚就上了1号的肩膀。

我心里像打翻了五味瓶，眼睁睁地看着1号摇摇晃晃地站起来，将3号送上了崖顶。

4号眼见希望落空，忍不住大声向老总抗议：“他这是严重违规！不能算！”

崖上的老总摇摇头：“我说过，不可以借助石头木棍等工具，但人不是工具。而且1号是自愿的。我问你，你能像他这样做吗？”

4号脸一红，乖乖闭上了嘴巴。

此时，3号站在崖顶，距离老总只有一步之遥，距离成功可谓近在咫尺，他却没有急于去握老总的手，而是身子一矮，突然俯身趴在了崖顶之上，双臂尽量伸到崖下，冲1号说：“你尽力往上跳，我会拉住你的。”

此举大出意料，大家再一次愣在那儿。

有人在上面接应，上崖自然就容易多了。1号跃起来，第一次失败后，第二次就顺利地抓住了3号的手，被3号拉上了峭壁。

然后，两人一左一右，同时站在老总面前，都伸出了手。现在，老总握住谁的手，谁就是胜利者。

老总看了看身前的两只手，面无表情地问：“你们是怎么想到这样过关的？”

1号说：“其实上一关‘跨越涧溪’的时候，我和3号都落了水，是3号主动帮了我，所以，我想，这一次该轮到他踩我了。”

老总微微颔首，目光转向3号。

3号道：“是的！这一关，我也得等他上来才公平。”

季诺疗法

点评：**聪明反被聪明误**

本作品选自阿根廷漫画大师季诺的《季诺疗法》。在季诺的画笔下，憨态可掬的矮家伙用夸张的动作和俏皮的表情，将笑意和人生哲理一同呈现给您。

老总露出赞许之色，说："其实，我们公司最需要的，并不是体力最好的人，而是最有协作精神的人。一个团队，无论领导人多么优秀，如果没有成员的团结互助，没有无私协作，根本就不可能成功！"

说到这里，他的脸上浮出微笑，"所以，这最后一关，考的就是你们有没有协作精神——这才是今天决定你们成败的一关！"

然后，他伸出了两只手，一左一右，同时握住了伸过来的两只手掌……

这次应聘虽然我最终失败了，但也获益良多。

如今，我已经成为一家上市公司的部门主管，工作中，我总是牢记着一个信条，那就是：助人就是助己，协作才能成功！

（**题图、插图**：田　红）

打官司

□黎　静

这天，杰克跟他的邻居布朗吵了一架。原来，杰克非常讨厌狗，布朗家偏偏养了好几条狗，吵得他头都大了。

最后，杰克威胁说："那你等着吧，你不把狗弄走，我就上法庭告你！"布朗听了冷笑一声。

杰克心想，要打官司，得先咨询一下这官司是否能打得赢。无把握之仗，还是不打为妙。于是他留心报纸上的广告，几天后他终于找到一个资历颇深的律师。

那律师问："请问您有什么事吗？"

"我想把邻居告上法庭，但我想知道有多大胜算。"

律师也很想做成这笔生意，就说："您把情况告诉我，我给您出出主意。不过，如果您赢了的话，得付费给我。"

"那当然。只要官司能赢，我就一分钱不少你！"于是，杰克便把事情说了一通，律师听得十分仔细，还不时地做笔记。杰克把话说完，律师放下笔，想了片刻，肯定地说："好的，告诉你，您赢定了！您可以上法庭告他！我有百分百的把握。"

杰克一听就激动地站了起来，说："谢谢你，不过，我想，还是不上法庭吧！"

"为什么？您想赖账吗？"

"我没有赖账，律师先生。"杰克说，"我是赢不了这场官司的。"

"为什么？"

"刚才我跟你讲的是邻居的故事，是以邻居的口吻，站在他的角度叙述的，邻居既然占了理，你想我怎么能赢官司呢？"

相亲

□ 裴文兵

李娟今年二十有四，还没男朋友，她倒不着急，但她的母亲却如同热锅上的蚂蚁。

周末，李母将李娟带到一家咖啡馆，在一张桌子边坐下，对面已经坐着一个小伙子。李母为李娟和那小伙子做了一番简要的介绍，然后就坐到远处的一张桌子边去了。李娟这才明白母亲给她安排了一次相亲。

李娟十分无奈，但没办法，只好同那个小伙子交谈起来。可没过多久，李娟就发现对方不是自己要找的类型。于是，她婉转地表达了自己的意思。那小伙子听完后，一言不发地走出了咖啡馆。

李娟站起身，刚想招呼母亲离开咖啡馆，却被她给拦住了。只见李母掏出手机，打了一个电话。不一会，就见又一位小伙子走了进来。李娟顿时瞪大了眼：敢情，母亲还给她安排了替补队员！

就这样，在不到半天的时间里，李娟进行了五次失败的相亲。

原来，李母为了提高效率，索性让朋友联系了单位所有的单身男青年。弄清了究竟，李娟向母亲提出了抗议，可李母却根本不接受这个抗议。经历过这次失败的相亲后，李母更急了。

这天，李娟下班回家，看见母亲正乐呵呵地放下了手中的电话的听筒。李父笑眯眯地对李娟说：“你许伯伯邀请我们一家去他那儿玩呢，我们已经答应了。”

话音刚落，忽见李娟脸色苍白，浑身发抖，然后，竟晕了过去。

李母赶紧跑过来掐李娟的人中，总算是把女儿弄醒了，就听李娟摇摇头说道：“许伯伯在部队里当师长，他的手下，怕是得有上万名没谈恋爱的官兵……爸！妈！我不想去连环相亲！求你们了！”

早来天堂该多好

□李　威　编译

有一对已经是金婚的老夫妻，他们在一次车祸中双双遇难了。他们生前身体非常棒，这主要是由于妻子对健康饮食和体育锻炼感兴趣。

当他们来到天堂的时候，上帝带着他们来到了他们自己的住处。房间极其奢华。老夫妻看着眼前的这一切，连连惊呼。这时，丈夫忍不住问上帝这一切需要付多少钱。

上帝说："哦，这一切全都免费，因为这是在天堂。"

接着，上帝又带着他们来到了餐厅。老夫妻顿时被眼前那丰盛的自助午餐所吸引住了，只见那里摆满了世界各地的各色食品，看着令人垂涎欲滴。

丈夫忍不住问："在这里吃饭需要花多少钱？"

上帝有点儿生气地说："你到现在还没有明白吗？这里是天堂，一切全都免费！"

丈夫又胆怯地问："那，低脂和低胆固醇的食品放在哪里呢？"

"那的确是最好的食物……不过，在这里无论你喜欢吃什么就尽管去吃，"上帝斥责丈夫道，"你绝对不会变胖，也绝对不会生病的，因为这里是天堂。"

听了上帝的话之后，这位丈夫突然暴跳如雷，愤怒地尖叫着，将帽子猛地扔在地上，并且还狠狠地跺上了几脚。上帝和他的妻子连忙安慰他，竭力使他平静下来，然后问他究竟是怎么了。

这时候，这位丈夫瞪着他的妻子说："这全都是你的错。如果不是你的麸皮松饼，我可能十年前就已经来这儿了！"

逆向思维

□风　云

比尔经常教育两个儿子，遇到困难一定要学会逆向思维。

这天，比尔正忙着工作，这时他的妻子走过来说：“亲爱的！院子里的苹果树该喷农药了。”比尔对妻子说：“这种事交给咱们的儿子就可以了，相信他们，一定会做得很好。”

于是比尔喊来两个儿子，让他们去喷农药。两个孩子非常高兴地接受任务。可没过多久，小儿子跑了回来，对比尔说：“爸爸，果树太高，我够不到，怎么办？”比尔想了想说：“你应该去问你的哥哥。”

小儿子说：“哥哥让我来找你想办法，说这是逆向思维。”

比尔无奈地摇摇头，说：“不错，是需要逆向思维，这种方法你也可以用，动动你的小脑袋，爸爸相信你一定会想出好的办法。”

小儿子皱着眉走了，比尔便安心地继续工作。没过半个小时，两个儿子气喘吁吁地跑了进来，一进门便喊：“爸爸，我们终于完成了任务。”

比尔见他们表情激动，便让他们平静一下，一个一个地说。比尔问大儿子：“听说果树很高，你们够不到，你是怎么做到的？”

大儿子说：“开始我没想到办法，后来我搬来了梯子，可农药溅到了身上。”

比尔摇了摇头说：“这个办法很平常。”于是又问小儿子是如何做的。

小儿子自豪地看着比尔说：“我用了你说的逆向思维，将果树锯倒了再喷农药，效果非常好，没弄脏衣服……”

传单

□李　方

周经理带着宋秘书去开会，一下车就有个男孩迎上来发传单。宋秘书正要把男孩赶走，周经理却制止了他。

在电梯里，周经理对一肚子狐疑的宋秘书说道：“看到他，就想到了自己年轻时发传单的日子，那时候就怕别人拒绝自己。”

宋秘书听了很惭愧地说：“‘勿以善小而不为’，周经理给我上了很有意义的一课啊！”

过了两天，他们两个人一同去参加有关“节能”的会议，在路上又碰到了一个发传单的小伙子。

宋秘书正要接过小伙子手里的传单，周经理却阻止了他。

酒店里他向宋秘书解释道：“虽然我很想帮助那个小伙子，但发传单是一种十分低效而且高耗能的广告宣传方式。为了我们的自然环境，我们要抵制这种浪费森林资源的行为。”

又过了两个礼拜，周经理和宋秘书一出公司就被一个女孩迎上，硬塞过来两张传单。

周经理一脸惊愕地看着女孩霸道的行为，最后无奈地摇了摇头，从钱包里掏出五百块钱递给小女孩。

小女孩接过钱，“谢”字都不说一个，一溜烟地跑了。

这下，宋秘书比周经理还要惊愕。低头沉思了半天，终于开口说道：“周经理，我明白了。你这样既从根本上表明了反对资源浪费的决心，又帮助了那个女孩，和您最近支持环保的思想不谋而合啊！”

周经理却是苦笑着说道：“有什么办法呢！她是我的女儿，今天早上向我要五百元钱买衣服，我没给她。没想到她居然跑到公司门口来发传单，要让我难为情，我还能不给吗？”

（**本栏题图、插图**：顾子易　王　俭）

www.ingramcontent.com/pod-product-compliance
Lightning Source LLC
Chambersburg PA
CBHW051935220626
47052CB00004B/672

9787545207811